biblioteca rao

CATHERINE ISAAC

AICI, ACUM, MEREU

Descrierea CIP a Bibliotecii Naţionale a României
ISAAC, CATHERINE
Aici, acum, mereu / Catherine Isaac; - Bucureşti: RAO Distribuţie, 2018
ISBN 978-606-006-144-1

821.111

RAO Distribuţie
Str. Bârgăului nr. 9-11, sect.1, Bucureşti, România
www.raobooks.com
www.rao.ro

CATHERINE ISAAC
You Me Everything

Traducere din limba engleză
Lingua Tradom

2018

ISBN 978-606-006-144-1

Familiei mele

Mulţumiri

Este greu de stabilit de unde să începi cu mulţumirile pentru toţi cei care au contribuit şi au militat pentru această carte. Cu toate acestea, voi începe prin a-i mulţumi Sheilei Crowley de la Curtis Brown. Fără ambiţia Sheilei, fără energia şi viziunea ei, *Aici, acum, mereu* nu ar exista, ca să nu mai vorbim despre cariera mea de scriitoare, lansată într-o direcţie atât de neaşteptată şi de încântătoare.

De asemenea, mulţumiri Rebecăi Ritchie pentru susţinerea ei înfocată, precum şi pentru amabilitatea sa nesfârşită.

Şi Annei Bihan, a cărei muncă asiduă şi pasiune pentru acest roman au făcut posibilă traducerea în atâtea limbi străine.

Una dintre cele mai frecvente întrebări adresate oricărui autor este dacă i-ar plăcea ca romanul său să fie ecranizat. Eu nu aş fi îndrăznit nicicând să ţintesc atât de sus, asta până în momentul în care Luke Speed, de la Curtis Brown, mi-a adus vestea că *Aici, acum, mereu* a fost propusă pentru ecranizare de către John Fischer, de la Temple Hill. Mii de mulţumiri amândurora.

Mulţumiri editorului meu american, Pamella Dorman, de la Penguin, alături de care a fost o încântare şi o plăcere să colaborez. Sunt recunoscătoare, nu doar pentru oportunitatea de a scrie pentru cititorii din America, ci, de asemenea, pentru preţuirea pe care au oferit-o cărţii mele, ca să nu mai zic de imensul bagaj de cunoştinţe pe care l-am căpătat de pe urma procesului de editare.

A fost o bucurie să lucrez în această nouă direcţie a carierei mele de scriitoare alături de vechii mei editori de la Simon & Schuster UK.

Mulţumesc Suzannei Baboneau, lui Jo Dickinson şi Sarei-Jade Virtue pentru angajamentul şi eforturile muncii lor neîntrerupte, cu menţiuni speciale pentru ginul lui S-J. De asemenea, îi mulţumesc lui Clare Hey pentru entuziasmul său şi ajutorul dat la prima schiţă a romanului.

Celor de la Asociaţia pentru Boala Huntington le sunt profund îndatorată pentru sprijinul oferit pe când îmi desfăşuram cercetările pentru carte. M-am simţit descurajată, asta până când l-am întâlnit pe Bill Crowder. Îndrumarea lui, precum şi bunăvoinţa sa de a răspunde nenumăratelor mele întrebări au fost de nepreţuit, cum, de altfel, a fost şi timpul pe care mi l-a acordat Cath Stanley, fiind mai mult decât amabilă să citească schiţa romanului până la final.

Mulţumiri Societăţii pentru Boala Huntington din America pentru permisiunea de a reproduce o secţiune de pe site-ul lor web, ce se regăseşte în capitolul 26.

Lui Frederique Polet, editorul meu de la Editions Presses de la Cite, îi mulţumesc pentru că a cizelat dialogurile în franceză, uşurându-mi în mod considerabil eforturile, blocate fiind de un nivel A destul de ruginit.

În sfârşit, mulţumesc dragii mele familii: Mark, Otis, Lucas, Isaac, mama şi tata. De asemenea, unchiului Colin pentru calcule şi fratelui meu, Stephen, pentru că a folosit claritatea optimă la editarea pozelor autorului.

Prolog

Manchester, Anglia, 2006

Uneori, viaţa pregăteşte tot ce are cel mai bun sau cel mai rău de oferit şi te copleşeste cu amândouă în aceeaşi zi.

Probabil că aceasta nu ar fi o concluzie neobişnuită dacă, de exemplu, ai fi pe cale să dai naştere unui copil, însă, în cazul meu, nu acesta a fost cocktailul firesc de durere şi de bucurie care m-a ajutat să trag această concluzie. De fapt, ceea ce m-a făcut să gândesc astfel, într-un moment în care eram pe punctul de a mă întâlni cu fiinţa micuţă care domiciliase în corpul meu timp de nouă luni, au fost acele opt ore agonizante petrecute încercând să-l contactez pe mobil pe tatăl copilului – să-l târăsc afară de prin vreun bar oarecare sau din braţele vreunei altei femei.

– Ţi-ai adus aminte să-ţi aduci carnetul de gravidă, Jessica? m-a întrebat moaşa după ce am ajuns singură la spital.

– Mi-am adus notiţele. Pe prietenul meu l-am rătăcit, am spus eu cu un zâmbet jenat.

Ea m-a privit scurt printre gene în timp ce eu mă sprijineam de biroul de la recepţia secţiei de naşteri, aşteptând să se încheie contracţia sub care mă perpeleam de durere.

– Sunt convinsă că va ajunge şi el repede.

Transpiraţia mi se strângea la ceafă.

– I-am lăsat câteva mesaje. Douăsprezece, mai exact. Are nu ştiu ce eveniment la muncă. Probabil că nu are semnal.

În acel moment, o parte din mine încă mai spera ca asta să fie adevărat. Fusesem mereu hotărâtă să văd binele din Adam, chiar și atunci când mă lovea în față exact contrariul.

– Nu obișnuim să lăsăm bărbații aici, mi-a amintit ea. Așa că, dacă trebuie să ne descurcăm fără tata, va fi foarte bine.

Tata. Nu puteam nega datele biologice, însă titulatura părea greșită raportând-o la Adam.

Moașa arăta ca o matroană, cu picioare planturoase, un piept pe care puteai să așezi un ghiveci cu flori și un păr vâlvoi ai cărui cârlionți păreau că se învolburaseră peste noapte. Numele de pe ecusonul ei era Mary. O știam pe Mary de mai puțin de trei minute, însă deja o plăceam, ceea ce era foarte bine, dat fiind că ea avea să-mi examineze cervixul.

– Hai, drăguță, hai să te instalăm într-un salon.

M-am aplecat să apuc geanta cu lucrurile de spital – mă ajutase taximetristul să o aduc până la recepție –, dar ea aproape că îmi smulse mânerul din mână, clătinându-se sub greutatea bagajului.

– Cât ai de gând să zăbovești? a icnit ea și m-am străduit să nu râd, până mi-am dat seama că se apropia o nouă contracție; agonizam pe mutește, strângând din dinți, hotărâtă să nu fiu eu femeia aia care îi înspăimânta pe toți, umplând locul cu urlete.

Când durerea s-a mai potolit, am urmat-o pe Mary pe culoarul înecat în lumină, scoțând telefonul din nou, ca să verific mesajele. Aveam vreo douăsprezece sms-uri de la mama și de la Becky, prietena mea cea mai bună, dar niciunul de la Adam.

Nu așa trebuia să se întâmple.

Nu voiam să fiu de una singură.

Indiferent cât de mult mă consumase relația noastră din ultimele luni, în acel moment, aș fi dat orice să-l am alături de mine, ținându-mă de mână și spunându-mi că totul o să fie bine.

Aflasem că sunt însărcinată a doua zi după cea de-a douăzeci și doua aniversare a mea. Deși nu fusese planificată, în cele nouă luni care au urmat, m-am convins că aveam să fiu o mamă responsabilă. Deodată, toate astea mi se păreau ca un gest vulnerabil de bravură.

– Gata, drăguţă? m-a întrebat Mary în timp ce ne apropiam de uşa sălii de travaliu.

Am dat din cap afirmativ, în ciuda adevărului gol goluţ: cu toată priceperea ei, mă simţeam singură, îngrozită şi convinsă că acest sentiment avea să continue până în clipa în care Adam ar fi sosit, gata să îşi facă datoria, mângâindu-mă pe frunte şi ţinându-mă de mână.

Salonul era mic şi funcţional, cu perdele subţiri, cu imprimeu, care creau senzaţia unei camere rezervate la un hotel Travelodge. Afară, cerul părea de culoarea melasei, negru şi de nepătruns, iar luna sidefată se odihnea printre umbre.

– Hopa sus, a spus Mary, bătând uşor cu mâna pe saltea.

I-am urmat instrucţiunile, întinzându-mă pe spate şi desfăcându-mi picioarele. Apoi, cu stăpânire de sine, pe când se pregătea *să intre*, gata să îşi vâre mâna în cele mai intime locuri ale mele, în timp ce ochii mei stăteau să sară din orbite, iar eu îmi pierdusem priceperea de a respira, Mary a stabilit:

– Patru centimetri dilataţie.

S-a îndreptat de spate, a zâmbit şi şi-a smuls zgomotos mănuşa din latex tocmai când contracţia începea să crească.

– Eşti în travaliu, Jessica.

– Palpitant, am spus eu, prea politicoasă să menţionez că nu mă simţeam deloc de parcă aş fi avut o revelaţie; deja botezasem podeaua bucătăriei mele cu lichid amniotic cu doar câteva ore în urmă.

– Cel mai bun lucru pe care poţi să îl faci este să te sui pe mingea de travaliu și să lași gravitația să ne ajute. Mă duc să văd ce face doamna din salonul alăturat, însă nu ezita să apeşi pe butonul de urgenţe. Ai pe altcineva care ar putea să ţi se alăture? O prietenă? Sau mama ta?

Becky nu locuia departe, însă mama era singura mea opţiune, oricât de umilitor fusese pentru mine să o sun şi să îi explic faptul că Adam era de negăsit.

– Mama este pregătită. Dacă nu primesc niciun răspuns de la prietenul meu până la ora două dimineaţa, se suie în maşină şi vine încoace.

– Grozav, a spus ea, apoi a ieşit lăsându-mă singură cu mingea pentru travaliu, un iPod plin cu piese de Jack Johnson şi un aparat cu gaz ilariant despre care uitasem să întreb cum se foloseşte.

Am sunat-o pe mama la două fix. A ajuns la şi şase minute, îmbrăcată într-o pereche de blugi mulaţi şi o bluză moale din bumbac, cu un iz din parfumul Beautiful de la Estee Lauder emanând dinspre gât.

Ducea cu ea o geantă imensă de fitness, care conţinea „kitul pentru născut" de ultim moment. Asta însemna o cameră video, o pernă de puf de pus între picioare, un tub cu pastă de dinţi, un exemplar din *Femeia şi casa*, nişte cremă de mâini de la Neal Yard, un ciorchine de struguri, două casolete mari din plastic pline cu diverse prăjituri proaspăt scoase de la cuptor, nişte prosoape roz şi – nu glumesc! – o jucărie din pluş.

– Ce faci? m-a întrebat ea îngrijorată, trăgându-şi un scaun aproape, în timp ce îşi dădea după ureche o şuviţă de păr blond.

Purta un strat foarte fin de machiaj; avea un ten bun, aşa că nu avea nevoie de prea mult, iar ochii ei albaştri erau strălucitori.

– Bine. Tu ce faci?

– Foarte bine. De fapt, sunt în al nouălea cer pentru că mă aflu aici.

Piciorul ei lovea patul în timp ce vorbea, sunetul metalic răsunând în toată camera. Mama ştia mereu să îşi păstreze calmul în situaţii de criză, însă, în ultima vreme, îi observasem gesturile care îi trădau emoţiile; în seara aceea, piciorul ei avea o voinţă a lui.

– Nu cred că ţi-a luat doar şase minute să vii de acasă! am spus eu în timp ce încercam să inspir prima mea doză de gaz ilariant, până să tuşesc, căci îmi rămăsese în gât.

– Sunt în parcare încă de la miezul nopţii. Nu am vrut să rămân blocată în trafic.

– Ce bine era dacă şi Adam ar fi fost aşa de grijuliu, am mormăit eu.

Zâmbetul i-a dispărut de pe faţă.

– Ai încercat să îi mai trimiţi vreun mesaj?

Am încuviinţat, încercând să-mi maschez supărarea.

– Da, dar, în mod cert, se pare că a avut ceva mai important de făcut decât să vină aici.

A întins mâna, cuprinzându-mi degetele. Nu era obișnuită să mă audă plângându-mă. Cu greu reușea ceva sau cineva să mă scoată din fire cu *adevărat*, exceptând, desigur, proasta conexiune a transmisiunii prin cablu. Dar n-ai fi spus asta în seara aceea.

– Îl urăsc! am izbucnit eu.

A clătinat din cap în timp ce îmi mângâia încheietura mâinii cu vârfurile degetelor.

– Ba nu, nu îl urăști.

– Mamă, nu știi nici jumate din câte s-au întâmplat în ultima vreme.

Îmi era groază să îi povestesc, mai ales pentru că așa s-ar fi spart buboiul și s-ar fi spulberat senzația că viața mea de familie se apropia câtuși de puțin de exemplul dat de cea a părinților mei.

Mi-am rememorat în minte copilăria, în mare parte binecuvântată – ocrotită și fericită –, în ciuda câtorva perioade dificile care rămăseseră în trecut.

A răbufnit.

– Bine. Totuși, nu te necăji cu asta acum. Nu ai să te mai afli în momentul acesta niciodată. Ți-e foame? a întrebat, deschizând una dintre casolete.

Am reușit să zâmbesc.

– Vorbești serios?

– Nu? a întrebat ea mirată. Eram lihnită când te-am născut. Am terminat singură o jumătate de tort glazurat cu lămâie chiar înainte să mi se rupă apa.

Mama a fost un partener remarcabil de travaliu. M-a făcut să zâmbesc între contracții, m-a ajutat să-mi păstrez calmul până în clipa în care am simțit că pierd controlul într-atât încât am început să țip.

– De ce nu ți-au dat ceva pentru durere? a întrebat ea șoptit.

– Le-am spus că nu vreau anestezie epidurală. Aveam un plan de naștere naturală. Și... am fost la cursuri de yoga.

– Jess, acum încerci să scoţi o altă fiinţă umană prin vaginul tău, aş spune că ai nevoie de mult mai mult decât de nişte exerciţii de respiraţie şi o lumânare.

S-a dovedit că avea dreptate. La momentul la care vomitasem deja a nu ştiu câta oară, eram anchilozată în strânsoarea unei agonii inimaginabile, că aş fi tras și niște prafuri dacă mi le-ar fi dat cineva. Un soare timid începea să prindă contur prin fereastră când o altă moașă – care probabil că se prezentase deja mai devreme, când mintea mea era la cu totul alte lucruri – se apleca să mă examineze.

– Îmi pare rău scumpo, eşti prea dilatată ca să mai faci epidurala acum. Pot să îţi fac o injecţie cu petidină dacă vrei, dar copilașul tău are să se nască foarte curând.

Picioarele au început să-mi tremure necontrolat, durerea mi-a încorsetat respiraţia, lipsindu-mă de capacitatea de a vorbi corect sau de a gândi raţional.

– Nu vreau nimic decât să fie Adam aici. Mamă... *te rog.*

Ea a început să butoneze cu frenezie telefonul, încercând să-i apeleze numărul. L-a scăpat însă din mână, blestemându-și stângăcia în timp ce se aruncase cu totul pe podea, nereușind să-l prindă de parcă ar fi fost o bucată de săpun în baie.

Evenimentele de după sunt vagi, deoarece nu mă concentram la apelurile telefonice sau la acul din coapsa mea; deliram sub forţa teribilă și miraculoasă a propriului meu corp.

După un minut și trei scremete de la administrarea petidinei, copilul meu și-a făcut intrarea în lume.

Un soi de miracol, asta era băiatul meu, cu mânuţele și picioruţele lui grăsune, cu privirea mai nedumerită cu fiecare clipire a ochilor și cu fățuca lui necurăţată când mi l-a aşezat moaşa în braţe.

– Oh, Doamne, a spus mama cu uimire. Este...

– Splendid, am șoptit eu.

– Imens, a adăugat ea.

Întotdeauna mă gândisem că bebelușii nou-născuţi sunt nişte fiinţe delicate şi neajutorate, însă William era un băieţoi de 4 kilograme și 11 grame. Și nu a plâns, nu în acele prime momente, doar s-a unduit după forma sânului meu călduţ, făcând ca totul să fie perfect.

Ei bine, aproape perfect.

Pe când îmi lipisem buzele de fruntea lui, inspirându-i mirosul dulceag, nou-nouţ ca şi el, uşa s-a deschis brusc, trântindu-se de perete. Era Adam, evident neinteresat de teoria că e mai bine mai târziu decât niciodată.

Nici nu ştiu ce m-a copleşit mai tare pe măsură ce Adam se îndrepta către noi: mirosul de parfum al altei femei sau duhoarea amară de alcool stătut. Încă purta hainele de cu o seară înainte. Nu reuşise să-şi şteargă rujul de pe gât, o dâră izbitoare roz ca de curvă, de pe lobul urechii până pe cămaşă.

Brusc, nu îl voiam nicăieri în apropierea mea sau a copilului nostru - nicio cantitate de gel de mâini antibacterian nu ar fi schimbat faptul că era o epavă jalnică. Din toate punctele de vedere. M-am întrebat cu deznădejde cu cât timp în urmă ajunsesem la această concluzie.

– Pot... pot să o ţin? a întrebat el, întinzându-şi braţele.

Mama a făcut o grimasă în timp ce eu am tras aer adânc în piept.

– Este *băiat*, Adam.

M-a privit surprins şi şi-a retras mâinile. Stătea acolo, privindu-ne, aparent incapabil să spună ceva, darămite să facă gestul potrivit.

– Ai ratat-o, am spus eu în timp ce-mi ştergeam noi lacrimi de durere. Nu pot să cred că ai ratat-o, Adam.

– Jess, uite ce e... pot să-ţi explic.

Capitolul 1

Zece ani mai târziu, vara anului 2016

Nu ştiu când am devenit atât de neîndemânatică la împachetarea bagajelor. Odinioară, mă pricepeam chiar bine, asta în zilele în care aveam timp şi mintea organizată să pun în bagaje perne de călătorie şi miniarticole de toaletă. Nu spaţiul lipseşte; vechiul meu Citroën stă să explodeze. Însă am o senzaţie stăruitoare că am uitat ceva, sau mai multe lucruri. Problema este că nu am făcut o listă. Femeile din generaţia mea sunt construite să creadă că listele sunt soluţia tuturor problemelor, chiar dacă lumea ce le înconjoară se prăbuşeşte. În acest moment, am depăşit faza listelor - vine un moment în care sunt atâtea de făcut, încât să te opreşti ca să-ţi permiţi un moment de *redactare a listelor* este aproape sinonim cu nebunia. În plus, în cazul în care uit ceva, pot oricând să-l cumpăr când ajungem acolo - nu călătorim decât până în Franţa rurală, nu în bazinul Amazonului.

Dacă felul în care fac eu bagajele este haotic, nu prea ştiu ce o să gândiţi despre cum împachetează William. Conţinutul valizei sale este în mare parte alcătuit din ursuleţii Haribo descoperiţi sub patul său după ultima petrecere în pijamale, cărţi cu titluri precum *Şerpii veninoşi ai lumii*, câteva pistoale cu apă şi o droaie de articole de toaletă puternic odorizate.

Nu s-a arătat interesat de acestea din urmă decât de foarte curând, când prietenul său Cameron a hotărât că împlinirea vârstei de 10 ani este un bun prilej să înceapă să folosească deodorant când merge la şcoală. A trebuit să-i explic cu blândeţe fiului meu că nu o să ajungă prea departe în Franţa dacă este învăluit într-un nor de deodorant Lynx Africa, dar nu are nicio pereche de pantaloni ca lumea.

Mă aşez pe scaunul şoferului, învârt cheia şi am senzaţia deja obişnuită că mi se strânge stomacul; sper să nu am vreo surpriză când porneşte motorul.

– Eşti sigur că ai luat tot ce-ţi trebuie? întreb eu.

– Cred că da.

Licărirea de nerăbdare din ochii săi îmi face inima să tresalte un pic. Este aşa încă de când i-am spus că o să ne petrecem vara cu tatăl său. Mă las un pic pe spate, ca să-i dau un pupic rapid pe creştetul capului. Încă îmi tolerează asta, însă zilele în care îşi încolăcea braţele în jurul meu ca să îmi spună „Eşti cea mai bună mamă pe care am avut-o vreodată“ au apus de mult.

William este înalt pentru vârsta lui, aproape deșirat, asta în ciuda unui apetit enorm și a unei fascinaţii recente pe care a dezvoltat-o pentru pizzeria Domino. Înălţimea a moştenit-o de la tatăl său, la fel și ochii aceia căprui precum caramelul, pielea care se bronzează uşor și părul negru care se ondulează la baza cefei.

Întrucât eu am doar 1,62 m, în curând mă va depăși cu un cap, moment din care probabil că va părea și mai puţin că îmi aparţine. Eu am tenul alb, pistruiat și predispus la înroșire la cea mai mică rază de soare. Părul blond care îmi ajunge până la umeri nu se ondulează ca al fiului meu, dar nu este nici drept; are un vârtej care mă scotea din sărite pe vremea în care acesta era singurul lucru de care să mă îngrijorez.

– Cine va avea grijă de casă cât suntem plecaţi? mă întreabă el.

– Nu prea este nevoie să aibă cineva grijă de casă, scumpule. Trebuie doar să ia cineva corespondenţa.

– Şi dacă jefuieşte cineva casa?

– Nu o s-o facă nimeni.

– De unde ştii? mă întreabă el.

– Dacă ar avea de gând cineva să jefuiască vreo casă de pe această stradă, a noastră ar fi ultima pe care ar alege-o.

Am cumpărat căsuţa noastră cu terasă în sudul Manchesterului, mulţumită unui ajutor financiar de la tatăl meu, la puţin timp după naşterea lui William şi înainte ca zona să ajungă la modă din pură întâmplare.

Nu am frecventat niciodată preţioasele seri de bingo din barul cu falafel de la capătul străzii și cred că am cumpărat o singură dată pâine cu seminţe de quinoa de când s-a deschis brutăria tradiţională. Dar eu aprob întru totul acest gen de locuri, întrucât au crescut dureros de mult preţurile caselor. Totuşi, asta înseamnă că sunt, cel mai probabil, singurul părinte singur de 33 de ani, cu un salariu ca al meu, care locuieşte într-o astfel de zonă. Predau cursuri de scriere creativă la şcoala locală, pentru elevi între 16 şi 19 ani, ceea ce mi-a oferit mereu mai mult din perspectiva satisfacţiilor profesionale decât ale celor financiare.

– Jake Milton a fost jefuit, îmi spune William îngândurat când cotim în josul străzii. Au luat toate bijuteriile mamei lui, maşina tatălui său şi XBox-ul lui Jake.

– Serios? Asta e îngrozitor!

– Ştiu. Ajunsese la ultimul nivel al jocului *Războiul din grădină*, oftează el, clătinând din cap.

– Performanţa asta nu o s-o mai recupereze niciodată.

Durează patru sau cinci ore ca să ajungi pe coasta de sud pentru a lua feribotul, dar noi plecăm devreme ca să facem o oprire, nu departe de casa noastră.

Zece minute mai târziu, ajungem la Willow Bank Lodge şi intrăm într-o parcare mică. De afară, clădirea seamănă cu o casă supradimensionată, din Lego – construită din cărămizi maro ca noroiul şi un acoperiş din ţiglă gri. La urma urmei, nimeni nu alege un azil doar pentru arhitectura clădirii.

Tastez codul pentru primele două uşi şi intrăm; imediat, suntem loviţi de mirosul de carne aproape arsă şi legume cleioase. Înăuntru, locul este curat, însorit şi bine întreţinut, în ciuda faptului că designerul de interior trebuie să fi fost daltonist. Tapetul cauciucat şi cu model învolburat este de un verde avocado, iar pe jos, carpete de un albastru ultramarin sunt alternate cu altele roșii. Pe deasupra, podeaua este acoperită cu un lac de culoarea marmeladei, ales de cineva care trebuie să fi gândit, în mod greşit, că aşa arată mai natural.

Animaţia din timpul mesei de prânz se aude dincolo de o pereche de uşi duble şi de sala televizorului, aşa că ne îndreptăm în acea direcţie în loc să facem dreapta pe coridor, spre camera mamei.

– Eşti bine, Arthur? întreb încet în timp ce unul dintre rezidenţii permanenţi iese din baie cu o privire care parcă spune că tocmai a ajuns în Narnia; îşi îndreaptă spatele defensiv.

– Îmi caut tigăile. Tu mi-ai luat tigăile?

– Nu noi, Arthur. De ce nu încerci în sala de mese?

Sunt pe punctul de a-l salva înainte să se ciocnească de dulapul cu mături, când uşile duble se deschid şi unul dintre infirmieri, Raheem, apare și-i întinde o mână de ajutor, luându-l de acolo.

– Salutare! strigă William.

Având în jur de douăzeci de ani și fiind de origine somaleză, Raheem are şi el un XBox, aşa că mereu au foarte multe de discutat împreună.

– Bună, William. Bunica ta se pregăteşte să servească prânzul. S-ar putea să mai fie nişte ananas rămas dacă ţi-e poftă.

– Mda, bine.

Fiul meu nu refuză niciodată o invitaţie la masă, decât dacă este vreun fel pe care m-am străduit foarte tare să-l prepar, moment în care se uită la mâncare de parcă i-aş fi pus în faţă o farfurie cu deşeuri industriale aburinde.

În timp ce Arthur iese pe uşă, urmat de Raheem, silueta unui bărbat răsare în locul lor. Pielea din jurul tâmplelor este gravată de anii de zbucium agonizant, care au avut un efect mai puternic asupra sănătăţii sale decât faptul că este un alcoolic reabilitat.

– Bunicule!

Faţa lui William se luminează toată de un zâmbet larg, iar ochii de un gri pal ai tatălui meu se reaprind sub o scânteiere de viaţă.

Capitolul 2

Unul dintre miracolele vieţii mele este acela că, şi sub povara unei presiuni inimaginabile, fiecare trăsătură a tatălui meu pare să zâmbească atunci când nepotul lui este prin preajmă.

– Eşti gata, William?

– Dap. Bagajele gata şi la drum, bunicule.

Tata îi zburleşte părul bogat şi cârlionţat şi face un pas înapoi ca să-l observe.

– Aş fi putut să te duc la tuns înainte să pleci.

– Dar mie îmi place lung.

– Arăţi ca o pernă explodată.

William chicoteşte, deşi a mai auzit caraghioslâcul acesta de mai multe ori decât ar putea el să numere.

– Câte minute sunt în patru ore şi jumătate? îl provoacă tata.

– Hmm. Două sute şi... şaptezeci.

– Deştept flăcău, spune tata, trăgându-l înspre el pentru o îmbrăţişare scurtă.

Faptul că fiul meu este în registrul elevilor dotaţi şi talentaţi la matematică nu este ceva pentru care să-mi asum meritele. Clar, aritmetica nu este punctul meu forte şi singurele ore la care Adam excelează sunt cele numărate de clepsidră.

Cu toate acestea, tata, contabil de meserie, a reuşit dintotdeauna să fie un tată mai bun pentru William decât a fost Adam vreodată.

Casa părinţilor mei este la zece minute de zona în care locuim şi a fost ca un al doilea cămin pentru William încă dinainte ca el să înceapă să meargă la școală, locul în care și-a antrenat mintea cu puzzle-uri, alături de tata, sau a copt prăjituri în formă de zână împreună cu mama.

Chiar și mai târziu, tata era cel care îl aștepta la porțile școlii ca să îl ducă pe William la ei ca să îl ajute cu temele sau să îl plimbe cu feribotul până la clubul de karate cât timp eu eram la ore.

Totul s-a schimbat în ultimii ani.

Mama mea nu mai este bunica de odinioară, cea care, cu șapte sau opt ani în urmă, era prima la rând să se dea pe toboganul mare și sinuos din parcul pentru copii, cu William pe genunchi. Nu i-a păsat niciodată că arată ca un copil mai mare; pur și simplu, își scotea pantofii și se băga, în vreme ce William chiotea de bucurie, iar alte femei de vârsta ei – care nu fuseseră diagnosticate încă, așa cum se întâmplase cu ea – rămâneau pe margine, sorbindu-și ceștile de café latté.

– Stai să îți dau un bănuț de cheltuială, spune tata, băgând mâna adânc în buzunarul pantalonului său.

– Nu trebuie să faci asta, șoptește William neconvingător în timp ce tatăl meu îi înghesuie o bancnotă de douăzeci de lire în mână.

– Cumpără-ți pe feribot o revistă cu benzi desenate.

– Aș putea să-mi iau o Cola?

– Desigur, răspunde tata, până să apuc eu să spun „cu siguranță că nu".

– Mulțumesc, bunicule. Apreciez foarte mult asta.

William se strecoară în sala de mese, ca să-și găsească bunica, iar eu rămân în urmă să vorbesc cu tata.

– Ar fi trebuit să mergeți direct la feribot, iubito, îmi spune el. Nu trebuia să te oprești aici.

– Bineînțeles că trebuia. Am vrut să îi dau mamei prânzul înainte să plec.

– Voi face eu asta. Ieșeam doar ca să îmi cumpăr un ziar.

– Nu, aș vrea să fac eu asta, dacă nu te superi.

Clatină afirmativ din cap, inspirând încet.

– Ei, bine, ascultă. Încearcă să te relaxezi în Franța. Ai nevoie de o vacanță.

Zâmbesc, neîncrezătoare.

– Așa se numește acum?

– O să te simți bine dacă îți îngădui asta. Și asigură-te că îți vei îngădui. De dragul mamei tale, dacă asta te face să te simți mai bine. Își dorește asta cu adevărat, să știi.

– Încă am senzația că voi fi plecată prea mult timp.

– Ne confruntăm cu asta de zece ani, Jess. Nu are să se întâmple absolut nimic în cinci săptămâni.

Mama se află la capătul celălalt al sălii de mese, aproape de ușa din sticlă deschisă înspre terasă, cu William alături de ea, povestind de una sau de alta. Este locul cel mai umbros la această oră a zilei, când soarele este sus pe cer, iar ea poate să simtă briza răcoroasă de vară pe piele.

Mama stă într-un cărucior cu rotile, îmbrăcată în rochia turcoaz pe care am cumpărat-o de la Boden acum câteva luni de zile. S-ar putea spune că stă așezată, doar că asta ar însemna să nu se miște.

În realitate, mama nu prea stă nemișcată în această perioadă; totuși, mulțumită numeroaselor medicamente pe care le ia, trupul nu i se mai zgâlțâie ca înainte.

Cu toate acestea, medicamentele nu fac miracole, după cum sunt dureros de conștientă. Așa că ea se frământă și se răsucește, trăsăturile ei faciale schimonosindu-se și mâinile osoase contorsionându-se în cele mai improbabile poziții.

Este slabă acum, încheieturile îi sunt proeminente la coate și la genunchi, iar pomeții, atât de pronunțați, încât uneori mă uit la ea și am senzația că ochii sunt prea mari pentru fața ei. Și mâinile îi sunt noduroase, deformate înainte de vreme. Odinioară, arăta tânără pentru vâsta ei. Acum, nici nu ai spune că are doar 53 de ani.

– Bună, mama.

Mă aplec să o îmbrăţişez, strângând-o la piept un pic mai mult decât de obicei. Când fac un pas înapoi, mă uit la gura ei semideschisă şi bălind să văd dacă poate să-mi răspundă cu un zâmbet. Îi ia ceva mai mult timp să-mi răpundă, însă, în cele din urmă, îi reuşesc câteva cuvinte chinuite:

– Ăăă... iubito.

Încă reuşesc să o înţeleg pe mama de cele mai multe ori, deşi sunt dintre puţinii care o scot la capăt cu asta. Formulează propoziţii alcătuite din câte trei sau patru cuvinte, iar acestea sunt mereu neclare, în vreme ce vocea ei e răguşită şi mică.

– Văd că te-ai descurcat să pui mâna pe cel mai bun loc. Toţi ceilalţi vor fi geloşi pe tine.

Urmează o pauză lungă, timp în care, în mod evident, mama îşi caută cuvintele.

– I-am mituit, reuşeşte să spună într-un târziu, iar eu izbucnesc în râs.

Un nou membru al personalului apare şi aşază prânzul mamei pe masă, înainte de a desface o baveţică mare din plastic pe care i-o leagă în jurul gâtului. Mă întind să o netezesc, însă braţul ei stâng continuă să o ridice. Pentru foarte puţin timp, reuşeşte să stea în jos, pentru ca apoi să o fluture în sus.

Mă gândesc să iau lingura pentru bebeluşi din lateralul farfuriei sale, însă mă hotărăsc să renunţ la idee, în eventualitatea în care mama ar vrea să încerce să se hrănească singură. Nu prea mai face asta în ultima vreme, deşi a fost foarte idignată când aceste alternative au fost propuse prima oară.

A trecut aproape un an de când s-a mutat la Willow Bank Lodge. Cu toţii am vrut ca mama să rămână acasă cât mai mult timp posibil, însă devenise prea dificil, chiar şi atunci când tata a instalat un pat pentru ea la parter. Tata încă lucrează, ceea ce se suprapune oarecum cu îndatorirea de îngrijitor permanent – astfel, a devenit evident pentru noi toţi că mai era nevoie de cineva, ideal într-un loc unde să ajungi la baie nu este o călătorie ce pune viaţa în pericol. Iar vizitatorii nu îi lipsesc niciodată aici. De fapt, mama are un mic cerc de prieteni care au ajutat-o în fiecare moment de cumpănă din ultimii zece ani. Cea mai bună prietenă a sa, Gemma, o vizitează în fiecare weekend, de obicei cu o nouă carte audio sau un bax de turtiţe cu cireşe pe care ea le numeşte „specialitatea ei".

– Nerăbdător? îl întreabă mama pe William.

– Abia aştept! răspunde el. Tata are o groază de planuri pentru noi, bunico. Stăm în cea mai grozavă cabană, nu-i aşa, mamă? Mergem cu caiacul şi facem căţărări şi o să mă lase să-l ajut la nişte activităţi de bricolaj.

Mă îngrijorează foarte tare aşteptările mamei legate de această călătorie, care a fost ideea ei. Nu că aş fi fost surprinsă când mi-a sugerat acest lucru, adăugând, într-o notă foarte dramatică, faptul că aceasta este „ultima ei dorinţă". Recunoaşte, fără să se ascundă după deget, că aceasta este asigurarea ei că lucrurile se vor întâmpla după cum îşi doreşte.

După ce m-am despărţit de Adam, mama a fost la fel de furioasă pe el pe cât eram şi eu şi a înţeles de ce vreau să-l ţin la distanţă. Dar din moment ce nu a avut niciodată aşteptări legate de o nouă împăcare a noastră, a presupus, sau a sperat, că William va avea un soi de relaţie cu tatăl său.

Apoi Adam s-a mutat în Franţa şi a devenit evident că acest lucru nu avea să se întâmple.

Adam nu este un tată neglijent, la drept vorbind. Îşi plăteşte la timp pensia alimentară, îşi aminteşte de ziua de naştere a lui William şi sună pe Skype de fiecare dată când promite. Dar fiul nostru nu este decât o mică piesă în puzzle-ul vieţii colorate pe care o are Adam. Se întâlnesc de două sau de trei ori pe an, cel mult. Nici măcar nu sunt sigură că Adam ar mai protesta la acuzaţia că a fost neinteresat.

Pe mama a sâcâit-o mereu nu doar lipsa unei relaţii, ci mai ales faptul că nu am mai spus sau făcut niciodată nimic în sensul acesta. L-am lăsat pe Adam să se îndepărteze, de bunăvoie. Şi, ca să fiu cinstită, m-am bucurat că s-a întâmplat aşa. Aveam suficientă dragoste pentru William cât pentru noi la un loc. Sunt destul de sigură că nu și-a imaginat că Adam și cu mine vom sta în jurul mesei, servind cina în fiecare sâmbătă de dragul lui William, în realitate urându-ne de moarte în timp ce unul îi dădea celuilalt bolul cu sos, însă m-a bătut la cap ani de-a rândul că băiatul trebuie să aibă o relaţie „adevărată“ cu tatăl său.

Însă, în prezent, Adam duce o viaţă de lux în Dordogne, în timp ce noi locuim într-o casă modestă cu două camere la parter și două la etaj, în Manchester, iar faptul că la capătul străzii noastre se află o brutărie la modă nu ne apropie nicidecum de stilul de viaţă dus de Adam. Cu toate acestea, înţeleg bine la ce se referă mama. Nu sunt de acord cu ea, dar înţeleg. Și, de fiecare dată când o privesc acum și mă gândesc la situaţia pe care trebuie să o accepte, îmi spun că nu prea mă aflu într-o poziţie de care să mă bucur prea mult. Așa că i-am scris un e-mail lui Adam și i-am propus să-i facem o vizită. Bănuiesc că aproape și-a înghiţit limba de șoc. Oricum, dacă aș putea măcar să-i ajut, nu știu, să lege o relaţie, atunci m-aș simţi ca și cum aș fi realizat ceva ce i-ar aduce mamei un strop de alinare. În plus, am și un plan de rezervă, cel puţin pentru o parte din timpul pe care îl vom petrece acolo. Prietena mea Natasha ni se alătură preţ de vreo două săptămâni, apoi vor sosi Becky, cu soţul ei și copiii.

– Eu.... iubesc Franţa, șoptește mama în timp ce ochii i se opresc cu oarece ezitări asupra lui William. Fă poze.

Am petrecut câteva vacanţe cu părinţii mei în Franţa când eram de vârsta lui William. Am stat într-o rulotă în același camping în fiecare an – a fost raiul pe pământ, o groază de zile însorite, mic dejunuri alcătuite din produse de patiserie cu *ciocolată adevărată* la interior.

– Să încerci o hidrobicicletă, spune mama. Mamei tale... i-au plăcut la nebunie.

Simt cum mi se pune un nod în gât amintindu-mi asta, mama și cu mine pedalând de-a lungul lacului de la marginea campingului, chicotind împreună în lumina soarelui.

Când William începe să îngaime ceva despre nu știu ce pat cu etaj, mă văd nevoită să întorc privirea, pentru ca niciunul din ei să nu-mi vadă lacrimile din ochi. Înghit în sec și îmi reamintesc că nu vom fi plecați decât pentru câteva săptămâni. Nu-i va face niciun bine nimănui dacă eu încep să plâng acum, oricât de tare m-ar durea inima.

Privesc în jos și realizez că mama nici nu a atins lingura de bebeluși. Așa că o ridic și încerc să iau puțin piure cu lingura, ducându-i-o până la gură.

– Tacâmuri din argint, mormăie ea, iar mie îmi scapă o pufăitură.

Capitolul 3

Ne-am început binedispuşi călătoria de 1 327 de kilometri, o excursie de 28 de ore, cântând aiurea după un playlist care include de toate, de la Beatles până la Avicii. Am discutat despre cum era Franța când eram eu mică – plajele cu nisip fin, înghețatele de vis, cum mama m-a învățat să joc foarte bine Blackjack pe franci şi centime.

William s-a jucat o vreme pe iPadul meu, aplecat asupra ecranului, până când eu m-am îngrijorat că va rămâne blocat în acea poziție şi i l-am smuls. În schimb, am ascultat cartea audio *Băiatul miliardar*, de David Walliams, iar în scurt timp râdeam atât de tare, încât au început să mă doară obrajii. Apoi a apărut o poveste cu un personaj care îşi dă întâlnire cu un fotomodel faimos. Nu eram sigură dacă ştie ce înseamnă asta. Tot ce ştiam era că aveam aceeaşi senzație pe care am avut-o când, ceva mai devreme în acelaşi an, mi-a cerut să-i explic de unde vin copiii. Am zbughit-o afară şi am cumpărat o carte pe acest subiect şi altele asemănătoare, sugerându-i s-o citească singur înainte să-mi pună orice întrebare. Astfel evitam orice stânjeneală.

– De ce aş fi stingherit? a întrebat el inocent, forțându-mă să încerc să par veselă şi relaxată în timp ce îi citeam propoziții de genul „şi asta e ceea ce unii oameni numesc *să faci o labă*".

Până când ne-am urcat pe feribot, William era cu mult mai puțin dispus să stea la poveşti. Obrajii lui erau palizi când am parcat în cala vaporului şi ne-am croit drum sus, lângă fereastră.

– De aici o să avem o priveliște bună, observ eu cu seninătate, la care răspunsul lui este:

– O să vomit.

A vomitat de șapte ori pe parcursul călătoriei de șase ore, peste noapte – când trebuia să dormim –, și a coborât de pe vas arătând precum copilul din Exorcistul. Ne-am oprit în prima zonă de picnic pe care am găsit-o pe pământ francez și am așteptat să-i treacă greața, sorbind apă în timp ce ne uitam la șuvoiul de familii engleze care încercau să conducă pe partea dreaptă într-un sens giratoriu.

William a dormit tot restul călătoriei, trezindu-se doar pentru pauze de pipi, în timp ce mergeam cu viteză pe autostradă. Astfel, m-a lăsat singură cu gândurile mele până am ajuns în Dordogne, o regiune cu păduri și câmpuri. Am străbătut zona rurală, vizitatori grăbiți ai zecilor de cătune adormite, cu ghivecele lor cu mușcate înflorite și casele din piatră în culori pastelate, cu obloanele închise.

În ciuda frumuseții peisajului, nu m-am putut abține să nu mă gândesc la mama, bântuită de aceleași gânduri care mi-au creat o asemenea anxietate încât – pentru prima dată în viață – am început să iau antidepresive cu doar câteva luni în urmă. Nu m-am gândit niciodată că aș fi o persoană care să aibă nevoie de ajutor medical pentru starea ei. Întotdeauna m-am gândit că sunt „amuzantă". Prima care să poarte o căciulă haioasă la Crăciun, sau să riște și să tortureze un cântec la karaoke, sau să se bage într-o luptă cu pistoalele cu apă alături de William. Pentru a trece peste o zi grea, am avut nevoie cel mult de o înghețată Magnum cu migdale, ocazional de un pahar de Pinot Gris, în timp ce laudele pentru o treabă bine făcută subliniau „energia mea fără limite și popularitatea în rândul studenților" – și n-a trebuit niciodată să plătesc pe cineva care să-mi spună toate astea.

Totuși, de când mama a fost internată la Willow Bank, oricât de grozav ar fi acel loc, în mine s-a produs o oarecare schimbare. Acum șase luni, a luat-o razna. Nu că majoritatea oamenilor și-ar putea da seama. Joc bine teatru și pare că sunt aceeași Jess. Dar în interior lucrurile sunt diferite.

Ceea ce a început ca un nivel normal de griji a prins parcă viață în timp ce deteriorarea mamei s-a accelerat. „Depresie" nu era cuvântul potrivit pentru ceea ce mi se întâmpla. Era o anxietate strivitoare, o incapacitate de a mă gândi la orice altceva în afară de faptul că viitorul părea cu atât mai întunecat cu cât viața devenea tot mai grea pentru biata mea mamă.

Pastilele au ajutat, deși tot nu-mi place ideea de a le folosi. Și nu au schimbat realitatea de la care a pornit totul: aceea că mama e într-un azil, pierzându-și încetul cu încetul rațiunea. Și nimeni nu poate face nimic.

Capitolul 4

În timp ce eram înconjurați de șiruri întregi de nuci și tufe luxuriante, GPS-ul ne-a anunțat că am ajuns la destinație. Având în vedere că eram la kilometri întregi distanță de orice, e clar că GPS-ul nostru îndruga baliverne.

Am scotocit în torpedo după harta pe care sperasem că nu va fi nevoie s-o folosesc și, după câteva curbe greșite, am găsit drumul până la o intersecție cu indicator spre *Château de Roussignol.* Ne-am zgâlțâit pe o alee cu pietriș, în timp ce bătăile inimii mă făceau să mă întreb dacă eram totuși mulțumită de ideea de a fi în vacanță. Presupun că era acceptabil, chiar dacă asta însemna să fiu aproape de Adam.

A fost o vreme când l-am urât, dar pentru mine nu era o emoție naturală. Mi se părea extenuant.

Așa că am fost însăși întruchiparea cuvântului „civilizat" pentru o lungă perioadă de timp – zâmbind de dragul lui William când venea să-l ia; exclamând „ce minunat!" când fiul nostru se întorcea făcând apologia virtuților gastronomice ale Happy Meal-ului pe care tocmai îl mâncase la McDonald's.

Chiar dacă aș fi vrut să pierd timp și energie urându-l pe Adam, pur și simplu nu le mai am, ținând cont de toate lucrurile care se întâmplă acum. Zilele astea, sunt amorțită când vine vorba de el. Accept faptul că el e în Franța chipurile pentru că aici l-a adus munca lui, nu pentru că n-a vrut niciodată să se deranjeze cu lucruri atât de lumeşti ca monogamia şi paternitatea. Fiul meu se mişcă şi-şi îndreaptă spatele, frecându-şi ochii în vreme ce suntem recompensaţi cu o primă privire spre Château de Roussignol. Eu l-am văzut doar în fotografii, în diferite stadii de renovare, chiar de la început, când era o epavă.

Asta se întâmpla în zilele când William nu era încă destul de mare să vorbească, iar Adam îmi trimitea ocazional e-mailuri, ataşând fotografii ale castelului. Când l-a cumpărat, toată lumea a crezut că era nebun.

Undeva, pe sub boschetele crescute de-a valma și grădinile neîngrijite, se vedea că era o clădire grandioasă. Dar nu avea curent electric, pe sub podele umblau şoareci şi instalaţiile sanitare păreau rămase din Evul Mediu. Dar Adam, în ciuda tuturor defectelor sale, a fost întotdeauna suficient de încăpăţânat încât să o scoată la capăt.

În timp ce e-mailurile ajungeau în inboxul meu lună de lună, timp de trei ani, am avut ocazia, fără să cer sau să vreau asta, să aflu lucruri despre noua lui viaţă: orele lui de muncă fizică, planificarea lui obsesivă, viziunea lui ridicol de ambiţioasă în legătură cu acel loc. M-am îngrijorat încontinuu cu privire la riscul financiar pe care şi-l lua şi cum ar afecta contribuţia lui la costurile creşterii lui William, contribuție fără de care, în perioada de început, nu am fi supraviețuit.

Citeam e-mailurile de la el cu un amestec de mirare, gelozie, furie şi disperare. Totuşi, privind în urmă, cred că motivaţia lui principală era doar un soi de nevoie copilărească de a demonstra că făcea cu adevărat ceva cu viaţa lui.

Când castelul era aproape gata și fiul nostru se apropia de a treia aniversare, a devenit destul de clar că Adam reușise s-o scoată la capăt.

Am refuzat să-mi permit să fiu acră, cel puţin nu în legătură cu succesul lui, pentru care muncise. Deși voi recunoaște că nu mi-a venit să cred *cât de repede* a început să se culce cu altcineva după ce ne-am despărţit, în vreme ce eu încercam să mă obişnuiesc să trăiesc cu sfârcurile dureroase, fără somn și cu gândul că o zi reușită însemna să apuc să mă spăl pe dinți înainte de ora trei după-amiaza.

– Am ajuns? întrebă William, luminându-se la față. Uau, e uimitor, nu-i așa?

– Sigur că e. Tatăl tău a făcut o treabă grozavă.

Castelul era dezarmant de frumos, mai degrabă un conac franțuzesc decât ceea ce ar fi fost în accepțiunea mea un *château*, dar cu toată grandoarea și splendoarea neoclasică pe care ți-ai fi putut-o dori.

Avea trei etaje, cu un acoperiș gri-argintiu care trecea spre nuanțele de biscuit ale pereților, cu ferestre uriașe, flancate de obloane elaborate, pictate în culoarea scoicilor. Două trepte din piatră, antice, cu o balustradă din fier forjat duceau spre o ușă aflată sub o arcadă supradimensionată. Un balcon înalt, acoperit cu iederă, dădea spre aleea de acces cu pietriș, flancată de chiparoși înfrunziți. Ghivece cu flori colorate intens subliniau contururile clădirii.

Ne-am continuat drumul în liniște, în miros de mentă și clopoței, în timp ce singurele sunete care se auzeau erau ciripitul privighetorilor și foșnetul încet al brizei prin copaci.

– Abia aștept să-l văd pe tata, spune William. Vine să ne întâmpine?

– Va încerca. A zis să mergem la recepție imediat ce ajungem.

Adam a jurat că va ieși și-l va îmbrățișa pe William imediat ce ajungeam, dar prefer să nu am așteptări prea mari. Având în vedere că e vorba despre Adam – și că nu mi-a răspuns la mesajul pe care i l-am trimis cu o oră în urmă, când ne-am oprit pentru combustibil –, nu sunt pregătită să risc. Am oprit motorul și am deschis ușa.

– Hai să mergem să vedem dacă-l putem găsi, am sugerat eu, scoțându-mi picioarele din mașină. N-o să te recunoască. Cred că ai crescut cinci centimetri de când te-a văzut ultima dată.

De la Crăciun, l-am văzut pe Adam în carne și oase o singură dată, când stătea la Londra în locuința noii lui iubite, Elsa. Ca multe femei cu care Adam a ieşit de când s-a despărţit de mine, Elsa e mai tânără cu vreo câţiva ani, iar în prezenţa lui e complet topită, la mila unei priviri scânteietoare a acelor ochi căprui.

În mare parte a timpului, mi-era greu să-mi aduc aminte că am nutrit aceleaşi sentimente faţă de el, dar logica îmi spunea că trebuie să le fi avut. Pentru că am fost împreună mai bine de trei ani, îndrăgostiţi cel puţin o parte din acea perioadă şi am reuşit să facem un copil împreună, fie şi accidental.

Asta a fost înainte să-mi dau seama că, atunci când Adam spusese că nu vrea să fie tată niciodată, chiar vorbise serios.

El a fost primul care a recunoscut că nu era făcut să fie tatăl pe care l-am avut eu. Tatăl meu era departe de a fi perfect, dar dragostea lui tot strălucise în fiecare oră pe care o petrecuse jucându-se cu mine, cu păpuşile şi casa lor sau, când am crescut, învăţându-mă să conduc. Lucrurile de genul ăsta nu erau interesante pentru Adam, nici măcar atunci când paternitatea nu mai era o decizie de stil de viaţă, ci devenise o realitate imposibil de evitat.

Toate astea au fost motivele pentru care a trebuit să închei relaţia noastră. A fost unul dintre cele mai grele lucruri pe care le-am făcut, dar nu am avut de ales.

Capitolul 5

Treptele din piatră ne-au dus la ușile grele și în holul recepției, pavat cu dale vechi.

Ne-am apropiat de un birou lung, aparent de epocă, pe care era așezat un vas din sticlă plin cu flori albe, cu parfum puternic, și un top de foi albe. Scaunul din spatele biroului era gol, iar William a luat asta ca pe un semn pentru a apăsa clopoțelul argintiu de mai multe ori.

Am fost întâmpinați de o femeie tânără, care purta o fustă neagră, scurtă, o bluză albă semitransparentă și balerini. Avea pielea roșie, transpirată, dinți strălucitori și lungi, păr blond, adunat în spate, care semăna cu o coadă de ponei dresat.

– Vă pot ajuta?

Era englezoaică, având o voce înaltă și încrezătoare care sugerează privilegiu și pedigri. Aș fi zis că avea în jur de douăzeci și cinci de ani. Nu era în niciun caz slabă, dar nicio părticică din ea nu se bălăngănea, cu excepția părților care asta ar trebui să facă.

– Avem rezervare într-una dintre vile. Pe numele Pendelton. Jessica.

Pe fața ei a apărut genul de zâmbet pe care l-ai aștepta atunci când auzi vestea că ouăle de Paște din ciocolată nu au calorii.

– Jess! Eu sunt Simone.

A pus jos stiloul, a ocolit biroul și și-a aruncat brațele în jurul meu. Asta m-a surprins ca atitudine față de clienți, mai ales având în vedere că vacanța asta era gratuită pentru mine.

– Iar tu trebuie să fii William!

Fiul meu s-a mişcat în loc.

– Da.

Ea a continuat să rânjească.

– *Chiar* semeni cu tatăl tău.

El părea mulţumit.

– Ah.

– Sincer, eşti leit el. Absolut minunat.

Obrajii lui William deveniseră stacojii.

– Ei, bine, sunt foarte încântată că v-am cunoscut pe amândoi. Şi, William, sunt sigură că voi ajunge să te cunosc mai bine, pentru că am reuşit să-l conving pe Adam să începem nişte activităţi pentru copii în vara asta, iar *eu* le voi organiza.

William a rânjit din nou. De fapt, ai putea pune un creion în gropiţele din obrajii lui şi ar sta acolo.

– Dacă îţi place fotbalul, eşti în locul potrivit. Ai vrea să te înscriu?

William era singurul copil din clasa lui, şi probabil din întreaga istorie de 89 de ani a şcolii, care nu era nici măcar vag interesat de acest joc. Lucrul cel mai apropiat de reuşitele sportive pe care l-a făcut a fost să se alăture echipei de bridge de la şcoală.

– Ăăă... da, răspunde el.

Îl privesc mirată.

– Cu ce echipă ţii?

El a înghiţit în sec.

– Manchester.

– City sau United? întreabă ea.

– Păi... amândouă.

Ea a chicotit şi el la fel. Fata s-a întors în spatele biroului şi şi-a pornit computerul.

– Aşa, să vă cazăm în vila voastră.

Oricât de luxos era castelul, tot mă bucuram că nu voi sta acolo, unde ştiam că avea Adam biroul. Părea prea aproape ca să mă simt confortabil.

– E o a treia persoană care stă cu voi, corect?

– E prietena mea Natasha, dar nu ni se va alătura mai devreme de o săptămână sau cam așa ceva.

– Ah, bineînțeles. Ei, bine, camerele sunt gata. Pot să vă conduc acolo chiar acum.

A dispărut într-un birou să ia o cheie, ne-a spus s-o urmăm afară, înapoi în soarele incandescent. Apoi s-a urcat într-o mașinuță de golf, în timp ce eu și William ne-am urcat în mașina mea s-o urmăm.

– Ei, bine, a fost prietenoasă, nu-i așa? am spus eu.

– Da, și mirosea minunat, a răspuns William entuziasmat, chestie la care nu pot găsi o replică potrivită.

Drumul se unduia în jurul castelului spre o piscină frumoasă, înconjurată de șezlonguri galbene ca floarea-soarelui și umbrele asortate. Erau acolo câteva familii tinere, bebeluși în costume de surf Breton cu dungi și copii care păreau de vârsta lui William, care se bălăceau în capătul adânc al piscinei.

Deasupra se afla o terasă cu bar, unde erau câteva mese și scaune, umbrită de o boltă de caprifoi în floare, foarte parfumat. În capătul îndepărtat se vedeau un teren de tenis, un teren de sport și o zonă de joacă în culori vii, înconjurată de grădini bine îngrijite și straturi romantice de margarete și trandafiri cățărători.

Am zărit un semn spre „Les Ecuries" – Grajdurile – în timp ce urmăream mașinuța lui Simone spre zona împădurită. Temperatura era mai mică la umbra copacilor, iar în scurt timp am ajuns la o parcare mică aflată în apropierea unui grup de clădiri din piatră cu obloane albastru-pastel și terase individuale pline de tufe albe de mușcate, așezate în jurul unei curți frumoase.

– E splendid, i-am spus lui Simone în timp ce traversam curtea prăfoasă spre ușa aflată chiar în capăt. Câte vile sunt?

– Douăzeci și una. Unele sunt cu două dormitoare, altele cu trei. Totuși, nu sunt toate la un loc – fostele case ale servitorilor, care se află de cealaltă parte a proprietății, au fost, de asemenea, renovate.

S-a aplecat și mi-a șoptit:

– Totuși astea sunt cele mai drăguțe. Și se află la doar câteva minute de mers pe jos față de castel, dacă o iei pe poteca din pădure.

A băgat cheia din fier forjat într-o ușă grea din lemn și a deschis-o. Înăuntru, vila era simplă și rustică, având o podea din plăci de ceramică și un spațiu deschis pentru bucătărie și living. Piesa dominantă era un șemineu în stil vechi, mare, în fața căruia erau așezate două canapele mici și albastre. Mai erau o masă mare, pentru a lua cina, și o bucătărie funcțională, dar în acelașă stil, cu o chiuvetă adâncă din ceramică, oale din fontă atârnate pe perete și blaturi de lucru făcute din scânduri groase de stejar. Dormitoarele erau albe, cu grinzi, cearșafuri cu imprimeuri drăguțe și vaze smălțuite.

– E foarte drăguț. Mulțumesc, am spus eu în timp ce William își revendica dormitorul.

– Adam va fi foarte încântat că-ți place, a spus ea.

– Deci... unde e?

– Ah! Trebuia să-ți spun: a avut ceva planificat în după-amiaza asta, a răspuns ea vag. A vrut să fie aici când ați ajuns, dar n-a putut scăpa.

Mi-am mușcat obrazul pe interior și am dat din cap politicos. Cumva, mereu era așa.

Capitolul 6

– Bagajele nu se dau singure jos din mașină, i-am spus lui William după ce Simone a plecat. Dacă aduc mașina până la ușă, mă ajuți?

– Lasă-mă doar să termin asta, a murmurat el, cu fruntea aplecată la aproape șapte centimetri de iPad.

– La ce te uiți? am întrebat eu, privind peste umărul său.

– *Femeia în negru.*

– Când ai descărcat asta? Cu siguranță că e prea înfricoșător pentru tine, nu?

– Mamă, e doar „cu acordul părinților pentru copii până la 12 ani", a oftat el.

– Așa e?

– Da.

Vârsta de zece ani e o piatră de hotar foarte ciudată. William era foarte copilăros, dar dădea semne alarmante despre cum avea să arate viitorul lui de adolescent. Pe de o parte, i-am explicat adevărurile vieții. Pe de alta, încă mai accepta ideea de Moș Crăciun (deși sunt destul de sigură că doar pentru a-mi face mie pe plac).

– Numai să nu vii în fugă la mine când ai coșmaruri, i-am spus eu.

– Mamă, *nu* o să am coșmaruri.

– Un minut, bine? Apoi am nevoie de tine.

Nu-mi răspunde.

– William?

– Da. Nicio problemă.

M-am dus afară, simțindu-mă puțin amețită de la căldură și oboseală în timp ce trăgeam mașina lângă vilă, apoi m-am dat jos și am deschis portbagajul. Am privit înăuntru, întrebându-mă cum reușisem să bag toate chestiile alea acolo. Nici măcar nu eram sigură cât de legal era să ai atât de multe lucruri îngrămădite în portbagaj. Am apăsat ușor încuietoarea și, realizând rapid ce greșeală făcusem, m-am aruncat spre ușă ca să împiedic grămada să cadă. Cu broboane de sudoare adunându-mi-se pe frunte, am încercat să scot afară totul, până am ajuns să fiu înconjurată de tot felul de bagaje și mi-am dat seama că încă mai aveam de scos coșul de picnic, douăsprezece cărți și greutățile de două kilograme.

– William? am strigat, fără să mă aștept cu adevărat să sară să mă salveze. *WILLIAM?*

– Aș recunoaște tonurile astea dulci oriunde.

M-am întors și am simțit că mi se usucă gura când l-am văzut pe Adam pășind spre mine.

– Ah, salut, am mormăit.

– Lasă-mă să te ajut.

A aruncat un buchet de flori frumoase, albastre, pe masa de pe terasă, urmat de o pungă maro din hârtie.

– Sunt bine, sincer, am insistat eu, dar el s-a băgat oricum și s-a proptit să oprească bagajele să cadă.

– Le țin eu, tu scoate câteva lucruri și vedem dacă ne descurcăm fără un motostivuitor.

Abia când am ajuns să avem o grămadă uriașă pe jos, lângă noi, și nu mai era niciun pericol să cadă ceva afară, am observat zâmbetul din colțul gurii lui Adam.

– Ai adus cu tine *tot* ce aveai prin casă?

A ridicat una dintre minigreutățile mele și a început să lucreze cu ea. Erau singurele lucruri care îmi ajutau aripioarele, dar n-aveam de gând să explic asta, așa că i-am smuls-o, pur și simplu, din mână.

– Nu sunt *chiar atât* de multe. E înşelător, pentru că maşina mea e foarte mică. Şi *suntem* doi pentru cinci săptămâni. Aveam nevoie de chestii.

El a ridicat maşina de făcut popcorn a lui William.

– Asta e pentru urgenţe?

– Aia nu-i a mea.

Era suficient să te uiţi la el ca să-ţi dai seama că Adam mânca doar alimente proaspete și hrănitoare care-i făceau ochii să strălucească, se bucura de un vin roșu, făcea mult sport și iubea să simtă căldura soarelui pe piele. Un amănunt neînsemnat îi era suficient ca să-l facă să zâmbească larg și pe fruntea lui nu se vedea niciun semn de stres. Părul lui închis la culoare era cu doi centimetri mai lung față de zilele când avea un job la un birou, iar acum se încrețea lejer pe fruntea bronzată.

– Arăți bine, am spus eu, politicoasă.

Părea puțin surprins, apoi a aruncat un ochi spre mine.

– Și tu, Jess.

M-am întors înainte să-mi poată vedea roșeața din obraji.

Adam a privit în portbagaj și a ridicat cartea cu explicaţii despre viață. Eram șocată, întrebându-mă cum a ajuns asta în mașină; cu siguranță, niciun copil de zece ani nu avea nevoie să știe mai multe despre apariția părului pubian decât citise deja.

– Ar fi trebuit să-mi spui dacă aveai nevoie de orice explicaţii, Jess, continuă Adam, răsfoind-o. Aş fi fost fericit să-ţi pun la dispoziţie cunoştinţele personale.

– Ha-ha.

El a continuat s-o răsfoiască.

– Presupun că asta e pentru William.

– Ai ghicit.

El a oftat.

– Mi se pare că-l dădeam în leagăn acum nu mai mult de cinci minute. Oricum, îmi pare rău că nu am fost acolo când aţi ajuns. Am fost prins.

Am simțit cum mi se încleştau fălcile, dar mi-am amintit motivul pentru care mă aflam acolo.

– E în regulă. Mulțumesc pentru că ne-au dat o vilă atât de frumoasă. Știu că vara sunt la mare căutare.

– Mă bucur că îți place. Ăăă... i-am luat câteva chestii.

S-a dus spre masă și a luat punga de hârtie, apoi s-a întors și mi-a dat-o.

– Câteva dulciuri și tricouri.

Am scos un tricou. Era atât de mic, încât ar fi stat mulat și pe un pitic de grădină.

– E foarte drăguț. Ai păstrat chitanța, în caz că nu-i vine?

– Ăăă. Nu sunt sigur.

Pentru o clipă, a arătat ca versiunea lui veche, de când avea 21 de ani, plin de contradicții și charismă.

– De ce nu te duci să-i faci o surpriză lui William, să i le dai chiar tu? i-am sugerat eu. E în dormitor.

A trecut o secundă până să dea din cap și să spună:

– Am să mă duc.

S-a îndreptat spre ușă, s-a oprit și a luat buchetul de pe masă, îndreptând tulpinile florilor înainte să mi-l întindă. L-am luat stânjenită.

– E foarte drăguț din partea ta. Mulțumesc, am murmurat, dându-mi seama cât de tulburător e când încearcă să fie drăguț cu mine. Du-te, am adăugat, arătând spre vilă. E nerăbdător să te vadă.

Capitolul 7

Nu eram sigură cum îmi imaginasem întâlnirea fiului meu cu tatăl lui în timp ce excursia se apropia. Având în vedere cât de încântat era William și cât de mult a trecut de când s-au văzut ultima dată, o parte din mine și-i imagina pe un câmp, îndreptându-se unul spre celălalt cu încetinitorul, precum starurile dintr-o reclamă proastă la parfum din anii '70.

În acest caz, realitatea era dezamăgitoare, ceea ce am realizat în momentul în care l-am zărit pe Adam furișându-se pe lângă grajd.

– Ce faci? l-am întrebat, urmărindu-l.

– Șșt, a spus el, punând degetul la gură înainte să pândească pe fereastra dormitorului. BAU!

– AAAAA! MAMA!

M-am uitat pe fereastră și l-am văzut pe William prăbușindu-se din patul de sus direct pe podea. M-am îndreptat spre ușa de la intrare, în timp ce el s-a grăbit afară.

– Ceva s-a furișat pe la spatele meu prin fereastră! a izbucnit el, convins că era vorba de forțe supranaturale.

– William, liniștește-te. Era tatăl tău.

„Purtându-se ca un măgar", am adăugat în gând.

Umerii lui s-au lăsat în jos când Adam a apărut de după colț.

– Oh, William. Îmi pare rău, a spus el, înfrânându-și amuzamentul în timp ce fiul nostru a rămas mut și nemișcat de uimire.

I-am dat un ghiont:

– Du-te și îmbrățișează-l pe tatăl tău.

El a făcut un pas înainte și Adam a alergat spre el, apucându-l de trupul slăbănog și trăgându-l la pieptul său.

– Salutare!

William s-a uitat în sus și a clipit:

– Nu mi-am dat seama că erai tu, tată. Totuși, nu m-am speriat cu adevărat.

Aproape puteai să-i vezi inima bătând cu putere prin pieptul osos.

– Nu-ți face griji, a spus Adam, fără să-și dea seama că acela era momentul în care ar fi trebuit să-și ceară scuze. Deci, cum a fost drumul? Mama ta mi-a scris un mesaj și mi-a zis că ai vomitat întruna.

William s-a încruntat spre mine.

– Nu *întruna*. Numai puțin.

– Ei, bine, acum ești aici. Cum ți se pare locul?

– E genial, a spus el, înveselit dintr-odată. Îmi place mult patul suspendat. Prietenul meu Josh are unul așa.

– Norocosul.

După asta, au stat acolo, stânjeniți, la un metru distanță unul de altul, și a devenit dureros de clar că ăsta *putea* fi singurul lucru comun despre care să vorbească tot restul vacanței.

– Deci, a spus Adam, bătând din palme.

– Deci, a repetat William.

– Te bucuri că ai scăpat de școală?

– Absolut.

– Îți place la școală, am subliniat eu.

– Știu, dar aș prefera să fiu aici.

– Tot matematica e materia ta preferată? a întrebat Adam.

William s-a gândit pentru un moment.

– Hmm. Cred că-mi place mai mult istoria. Semestrul ăsta am învățat despre regina Victoria. De fapt, e destul de trist. Când soțul ei Albert a murit, i-a fost atât de dor de el, încât a cerut să fie făcut un mulaj din ghips după mâna lui, ca s-o poată ține.

Nu a făcut pauză nici să respire.

– Și ăsta nu e singurul lucru fascinant despre victorieni, a continuat William serios, înainte de a-i da lui Adam o lecție de cinci minute acoperind toate subiectele, de la descoperirile medicale de la sfârșitul secolului al XIX-lea până la subjugarea femeilor.

– Uau! Nu mi-am dat niciodată seama cât de puține știam despre difterie, a concluzionat Adam sec.

– Pot să-ți spun mai multe dacă vrei, s-a oferit William.

Mi-am întors privirea spre Adam, dându-i de înțeles clar că trebuie să răspundă cu grijă.

– Mda. Mi-ar plăcea asta. Am planificat o grămadă de lucruri pentru întreaga perioadă cât ești aici.

William a zâmbit.

– Mă duc să-mi iau iPadul, a spus el, întorcându-se în vilă.

– Cred că îți amintești că este iPadul *meu*, am strigat eu după el.

Adam a ridicat o geantă și a mers cu ea înăuntru.

– M-am gândit că am putea să luăm cina în seara asta cu o parte din echipa care lucrează aici. Abia aștept ca toată lumea să-l cunoască pe William. Și pe tine, bineînțeles.

L-am urmat înăuntru, unde a pus geanta jos, apoi a rămas nemișcat.

– Mă descurc cu restul lucrurilor. Mulțumesc pentru ajutor, am spus eu.

– Nicio problemă.

Tot nu s-a mișcat.

– E bine să te am aici, Jess.

Am încuviințat scurt din cap.

– Ei, bine, William abia așteaptă să petreacă timp cu tine.

Părând ca și cum tocmai și-ar fi amintit ceva ce ar fi trebuit să fi întrebat deja, a spus:

– Cum e mama ta?

Am simțit că mă strâng coastele.

– Nu e foarte bine.

Am desfăcut fermoarul genții și am început să scot lucrurile din ea pe masă.

– Probabil că n-ai recunoaște-o acum.

– Îmi pare foarte rău. Trebuie să fie greu pentru tine.

– Este, Adam, am spus, hotărând să schimb subiectul. Deci, am cunoscut-o pe Simone.

– Ah, da?

– Când ai terminat-o cu Elsa?

El a înțepenit.

– De unde ai știut că am terminat-o cu Elsa?

M-am uitat în sus.

– Presupun că Simone este noua ta iubită?

– E atât de evident?

– Te pot citi ca pe o carte. Și nu una foarte complicată.

– E bine că nu sunt genul sensibil, a râs el, făcând cu mâna în timp ce se îndrepta spre ușă.

Am privit felul în care liniile spatelui său se mișcau pe sub tricou, în timp ce-și băga mâinile în buzunare și se îndepărta într-un fel care poate fi descris doar ca înfumurat.

– Nu-ți face griji, Adam. Nimeni nu te-ar putea acuza vreodată de așa ceva.

Capitolul 8

Cina s-a desfăşurat în jurul unei mese lungi, pe terasa din spatele castelului.

William şi cu mine am ajuns acolo când zidurile lui vechi erau scăldate în lumina roz-aurie a soarelui care apunea, în aerul greu de mirosul ierburilor şi al lămâiţei.

Suprafaţa piscinei era mătăsoasă şi tăcută, iar şezlongurile erau aşezate în rânduri drepte. În celălalt capăt al terasei erau câteva familii care împărţeau platouri mari de salată de fasole verde şi piept de raţă, în timp ce paharele cu vin clincăneau şi râsetele zglobii ale copiilor pluteau spre cer. M-am aşezat la masa lungă, presărată cu lumini mici, şi am acceptat un pahar de Pastis atât de rece, încât avea broboane de condens.

Printre cei adunaţi acolo în acea seară erau mai mulţi dintre vechii membri ai personalului, inclusiv grădinarul Jean-Luc şi un cuplu în vârstă, Monsieur şi Madame Blanchard, de la care Adam cumpărase castelul cu ani în urmă. Fusese în familia lor timp de generaţii, dar în ultimul deceniu se chinuiseră să-l păstreze, ceea ce însemna că visurile lor de a-l transforma în hotel nu se materializaseră niciodată până să fie cumpărat de Adam. Deşi pensionari, erau amândoi nişte bucătari excepţionali, aşa că veneau o dată sau de două ori pe săptămână ca să-şi pună în practică talentele gastronomice şi să le dea lecţii oaspeţilor, deşi Adam glumea mereu spunând că el a insistat să fie în preajmă ca să se asigure că nu face totul praf...

Mai erau, de asemenea, patru britanici tineri şi dublurile lor franceze, care aveau aerul unui grup de studenţi aflaţi în anul lor de pauză, toţi cu tatuaje pe glezne şi anecdote despre călătorii. Adam se integra printre ei neobişnuit de bine. La vârsta lui, tatăl meu avea o ipotecă, o familie şi genul de slujbă de contabil din care nu ieşi să tragi o gură de aer decât atunci când ajungi la 65 de ani.

Dar aici, Adam putea să aibă 21 de ani la nesfârşit, cu soarele care strălucea mereu, fetele tinere şi dornice să-i facă pe plac. Nu că doar fetele ar fi fost topite după el. Era tratat ca un personaj aflat între fratele mai mare şi cool şi un dictator inofensiv, care conduce şedinţa în timp ce băutura curge. În scurt timp, căldura mistuitoare de peste zi a făcut loc unei nopţi aromate şi ne-am trezit luminaţi de o lună portocalie, de lumina lumânărilor şi de strălucirea albastră de sub apă.

Mâncarea era servită în stil franţuzesc, relaxat, începând cu salată mixtă crocantă şi un platou de mezeluri, cărnuri uscate, mousse-uri şi piept de raţă afumat, feliat, servite toate pe o placă de ardezie.

– Ce sunt astea? a întrebat William, examinând salata; purta unul dintre tricourile pe care i le adusese Adam, atât de strâmt la subraţ, încât aproape că îi oprea circulaţia sângelui.

– Gesiers. Încearcă, sunt delicioase, a spus Adam, punând câteva cu o lingură pe farfuria fiului său.

William a strâmbat din nas.

– Dar ce sunt „gesiers“?

– Pipote. O parte din tractul digestiv al gâştei, dacă vrei informaţii detaliate, dar sunt pregătit să recunosc că după explicaţia asta nu sună apetisant, a rânjit el.

William a făcut o grimasă, iar eu i-am făcut semn spre direcţia platoului cu salam, asigurându-l că e fix la fel precum cel de pe pizza care-i place, doar că mai gustos.

– Adam mi-a spus că eşti lector, a zis Simone, ducând paharul la gură.

– Da, predau scrierea creativă la un colegiu.

– Cât de fascinant! Îţi place?

– La nebunie, am răspuns eu, ceea ce era o replică standard.

Era prea complicat să explic faptul că, odată, eram pasionată de munca mea, până când, la începutul acestui an, m-am simțit atât de tristă, încât m-am întrebat dacă voi mai găsi vreodată plăcere în ceva.

– Trebuie să faci uz de artificii, fiind o *mamă singură*, a spus ea, subliniind în mod ciudat ultimele două cuvinte.

– Mda, viața e agitată, am fost eu de acord. În plus, mama mea nu se simte prea bine, așa că nu mă mai poate ajuta așa cum o făcea până acum.

– Oh, vai! Îți țin pumnii să se facă bine în curând, a spus ea cu lejeritate.

Am zâmbit și am încuviințat, întrebându-mă apoi dacă asta nu fusese cel mai britanic lucru pe care îl făcusem vreodată: să nu vreau să stric o conversație uzuală prin ceva atât de incomod precum o boală incurabilă.

– Știi, chiar îmi amintești de mama mea, a spus Simone dintr-odată.

Mi-am ridicat privirea, surprinsă.

– Ah, sper că mama ta e Angelina Jolie, am rânjit eu, dar ea s-a uitat la mine cu o privire goală.

– Și ea are multe de dus. Când femeile ajung la o anumită vârstă, au o grămadă de îndatoriri, nu-i așa? Mama mea e mereu în picioare. De aceea eu sunt hotărâtă să profit la maximum cât am douăzeci de ani, înainte să fiu legată de responsabilități și de vergeturi, a zâmbit ea, apoi s-a corectat. Nu că aș sugera că tu ai vergeturi. Of, asta a sunat *îngrozitor*, nu-i așa?

– Chiar deloc, am asigurat-o eu. Și, oricum, m-ai prins.

Între mine și Adam a fost un moment de liniște după ce Simone s-a scuzat să meargă la toaletă.

– E dulce, i-am spus eu.

– Mulțumesc.

– Și William o place.

Arăta de parcă nu s-ar fi gândit nicio clipă la ce-ar putea William să creadă despre ea.

– I-ai cunoscut părinții deja?

El și-a agitat vinul în pahar și s-a întors spre mine, umplându-mi creierul de izbucnirea neașteptată a parfumului intens al gelului de duș pe care-l folosea în perioada aceea.

– Ăsta e felul tău de a-mi spune că e prea tânără pentru mine?

– Departe de mine să judec.

Am zâmbit în pahar și i-am simțit privirea asupra mea.

– Nu, e drăguță. Serios, am insistat eu, hotărând că trebuia să încheiem această conversație. Ah, William, hai să-ți fac o poză, ca să i-o trimit bunicului tău.

William a făcut o pauză ca să zâmbească pentru fotografie, înainte ca Adam să se ofere să ne facă una și împreună. Am ales una dintre imagini și am compus un text. „Am ajuns cu bine și William deja se distrează după o călătorie lungă! Cum e mama? x“

Am apăsat trimite și am privit semnalul wi-fi încărcându-se, chinuit.

– Mă tem că wi-fi-ul nu e tocmai supersonic pe aici. Suntem prea rurali, mi-a spus Adam. O să ajungă, într-un final, dar dacă ai nevoie să vorbești pe Skype cu părinții tăi sau să trimiți ceva urgent, să vii în biroul meu s-o faci.

– Mersi.

Adam a scos un pachet cu hârtii și niște tutun din buzunarul de la spate. Eu mi-am lăsat telefonul mai jos.

– Am crezut că te-ai lăsat.

– Acum sunt doar fumător de ocazie.

L-am privit cum a început să-și ruleze țigara, aruncând un ochi spre William. Știam că e deștept, dar nu voiam să-i vină vreo idee.

– Cu toții avem viciile noastre, a ridicat Adam din umeri.

– Da, dar ale mele sunt tortul și platforma Netflix, și niciunul dintre ele nu e fatal.

Mi-a aruncat o privire superioară.

– Mai lasă-mă, Jess.

Și deși prin capul meu se învârteau vreo douăsprezece răspunsuri, am tras adânc aer în piept, am luat o gură zdravănă de vin și am căutat pe altcineva cu care să vorbesc.

– Cum e vila ta, Jess?

Tipul tânăr care stătea lângă William avea ochi căprui adormiți și cel mai dulce accent galez, dar părul îi era ca al unul surfer, blond și sărat.

– E minunată, mulțumesc.

– Ai auzit, șefule? a zâmbit el spre Adam.

– Nota maximă.

Adam s-a întors spre mine.

– Ben a curățat-o înainte să ajungi. E de neoprit în acea uniformă ocru.

Ben a râs.

– Astea sunt riscurile când vii la muncă într-un loc așa minunat ca ăsta. S-ar putea să ai parte de soare și peisaj frumos. Dar trebuie și să-ți sufleci mânecile și să freci toaletele când omul de serviciu sună și anunță că e bolnav.

– Ei, bine, strălucea de curățenie, l-am asigurat eu. Ai complimentele mele.

– Hai noroc pentru asta, a spus el, ridicându-și paharul.

Câteva ore mai târziu, când eu și William am ajuns fiecare în paturile noastre, m-am întins și mi-am verificat telefonul, realizând că primisem un mesaj de la tata.

„Mă bucur că William se distrează. Și tu? Mama a avut o zi bună. Am petrecut după-amiaza la Willow Bank și vremea a fost minunată, așa că am stat în grădină și ne-am uitat pe cărțile ei cu torturi. Tata x"

Am închis ochii și mi i-am imaginat stând printre trandafiri, în timp ce el întorcea paginile lucioase, dându-le ochilor ei ocazia să se oprească asupra fiecărei fotografii. Nu pot fi multe tipuri de prăjituri pe care ea să nu le fi încercat la un moment dat – pentru mama, asta nu era doar ceva care să facă timpul să treacă, era pasiunea ei.

Și, deși creațiile elaborate din cărțile acelea erau acum peste capacitățile ei, îi plăcea să se uite la ele și să-și amintească de magia pe care o făcea odată cu ajutorul unui dulap plin cu ingrediente, puțină răbdare și flerul ei artistic înnăscut.

Capitolul 9

Cel mai bun tort pe care l-a copt mama vreodată a fost cel pentru aniversarea mea de șase ani și, până în ziua de azi, inima mea tresărea de fiecare dată când mă gândeam la el.

– Ești sigură că va fi gata la timp? am întrebat eu, în timp ce ea terminase să asambleze trei blaturi Victoria și un munte de cremă de unt, pufoasă și deschisă la culoare.

În vremea aceea, bucătăria noastră era mică – era înainte de momentul în care părinții mei au dărâmat peretele dinspre living – cu dulapuri albe, imaculate, plăci de gresie bej cu model și un cuptor cu microunde, în care nimeni nu avea încredere deplină.

– Nu ai prea multă încredere în mine, nu-i așa? a râs ea, oferindu-mi spatula să o ling, ceea ce era, evident, cea mai bună parte din tot procesul.

– Asta înseamnă că da, *o să fie gata*? am întrebat-o eu.

Ea s-a aplecat și m-a sărutat pe creștet.

– Jess. Îți promit că până în momentul în care paisprezece fete vor năvăli în casa asta, mâine, tortul tău va fi gata, chiar dacă o să stau în picioare până la miezul nopții.

N-ar fi deranjat-o dacă ar fi stat.

Niciodată n-a fost nevoie să fie întrebată înainte de a începe să muncească la torturile alea pentru fiecare aniversare din familie, botez sau nuntă: o gărgăriță pentru aniversarea mea de trei ani, un tort de nuntă cu patru etaje pentru verișoara mea Charlotte și o altă operă specială de artă care-l includea pe tatăl meu pe post de Superman.

Mersesem în sufragerie și-l găsisem pe tata atârnând decorațiunile.

– Ai venit să mă supraveghezi? a întrebat el din vârful scării.

Agățase baloane albastre, verzi și albe de șina pentru fotografii, alături de un banner uriaș cu *La mulți ani*. De deasupra rafurilor pentru cărți care dominau trei din cei patru pereți atârnau ghirlande.

Trebuie să fi fost sute de romane în camera aceea, dacă ai fi stat să le numeri. Mama avea rezervată o secțiune pentru cărțile ei cu torturi, dar cele mai multe dintre volume erau de ficțiune. Romanele polițiste erau preferatele ei, orice de la Ruth Rendell până la *Crima din Orient Express*, pe care îl citea iar și iar.

– Sunt atât de entuziasmată! am repetat eu.

– Da, așa mi se pare și mie, a rânjit tata, coborând de pe scară. Așa că amintește-mi... care era cadoul pe care ți-l doreai mai mult decât orice altceva pe lume?

– O bicicletă, am mințit eu.

El zâmbea nesigur.

– Serios? Credeam că era altceva, dar... ești sigură că o bicicletă ar fi OK?

Nu știam dacă ar fi trebuit să spun sau nu.

Văzusem o masă de toaletă pentru adulți, ca de prințese, în fereastra unui magazin din Londra când îl vizitasem în vară pe unchiul Alan și aceea fusese prima dată când tânjisem cu adevărat după ceva ce nu era o jucărie. În ochii mei, era un lucru cu adevărat frumos, cu suprafața ovală, o oglindă în trei părți, ornamentată, și o perdeluță de jur împrejurul marginii, ascunzând un labirint de sertare.

– Nu, serios, mi-ar plăcea mult o bicicletă.

Îmi simțeam obrajii încălzindu-se.

Ochii lui au devenit serioși.

– Știi de ce nu ai putut primi masa de toaletă, nu-i așa?

Am încuviințat.

– Ar fi prostesc să cumperi ceva care costă atât de mult, nu-i așa, tăticule?

– Foarte prostesc, a încuviințat el și s-a întors la baloane.

În dimineața următoare, am despachetat bicicleta și am fost foarte încântată de ea. M-am asigurat și că-mi arăt încântarea, de asemenea, pentru că văzusem de curând *Charlie și fabrica de ciocolată* și nu voiam să ajung să fiu o nesuferită, ca Verucca Salt.

Dimineața a trecut dureros de încet, în timp ce mama a terminat sandviciurile, iar tata a pregătit muzica și pernele pentru „pasează pachetul" înainte de a ieși la o halbă de bere când a prins ocazia. Apoi a ajuns bunica Jill și m-a ajutat să mă îmbrac cu rochia roșie de petrecere, ciorapii albi și pantofii negri de lac.

– Pentru ce avem buric? am întrebat eu, în timp ce bunica Jill îmi așeza clinii.

Citeam deseori *Enciclopedia corpului uman pentru copii* și, deși aveam cunoștințe vaste despre cum funcționa intestinul gros, nu-mi aminteam să fi văzut nimic despre motivele pentru care era o gaură în burta mea.

Bunica Jill mi-a sucit ciorapii la locul lor.

– Pentru că, după ce Dumnezeu îți pune urechile și alege culoarea părului tău, își bagă degetul în burtică și spune „Ești gata". Apoi ești pregătită să vină barza să te ducă la mama și la tatăl pe care i-a ales pentru tine.

Am strâmbat din nas.

– Asta *nu poate* să fie adevărat.

– Bineînțeles că este.

S-a auzit soneria.

– A venit primul tău musafir!

Eram prea ocupată să mă distrez ca să observ că tata nu se întorsese pentru petrecere. Prea ocupată învârtindu-mă în jurul scaunelor, rupând ambalajele cadourilor și, în principal, savurând suspinele de admirație când mama a scos tortul.

Era spectaculos: un castel din povești, de culoarea sidefului, asemenea unei scoici, cu șiruri de trandafiri galbeni din fondant și turnuri cu sute și mii de pietricele.

În timp ce am suflat în lumânări și fetele din jurul meu au izbucnit în aplauze, am observat-o pe bunica Jill atingând-o pe mama pe braț.

– Probabil e mai bine că *el* nu e aici.

Mama a încuviințat, părând gata să izbucnească în plâns.

– Mai sunt cârnați pe băț? a întrebat Sarah Hems.

Mama și-a revenit brusc.

– Da, mai sunt o grămadă. După asta, ce-ar fi să ne mai jucăm puțin?

Mi-am amintit atunci faptul că organizarea jocurilor nu trebuia să fie treaba mamei.

– De ce nu e tata aici? am întrebat eu.

– O să vină mai târziu, a spus mama vag.

– A uitat de petrecere?

Niciun răspuns.

– Poate s-a gândit că ar fi mai bine să ne lase pe noi, fetele, ca atunci când ne-am uitat la *Sunetul Muzicii*? am sugerat eu.

– Da, asta trebuie să fie, a spus ea.

Dar n-am crezut că asta era. Și am simțit un val de tristețe pentru că tata pierdea ziua mea cea mare. Uneori, putea fi uituc – întotdeauna ajungea târziu când era vorba despre lucruri pentru care eu și mama ardeam de nerăbare. Dar știam că avea să fie supărat odată ce urma să realizeze unde ar fi trebuit să fie.

Am încercat să uit de asta și să mă bucur de restul petrecerii, dar nu mă puteam abține să nu mă îngrijorez. Din câte știam eu, putea să fie călcat de un autobuz. Probabil că ideea asta crescuse în timp ce minutele se scurgeau și, mai ales, pentru că o auzisem pe mama spunând acest lucru de multe ori.

În timp ce părinții veneau să-și ia copiii, am tras-o pe bunica Jill de braț.

– Crezi că ar trebui să sunăm la poliție și să vedem dacă știu ei unde este tata?

– De ce, unde crezi tu că e?

– Turtit pe drum, pe la numărul 86.

Ochii ei s-au micșorat, ca și când ar fi fost foarte tristă și enervată în același timp.

– Ziua, oameni buni!

Capul meu s-a întors brusc spre părinții care se amestecau la ușă și acolo, făcându-și loc să treacă, era tatăl meu, părând foarte fericit și cu părul ciufulit, ca un pămătuf de șters praful. Am alergat spre el și l-am îmbrățișat și am simțit un val copleșitor din mirosul acru care se lipea mereu de haina lui după ce mergea la bar.

– Așa, sărbătorita. Trebuie să te duci în living pentru un mo... Am o surpriză pentru tine.

Vocea lui era neclară și zgomotoasă și mi-am aruncat privirea spre mama, întrebându-mă cât de nervoasă era pe el, dar de data asta ea părea doar surprinsă și doar puțin nervoasă, la fel ca toată lumea.

– Uite-aici, prietene, dă-mi o mână de ajutor cu asta, a spus tata, părând neobișnuit de macho în timp ce-l înșfăcase pe tatăl lui Vicky Jones de braț, trăgându-l, amețit, spre ușă. Haide, șterge-o, Jess!

Bunica Jill m-a condus înțepată spre living și a închis ușa. Un minut și mult tărăboi mai târziu, cineva a apăsat cu putere clanța, a deschis brusc ușa și tata a strigat:

– Surpriză!

Acolo, în fața mea, era măsuța de toaletă pentru prințese, sosită tocmai de la Londra.

Lui Sarah Hems i-a picat fața.

– Ești FOARTE norocoasă.

În timp ce m-am apropiat s-o ating, m-am simțit de parcă o păsăruie ar fi zburat în pieptul meu.

– Știu, am șoptit eu, promițându-mi că mă voi ruga în acea seară la Dumnezeu, să-i mulțumesc că a trimis-o pe barza mea la cea mai bună mamă și la cel mai bun tată din toată lumea.

Și poate că-l voi ruga, de asemenea, să-l determine pe tata să nu ne mai facă pe toți să ne îngrijorăm pentru el.

Capitolul 10

Priveliştea de dimineaţă de la fereastra bucătăriei era înceţoşată şi nu promitea prea multe, cu un soare jos, ascuns de ceaţă. Mi-am făcut o cafea înainte să ies.

În timp ce mă aşezam pe un scaun, de cealaltă pare a curţii s-a deschis o uşă şi a ieşit un bărbat, cu o fată care părea să fie fiica lui. El părea a fi de vârsta mea, poate mai mare, şi purta nişte pantaloni scurţi care dezvăluiau o pereche de picioare musculoase şi bronzate. Cămaşa lui era frumoasă şi călcată cu grijă. Fata avea părul lung şi negru, un cercel în nas şi atât de mult machiaj, încât părea să aibă ori 12, ori 25 de ani.

– Neaţa, mamă!

Mi-am ridicat privirea şi l-am văzut pe William întinzându-se în tocul uşii, cu ochii încă adormiţi şi pantalonii de pijama puşi pe dos.

– Bună dimineaţa, dragule, cum eşti?

– Mi-e foame.

În ultima vreme auzeam refrenul ăsta de cel puţin douăsprezece ori pe zi, mai puţin, se pare, când pe meniu erau pipote.

– Putem merge să luăm nişte *pains aux chocolat*?

– Bine, mergem pe jos la castel, am răspuns eu. O să am astfel ocazia să-mi exersez franceza.

Studiasem limba când eram în şcoala generală. Asta mi-a prins destul de bine de-a lungul anilor, în toate ocaziile în care a trebuit să explic faptul că aveam paisprezece ani şi hobby-urile mele includeau *netball*-ul[1] și cărțile lui Judy Blume. Recent totuși, am descărcat un curs de limbă audio, care sper că măcar mi-a îmbogățit un pic repertoriul de fraze.

După ce eu și William ne-am îmbrăcat, am ieșit, iar ceața deja se împrăștia cu rapiditate. Părea mai răcoare ca în după-amiaza anterioară, cu nori pufoși, pe un cer albastru și limpede. Am ieșit din lumina filtrată de copaci și-am găsit pe terasă câteva cupluri care se relaxau citind ziarul și luând micul dejun. Atmosfera era plină de mirosul de vis al produselor dulci de patiserie, proaspăt coapte, și a cafelei tari, în timp ce ghivecele umede cu flori abia stropite ofereau o expolzie de culori strălucitoare.

Niște uși duble ne-au condus într-un salon răcoros, cu o masă veche, lustruită, în centrul căreia se afla un castron cu smochine mari și coapte. În colțul ei se afla o vază înaltă, din sticlă, cu crini africani. Tot locul mirosea a săpun de firmă, a flori proaspăt tăiate și a lux.

– *Bonjour, madame.*

Doamna care ne saluta era cu decenii mai în vârstă decât mare parte din personal, dar avea un zâmbet luminos și o piele care strălucea de vitalitate.

– *Je peux vous aider? Vous avez l'air un peu perdu tous les deux.*

Vocea ei avea tonurile moi ale unui cântec de leagăn, râzând ușor spre sfârșitul propoziției. M-am băgat în vorbă, deși n-aveam nici cea mai mică idee ce spunea.

– *Vous desirez quelque chose?* a întrebat ea, mult mai repede decât oricine din manualul meu audio.

Mi-am dres glasul și am hotărât să rămân la lucrurile simple și să încep cu ceva de băut.

– *Vous avez EAU?*

Deasupra nasului ei s-a ivit o linie ironică.

– *Eauuuuu*, am repetat eu.

Am rostit cuvântul clar ca lumina zilei, dar ea m-a privit de parcă i-aș fi cerut ceva atât de ciudat, încât avea nevoie să-l caute

---

[1] Joc cu mingea, asemănător baschetului (n. trad.)

întâi pe Google și apoi să facă o comandă la un mic magazin specializat de la marginea Siberiei.

– EEEEooo? s-a încruntat ea ușor.

– *Oui!* am rânjit eu triumfător.

– *Je ne comprend pas. Vous pouvez repeter? Si nous n'en avons pas, je peux en commander.*

M-am înroșit până în vârful urechilor.

– Ești bine, mamă? m-a întrebat William.

– Da, absolut, am spus eu, hotărându-mă să-i arăt ce voiam să spun; am desfăcut o sticlă și mi-am turnat singură un pahar cu apă, apoi l-am băut pe nerăsuflate, cu entuziasm.

– Ahh! a spus ea într-un sfârșit, invitându-ne să luăm loc afară, înainte să dispară din nou în castel și să se întoarcă aducând o listă de vinuri.

– Pot să ajut? a intervenit Adam din tocul ușii, îmbrăcat cu niște pantaloni gri, cool, și o cămașă moale, albastră, deschisă la gât.

– Totul e sub control, am insistat eu, înainte ca ea să-i vorbească în franceză la foc automat, el să-i *răspundă* în franceză la foc automat în timp ce eu stăteam încuviințând, pentru a lăsa impresia că urmăream întregul schimb de replici.

– Ce încerci să comanzi? a întrebat Adam. Claudine pare să creadă că vrei niște antigel pentru mașina ta, dar eu nu cred că poate fi corect.

– Vreau doar niște apă, am bombănit eu. Asta e tot.

– AHHH, *apă*! a exclamat Claudine.

– Da, apă, am zâmbit eu neajutorată. *Eau.* Doar *eau.* Ah, și două *pains aux chocolat* și o *café au lait*, dacă nu te superi.

– *Bien sur*, a răspuns ea și a dispărut prin ușile duble.

Adam și William s-au uitat spre mine, schimbând priviri amuzate.

Nu era chiar genul de conectare la care mă gândisem.

Capitolul 11

Adam s-a dus înapoi în birou să dea un telefon, în timp ce o fetiță într-un costum de baie galben și cu o pălărie de soare asortată a apărut ținându-l strâns de-o mână pe tatăl ei, cealaltă mână a bărbatului fiind încărcată cu găletușe și lopățele din plastic.

Am săpat în geantă după niște cremă de soare și, când mi-am ridicat privirea, mi-am dat seama că adolescenta care stătea în vila de vizavi de noi era la masa de alături. Purta o pereche de ochelari de soare închiși la culoare, un tricou negru și jeanși tăiați peste pulpele ei albe și slabe. Era cufundată în *Metamorfoza* lui Kafka, care mie nu mi s-a părut niciodată că ar fi bună de lectură de vacanță. Și-a ridicat ochii și m-a surprins privind-o.

– Bună, am zâmbit eu, dar nasul ei s-a strâmbat într-o încruntare suspicioasă. Excelentă carte. Îți place?

– Cred că e exagerat de apreciată.

– Ah?

– Mi-a plăcut mai mult *Procesul*. A fost mai amuzantă. Sincer să spun, sunt mai degrabă un fan al existențialismului.

Nu a așteptat un răspuns, ci, în schimb, și-a băgat cu hotărâre nasul înapoi în carte. Am deschis crema de soare, când ea și-a ridicat privirea.

– Stai vizavi de noi, la Grajduri, nu-i așa?

– Așa e. Am ajuns ieri, i-am spus eu.

– Și noi. Mai avem încă treisprezece zile, a oftat ea teatral.

– De unde ești?

– Devon, a răspuns ea. Sau cel puțin eu – locuiesc acolo cu mama mea. Tata stă în Cheshire.

– Ah – asta e aproape de noi. Suntem din Manchester.

Pentru un moment am crezut că se va întoarce la cartea ei, dar și-a ridicat din nou privirea.

– Ai auzit de Hampson Browne?

– Nu sunt avocați? Firma are o reclamă care rulează la televizor între știrile locale.

– Mda. Aia e firma tatălui meu.

– Lucrează acolo?

– El e Hampson.

Dacă e mândră de asta, nu o arată.

Mi-a sunat telefonul și m-am scuzat, văzând numărul lui Beck. Am răspuns.

– Salutare, străino. Cum e treaba? am întrebat eu.

– Ei, bine, e 10.30 dimineața și meditez dacă să deschid o sticlă de Sauvignon Alb, ca să îți răspund la întrebare. Mai important, *care-i treaba cu tine*?

În mod obișnuit, asta era o întrebare foarte directă. Dar mi-a luat o secundă să-mi găsesc nota veselă din voce.

– Sunt bine.

– Serios?

– Da, vremea e grozavă aici. E însorit, dar nu foarte cald. Și sunt lucruri de făcut pentru copii – au un teren de minifotbal și un loc de joacă; în plus, piscina e grozavă...

Două voci înalte au izbucnit în telefonul meu. Le-am recunoscut imediat ca fiind ale celor doi micuți ai lui Becky, James, de șapte ani, și Rufus, de cinci ani.

– BĂIEȚI, NU VĂ MAI BATEȚI! a urlat Becky. BĂIEȚI!

Au urmat zgomote de pași și de uși trântite, apoi hărmălaia s-a potolit. Când, într-un final, s-a întors, rămăsese fără suflu.

– Scuze pentru asta.

– Ai încuiat copiii într-un șifonier?

– Nu, m-am încuiat pe mine într-unul, sau mai degrabă în dulapul de pantofi.

Am izbucnit în râs și ea mi s-a alăturat.

– Eram doar la capitolul improvizații, dar e un loc destul de bun. Recunosc, miroase un pic, dar măcar pot să aud ce spui, iar lui Poppy îi place pentru că ea crede că ne jucăm de-a v-ați ascunselea.

Poppy este fiica lui Becky de doi ani și jumătate.

– Ascultă, a continuat ea. Am sunat doar să întreb dacă vilele au uscătoare de păr sau trebuie să mi-l iau pe al meu cu mine?

– A noastră are două. Sunt sigură că a ta va fi la fel.

– Grozav. Deci, cum stau lucrurile cu Adam?

– Oh. E bine.

– Arată încă enervant de bine? a întrebat ea.

– Oh, te rog.

– Scuze. Atunci, e tot un labagiu?

Am fornăit și am aruncat un ochi la William, sperând că n-a auzit.

– O să trebuiască să hotărăști asta singură.

– Ei, bine, o să-i iert orice dacă reușim să avem un minut de liniște în vacanța asta. Oh... nu!

– Ce s-a întâmplat?

Ea a oftat.

– Băieții au vărsat o sticlă de doi litri de lapte, băiatul care spală geamurile bate la ușă și Poppy a făcut un caca. Pe aici e distracție non-stop.

Capitolul 12

Croasantul crocant de pe farfuria mea mirosea atât de divin, că-mi lăsa gura apă. Totuși, în ultimele zece minute am ajuns să fiu înconjurată de femei cu pielea fină, adolescente sau puțin trecute de douăzeci de ani, purtând genul ăla de pantaloni scurți pe care eu am avut ultima dată curaj să-i îmbrac când aveam nouă ani. Am împins farfuria cu degetul arătător.

– Nu-l vrei? m-a întrebat William, cu obrajii plini de ciocolată.

– Bineînțeles că-l vreau. Vreau zece.

Sprâncenele lui William s-au ridicat, ca și când el nu s-ar fi gândit niciodată să ceară zece, dar acum au apărut o grămadă de noi posibilități. M-am uitat din nou spre corn și m-am întrebat de ce-mi bat capul să mă abțin. L-am luat și am mușcat din el.

– De ce nu te duci să explorezi? am sugerat eu când William a terminat de mâncat.

– OK, a ridicat el din umeri, împingându-și scaunul.

– Să nu te duci prea departe, bine?

El și-a dat ochii peste cap în timp ce Adam a ieșit din castel ținând în mână o ceașcă de cafea și s-a îndreptat spre mine.

– Ah, abia aştept să fie adolescent, am bombănit eu în timp ce Adam se așeza.

– E un copil bun. Sunt sigur că n-o să-ți dea bătăi de cap.

Mi-a venit să-i zic: *„De unde știi tu?“*

– Ai făcut o treabă grozavă cu locul ăsta, am reușit eu să spun însă.

Ochii lui au strălucit de mândrie.

– Ei, bine, a durat mult până să ajungă în punctul ăsta.

– Știu. Dar cred că ești foarte mulțumit.

– Mda. Sunt.

S-a întins spre ceașcă, iar eu am observat cât de diferit arată degetele lui groase și bronzate față de zilele când era legat de birou. A avut întotdeauna mâini masculine, dar unghiile îi erau de la natură frumoase, iar pielea fină și subțire. Zilele astea, erau mai închise la culoare, cu o nuanță de miere, aspre la articulații.

– Luna trecută, cineva mi-a făcut o ofertă pentru a vinde locul ăsta.

– Serios? am zis eu, ridicând privirea.

– Nu l-aș vinde niciodată, dar m-am simțit flatat.

M-am uitat la William, care lua în mână pietre și le examina, așa cum făcea atunci când era copil mic.

– Ascultă, despre fumat, a spus Adam dintr-odată. N-am s-o fac de față cu William.

Am fost puțin uimită de moderarea atitudinii sale, dar n-am vrut să continui subiectul.

– OK.

– Nu mă las, dar înțeleg de ce n-ai vrea să-l vadă pe tatăl lui făcând asta.

– Mulțumesc.

– Totuși, nu cred că am chiar atât de multă influență asupra lui.

– Ai fi surprins, am spus repede, în timp ce William venea din nou la masă.

– E vreun loc de unde se pot cumpăra dulciuri? l-a întrebat el pe Adam.

– Tocmai ai mâncat două *pains aux chocolat*! O să mergem în curând la supermarket să ne facem provizii, așa că o să luăm câteva. Și o grămadă de fructe. Deci, Adam, ce ne-ai pregătit pentru următoarele săptămâni?

El s-a blocat la jumătatea înghițiturii, apoi a lăsat jos ceașca, încet, cu ochii lipiți de farfurioară. Mișcarea asta cu încetinitorul era clar făcută cu scopul de a câștiga ceva timp pentru a se gândi cum să răspundă.

– Ei, bine, sunt o grămadă de lucruri de făcut pe aici, a spus el într-un final.

– Așa am citit și eu. Ce ai organizat?

– M-am gândit să vă aștept să ajungeți și să discutăm despre ce ați avea chef să faceți.

Mi-am îngustat ochii cinic.

– Asta e... frumos din partea ta.

Mi-a ignorat tonul și s-a întors către William.

– Sunt o grămadă de lucruri de făcut pentru tine și mama ta. Pot să vă arăt niște poteci sau puteți să mergeți cu canoea. Dacă vă simțiți amândoi pregătiți de o aventură, pot să vă pun în legătură cu o firmă care organizează cățărări.

– Am citit ghidurile, i-am spus eu. Mă întrebam doar ce vrei *tu* să faci cu William.

El a făcut o pauză.

– Eu?

– Da.

Judecând după felul în care și-a îndreptat spatele, și-a dat seama unde greșise.

– Corect. Ei, bine, e mijlocul sezonului, deci îmi e imposibil să-mi iau mult timp liber. Aș putea în după-amiezile impare, dar trebuie să ținem cont și de Simone.

Mi-a rămas cafeaua în gât.

– Dar e clar că *tu* ești prioritatea mea cât sunteți aici, William, a adăugat el în grabă. Să-ți zic ceva, ce-ar fi să mergem într-o zi să ne plimbăm prin niște chei sau să facem o tură ușoară cu canoea?

– Ce implică asta? Sună periculos.

Judecata lui Adam cu privire la tipul de activități potrivite pentru un copil de vârsta lui William e mult subdezvoltată. La aniversarea lui de cinci ani, i-a adus un set enorm cu Locomotiva Thomas, în ciuda faptului că ultima dată când William arătase vreun fel de interes pentru acel personaj fusese la trei ani. Când avea opt ani, i-a cumpărat o bicicletă potrivită pentru un copil de cincisprezece ani, una atât de mare, încât am avut nevoie de trei încercări și imitarea cât mai precisă a unui Cocker ca să-mi trec piciorul peste ea.

– Mersul cu canoea o să fie OK, a spus el disprețuitor, într-un fel care nu suna prea bine.

– Dar ce *implică* asta?

– Un pic de cățărat pe stâncă, sărit în vâltori, alunecat pe cascade. E grozav. Am un amic care ne poate duce.

Am simțit un fior rece pe șira spinării.

– Ce-ar fi să ne rezumăm la ceva de genul... unei plimbări cu bicicleta, am sugerat eu. Sau e vreun loc unde au hidrobiciclete?

– O să merg cu canoea, a decis William.

Am închis gura.

– Ăăă... OK.

M-am întors spre Adam.

– O să fie nevoie să discutăm câteva lucruri înainte să mergi oriunde cu el. Cum ar fi alergiile lui. Și are o fobie privind viespile.

– Ba nu am!

– Mare parte din vara trecută ai fost isteric de fiecare dată când se apropia vreuna de tine.

– Asta a fost vara trecută. Atunci aveam doar nouă ani, a spus el, de parcă ar fi fost cu decenii în urmă.

Am privit spre Adam și mi-am dat seama că ochii lui închiși la culoare s-au rătăcit apatic de cealaltă parte a piscinei, unde era o femeie elegantă cu pantaloni scurți și o pălărie șic cu boruri late. Părea a avea vreo 50 de ani, dar corpul ei era musculos și suplu ca al unei persoane care se ține de exerciții cu religiozitate.

M-am întors, iar Adam și-a dat, într-un final, seama că mă uitam la el.

– Scuze – mi s-a părut că recunosc pe cineva. Care-i faza?

– Nimic, am răspuns eu, întrebându-mă cum de m-am implicat vreodată într-o relație cu un bărbat ca el.

Mai ales că nu pot pretinde că nu fusesem avertizată.

Capitolul 13

Reputația lui Adam de dinainte ca noi să fim împreună era irelevantă, pentru că îndrăgosteala e complet lipsită logică. Când inima ta cântă, capul e complet la mila ei.

Ne-am cunoscut în Edinburgh, când amândoi studiam Literatura Engleză la universitate. L-am remarcat prima dată la un curs despre Iluminism, cam la o lună de la începutul cursului de diplomă. Nu fusese vreun moment fulgerător în care să fi fost atât de surprinsă de el încât să mi se taie răsuflarea. Totuși, pe măsură ce săptămânile au trecut, de fiecare dată când îi zăream fața, chiar și în celălalt capăt al încăperii, tot corpul meu se înmuia.

Nu era cel mai arătos tip de la curs, dar își făcuse o reputație ca fiind tipul de la cursul nostru care fură inimi, cineva care le făcea pe fetele, de altfel inteligente, să-și piardă capul. Totuși, pe întreaga durată a primului an, am stat cuminte la marginea amfiteatrului, invizibilă.

Am sfârșit mărturisindu-i lui Becky sentimentele mele, în vacanța de vară, în timp ce călătoream prin Thailanda. A fost o excursie în care ea a înotat goală în mare la miezul nopții, a făcut sex în trei cu doi barmani suedezi și a fumat iarbă din primul minut când se trezea, la 11 dimineața. Eu am preferat să rămân la cafeaua mea la ora aceea, să-mi suflec fusta, să vâslesc și să stau la povești cu o femeie foarte drăguță din Dunstable pe care o cunoscusem și care voia să vină la noi de fiecare dată după ce urmărea *Regele și cu mine*.

– N-am idee de ce nu te duci, pur şi simplu, să vorbeşti cu el, îmi spusese ea, ca şi când ar fi fost la fel de uşor pentru mine cum ar fi fost pentru ea.

Aşa că, în loc de asta, în al doilea an la universitate, m-am băgat într-o relaţie cu puţine pretenţii cu un tip foarte de treabă, pe nume Carl, care în zilele noastre e ceva şmecher în asigurări. Ştiu asta din simplul motiv că a apărut într-o emisiune la televizor acum câţiva ani comentând cazul unei femei pe care unghia ei încarnată o costase o avere într-o vacanţă pentru că nu citise cu atenţie asigurarea de călătorie. Relaţia noastră n-a ţinut mult şi ne-am despărţit imediat după Crăciun. Niciunul dintre noi nu a fost devastat în mod special.

Câteva săptămâni mai târziu, în orele târzii ale unei nopţi de ianuarie, m-am trezit pe ringul de dans al unui club, cu muzica zdrăngănind în sternul meu, în întuneric şi cu lumina clipocindu-mi în creier. Limba lui Becky era, în mare parte din timp, lipită de un tip care purta un tricou cu Sex Pistols, în timp ce eu gravitam ciudat pe margini, întrebându-mă dacă ar trebui să încerc s-o târăsc de acolo.

Când mi-am dat seama că era cineva lângă mine, mi-am ridicat privirea şi am simţit cum pieptul îmi plesneşte. Adam nu era un dansator care să se dea în spectacol, dar se mişca instinctiv pe ritm şi-i lipseau inhibiţiile. Simţeam căldura care radia din el, în timp ce-mi ţineam respiraţia, încercând să nu mă uit la ochii lui adormiţi, buzele pline, conturul acelor umeri laţi în timp ce se mişcau pe sub tricoul lui. Becky m-a împins spre Adam pe acordurile de început ale piesei *Common people* de la Pulp, care izbucneau din difuzoare.

După aceea, el spunea mereu că ăla fusese primul moment în care mă văzuse – vreau să spun, chiar mă văzuse: năpustindu-mă peste el în timp ce Jarvis Cocker îi cânta o serenadă.

Nu ne-am spus nimic. Nici măcar un cuvânt. El m-a luat, pur şi simplu, în braţe în timp ce trupul meu vibra de la muzică şi încă ceva, mult mai puternic. În restul acelei nopţi, am dansat şi ne-am sărutat. Încercasem să vorbim, dar nu prea puteam auzi niciun cuvânt din cauza sistemului de sonorizare, până când ne-au dat afară din club şi ne-am plimbat, ţinându-ne de mână, în căutarea unui taxi. Era o noapte amară, neagră, iar eu eram în flăcări.

– Sunt la Literatură Engleză, mi-a spus el, convins că asta era o noutate pentru mine.

Eram jenată că trebuia să-i explic:

– Da, știu. Sunt la același curs.

El era surprins, dar mi s-a părut că detectez și un soi de îngrijorare pentru faptul că era forțat să mă întâlnească *din nou*. Întotdeauna am fost fatalistă când vine vorba de Adam.

Totuși, când am intrat în amfiteatrul nostru în lunea următoare, am simțit pe cineva bătându-mă pe umăr și, când m-am întors, l-am văzut pe el zâmbindu-mi.

– Salut. Pot să stau lângă tine? m-a întrebat.

Și de aici au început toate.

În primii trei ani împreună, am fost cu adevărat fericită. Lefteră, dar foarte fericită. Amândoi eram.

Neavând el însuși legături puternice de familie, după absolvire, Adam m-a urmat în Manchester, unde ne-am mutat într-un apartament semimobilat în Salford. Apartamentul nostru avea vedere spre locul unde acum e Media City UK, metropola care găzduiește BBC, ITV și o mulțime de baruri și de restaurante strălucitoare. La vremea respectivă, era o parcare pentru mașini. Dar nu aveam nevoie de priveliște. Ne aveam unul pe celălalt și asta era mai mult decât suficient.

Eu m-am înscris la un curs de un an ca să îmi iau calificarea de lector, în timp ce Adam, care ieșise din universitate cu una dintre cele mai mari note la acea specializare, a devenit ucenic la o companie de electricitate. Aveam un cerc social grozav. Pe lângă reîmprospătarea legăturilor din copilărie, cunoscusem oameni noi la curs. Între timp, Becky și Seb, care presupusesem că vor rămâne în Edinburgh, primiseră slujbe în Manchester și se mutaseră aici.

Din păcate, n-a trecut mult până când entuziasmul lui Adam pentru munca lui a început să scadă. Îmi dau seama de asta doar privind în urmă; în momentul acela, abia dacă observasem. Nici măcar nu sunt sigură că am făcut-o. Viața în vremea aceea era doar despre el și despre mine. Era o perioadă îmbătătoare, când mă trezeam în fiecare zi cu o cană de cafea proaspătă și căldura buzelor lui pe gâtul meu.

– De ce nu vii înapoi în pat? am murmurat într-o dimineață de sub așternuturi.

El era proaspăt bărbierit și gata să plece la muncă, arătând elegant și mirosind sublim.

– Pentru că trebuie să fiu la birou la 8.45 pentru ședința de personal.

– OK, am spus eu, punându-mi mâinile în șold.

– Totuși, m-aș putea lăsa convins să întârzii, a șoptit el, sărutându-mă pe buze.

– Nu vreau să ai probleme.

– Ei, bine, trenurile *merg* foarte rău zilele astea, a rânjit el, în timp ce și-a scos haina și s-a vârât înapoi în pat și în brațele mele.

După aceea, nici măcar nu s-a grăbit să plece, refuzând să piardă discuția visătoare post-sex, pe care o strecuram de fiecare dată printre săruturi. Aceea în care Adam voia mereu să vorbim despre viitor. Rareori despre prezent și cu siguranță nu despre trecut, din motive care au devenit evidente mai târziu.

– Unde vrei să locuim după ce îți termini cursul?

– Oh, undeva spectaculos... Burnley? am sugerat eu.

El a râs.

– Abia aștept.

– Deși... New York ar fi de asemenea bun, am sugerat eu.

– Doamne, ar fi. Ce zici de Franța? Sau de Italia?

– Sunt scumpe.

– Da, dar am putea cumpăra împreună o dărăpănătură de casă pe care s-o renovăm. Un loc neglijat de secole, care ar avea nevoie doar de puțină împrospătare. Mi-ar plăcea la nebunie asta, ție nu?

– Mi-ar plăcea, Adam, i-am răspuns eu sincer. Deși mi-ar fi dor de prietenii noștri.

– Oh, am fi bine oriunde câtă vreme ne avem unul pe celălalt, a spus el într-o doară.

– Romanticule, am murmurat eu sarcastic, dar, de fapt, credeam că vorbea serios.

Capitolul 14

Labirintul străduțelor din Sarlat este fascinant și de aceea, în mijlocul verii, toată lumea pare să vrea să-l descopere. Orașul medieval vuiește de viață, curțile de culoarea caramelului și piața centrală fiind pline de mirosul pâinii proaspăt coapte, al brânzeturilor cu parfumuri tari și al cafelei negre și aromate.

Eu și William am ajuns acolo în a treia zi de plimbare, strecurându-ne prin mulțime, pe lângă vile și cafenele cu terase.

– Asta e, se pare, o mică piață. În anumite perioade ale anului, nu vând decât trufe, am spus eu, ridicând privirea din ghid, în timp ce ajunsesem într-un colț acoperit din târgul de produse *gourmet* al orașului, unde, pe niște mese, erau așezate rânduri nesfârșite de coșuri.

William mi-a aruncat o privire sceptică și, trebuie să recunosc, dintre toate lucrurile pe care n-am simțit niciodată în viață nevoia să le cumpăr, trufele nu se află nici în prima parte a listei.

Totuși, era surprinzător de ușor să cheltuiești ca un somnambul 22 de lire pe o bucată de ciupercă, dându-ți seama foarte repede, înainte de a pleca de acolo, că ai fi putut la fel de bine să fi cumpărat o jumătate de minge de tenis și să obții, probabil, același beneficiu culinar.

Oricum, a devenit irelevant când ne-am oprit la o cafea și două prăjituri lipicioase cu nucă într-una dintre cafenelele drăguțe de pe stradă, unde am reușit să-mi uit achiziția sub masă în punga de hârtie maro. Mi-am dat seama de greşeala mea zece minute mai târziu, dar când l-am târât pe William înapoi, masa era deja ocupată de doi domni cu un aer degajat, al căror câine se delecta bucuros cu trufa mea Perigord Noir.

Având în vedere că *nicăieri* în cursul meu audio nu te învață cum să spui „Pudelul dumneavoastră îmi mănâncă trufa“, am decis să nu transform asta într-o problemă şi mai bine să plec.

Mai sunt multe alte oraşe fermecătoare pe care le-am putea vizita, dar e dureros de evident că până şi William – al cărui ultim truc la petreceri era să recite nevestele lui Henric al VIII-lea în ordine – nu prea mai are chef de încă o biserică medievală.

– Ai iPadul meu în geantă? a întrebat el într-o doară.

– Vrei să zici iPadul *meu*. Da, e aici.

S-a înveselit.

– Să mergem să luăm prânzul?

– Vrei să spui să mergem undeva unde există conexiune wi-fi ca să te poți juca *Clash of Clans*?

– Păi, putem?

– Haide, am cedat eu, sprijinindu-mi brațul pe umărul lui osos în timp ce o luam în jos pe strada pietruită.

– Ce zici de locul ăsta? a întrebat William, evident disperat să se apuce de joc.

Cafeneaua arăta drăguț – toate arătau drăguț –, cu umbrele imense, aceeaşi culoare ca frişca, umbrind rânduri de mese mici.

Nu pot nega că absența lui Adam de la aceste excursii de o zi începuse să mă deranjeze. Activitățile lui promise vag nu se materializaseră încă și nici nu existau semne că asta se va întâmpla. În schimb, alerga în permanență dintr-o parte în alta a proprietății, aducând provizii sau participând la ședințe cu diverse, dar *foarte importante* persoane.

William nu s-a plâns de asta, ceea ce, de asemenea, mă îngrijora. S-a obișnuit cu micile dezamăgiri și lipsa oricărui efort din partea tatălui său. Și, în vreme ce înțeleg că e în plin sezon, după ce am condus 1 327 de kilometri, nu cred că am cerut prea multe. Asta mai ales în condițiile în care am lăsat-o pe mama acasă cu tata, care făcea tot ce-i stătea în putință, în timp ce ea se pierdea încetul cu încetul.

Nimic nu-mi dădea speranțe pentru viitor. Tot încercam să-mi imaginez scenarii în care Adam se implica să facă lucrurile pe care alți tați le-ar fi făcut în timp ce fiii lor creșteau. Să-l ducă pe William la universitate cu mașina sau să-l ajute să se mute în primul lui apartament. Cumva, pur și simplu, nu văd asta întâmplându-se.

Deja simțeam c-o dezamăgesc pe mama atât de mult, încât m-am trezit mințindu-l pe tata când am vorbit la telefon cu o seară înainte.

Era prima dată când sunam acasă de când ajunsesem aici, deși schimbasem nenumărate sms-uri cu tata. El mă tot întreba dacă mă „relaxam", la care eu răspundeam: „Da, absolut!" Cred că era mai ușor pentru amândoi să jucăm teatrul ăsta. Dar seara trecută am avut nevoie să-i aud vocea, chiar dacă îmi spusese de zeci de ori că nu se va produce nicio schimbare dramatică doar pentru că eram aici. Probabil că avea dreptate – corpul și creierul mamei s-au degradat de-a lungul anilor, nu al săptămânilor.

Până când eu și William ne-am întors la Château de Roussignol, era trecut de ora trei după-amiaza și Adam nu era de găsit. M-am întâlnit cu Simone, care mi-a zis că fusese chemat la o ședință în Salignac, dar că se va întoarce mai târziu.

– Vrei să-i transmit un mesaj?

M-am gândit bine înainte să-i răspund.

– Ar fi bine dacă ne-ar anunța când poate face activitățile pe care i le-a promis lui William.

Zâmbetul ei s-a estompat când fiul meu și-a ridicat brusc privirea.

– Sunt sigură că l-am auzit spunând că a pregătit ceva grozav, a spus ea veselă și aproape că i-am putut vedea nasul crescând câțiva centimetri. Între timp, am organizat un meci de fotbal pentru copiii mai mari, care începe în curând. William, de ce nu participi și tu? Și Jess: aerobic în piscină, dacă ai chef? Ar fi chiar pe stilul tău.

– Lui William nu-i prea place fotbalul, nu-i așa, dragule?

Mă întorc să mă uit spre el și-mi dau seama că obrajii lui sunt puțin mai roșii.

– O să încerc, a mormăit el. Mamă, tu du-te la gimnastica în apă. Știu că-ți plac chestiile de genul ăsta.

Și eu știu când cineva vrea să scape de mine.

La scurt timp după aceea, stăteam în piscină, așteptând sesiunea de gimnastică, estimând că eram cu aproximativ jumătate de secol mai tânără decât majoritatea participanților.

Mai erau doar alte cinci persoane, dar aveau în jur de șaptezeci și optzeci de ani, cu excepția doamnei drăgălașe din fața mea, cu spatele cocoșat, care e posibil să fi prins Războiul Burilor. Odată cursul început, cea mai atletică mișcare pe care am făcut-o a implicat sărituri ușoare, pe loc, pe un *cover* franțuzesc al piesei *Eye of the Tiger*. Toate astea se întâmplau în timp ce o femeie, o tinerică pe la vreo șaizeci de ani, stătea pe marginea bazinului, într-un costum din două piese de un roz care te zgâria pe retină, transpirând intens și părând că avea să leșine în orice moment.

Am decis rapid să mă fofilez afară din piscină. Totuși, când eram la jumătatea drumului, profesoara a pus pe pauză sistemul ei de muzică și a început să țipe la mine în franceză.

– *Pardon*?! am spus eu.

– Își vrea pluta înapoi.

M-am învârtit și l-am văzut pe tipul din vila de vizavi de a noastră, *una din jumătățile de la Hampson Browne*, care arăta spre poliuretanul albastru din mâna mea.

– O, scuze. *Pardon*! am repetat eu, așezând-o pe marginea piscinei înainte să mă îndepărtez pe furiș.

– Nu sunt sigur că păreai prea la locul tău în grupul acela.

M-am așezat pe șezlongul de lângă el, unde îmi lăsasem prosopul. El era înconjurat de ziare, dar după câteva zile petrecute la soare își pierduse paloarea de birou, ceea ce avea un efect dramatic. Aproape că părea genul de tip căruia îi plac activitățile în aer liber.

– Pe viitor, o să mă limitez la alergat, am spus eu, ridicându-mi prosopul peste piept, foarte conștientă de sine.

– E un traseu bun dacă o iei în jurul lacului. Are vreo cinci kilometri, deci nu prea mult.

Mă întrebam totuși cât de lipsită de antrenament arătam.

– Grozav. Atunci am să fac două ture.

El a râs. Eu m-am simțit ca o idioată. Eu *eram* o idioată.

– Ei, bine, trebuie să mă duc să văd dacă fiul meu și-a terminat meciul de fotbal, am spus, ridicându-mă. E drăguț când își scot capul dintr-un joc pe calculator, așa că profit la maximum.

– Lasă-mă să ghicesc: adolescent.

– Nu încă, are zece ani, aproape unsprezece.

– Ei, bine, te așteaptă o grămadă de distracții. Spun asta ca tată al unei fete de 14 ani.

– Îți înțeleg durerea. Deși am cunoscut-o ieri pe fiica ta și a fost absolut încântătoare.

În colțul gurii lui a apărut o urmă de zâmbet de tată mândru.

– Nu-i așa de rea, Chloe, nu-i așa? Mai ales când zâmbește sau poartă o conversație adevărată, ceea ce se întâmplă o dată la câteva săptămâni sau cam așa ceva.

– Eu sunt Jess.

I-am dat mâna, iar el s-a întins s-o strângă.

– Charlie. Încântat de cunoștință. Deci, e clar că ești englezoaică, dar de unde anume ești?

– Manchester, am răspuns eu, ceea ce a deschis o conversație de vreo zece minute despre cât de mult se dezvolta orașul în zilele acelea și câte concerte fuseseră pe stadionul Etihad... până am reușit să stabilim că biroul lui era foarte aproape de locuința mea.

– E o zonă foarte drăguță, a spus el. Bună pentru familii.

– Da, mie și lui William ne place.

A trecut o secundă.

– Nu ești căsătorită?

Am scuturat din cap.

– Nici eu, a răspuns el.

Stomacul meu s-a strâns. În parte din cauza felului în care mă privea și, în parte, din cauza surprizei că mai pot simți așa ceva.

Capitolul 15

Când ne-am trezit, sâmbătă, ploua. M-am încovrigat în pijama pe canapea, cu genunchii strânși la piept și ținând în mâini o cană de cafea în timp ce șiroaie de apă șerpuiau pe geam. Era un memento apăsător pentru întunericul din viața mea, al lucrurilor de care nu puteam uita, pur și simplu, din cauză că mă aflam într-un loc frumos, înconjurată de flori superbe, mâncare și vin.

S-a auzit un pocnet ascuțit în fereastră, iar când mi-am ridicat privirea l-am văzut pe Adam. Înainte să apuc să mă mișc, William a ieșit din dormitorul lui și l-a invitat înăuntru.

– Ai chef de-o baie? l-a întrebat el pe William.

– Bine!

– În regulă, o să ai nevoie de adidași, de pantaloni scurți și de un prosop.

– Adidași? am întrebat eu uimită. De ce are nevoie de încălțări în piscină?

Adam s-a întors și-a rânjit spre mine.

– Cine a zis ceva de piscină?

Două ore mai târziu, ploaia a lăsat locul probabil celei mai reci zile în Dordogne de când au început să se contabilizeze recordurile. Sub îndrumarea dubioasă a unui ghid numit Enzo, am mers puțin pe o cărare de munte, care ne-a scos în fața unei cascade ce curgea suficient de repede încât să ne acopere fețele cu o ceață de picături albe. Purtam costume de neopren, apărători de picioare și căști, iar din punctul meu de vedere niciunul dintre aceste lucruri nu avea ce căuta într-o vacanță.

– Ți-amintești că William are astm? i-am spus eu lui Adam.

– O să fie bine, mi-a răspuns el disprețuitor.

M-am încruntat.

– De unde *știi* că o să fie bine?

L-a chemat pe William spre el.

– Cât timp a trecut de când n-a mai avut nevoie de un inhalator? Era în scutece, nu-i așa?

Am decis să nu răspund, privind cum Adam verifica sistemul de prindere de la casca lui William.

– Totuși, uită-te la apă. Serios, Adam. Nu poate fi ceva potrivit pentru un copil de zece ani.

El s-a întors spre Enzo, care era mai scund decât mine, cu pielea foarte bronzată și umerii ca ai unei figurine Lego. Au purtat o conversație în franceză pe care eu n-am reușit deloc s-o urmăresc.

– Enzo confirmă că e în regulă, mi-a spus Adam.

– Enzo nu e de încredere, am mormăit eu.

Enzo a rânjit spre mine.

– Tu ai încredere în mine, fără griji. Am grijă de fiul tău.

Am încuviințat și mi-am mușcat degetul mare.

– Mamă, nu mi-e frică, a sărit William. În plus, tu vii cu noi, nu-i așa? O să stai cu ochii pe mine, dacă ești îngrijorată.

Asta era cealaltă problemă. Nu voiam să merg cu ei. Aș fi preferat să fac absolut orice altceva: formulare de impozite, să plătesc amenda pentru parcare, un consult ginecologic. Prin comparație, oricare dintre astea ar fi fost cu mult mai amuzante. Pentru că, deși știam că escaladarea stâncilor și alunecarea rapidă prin cascade reprezentau raiul pentru anumiți oameni – genul de activități pe care le vezi în reclamele la cereale –, nu prea era pe stilul meu.

Am privit spre William, care nu părea deloc neliniștit de perspectiva plonjoanelor în apa rece ca gheața, sau a posibilelor răni, sau – după cum avertiza vesel acordul pe care tocmai îl semnasem – a MORȚII. Judecând după felul în care obrajii lui se înroșiseră de încântare și de nerăbdare, probabilitatea ca eu să-l fi convins să o lase baltă și să meargă să admire ceva din bronz în cea mai apropiată catedrală de secol 14 părea prea mică.

– *La première chose a faire, c'est de rentrer dans l'eau comme ça, tout doucement, pour eviter une crise cardiaque*, a spus Enzo.

Adam a izbucnit în râs.

– Ce spune? am întrebat eu cu o grimasă, bătându-l pe Adam pe umăr în timp ce Enzo s-a scufundat în prima vâltoare.

– A spus să intrăm, dar că s-ar putea să fie rece.

Adam a intrat în apă până la brâu fără ca măcar să clipească. L-am urmat, supunându-mi părțile femeiești la o experiență atât de îngrozitor de înghețată și de neplăcută, încât am fost convinsă că vor trece zile întregi până să se dezghețe.

– *Vous me remercierez de vous avoir avertis*, a declarat Enzo, în timp ce eu m-am uitat spre Adam pentru traducere.

– A spus că o să-i mulțumiți pentru asta.

Până să apuc să întreb *pentru ce*, Enzo a început să-și balanseze piciorul înainte și înapoi ca un psihopat, aruncându-mi apă înghețată în față – trimițându-mi-o în sus pe nas, în ochi, tăindu-mi răsuflarea. Când s-a oprit într-un final, mi-am dat seama că, dacă nu aș fi fost atât de șocată, aș fi plâns. William și Adam, care de asemenea fuseseră udați leoarcă, râdeau amândoi în hohote.

– Ești bine? m-a întrebat Adam, punându-mi o mână pe braț.

I-am împins-o din reflex și am încercat să-mi opresc fălcile din clănțănit.

– Bineînțeles, am răspuns eu, dând la o parte de pe nas o șuviță de păr ud. Ai grijă de fiul tău.

S-a uitat din nou la mine și s-a încruntat:

– Jess. Îți promit. O să fie *bine.*

În următoarea oră și jumătate, am experimentat natura în toată sălbăticia ei, naturală și aspru de frumoasă. A fost una dintre cele mai rele experiențe pe care le-am avut ca adult.

Și nu faptul că eram la limita hipotermiei era lucrul care mă deranja cel mai mult. Ci faptul că, în ciuda tuturor spuselor lui Adam și ale lui Enzo, acest mod de a petrece timpul era evident periculos și în mod cert nepotrivit pentru un copil. Sau cel puțin pentru copilul *meu*. Care era complet orb la toate astea și părea să se distreze de minune.

În timp ce alunecam în jos pe cascade, în vâltori cu apă adâncă, nu mă puteam gândi decât la oase rupte, la plămâni inundați, la răni deschise și la cum am putea rămâne izolați cu toții, având la noi o pungă de pui crocant.

– Mamă, este GROZAV! a declarat William.

– Ah... bine, am scâncit eu.

Pe când aveam o vagă speranță că ne apropiam de sfârșit, Enzo s-a întors spre mine, arătându-mi dinții.

– Asta e testul de curaj. Special pentru tine, mi-a făcut el cu ochiul.

Îmi trebuie de obicei mult ca să ajung să-mi displacă o persoană, dar cred că Enzo s-a descurcat foarte bine.

– *Voici comment il faut faire. Si vous ne faites pas comme moi, vous vous ferez mal, donc ecoutez moi bien.*

– A spus că trebuie să faci *exact* ca el sau o să te rănești, mi-a zis Adam.

Enzo stătea pe marginea unei stânci, în timp ce apa învolburată îi stropea gambele.

Apoi a sărit.

A trecut o secundă până când am auzit o izbitură în apa de dedesubt. M-am uitat peste margine și l-am văzut, într-un final, pe Enzo ridicând degetul mare în sus, înainte de a se urca pe mal.

– Fiul meu nu face asta, i-am spus lui Adam.

A studiat marginea stâncii, iar fălcile i s-au încleștat.

– Bine.

– Vorbesc serios, Adam. E ridicol. Are zece ani.

– Sunt de acord, a spus el. Cred că de data asta ai dreptate.

Sunetul apei lovite care ne-a întrerupt mi-a trimis în tot corpul un val de adrenalină. Mi-am ridicat privirea și mi-am dat seama că e un spațiu gol în locul în care fusese William. Adam și cu mine am alergat spre margine, iar eu m-am uitat în jos la apă, la umbra de sub ea, la bulele care se agitau deasupra locului în care fiul meu se aruncase.

Picioarele mi s-au înmuiat.

Știam că nu avea niciun rost să mă bazez pe ăia doi să-l salveze, așa că am alergat în jos, spre mal, picioarele alunecându-mi și împleticindu-mi-se prin noroi, până am găsit o deschizătură. Atunci am făcut singurul lucru permis de instinctul matern: mi-am dat drumul pe spate, apucând cu mâinile bucăți de iarbă, noroi sau pietre, orice ca să mă stabilizez. M-am aruncat în apă cu fundul înainte și n-aș putea descrie complet frenezia orbitoare, albă, care m-a cuprins în primele cinci secunde de scufundare, când gura îmi era plină de apă rece ca gheața. Ca să nu mai spun că m-am simțit ca un hamster peste care tragi apa la toaletă.

Am dat frenetic din mâini până când am apucat ceva ce părea să fie piciorul lui William. Îmi proiectam următoarea mișcare, cu fața mototolită și urechile pline de sunete, când mi-am dat seama că fiul meu era, de fapt, viu și mișcător, lovindu-mă pe MINE, ca să fiu explicită.[1]

În ciuda curgerii nervoase a apei și a membrelor tremurânde, m-am urcat pe mal, mormăind în timp ce-mi ștergeam ochii, și l-am văzut stând într-o parte, dând din cap.

– Puteai să aștepți până ieșeam, mamă, a mormăit el. Nici măcar nu era rândul tău.

După aceea, ne-am schimbat într-un cort înalt, de campanie; era tot ce primeai în materie de confort când te aflai atât de adânc în zona rurală. După ce-și petrecuse dimineața îndurând totul fără să crâcnească – capabil, puternic, o persoană care poate dovedi orice provocare i-ar pune în cale natura –, William era brusc incapabil să-și scoată singur șoseta.

---

[1] Joc de cuvinte în engl. *Alive and kicking* (n. trad.)

– E chiar foarte udă, s-a plâns el. Nu pot s-o scot.

Mi-am petrecut următoarele trei minute încercând să-i dau jos încălțămintea, cu dinții clănțănindu-mi nervos, înainte de a-l trimite afară la tatăl lui, ca să am și eu spațiu să mă dezbrac. Asta însemna să mă contorsionez într-o varietate de poziții nefirești, cortul mișcându-se odată cu mine în timp ce aproape mi-am dislocat umărul încercând să-mi pun la loc sutienul. Până am izbutit să ies, soarele își făcea loc printre nori și Enzo își arunca echipamentul în dubiță. I-am înmânat costumul de neopren.

– Mulțumesc, am spus eu, forțându-mă să zâmbesc.

– Fiul tău a fost bun. Curajos, mi-a zis el.

Am simțit o urmă ciudată de mândrie.

– A fost, nu-i așa?

El a trântit ușa.

– Unde e acum?

A făcut un gest spre cealaltă parte a drumului, spre William și Adam, care stăteau unul lângă celălalt în fața lacului. Am pornit spre ei, în timp ce raze de lumină se strecurau printre norii gri, încetinindu-mi pașii cu cât mă apropiam.

Nu puteam auzi ce vorbeau, dar amândoi râdeau tare, în hohote, fără inhibiții. Adam și-a trecut mâna în jurul lui William și l-a strâns lângă el.

M-am oprit și mi-am scos repede telefonul, furând o fotografie cu ei.

Relația dintre fiul meu și tatăl lui era mult mai fragilă și mai complicată decât apărea în fotografie, chiar și după ce adăugasem un filtru de Instagram. Dar era totuși o imagine frumoasă. Una pe care speram că mama mea o va păstra în inima ei câtă vreme aceasta va mai bate.

Capitolul 16

Problema cu Adam era următoarea: era ușor să te îndrăgostești de el. Dacă nu-l cunoșteai cu adevărat, vreau să zic, *chiar* să-l cunoști, părțile lui proaste erau ascunse de cele bune, de faptul că era isteț și amuzant, charismatic și arătos. Avea abilitatea de a te face să te simți ca și cum ai fi fost în centrul lumii lui – cel puțin pentru un moment –, și așa se simțea William în acea după-amiază.

Totuși, îmi făceam griji pentru el, să nu fie dezamăgit, captivat de Adam în cele mai minunate momente ale lui, pentru ca apoi sufletul lui tânăr să fie rănit de el în cele mai neglijente și egoiste clipe. Am cunoscut pe propria piele această versiune a lui Adam, chiar dacă nu puteam pretinde că văzusem începutul destrămării relației noastre abia când fusese prea târziu.

Primul obstacol adevărat pe care l-am întâmpinat a fost momentul în care slujba pe care Adam inițial a tolerat-o a devenit ceva ce el disprețuia vehement.

Am știut că ajunsese în acel punct pentru că auzeam când își băga cheia în ușă, întorcându-se de la muncă, și-l întrebam: „Cum a fost ziua ta?", simțind tensiunea în gât, pentru că știam că ziua lui implicase stres, politici meschine de birou și o lipsă totală de implicare. Efectul acestora era un gust amar în majoritatea serilor noastre.

– Cum să-ți explic? a spus el, apărând într-o seară în sufragerie și prăbușindu-se pe canapea, unde eu stăteam cu laptopul, cu televizorul dat foarte încet în fundal. Punctul culminant al zilei mele a fost să câștig Bingo de Căcat de trei ori într-o singură ședință.

Mi-am pus laptopul pe perna de lângă mine și mi-am strecurat brațele în jurul gâtului său, sărutându-l pe tâmplă din vârful buzelor.

– Nu vreau să mă plâng. Pur și simplu, urăsc locul ăla.

Nu știam dacă problema era faptul că Adam era blocat într-o relație negativă cu o firmă fără suflet și cu o „carieră" care era cât se poate de banală. Sau că unii oameni, pur și simplu, nu sunt făcuți să fie constrânși de viața de corporație. Iubitul meu, un visător și o inimă de aventurier, era unul dintre ei.

– Nu mai e mult până când cursul meu se va termina; apoi vom putea face toate lucrurile despre care am vorbit, am spus eu. Totuși, vreau să știi, Adam, cât de recunoscătoare sunt.

– Pentru ce?

– Pentru faptul că trebuie să mă întreții în timp ce îmi termin studiile. Pentru că *eu sunt* motivul pentru care mâncăm fasole coaptă în fiecare seară. Că nu pot contribui la cheltuielile acestui apartament decât cu mărunțișul din împrumutul meu studențesc.

– Mda, dacă pui problema așa, nu ești cine știe ce achiziție, nu-i așa? a zâmbit el.

– Ha, ha.

– Nu mă deranjează toate astea, Jess. N-o să țină o veșnicie. Ne mai uităm o dată, în seara asta, pe site-ul ăla cu locuri de muncă în străinătate?

– Chiar te pricepi să trăiești, nu-i așa?

S-a aplecat și s-a cufundat într-un sărut scurt, tandru, înainte să se retragă.

– Ah, apropo, te superi dacă ies cu Georgina, miercuri? E în oraș doar pentru o seară.

Adam fusese cu Georgina timp de câteva luni când avea doar șaptesprezece ani. Se despărțiseră amiabil când el plecase de acasă la universitate, dar păstraseră legătura, ca doi buni prieteni.

– Sigur că nu.

– De ce nu vii cu noi?

– Am prea mult de lucru, Adam. Și sunt falită.

– Plătesc eu. Ah, haide, aș prefera să fii și tu acolo.

– Adam, nu pot. Du-te singur, am insistat eu. Distrează-te și transmite-i dragostea mea.

Nu simțeam nimic din neliniștea pe care multe iubite ar fi avut-o la ideea ca ei să iasă să bea un pahar: Georgina poate că era o veche iubire, dar știam că, în acele zile, nu mai era nimic între ei. Pe lângă asta, atunci când o cunoscusem, îmi aminteam că mă gândisem că nu era așa splendidă cum mi-o imaginasem, în ciuda picioarelor lungi și a decolteului voluptuos. Fața ei era mai degrabă frapantă decât drăguță, cu buze groase pe care le pictase cu ruj roz, intens, și piele de porțelan, înrămată de o perdea de păr negru.

Era isteață și vorbea ca un marfar: prea repede și prea tare, ca și când ar fi fost mereu într-o cursă să ajungă la sfârșitul propoziției. Mi-a plăcut de ea. Sau cel puțin mi-a plăcut până când și-a petrecut noaptea cu Adam când el ar fi trebuit să fie cu mine la nașterea copilului nostru. Dar am ajuns prea departe.

Ideea era că fuseseră mereu apropiați și eu eram complet împăcată cu asta. Și îmi promisesem că, într-o zi, aveam să mă revanșez pentru toate sacrificiile pe care le făcuse pentru mine și că vom călători, așa cum tânjea el.

Apoi s-a întâmplat ceva ce nu era în plan.

Am rămas însărcinată.

E dificil să știi ce o să simți în legătură cu o sarcină neplanificată înainte ca asta să se întâmple. Și reacția mea a fost la polul opus față de cea a lui Adam. Nu doar că nu era pregătit; avea o viață de trăit, lumea întreagă de cutreierat și un cap plin de idei.

N-ar fi fost pregătit niciodată.

Asta a fost evident nu numai din cauza expresiei îngrozite din momentul în care i-am arătat testul de sarcină, confirmând vestea că greața pe care o avusesem în zilele precedente nu putea fi atribuită îndoielnicului pui Madras. Ci din faptul că, la o săptămână după aceea, când avusese destul timp pentru ca ideea să se așeze, nu devenise mai puțin îngrozit.

– Uite, știu că niciunul din noi nu a planificat asta, dar o putem face să meargă, am spus eu, auzindu-mi vocea urcând câteva octave în timp ce el stătea pe canapea, holbându-se la un episod din *Faulty Towers* la care nu a râs nici măcar o singură dată.

Eram speriată și nu aveam nici cea mai vagă idee ce făceam.

Știam că potrivirea era complet greșită și că erau un milion de motive care să ne facă să credem că asta era un dezastru.

Totuși, pe măsură ce zilele au trecut, am simţit, de asemenea, o circulație diferită prin vene, o căldură în obraji și o fluctuație în plusul meu de fiecare dată când mă gândeam la ideea că urma să fiu *mamă*. Nu mă simțeam diferit doar fizic; ceva deja se schimbase în mine și, chiar dacă nu voiam, nu-mi puteam opri inima să nu-mi tresalte în piept de fiecare dată când mă gândeam la asta.

Adam nu-mi împărtășea sentimentele.

– Înțeleg de ce nu ai vrut să se întâmple asta, dar s-a întâmplat, am continuat eu, disperată să spună și el ceva. Nu putem face să se *ne-întâmple*.

El și-a ridicat încet capul, cu ochii goii.

– Ei, bine... am putea.

Un fulger de adrenalină mi-a străbătut corpul în timp ce mă chinuiam să înțeleg ce spunea.

– Vrei să zici... un avort?

– Jess... în stadiul ăsta, e doar o pastilă. Atunci, toată problema asta s-ar rezolva. Asta e tot ce-ar trebui să faci, o vizită la clinică și...

– Și linia de pe testul de sarcină ar dispărea și ne-am putea întoarce la felul în care erau lucrurile înainte, am terminat eu pentru el.

Ochii lui ardeau sfidător.

– E un lucru chiar așa de rău?

Am ieșit din cameră, dar el a sărit în picioare și m-a urmat.

– Jess, nu mă face să mă simt ca un nenorocit doar pentru că am deschis discuția.

M-am întors brusc.

– Dar nu e *doar o discuție*, nu-i așa? Te-ai hotărât și vrei să scap de bebelușul care crește în mine chiar acum.

– Știi, Jess, asta mă afectează și pe mine.

Stomacul îmi fierbea de indignare, dar nu i-am răspuns.

– Oricum, credeam că ești pentru dreptul de a alege, a mormăit el.

– *Alegere* este cuvântul de bază, Adam. Și alegerea mea n-ar putea fi mai clară. Nu m-aș fi dat peste cap să concep un copil, dar realitatea este că l-am conceput. Și... am să păstrez acest copil.

La momentul ăla deja țipam, pentru că, dacă m-aș fi oprit, aș fi izbucnit în lacrimi.

– Așa. Am încheiat discuția, deci, a clacat el, înainte să mă anunțe că se duce la o plimbare să-și limpezească gândurile, ceva ce aparent a durat trei ore.

Ceea ce a urmat nu a fost începutul ideal pentru numărătoarea inversă spre statutul nostru de părinți. Ne-am ciondănit și ne-am certat săptămâni întregi. Nu mai experimentasem niciodată așa ceva – nici cu el, nici cu altcineva. În fiecare noapte era o luptă de diferite intensități, în fiecare noapte sentimentele mele pentru bărbatul după care fusesem înnebunită se știrbeau câte puțin. Reacția lui părea de-a dreptul exagerată și foarte enervantă.

Da, știam că William nu era William la vremea aceea – Adam nu se putea gândi la el ca la altceva decât o linie roșie pe un băț și destrămarea tuturor ambițiilor lui. Dar pentru mine, copilul meu erau bătaia unei inimi în interiorul meu. Am început să-l iubesc pe el și ideea că e el din primul moment în care am știut că există. Deci, nu, scuze, nu aveam de gând să fac un avort. Nici pentru Adam, nici pentru altcineva. N-aș fi putut fi mai fericită că bebelușul, pântecul, decizia, toate erau, până la urmă, ale mele dintr-o simplă întâmplare biologică.

După patru săptămâni, a spus că a acceptat ideea. Presupun că a trebuit s-o facă. Era încolțit. Și a devenit foarte clar că bărbaților ca Adam nu le place să se simtă încolțiți.

În lunile care au urmat, m-a învinuit pe mine pentru toate. Nu era nevoie s-o spună, pentru că o vedeam în ochii lui. În plus, când un cuplu nu este atent la capitolul concepție, întotdeauna pare să fie numai vina femeii. Eu fusesem cea care refuzase să ia pastila, pentru că-mi făcea greață. Eu fusesem cea care am insistam să ne bazăm pe prezervative. Prezervative care s-au terminat într-o noapte când eram beți și am preferat să riscăm.

Vedeam cu ochii mei cum îi trecea iubirea pentru mine. Era evident după cât de distras era și neobișnuit de irascibil. Nu se mai grăbea să ajungă acasă, iar să mă sărute nu mai era prioritatea lui numărul unu.

În schimb, devenea din ce în ce mai apropiat de femeia care devenise confidenta lui.

– Cui îi trimiți mesaje? am întrebat eu într-o seară când stăteam pe canapea uitându-mă la *Clanul Soprano*, cu gleznele umflate sprijinite de brațul lui.

– Contează?

– Am întrebat doar, am mormăit eu, apoi am adăugat: salutări din partea mea.

Și-a ridicat privirea:

– Ce?

– Am zis, spune-i c-o salut. Georginei.

El m-a ignorat și s-a întors la telefon ca să citească un alt mesaj. Orice ar fi spus acesta a fost suficient cât să-i aducă pe buze primul zâmbet din seara aceea.

Era în zonă tot mai des cu munca, iar el pleca să o întâlnească și să bea ceva cu ea. Eu eram invitată fără prea mare tragere de inimă, dar de obicei refuzam. N-aș fi putut suporta să stau acolo cu burta umflată, sorbind apă minerală și ascultându-i pe ei râzând în hohote în timp ce rememorau vreun episod în care „trebuia să fi fost acolo" ca să-l poți aprecia.

Singura persoană căreia îi împărtășisem fricile mele era Becky. Nu puteam să-i spun mamei mele. Ea îl adora pe Adam și știam că, dacă aș fi spus orice, i-aș fi stricat încântarea de a fi bunică pentru prima oară.

Becky nu credea că aveam motive să mă îngrijorez.

– E topit după tine. Are nevoie doar de timp să se acomodeze cu sarcina. În plus, faza cu dresuri și portjartier e posibil să fie pe pauză, dar asta nu înseamnă că vrea să se culce cu fosta lui iubită.

Cât de tare se înșelase, după cum s-a dovedit.

Capitolul 17

În fiecare vacanță din ultimii opt ani îmi împachetasem o pereche de pantaloni scurți, albi, și niciodată nu avusesem curajul să-i port.

Totuși, în timp ce mă schimbam, înainte s-o iau pe Natasha de la aeroport, duminică după-amiază târziu, soarele a revenit spectaculos, luminând dealurile și pajiștile ca pentru a o întâmpina. Pantalonii scurți nu păreau o idee rea.

N-am fost niciodată un fan al pantalonilor scurți. Chiar și când aveam 20 de ani, consideram că picioarele mele nu erau suficient de lungi, suficient de ferme, suficient de asemănătoare picioarelor Giselei Bundchen. Totuși, pentru că medicul meu de familie îmi spusese să fac și sport pe lângă antidepresivele pe care le luam, mă furișasem pentru o jumătate de oră de aerobic pentru fete în pauza mea de masă.

Parte din mine iubea cât de chinuitor era cursul, atât de dur, încât pe drept ar trebui să am coapse de oțel. Astfel încât, când am văzut pantalonii scurți, albi, m-am gândit că sosise momentul. Eram destul de mulțumită de mine, ținând cont de toate lucrurile – până când a apărut Adam la ușa noastră, mi-a aruncat o privire și a exclamat:

– Faini pantaloni!

Am făcut o grimasă.

– Îh... taci din gură.

– Scuze, dar preferai o lungime care era mai degrabă desprinsă din Epoca Victoriană. Nu că aş vrea să te descurajez.

Am încercat să-mi ascund roşeaţa din obraji şi am mormăit:

– Consideră-mă descurajată.

Din păcate, nu am avut timp să mă schimb. Aşa că stăteam în aeroport, atrăgând priviri şi dorindu-mi să fi ars acei pantaloni scurţi şi să fi purtat în schimb un caftan.

Natasha a ieşit din terminalul de sosiri arătând precum Grace Kelly intrând în aeroportul LAX – ochelari negri, o geantă mare de mână şi un păr perfect. Mi-a făcut cu mâna şi a plutit încet spre mine înainte de a mă îmbrăţişa atât de tare, încât cred că mi-a mutat câteva organe vitale.

– Dumnezeule, cât mă bucur să te văd, a rânjit ea, apoi a făcut un pas înapoi şi m-a privit de sus în jos. Uau!

– Ce? am întrebat eu.

– Faini pantaloni, a spus ea, apoi a explicat: Faine *picioare*.

– Mulţumesc, am răspuns eu, simţindu-mă mult mai bine auzind asta din partea ei. Cum a fost zborul?

– Minunat, mai puţin partea cu picioarele umflate. Uită-te la astea – ar putea aparţine unui hobbit.

Şi-a împins în faţa mea unul dintre pantofii Michael Kors, iar eu am râs, deşi ea exagera.

– Totuşi, nu pot să mă plâng. Două ore şi un episod din *G&T* după decolare, şi am ajuns.

– Nu sună nici pe jumate la fel de amuzant ca vomitatul continuu pe care a trebuit să-l îndur eu.

Ea s-a încruntat.

– Săracul William.

Apoi s-a oprit şi s-a uitat la mine.

– Cum se simte mama ta? Şi cum te simţi tu?

– Mama nu e prea bine. Dar eu sunt. Sincer.

Şi-a îngustat ochii, dar eu m-am îndreptat spre aparatul de plată pentru parcare ca să nu mă mai piseze. Am băgat biletul, dar ea m-a tras uşor la o parte ca să plătească.

– Deci, te-ai obişnuit deja să fii în preajma lui Adam? E suportabil?

– N-aş fi venit aici dacă aş fi crezut că n-ar fi. Chiar şi cu tine şi cu Becky drept plan de rezervă.

– Meriţi o medalie. Majoritatea oamenilor ar găsi că le e imposibil să se afle în aceeaşi cameră cu foştii lor, a spus ea, în timp ce ne îndreptam spre parcarea cu mai multe etaje şi aşteptam un lift. L-am văzut odată pe Stuart în magazinul Sainsbury şi, practic, m-am târât pe coate în stil de gherilă prin raionul cu vin ca să nu trebuiască să-l salut.

Nu avusesem multe relaţii serioase în afară de Adam. Fusese Carl, de la universitate, dacă poate fi pus la socoteală, apoi un tip numit Tobby, cu care am ieşit un an pe când William avea şase ani. Era drăguţ după toate standardele şi chiar nu era nimic în neregulă cu el. Totuşi, deşi n-a trebuit niciodată să cad pe podeaua supermarketului meu local ca să-l evit, ştiam ce voia să zică Natasha. Nu m-aş fi grăbit prea tare să-l revăd. Din păcate, în ceea ce-l priveşte pe Adam, nu îmi permit luxul de a-l evita.

– Asta e problema când faci un copil cu un bărbat, i-am spus eu. S-ar *putea* să vrei să te ţii la un milion de kilometri distanţă de el, dar sunteţi blocaţi împreună pe vecie. Fie că-ţi place, fie că nu.

O cunoscusem pe Natasha când eram însărcinată în şase luni, la un bal de Crăciun organizat de preşedintele companiei la care lucra Adam. Mă simţeam complet nelalocul meu la petrecere, care se ţinea în marchiza de pe terenul unui conac din Cheshire într-o seară friguroasă, cu ninsoare. Erau invitaţi cei mai importanţi clienţi ai firmei şi personalul cheie – o treabă extravagantă, cocktailuri cu şampanie şi discuţii de afaceri. Am fost invitată să particip doar pentru că o persoană de la masa lui Adam renunţase în ultimul moment.

Ţinând cont de faptul că îşi ura slujba, Adam s-a aliniat obedient tinerilor lui colegi şmecheri, linguşind clienţii şi managerii cu vechime până când aceştia îi mâncau din palmă. De fapt, era atât de bun la asta, încât suferința lui prost ascunsă că trebuia să stea în Marea Britanie din cauza copilului devenea și mai frustrantă. Între timp, eu gravitam în jurul lui, simțindu-mă complet obosită, grasă și incapabilă să contribui cu ceva important la conversație după ce eram întrebată „în câte luni ești".

O văzusem pe Natasha la începutul serii vorbind chiar cu președintele firmei. Era slabă ca un fotomodel, îmbrăcată într-o rochie elegantă din mătase albastru-intens, cu părul de culoarea bronzului adunat într-un coc lejer. Nasul ei cârn și sprâncenele drepte îi dădeau un aer studios și hotărât, până când auzea ceva ce i se părea amuzant și fața îi izbucnea în hohote de râs hulpave și dezinhibate.

După cină, când oamenii se amestecau unii printre alții pentru a socializa, ea s-a strecurat pe scaunul de lângă mine.

– Trebuie să fie teribil de plictisitor pentru tine, a șoptit ea.

– Ah, nicidecum! am protestat eu politicos.

– Ești sigură? Pentru că eu lucrez pentru oamenii ăștia și chiar îmi place să vorbesc despre prețurile de pe piața petrolului... dar sunt conștientă că oamenii *normali* nu-mi împărtășesc pasiunea.

Am râs.

– Tu trebuie să fii Jess, a zâmbit ea și ne-am strâns mâinile; avea o strânsoare ca un sergent-major. Am auzit o grămadă despre tine de la Adam. Totuși, nu-mi vine să cred că n-a menționat niciodată faptul că o să aveți un copil.

Natasha și cu mine n-ar fi trebuit să avem nimic în comun. Ea strălucea de ambiție și de capacitate, în timp ce eu eram convinsă că umflătura din burta mea de 22 de ani dădea impresia că eram ori incapabilă, ori neinteresată de a avea o carieră.

Când, în acea seară, alte persoane făcuseră un efort să stea de vorbă cu mine, simțisem că se purtau de parcă ar fi vrut să-i facă pe plac femeii însărcinate când, de fapt, ar fi preferat să lingușească clienții. Dar Natasha nu era deloc așa. Natasha era caldă, o companie plăcută și, sincer, teribil de amuzantă.

Am stat la masă, povestind despre tot, de la înot – care-i plăcea la nebunie și de care se apucase de curând – până la faptul că odată îl părăsise pe un tip pentru că mâncase Pringles în pat.

– De obicei nu sunt așa de superficială, dar poți suporta doar de câteva ori să găsești în chiloți câte un snack de cartof cu aromă de grătar înainte de a lua atitudine.

Apoi DJ-ul a dat muzica tare și ea a gesticulat spre ringul de dans.

– Haide, eu am chef dacă ai și tu.

Am privit spre Adam, dar el era adâncit într-o conversație cu femeia de lângă el. Așa că, pur și simplu, ne-am îndreptat spre centrul încăperii și am dansat ca și când nimeni nu s-ar fi uitat, ceea ce sunt destul de sigură că era fix ce-și dorea Adam.

După aceea, eu și Natasha am ajuns să mergem împreună la înot trei seri pe săptămână, apoi de Crăciun și fix până în ziua când am născut. Serile alea erau fericire pură. Nu doar datorită senzației de ușurare din membrele mele greoaie când alunecam în apă. Ci pentru că eram în preajma ei. Într-o vreme când eram mult mai anxioasă în legătură cu relația mea cu Adam, s-o am pe Natasha, căreia să-i vorbesc, a făcut ca toate să pară cu vreo cinci sute la sută mai ușoare.

Acum, în timp ce ea se strecura pe locul pasagerului din mașina mea și eu porneam motorul, m-a trăsnit o idee: chiar speram să aibă același efect și acum.

Capitolul 18

Când am ajuns înapoi la Château de Roussignol, peisajul provincial era scăldat într-o lumină ca mierea. Am lăsat bagajul Natashei la vilă, apoi ne-am dus direct spre piscină, unde era planificată o cină cu grătar în familie.

Grillul incredibil de mare era luat în stăpânire de Ben (sau Tânărul Ben, după cum era cunoscut în mod inexplicabil, în ciuda faptului că era de aceeași vârstă cu majoritatea personalului). Câțiva copii, de la patru la doisprezece ani, se adunaseră lângă fileul de volei, unde Simone îi organiza în echipe. Pe peticul de iarbă de alături, William termina de instalat o cursă cu obstacole pentru Adam, înainte de a se duce să participe la jocul lui Simone.

– Locul ăsta e incredibil, a spus Natasha, evident surprinsă; văzuse fotografiile și site-ul web, bineînțeles, și citise toate recenziile, dar, de aproape, castelul era cu totul altceva.

– Totuși, nu e Barbados, am zâmbit eu, aceasta fiind destinația unde fusese în anul precedent, într-o vacanță pentru oameni singuri.

– Eh, Barbados e supraestimat.

– Serios?

Ea a oftat.

– Ei bine, nu. Nu chiar.

Natasha încă lucra la aceeași firmă unde era când o cunoscusem – dar acum era noul director de afaceri și avea biroul în Londra, unde locuia într-un apartament mic, central, cu robinete create de un designer și covor crem. Când se mutase acolo, arăta ca genul de apartament dintr-o adaptare după un roman cu spioni, numai că Natasha nu s-a priceput niciodată prea bine la stilul minimalist, așa că, în scurt timp, reușise să umple fiecare colțișor cu fleacuri din călătorii și cărți.

– Unde e preferatul meu de opt ani? a întrebat ea.

– Dacă te referi la William, joacă volei. Și are zece ani.

Ea a tras adânc aer în piept.

– Când s-a întâmplat asta?

– În martie.

– La naiba. Pun pariu că asta înseamnă că i-a trecut pasiunea pentru Constructorul Bob? a rânjit ea.

În timp ce ne îndreptam spre teren, Natasha a făcut un semn din mână, încercând să-i atragă atenția lui William, fără să se gândească la faptul că ultimul lucru pe care și l-ar dori un băiat de vârsta lui e atenție. Pentru că nu i-a răspuns, a pășit pe nisip, fix când mingea zbura în direcția ei.

Fără ezitare, ea a sărit și-a trimis-o atât de departe, încât nu s-a mai văzut, în timp ce toți ceilalți jucători, a căror medie de vârstă era de șapte ani, au rămas cu gurile căscate.

Natasha a părut aproape la fel de surprinsă ca restul lumii.

– Ha. Încă mă pricep, a chicotit ea. Bate palma, William!

El i-a lovit leșinat palma, înainte să lase fruntea în jos, rușinat, de parcă ar fi încercat să-și ascundă capul în cutia toracică.

– Salut, mătușă Natasha, a zâmbit el ciudat în timp ce Simone s-a apropiat, părând enervată.

– Ăsta e un meci pentru cei sub 12 ani, a spus ea înțepată.

– Scuze, a rânjit Natasha, fără să arate deloc ca și cum i-ar fi părut rău în timp ce se îndrepta înapoi spre mine.

– E foarte dulce, Jess. Acum, ce zici de niște *vin blanc*? Sau *vin rouge*. Sau vin orice. M-am detoxifiat vreme de o lună și-am comis-o în timpul zborului, așa că aș putea să continui.

William a așteptat până când Natasha s-a dus la bar înainte să vină alergând spre mine.

– Mamă, pot să fac ceva cu tata mâine?

– A spus el că e în regulă?

– Da, a zis că putem merge dimineață la rafting.

– Ah, bine. O să văd dacă Natasha are chef de asta. Sunt sigură că da – ei îi plac chestiile de genul ăsta. Putem să luăm prânzul la pachet.

Dar el a dat din cap.

– Voiam să zic doar el și cu mine. Vrem o zi a *băieților*.

Eu clar nu mă născusem cu accesoriile corecte să particip la genul ăsta de distracție.

– E în regulă? *Te rog, mamă.*

Brusc, m-am simțit de parcă m-ar fi rugat să-l las în grija lui Charlie Sheen[1]. Totuși, încântarea din ochii lui m-a forțat să-mi înăbuș îngrijorarea. Măcar Natasha era cu mine și aș putea să-mi distrag atenția de la viziunile cu el înecându-se în timp ce Adam se furișa la o țigară.

– Asta o să te țină departe de iPad, presupun, am zâmbit eu.

– Da! Mulțumesc, mamă. Te iubesc.

– Da, întotdeauna mă iubești când reușești să obții ce vrei, m-am strâmbat eu, în timp ce el se ducea înapoi la meci.

Când Natasha s-a întors cu o sticlă de vin roșu și două pahare, n-am putut să nu observ că Ben se uita spre noi, concentrându-se mai mult la prietena mea decât la burgeri.

– Primești ceva atenție din partea aia, i-am gesticulat eu.

Când ea și-a ridicat privirea, un zâmbet timid s-a întins pe fața lui, iar în ochii ei a apărut o mică strălucire, ca și când l-ar fi recunoscut. Dar n-a ținut decât un moment, un reflex, până când a ridicat sticla și a început să toarne.

– Fără îndoială, e splendid. Dar în acest moment evit în mod activ chestiile tinere și fierbinți.

Am strâmbat din nas.

---

[1] Actor american, devenit celebru în rolul din serialul de comedie *Doi bărbați și jumătate*. (n. trad.)

– De ce?

– Am avut prea multe aventuri în ultimii ani, Jess. Caut ceva un pic mai... semnificativ.

– Ah... bine.

– Totuși, e mai ușor de spus decât de făcut, iar Tinderul nu ajută.

– Serios? Ultima dată când am vorbit, erai destul de entuziasmată de el.

– Asta a fost înainte să încep să primesc mesaje de genul ăsta.

Și-a scos telefonul și mi-a arătat ultima ei conversație.

„Salut, sunt timid, dar nu mă deranjează să-ți pun că ți-aș trage-o până te-aș lăsa leșinată chiar acum. Ești foarte SEXY."

Un hohot de râs mi-a scăpat de pe buze în timp ce derulam să-i citesc răspunsul.

„*Ești[1]. Mulțumesc, dar dispari."

– Natasha!

Adam se îndrepta spre noi, în pantaloni scurți de camuflaj și un tricou alb, care i se mula pe piept. S-a aplecat și a sărutat-o pe obraz. Inițial, ea a părut încântată să-l vadă, înainte să se abțină și să-și îndrepte colțurile gurii. Apoi a zâmbit din nou. Nu poate să fie ușor când un bărbat ți-a oferit o vacanță gratuită, dar loialitatea ei față de mine o împiedica să fie prea entuziasmată în legătură cu el.

– Bună, Adam. Ce mai faci?

– Foarte bine, a răspuns el. E grozav să-i am alături pe William și pe Jess aici.

– E evident că îți priește viața de aici, Adam. Arăți grozav.

Apoi s-a prins și s-a uitat din nou spre mine.

– Având în vedere că ești cu mult mai bătrân acum.

El a râs.

– Da, îmbătrânesc un pic, mâine-poimâine fac 33 de ani. Munca încă te ține ocupată?

– Da, dar în sensul bun. Totuși, abia aștept să stau puțin la soare și să petrec timp cu Jess și cu William. Ceea ce cred că-ți dorești și tu...

---

[1] Greșeală de scriere în engleză, *your* (al tău) în loc de *you're* (tu ești) (n. trad.)

– Absolut.

El s-a întors spre mine.

– Te-a întrebat William dacă poate să vină cu mine la rafting?

– M-a întrebat, și da, e în regulă. E incredibil de încântat de asta.

– Bine.

El părea surprins și mulțumit.

– Am fost ieri cu canoea, i-a spus Adam Natashei. Jess e un mare fan.

– Glumește, am îngânat eu.

– Jess, ca să fiu absolut sincer cu tine, vremea n-a fost ideală. Data viitoare când o să te iau cu mine, am să mă asigur că e însorit, ca să nu ți se mai învinețească nasul.

– În caz că nu e complet clar, nu va exista o dată viitoare.

Natasha a râs.

– Ei, bine, am fost mândru de tine pentru că ai încercat, a spus Adam.

Afirmația asta a părut cumva ciudată; cum putea fi mândru de mine când nu mai aveam nimic de-a face cu el?

Mi-am mutat privirea spre William, aflat pe terenul de volei, fix la timp ca s-o văd pe Simone uitându-se spre noi. Adam a observat-o și el și a răspuns mutându-și piciorul departe de mine, dând ridicola impresie că încerca să ascundă ceva.

– Ai apucat să arunci o privire prin vila ta? a întrebat-o el pe Natasha.

– Adam, e minunată. Mulțumesc pentru că ne-ai cazat într-una atât de frumoasă.

– Natasha e obișnuită cu vile de lux în Maldive, i-am spus eu. E greu s-o impresionezi după așa ceva.

– O, Jess, încetează. Nu sunt vreo prințesă răsfățată. În plus, dacă mă satur de voi doi, îmi iau unul dintre dormitoarele alea din postere, din castel, pe care le-am văzut pe internet.

– Am să angajez un valet care să te servească, a spus Adam. Așa... am vrut doar să vă salut, dar mai am câteva lucruri de făcut până să pot să mă așez și să mă relaxez.

S-a ridicat să plece.

– E *minunat* să te avem aici, Natasha.

Când Adam a dispărut, ea s-a uitat la mine.

– Cum face asta?

– Ce?

– Să fie imposibil să-l urăşti.

– Nu vreau ca oamenii să-l *urască* pe Adam, i-am spus eu. E tatăl lui William. Şi, da, s-au întâmplat lucruri între noi, dar asta a fost cu mult timp în urmă, iar acum am trecut cu toţii peste.

Natasha a aruncat o privire spre Simone, care se uita din nou la noi.

– Cred că există cineva care cu siguranţă speră asta.

Capitolul 19

În dimineața următoare, William țopăia în camera mea de parcă ar fi fost prima zi de Crăciun.

– Mama, cât e ceasul?

M-am uitat la telefon, chioară de somn. Aăă... șapte, am croncănit eu în timp ce el a dispărut înapoi în bucătărie.

Eram cât pe ce să strig după el să-l întreb de ce era treaz atât de devreme, când mi-am amintit. Aproape că uitasem de excursia de rafting, până când m-am dus să-l învelesc pentru somn, seara trecută, și am descoperit că se culcase îmbrăcat cu boxerii de înot. Ochii lui se deschiseseră scurt și-mi explicase că așa avea să economisească timp a doua zi dimineață, având totul pregătit înainte să se culce.

Am dat la o parte cearșaful din bumbac și mi-am frecat ochii în timp ce mă dădeam jos din pat să mă duc să deschid obloanele, permițând luminii să învăluie șifonierul vechi și bârnele calde din stejar. Era o cameră în care era plăcut să te trezești; avea o podea de o simplitate de netăgăduit, din plăci de gresie, un covor țesut, frumos, și un pat zdravăn, din fier forjat.

Adormită, mi-am legat părul cu un elastic și l-am urmat pe William în bucătărie.

– La ce oră a zis tatăl tău că vine să te ia? l-am întrebat eu. Ar fi trebui să-i cer mai multe detalii aseară.

– 8.30 cred, a spus el.

– *Crezi*?

M-am dus înapoi în dormitor să-mi iau telefonul, să-i pot trimite un mesaj lui Adam, dar, ca de obicei, nu aveam semnal.

Nu aveam nici cea mai vagă idee ce-i trebuia lui William pentru excursia aceea, așa că m-am apucat să împachetez două rânduri de haine, un prosop de rezervă, adidași, cremă de soare cu factor de protecție 50, spray antiinsecte, o sticlă cu apă și suficient pui copt și crocant – față de care dezvoltase o dependență ciudată – cât să ajungă pentru o familie de cinci persoane.

– Crezi că o să am ocazia să folosesc astea? a întrebat el, ieșind din camera lui într-o pereche de labe de scafandru.

– Nu cred, dragule, am răspuns eu în timp ce el mi-a luat iPadul și l-a pus în rucsacul lui. Și nu poți lua nici aia.

– Dar vreau să fac un film.

– Unde o să-l ții când vei fi pe plută?

– Ah!

Mi-am verificat din nou telefonul și avea o urmă de semnal. Încercarea de a găsi una suficient de puternică încât să trimit chiar și un mesaj fusese o provocare continuă de când ajunsesem acolo. Când stelele se aliniau și stăteai într-un picior, ținând telefonul la un metru și jumătate deasupra prăjitorului de pâine, atunci părea că aveai cele mai bune șanse.

„Trebuie să pregătesc un prânz la pachet pentru excursia asta de rafting sau te ocupi tu? Și e la 8.30? E supernerăbdător :)"

De îndată ce am apăsat „Trimite", m-am blestemat pentru că adăugasem acel emoticon zâmbăreț. Emoticoanele și Adam nu sunt o combinație potrivită.

Îl priveam pe William stând afară și așteptând, la ora 8.20, în timp ce-mi turnam o savuroasă ceașcă de cafea. Apoi l-am urmat afară, în lumina cețoasă a răsăritului. Curtea era nemișcată și tăcută; singurul sunet era cel al albinelor care zburau în jurul unei tufe înflorite și al păsărilor plutind în cercuri deasupra noastră, ciripitul lor dulce anunțând începutul unei noi zile. William nu spunea nimic, dar începuse să bată cu piciorul în masă.

Bănuiam că nu raftingul în sine era sursa încântării lui. Avea legătură cu tatăl său. Abia aştepta să fie cu el. Mi-am simţit gâtul încordându-se în timp ce mintea mi s-a umplut de o emoţie neaşteptată. Nici măcar nu ştiam ce anume o stârnise.

– Care-i problema? a întrebat William.

Am clipit des, ca să-mi alung căldura din ochi.

– Nimic. Cred că s-ar putea să fiu alergică la ceva. Poate la crema de soare.

Dar el nu era cu adevărat interesat. S-a uitat spre parcare, după Adam.

– Cât e ceasul?

M-am uitat la ceas.

– Opt şi treizeci şi două de minute dimineaţa.

– Trebuia să ajungă acum două minute.

– Ai răbdare. Mă duc să-mi pregătesc micul dejun. Ai băut ceva în dimineaţa asta?

– UITE-L!

Am văzut imediat că era doar o maşină neagră, asemănătoare cu a lui Adam, dar o marcă şi un model diferit.

– Ăla nu e el, iubitule. Dar nu-ţi face griji, o să vină.

Cincisprezece minute mai târziu, eram tot afară. Deja îi spusesem lui William să nu-şi facă griji de vreo douăsprezece ori, chiar şi când nu părea că şi-ar face. Ceea ce era mult mai mult decât puteam spune despre mine. M-am uitat la telefon, dar nu aveam niciun răspuns la mesajul pe care îl trimisesem. Pentru un scurt moment, m-am gândit să mergem pe jos, la castel, ca să-l căutăm, dar dacă nu am fi mers pe lângă aleea pietruită, ceea ce dura mai mult decât pe potecă, am fi riscat să-l ratăm. Am încercat să-i formez numărul, dar mi-a intrat direct căsuţa vocală.

– Poţi să-mi dai un test cât aşteptăm? a întrebat William.

– Hmmm?

– Un test.

– Ah, bine.

William adora testele în general, sau măcar atunci când răspundea corect la toate întrebările. Încă nu era destul de mare încât să-și poată ascunde supărarea atunci când pierdea.

– Care este capitala Spaniei?

– Madrid! a sărit el. Știai deja că o știu pe asta.

Am început să mă plimb înainte și înapoi.

– Care este cel mai lung râu din lume?

– Asta e încă una de geografie.

– Și?

– Și tocmai ai dat una din geografie. Nu putem încerca și altceva?

– Asta înseamnă că nu știi răspunsul?

– Ba da, e Amazonul. Acum poți să-mi pui altă întrebare?

M-am uitat la ceas și am hotărât că, dacă se făcea ora nouă și el încă nu apărea, aveam s-o trezesc pe Natasha să stea cu William, iar eu mă voi duce să-l caut pe Adam.

– Mamă?

– Ăăă. Bine. Spune cum se scrie „clorhidric".

– Ah, nu de spus pe litere, a mormăit el. Ce zici de filme?

– Corect, am oftat eu. Cum îl chema pe tatăl lui Superman?

– Jor-El.

– Bravo.

Natasha a apărut în ușă, îmbrăcată cu un tricou uriaș întinzându-se languros.

– Mă bucur că te-ai trezit. Aștepți aici, cu William, în caz că ajunge Adam?

Ea s-a frecat la ochi.

– Nu plec nicăieri. William și cu mine o să stăm aici și-o să vorbim despre... despre ce-ai vrea să vorbim, William?

– Poți să-mi dai un test din filme?

– Excelentă idee! a spus Natasha. Bine: Numește unul dintre actorii principali din filmul *Păsările* în versiunea lui Hitchcock din 1966.

Capitolul 20

Am ieşit din pădure pe potecă şi m-am dus direct spre uşile mari ale castelului, aflate la umbră. După ce n-am reuşit să-l găsesc pe Adam în niciunul dintre locurile obişnuite, l-am descoperit pe Ben la recepţie.

– Jess, a menţionat că-şi ia liber azi şi că o să se ducă în valea Verzere.

Umerii mi s-au relaxat.

– Clar o să meargă, atunci. William credea că o să-l ia acum 45 de minute şi nu reuşesc să-l prind.

– Ai încercat la vila lui?

Adam locuia la cinci minute de castel, în altă parte faţă de locurile de cazare pentru oaspeţi, într-o cabană mică, la marginea proprietăţii. Încercase să-mi arate împrejurimile cu câteva zile în urmă, dar am aruncat o privire doar ca să fiu politicoasă, simţindu-mă ciudat să aflu atâtea informaţii despre viaţa pe care o ducea acum.

Cabana lui era mai rustică decât cele pentru oaspeţi, cu un acoperiş din piatră, o uşă albastră care se cojea şi ziduri vechi, înconjurate de ierburi foşnitoare şi de orhidee sălbatice. Din câte văzusem, interiorul părea locuit, având o bibliotecă plină până la refuz, teancuri de scrisori, un raft pentru vinuri, bine aprovizionat, şi fotografii vechi, care se luptau pentru un loc pe un şemineu ce părea antic.

Când am ajuns în faţa cabanei, pulsul mi se ridicase disproporţionat faţă de nivelul meu de oboseală. Am ezitat o clipă înainte de a bate scurt, dându-mi seama că uşa era descuiată abia în momentul în care s-a crăpat.

– Adam? Eu sunt.

Am împins-o şi am intrat.

Apoi am ţipat. Sau poate că am urlat. În orice caz, a fost un sunet mai puternic decât mă aşteptasem. Totuşi, atunci când intri peste o femeie a cărei bluză e desfăcută, lăsând la vedere un sutien minuscul din dantelă, e dificil să ştii care *este* răspunsul potrivit.

Adam a sărit departe de Simone, în timp ce ea s-a întors să-şi încheie nasturii. Apoi el a început să ţipe şi să pufăie şi să întrebe de ce nu bătusem.

– *Am bătut*! am protestat eu, cu obrajii stacojii. Ţi-ai lăsat uşa deschisă!

Îmi ţineam mâna la ochi, o mişcare reflex care e cumplit de ineficientă pentru a nu vedea vreunul dintre lucrurile pe care tocmai le văzusem.

– Trebuie s-o fi lăsat eu aşa, scuze.

Simone şi-a aranjat fusta şi şi-a îndreptat părul, dobândind un aer atât de inocent, încât ai fi crezut că tocmai intraseşi peste ea în timp ce citea din Biblie.

– E... uite, e în regulă, am spus eu, retrăgându-mă spre uşă, incapabilă să-i privesc în ochi pe vreunul din ei. Totuşi, slavă Domnului că nu l-am trimis pe William. Venisem doar să văd la ce oră e excursia de rafting. Bietul copil credea că trebuia să fii acolo acum aproape o oră.

– Nu pot să-l duc azi la rafting, a răspuns Adam. Îmi petrec ziua liberă cu Simone.

Tânăra şi-a încrucişat braţele cu un zâmbet satisfăcut, în timp ce au am simţit cum mi se încordează pieptul.

– Dar, Adam, noi doi am discutat ieri despre excursia asta. Pur şi simplu, nu-i poţi spune chestii dintr-astea unui copil de zece ani şi apoi să te răzgândeşti.

– O să-l duc la rafting la un moment dat, dar nu azi, a continuat el, relaxat. Nu pot astăzi.

– Dar *ai spus* că poţi! am rostit eu.

– Nu, n-am zis, a dat el din cap în timp ce exasperarea mi se urcase în gât.

– *Ai zis,* Adam.

Dar el a refuzat să se certe, în ciuda căldurii nervoase din privirea lui Simone.

– Jess, vorbeşti aiurea. William a venit să mă întrebe de excursia asta când reparam o ţeavă fisurată într-unul dintre dormitoare. Era cât pe ce să distrugă un covor pe care abia de curând l-am cumpărat, şi-a costat o groază. Eram distras.

Nu mă puteam gândi decât la William, stând pe treptele din faţa vilei noastre, strângându-şi rucsacul în braţe, obosit dar nerăbdător după un somn întrerupt de încântare. Şi cum naiba aveam să-i spun vestea asta.

– Deci, vrei să spui că *nu* i-ai promis că o să-l duci azi?

– Nu, nu i-a promis, a zis Simone acru.

Ochii lui Adam s-au învârtit într-o parte.

– Ei, bine, Simone, ca să fim sinceri, nu ai fost acolo.

Ea a dat să răspundă, dar s-a hotărât să tacă.

– Uite ce e, Jess, nu-mi amintesc precis ce am zis, a continuat el. Poate că am fost de acord să mergem la rafting – ceea ce putem face –, dar nu i-aş fi spus că o s-o facem astăzi, pentru că sunt ocupat. La momentul ăla, pur şi simplu, trebuia să scap de el.

Mirarea mea a început să fiarbă, trezind ceva mult mai puternic.

– Poftim?

– N-am vrut să zic asta.

– Orice s-a spus, realitatea e că nu poate să meargă, Jess, a zis Simone cu o voce stridentă.

– Dar Adam a *promis*, Simone, am rostit eu calm, încercând să mă înţeleg măcar cu unul din ei.

– Ei, bine, o să trebuiască, pur şi simplu, să trecem peste asta, nu-i aşa? a scuipat ea. În plus, nu a fost *o promisiune.*

– *Totul* e o promisiune când îi spui unui copil de zece ani că ai să faci ceva cu el, am răspuns eu.

Un sunet gen „pffffff" a ieşit din gura lui Simone, de parcă i s-ar fi făcut o puncţie.

Adam şi-a plimbat privirea de la mine la ea pentru un moment, oprindu-se asupra mea.

– Jess, am fost cu canoea cu doar două zile în urmă. În capul meu, ideea era că aş putea, poate, să-l duc în cursul săptămânii viitoare.

M-am gândit la William, îmbrăcat cu boxerii lui de înot, cu o seară în urmă, şi am simţit un val de furie.

– Deci, am făcut tot drumul ăsta şi i se cuvine să petreacă timp cu tine, ca lumea, o dată pe săptămână?

– Nici măcar nu mai găseşti locuri disponibile atât de din scurt, a continuat Adam, ignorându-mă. Nu mi-am dat seama că vorbea despre ziua de astăzi. El a fost cel care a sugerat „pe la 8.30", iar eu am crezut că vorbea... în general. Ceea ce, dacă privesc în urmă, a fost o prostie, dar, cum spuneam, eram distras. Îmi pare rău, dar *o să îl duc.*

S-a uitat într-o parte, spre Simone, şi a adăugat:

– Doar că nu astăzi.

Am mai încercat o dată să mă înţeleg cu el.

– Adam, am spus eu încet, cu o voce tremurândă. Nici *măcar* nu trebuie să fie rafting. Poate să fie orice. El vrea doar să fie cu tatăl lui. Pe care îl *iubeşte*. De aceea suntem *aici*.

Adam a şovăit. Pentru un moment, am fost convinsă că va face ce era corect.

– Dacă chiar trebuie să ştii, Jess, avem rezervată o cameră la un hotel Mr and Mrs Smith, a anunţat Simone. Costă o avere şi durează o veşnicie să prinzi o cameră acolo. Deci nu e nicio şansă să nu mergem.

Am stat acolo, cu unghiile înfipte în palme, asimilând vestea că Adam avea să-şi petreacă ziua în pat, cu iubita lui de 22 de ani, mai degrabă decât să fie cu William. Dintr-odată, n-am mai suportat să fiu în aceeaşi cameră cu ei.

M-am răsucit pe călcâie şi am plecat. Adam m-a urmat spre uşă şi a strigat după mine.

– Am să găsesc ceva de făcut cu William imediat ce mă întorc, promit!

M-am oprit la capătul aleii, sângele fierbându-mi în timp ce m-am întors. Şi, din păcate, pur şi simplu, n-am putut să mă abţin.

– După cum am descoperit pe propria-mi piele, Adam, promisiunile tale nu înseamnă nimic.

Capitolul 21

Nu puteam pretinde că tatăl meu era perfect. Ar fi fost, cu excepţia unei singure probleme; e drept, una destul de mare. Pe vremea când eram adolescentă, nu mai puteam pretinde că nu observam comportamentul tatei când bea. Între numeroasele astfel de momente era minunat, alte dăţi era un dezastru absolut. Mereu când avea prin preajmă alcoolul.

A fost ziua când a izbit maşina în zidul nostru din faţă după ce se convinsese singur că era în stare să conducă până la magazinul de băuturi alcoolice, sau noaptea în care îl găsisem prăbuşit pe verandă, incapabil să-şi bage cheia în yală.

Lucrurile astea nu se întâmplau mereu; între ieşirile lui treceau luni întregi, nu zile. Uneori aveam însă nevoie să-mi amintesc de ele, mai ales atunci când Adam făcea câte-o scamatorie şi eu mă consumam de furie în numele fiului meu. Exista totuşi o diferenţă crucială. Tatăl meu avea problemele lui, dar el *a făcut* ceva în legătură cu ele. Şi a făcut-o pentru mama şi pentru mine.

Părinţii mei se cunoscuseră la scurt timp după ce el se acreditase contabil şi primise o slujbă la firma Arthur Mitchell, din Manchester, unde ea fusese secretară de când se lăsase de şcoală, la 16 ani. Mama mea îşi umpluse mereu timpul liber în faţa cuptorului, iar în fiecare vineri aducea la birou o varietate de produse făcute în săptămâna respectivă: eclere lipicioase cu ciocolată, tarte cu nucă şi cafea, prăjiturele cu lămâie şi toppinguri crocante din zahăr.

– Într-un final, am invitat-o pe la mine la o felie de chec Battenburg, obişnuia tata să glumească.

La prima lor întâlnire au mers la cinema, să vadă *Cartea morţilor*, care aparent fusese ideea mamei, şi s-au logodit patru luni mai târziu.

Nu e treaba unei fiice să evalueze căsătoria părinţilor, dar nu există dubii că, pe când eram copil, presupuneam că era una fericită. Uneori, când priveam înapoi, mă întrebam cum de ajunsesem la concluzia asta, pentru că fuseseră ocazii în care un observator obiectiv ar fi numit-o oricum altfel, dar nu fericită.

Aveam şaisprezece ani când prinsesem un rol într-o piesă de teatru, la şcoală, o producţie ambiţioasă a *Mizerabililor*. Era un rol mic – fata de la tavernă –, cu o singură replică, dar îl luam foarte în serios. În prima seară, aşteptam emoţionată în culise să-mi fac debutul în teatru, când am auzit un grup de şase bărbaţi râzând.

– În buda băieţilor e vomă peste tot. Doamna Jones a alunecat pe ea, aproape că s-a dat cu cracii în sus. Degsy bănuieşte că a fost tatăl cuiva, complet mangă.

Înţelegerea rece s-a strecurat în sufletul meu. Ştiam despre cine vorbeau; când mama mă adusese la spectacol, cu o oră şi jumătate înainte să înceapă, tata atacase deja sticla.

Am păşit pe scenă, cu groaza mâncându-mă în interior, şi m-am uitat prin sala plină, căutând chipurile părinţilor mei.

Aveam de spus o singură replică, dar când l-am văzut pe tatăl meu, cuvintele mi-au rămas în gât.

Tata era prăbuşit în al treilea rând din faţă, dormind lemn, în timp ce mama stătea înţepată lângă el, cu o faţă tristă, cu ochii strălucindu-i în luminile scenei. Într-un final, mi-am spus replica, dar, până când piesa s-a sfârşit, mă simţeam de parcă toată şcoala ar fi aflat ce se întâmplase.

În weekendul ăla, abia am vorbit, iar eu nici nu mă puteam uita la el. Stăteam în camera mea, ascultând ploaia bătând în geamuri, încă fierbând de furie. Mama a încercat să mă convingă că nimeni nu ştia cine fusese, dar luni, când ăsta era singurul subiect discutat în cantina şcolii, a devenit evident că se înşela.

Când am ieșit în seara aceea din cameră, pentru a lua cina, tata m-a privit nervos.

– Uite ce e, îmi pare rău, bine, a spus el, în timp ce punea sarea și piperul pe masă și mama se apropia cu o lasagna făcută în casă, abia scoasă din cuptor. Dar... nu cred că tot ce-am făcut a fost *chiar atât* de rău.

Mama a înghețat, nevenindu-i să creadă.

Eu m-am oprit din respirat încercând să anticipez ce urma ea să spună. Totuși, pentru un moment, nu a spus nimic, dar puteai, pur și simplu, să vezi furia care fierbea înăuntrul ei luptându-se să iasă afară.

– IDIOTUL NAIBII! a țipat ea.

Apoi a ridicat vasul cu mâncare și l-a azvârlit de-a curmezișul bucătăriei. L-am auzit pe tata inspirând adânc și mi-am simțit maxilarul căzând, în timp ce ne holbam la dezastrul de sticlă și sos de roșii, fierbinte și gros, scurgându-se de pe perete.

Pentru un moment, mama s-a uitat la perete, cu mâna la gură, tremurându-i, de parcă nu-i venea să creadă ce făcuse. Apoi, în fugă, a ieșit din cameră.

M-am uitat spre tata, încă sub șocul slab care îți pune creierul pe pilot automat. M-am ridicat în liniște să mă duc să iau o pereche de mănuși din cauciuc. El s-a aplecat cu un ziar și a început să adune pe el bucățile de sticlă.

Și ăla a fost momentul când mi-am dat seama că plângea.

– Îmi pare rău, Jess, a șoptit el, incapabil să se uite la mine. Îmi pare foarte rău.

Dar eu nu eram gata să-l las să scape așa ușor.

– Sunt sigură că-ți pare rău, tată. La fel ca în toate celelalte dăți. Dar asta se tot repetă, nu-i așa? O să te urăști pentru că faci toată chestia asta, *dar n-o să te schimbi niciodată*. Te tot îmbeți mangă, lași asta să distrugă... totul.

Buzele lui s-au deschis, iar fața îi era udă de lacrimi. Părea zdrobit de cuvintele mele, dar eu n-aveam de gând să mă opresc.

– Câteodată, sunt *distrusă* din cauza ta, tată. Oripilată că te poți purta așa. Și pentru o prostie de băutură. Nu-ți dai seama ce ne faci mie și mamei?

Trei zile mai târziu, s-a dus la prima lui întâlnire a Alcoolicilor Anonimi.

Tranziția tatălui meu de la alcoolic disfuncțional la alcoolic funcțional nu a fost ușoară, dar cred că niciodată nu e simplu.

S-a ținut de ședințe, deși nu vreau să vă dau impresia că, pur și simplu, s-a înscris la ele, a stat în cerc și-a văzut lumina. Avea o relație de iubire-ură cu Alcoolicii Anonimi și niciodată nu s-a apropiat cu adevărat de ceilalți membri. Dar a perseverat, pentru că știa în adâncul sufletului lui că n-ar fi putut rezista fără ele.

În primul an, au fost momente când părea că se clatină vizibil pe marginea prăpastiei. La diverse evenimente sociale, eu și mama ne țineam respirația de fiecare dată când îi priveam pe cunoscuți îndemnându-l să bea ceva, complet uimiți că un om ar putea bea doar limonadă la o petrecere. În zilele acelea, privirea din ochii lui părea să se schimbe chiar și atunci când mirosea băutura, de parcă ar fi fost înspăimântat de ea.

Uneori era dificil să-l susținem. Nu voiam să-l stresăm prea tare întrebându-l constant dacă era în regulă, dar au fost momente când a trebuit să-i spun cât de mândră eram. Chestia aia cu „o zi pe rând" dusese la ceva ce altădată părea imposibil.

Într-o seară de vară, când jucam tenis împreună, la vreo optsprezece luni după ce băuse ultima dată, îmi aduc aminte că a trimis mingea cu putere pe lângă mine. Nu mă deranja să pierd în favoarea lui; își redescoperise vitalitatea, iar asta mă făcea fericită.

– Cine ar fi crezut acum câțiva ani că o să fii așa de sănătos? am zis eu. Ești uimitor, serios.

– Las-o baltă, Jess, sunt un bărbat de vârsta a doua cu o burtă rotundă și fleșcăită pe care niciun secol de tenis n-o mai mută.

– Știi ce vreau să spun.

Și probabil că arătam cam dezumflată, pentru că și-a coborât puțin vocea și a spus:

– Bineînțeles că știu. Dar „uimitor" nu e cuvântul potrivit. Sunt doar... hotărât să nu mă întorc la felul în care eram. Deci nu trebuie să-ți mai faci vreodată griji pentru asta, promit.

Și nu mi-am mai făcut griji niciodată, pentru că a fost acolo pentru toți trei în fiecare zi timp de șaptesprezece ani. Susținându-ne. Iubindu-ne. Și făcând toate astea complet treaz.

Capitolul 22

Mi-era groază să-i spun lui William că excursia cu tatăl lui se anulase. Totuşi, nu l-a apucat nici vreo furie uriaşă, nici nu s-a plâns, nici nu a ţipat şi nici nu a făcut toate celelalte lucruri pe care ar fi fost îndreptăţit să le facă. Pur şi simplu, m-a ascultat în linişte, în timp ce eu îndrugam minciuni în numele lui Adam.

– A trebuit să ajute o familie care şi-a pierdut paşapoartele, am spus eu. Altfel ei nu ar fi putut să ajungă acasă. Cu siguranţă o să vă întâlniţi în curând.

Şi-a strâns buzele în timp ce şi-a lăsat capul în jos, a sărit în picioare şi a fugit în dormitorul lui, închizând uşa. L-am lăsat în pace timp de vreo zece minute, înainte să mă pun pe treabă şi să organizez o ieşire pentru acea zi, cu el şi cu Natasha.

Am mers cu maşina la Lac du Causse, lângă Brive, la o oră distanţă, unde erau o plajă cu nisip, apă limpede potrivită pentru înot şi hidrobiciclete.

– Ai chef de-o tură? Este ce a sugerat bunica, i-am spus eu veselă.

– Hmm. Bine, a ridicat el din umeri, dar doar pentru că iPadul a rămas fără baterie.

De îndată ce am pornit, s-a înveselit. În mare parte pentru că, aparent, era amuzant să vezi o femeie în toată regula pedalând frenetic de fiecare dată când ajungea la o distanţă de şase metri de un windsurfer. Până am terminat tura în jurul lacului, genunchii mei ardeau şi, nostalgică sau nu, am simţit o mare uşurare să mă aflu din nou pe pământ.

În timp ce William se prostea adunând bețe la marginea apei, m-am întins pe un prosop, lângă Natasha, care tocmai alunecase într-un somn adânc, de genul celor care mie par să-mi scape zilele astea. Am lenevit în poziția aceea câteva ore bune înainte să ne întoarcem la Château de Roussignol, după-amiaza târziu.

Când ne îndreptam spre vilă, Natasha mi-a dat un ghiont.

– Cineva îți face cu mâna.

– Bună, Jess!

Charlie era în fața ușii sale, de cealaltă parte a curții.

– Ah, bună! am zâmbit și eu, în timp ce scormoneam după cheie.

– Te place, a șoptit Natasha, iar eu mi-am ridicat brusc capul, ca să văd dacă William nu putea cumva s-o audă.

– Nu fi prostuță, am mormăit eu. De unde știi?

– Pentru început, vine încoace.

Am deschis ușa și i-am grăbit pe William și pe Natasha să intre în vilă. El a alergat imediat înăuntru, dar ea a hotărât că e mai bine să rămână lângă mine.

– Ce faci? l-am întrebat pe Charlie când se apropia.

– Sunt bucuros că iese din nou soarele după ziua de ieri.

– Ha! Da, să sperăm că a fost singura zi așa. Ea e Natasha – tocmai a venit să stea cu noi.

– Încântată de cunoștință, a spus Natasha, privindu-l de sus în jos de parcă ar fi fost într-un salon auto, evaluând vopseaua nouă de pe o decapotabilă.

– Și eu, a zâmbit el, înainte să se întoarcă din nou spre mine. Ai fost la grătarul de aseară? Noi am uitat de el și am ieșit în oraș pentru cină.

– A fost drăguț, am răspuns eu. Nu sunt sigură că ar fi interesat-o pe Chloe, dar William s-a simțit bine.

Ochii lui verzi, cu stropi cafenii, s-au oprit asupra trăsăturilor mele.

– Îmi doresc să-mi fi amintit – am fi stat și noi cu voi.

Am sesizat, jenată, rânjetul insinuant al Natashei.

– TATA!

Charlie s-a întors și s-a uitat în direcția fiicei sale.

– Ah, scuze – adolescenta mă cheamă. Suferința îl așteaptă pe cel care nu sare imediat. Ne vedem în curând, sper.

Apoi a plecat, îndreptându-se spre Chloe, pe când eu mă întrebam dacă Natasha avea dreptate când spunea că mă place.

– Nu-și putea lua ochii de la tine, a declarat ea în timp ce mergeam înăuntru.

– Oh, taci.

– E adevărat. Noroc că nu te-a văzut ieri, în pantalonii ăia albi și scurți. N-ar mai fi știut ce să se facă.

Am pășit înăuntru și l-am găsit pe William pe canapea, deja cu iPadul în mână.

– Te-ai distrat astăzi, dragule?

– A fost bine, a răspuns el.

– Ascultă... îmi pare foarte rău că tatăl tău te-a dezamăgit azi.

El a ridicat capul brusc.

– *Nu* m-a dezamăgit. El e șeful, așa că, atunci când trebuie să muncească, nu poate scăpa.

Mi-am înfrânat un val de iritare. Știam că eu fusesem cea care îi spusese lui William că Adam trebuise să muncească, dar auzindu-l cum a sărit în apărarea tatălui său, am avut nevoie de un nivel de stăpânire de sine pe care nu știam că-l aveam. Totuși, presupun că e mai bine decât să știe că tatăl lui și-a reluat vechile obiceiuri.

Capitolul 23

În fiecare zi, după-amiaza, mirosul aerului se schimba. Se întâmpla atunci când soarele era sus și căldura lui pătrundea în fiecare floare și în fiecare plantă, astfel încât dulcele parfum ierbos al verii plutea în aer.

În ziua următoare, după vizita la lac, William, Natasha și cu mine ne-am dus spre castel să bem ceva rece. Câțiva copii se adunau pe terenul de fotbal, iar unul dintre ei a alergat spre noi. Cu doar câteva zile în urmă se jucase cu William în piscină, deși părea cu vreo câțiva ani mai mic decât fiul meu, având părul de culoarea morcovului și o strungăreață mare.

– În cinci minute începe un meci mare și mai avem nevoie de un jucător. Vii?

– Nu sunt sigur, a răspuns William.

– Oh, haide William, încearcă.

Apoi s-a gândit o secundă și într-un final a dat din cap, părând puțin plictisit. S-a dus spre terenul de joacă, în timp ce eu l-am văzut pe Ben curățând niște scaune lângă piscină. I-am făcut cu mâna și el mi-a răspuns înainte să ridice un alt scaun. Apoi a ezitat, l-a pus jos și s-a apropiat de noi.

– Te bucuri de vacanță? a întrebat el.

Avea o grămadă de brățări din piele pe încheieturile groase, bronzate și un tricou vintage, cu un slogan șters în față. Pielea de pe frunte îi era arsă, de culoarea mierii, insuflând căldură în ochii lui căprui.

– Minunat, mulţumesc, Ben. E păcat că trebuie să munceşti pe vremea asta splendidă, am spus eu.

– Ar putea fi mai rău. Măcar astăzi nu curăţ toalete.

Mi-am dat seama că nu făcusem prezentările.

– Ea este prietena mea, Natasha.

– Încântată de cunoştinţă.

Ochii ei au sclipit spre ai lui.

– Parcă aud un accent de Cardiff.

Faţa lui s-a luminat cu un zâmbet.

– Bine observat.

– Bunica mea era de acolo, aşa că am urechea formată.

Şapte copii, de naţionalităţi diferite, se jucau şi comunicau în general prin limbajul universal al fotbalului. Din păcate, nu era o limbă pe care William s-o vorbească fluent. În timp ce restul copiilor alergau pe teren, fiul meu părea doar să... plutească. De fapt, ai fi crezut că i se spusese că scopul principal la fotbal era să eviţi cu orice preţ mingea. Ocazional, încerca o pasă, dar, cu excepţia cazului în care cineva avea să introducă o regulă nouă, care să implice rezolvarea unui rebus, era fără speranţă. Faţa i se deforma de disperare de fiecare dată când rata mingea, blestemându-şi propria neputinţă. Îmi făcea inima să se zvârcolească.

Am continuat să privesc meciul, atenţia mea fiind distrasă doar în momentul în care Ben şi Natasha au început să râdă, iar când m-am uitat spre ei, am văzut că el era complet fermecat. Într-un final, ea s-a scuzat că trebuie să se pregătească pentru cină şi el a continuat să cureţe scaunele, mergând de parcă ar fi fost pe arcuri.

– Salut.

Adam a apărut lângă mine. Mi-am ridicat privirea şi i-am zărit profilul. Nu puteam suporta cât de chipeş devenise odată cu trecerea anilor. Era ca şi când toate acele lucruri care mă vrăjiseră cândva – mirosul pielii lui, adâncul misterios din ochii săi – existau acum doar ca să mă chinuie pe mine.

– Bună, am răspuns eu cu răceală.

Stăteam unul lângă celălalt în liniște, privind cum fiul nostru se dusese în cel mai îndepărtat colț al terenului. Eram singurii spectatori.

– A dat gol? a întrebat Adam.

– Nu... încă.

– HAIDE, WILLIAM! a strigat Adam.

Fiul meu și-a ridicat privirea, l-a văzut pe tatăl lui și fruntea i s-a încrețit de neliniște. Dar determinarea s-a dovedit a nu fi de ajuns. Alerga de-a lungul terenului ca o zână care merge în vârful picioarelor pe o potecă din pietre și, pur și simplu, era incapabil să se apropie de minge.

Adam avea o privire ciudată în ochi, ca și când ar fi avut cea mai cumplită revelație: fiul lui era praf la fotbal. El...

– Niciun cuvânt.

S-a întors și s-a uitat la mine.

– Dar el...

– Da, Adam, știu. E praf. N-o să dea niciodată gol. El...

– Voiam să spun doar că și-a lăsat șiretul desfăcut.

Mi-am întors capul brusc.

– Oh. Uff. WILLIAM!

Am început să-i fac semn cu mâna, dar m-a alungat, ca și când ar fi vrut să scape de o pisică râioasă.

– ȘIRETUL!

Totuși, până să se oprească și să se încrunte la mine, era deja prea târziu. Fusese lovit de una dintre fetele olandeze – complet din întâmplare – și a zburat dincolo de teren, aterizând în nas și trezindu-se cu gura plină de praf. Adam a alergat spre el.

– Sunt bine, tată, a răbufnit el în timp ce Adam îl ridica.

– Ești sigur? De ce nu vii să stai puțin jos?

Eroic, el a vrut să se alăture din nou jocului. Chiar și mai eroic, copiii din echipa lui au spus același lucru. Eu și Adam ne-am retras tiptil înapoi la marginea terenului.

– Am crezut că voiai să te plângi că nu-i deloc bun la asta, am mărturisit eu.

– Nu voiam să zic nimic.
– Scuze.
A urmat o pauză ciudată.
– E... uluitor de slab totuşi.
M-am uitat la el dintr-o parte şi am scăpat un râs scurt.
– Of, dragul de el. E bine că eu îl iubesc.
Adam s-a uitat înapoi la terenul de fotbal.
– *Noi* îl iubim, m-a corectat el.

Capitolul 24

Capul meu vuia de obiecții la afirmația lui Adam după porcăria pe care o făcuse în ziua precedentă. Dacă l-ar fi iubit cu adevărat pe William, s-ar fi *comportat* ca atare. Ar fi făcut ceea ce implică iubirea atunci când ești părinte: să-l pui pe copilul tău pe primul loc. Întotdeauna.

– Îmi pare rău pentru ieri, a spus el.

Nu îl puteam privi.

– Pot să explic? Era ziua lui Simone. Făcuse rezervarea la hotelul acela înainte ca tu să confirmi că veniți aici. A fost cu luni în urmă. Ar fi trebuit să-ți zic, dar am presupus că nu era mare lucru, pentru că era vorba de o singură zi din cele cinci săptămâni cât stăteați aici. N-am avut nici cea mai vagă idee că ai să vrei să-ți petreci fiecare zi cu mine.

– Nu vreau *eu*. Dar având în vedere că William nu te-a văzut de luni de zile, pe când Simone da, nu ți-e clar că el ar trebui să fie prioritatea ta?

El n-a răspuns.

– Pari să crezi că, pentru că l-ai dus o dată cu canoea, ți-ai făcut datoria. Te-ai jucat de-a „Tatăl cel Bun“, ai pus poze pe Facebook și acum te poți întoarce la viața ta normală. O viață în care William abia pare să existe.

– Jess, nu e adevărat.

– Ba este!

– Uite ce e, trăim departe unul de celălalt, asta e realitatea vieții. Așa cum e, trebuie să mă descurc cu Skype și...

– Abia dacă îl cunoști, Adam.

El a privit într-o parte, incapabil să răspundă.

– Pentru tine, el e mai mult ca... un nepot de care ți-e drag, dar pe care nu-l vezi prea des. N-a trebuit niciodată să faci față greutăților de a fi părinte. Ai avut luxul de a fi absent. Nu a trebuit să-l crești tu însuți.

Fălcile i s-au încleștat vizibil.

– Ce-o să se întâmple în viitor, Adam? Nu vorbesc doar de perioada când e copil, dar atunci când va crește? Cine o să fie acolo să-i dea sfaturi despre cum să cumpere o mașină sau să se mute în prima lui casă? Presupui că toate or să cadă doar în sarcina mea?

El părea uluit, evident mirându-se de ce tot vorbesc despre lucruri care păreau la milioane de ani distanță.

– Jess. Nu vreau să mă cert cu tine, chiar nu vreau, dar uneori îmi dai impresia că ai uitat faptul că *tu* ai fost cea care a vrut să ne despărțim.

– Oo, nu mă provoca să încep cu *asta,* i-am spus eu, pentru că nu ai avea nicio șansă.

Știa că nu avusesem de ales. Tehnic, eu fusesem cea care plecase, dar el era disperat să ajungă la sfârșitul relației. Spusese asta foarte clar și în lunile dinainte și ani întregi după aceea.

A încercat să mă privească în ochi, dar eu am refuzat să-i fac plăcerea asta.

– Uite ce e, îmi pare rău că nu pot fi prezent tot timpul, nu pot să fac mai mult decât să vă susțin pe amândoi în fiecare zi. Și, de asemenea, îmi cer scuze – din nou – pentru ieri, dar a fost o neînțelegere, nimic mai mult. O să mă revanșez față de el.

Mi-am simțit fălcile încleștându-mi-se în timp ce m-am uitat spre William și mi-am amintit privirea de pe fața lui când îi spusesem că excursia se anulase.

– Adam, trebuie să te maturizezi și să începi să te porți ca un tată, am șoptit eu.

Inițial, nu a răspuns. Pur și simplu, a simțit lovitura cuvintelor mele în stomac și le-a lăsat să se așeze.

– Pot să spun ceva?

M-am pregătit pentru un atac, pentru scandalul pe care știam că-l provocasem rostind o singură propoziție explozivă, dar complet corectă și cinstită.

– N-o spun suficient de des, dar vreau să știi cât de mult apreciez tot ceea ce faci. Ești o mamă grozavă. Și, orice s-a întâmplat între noi, îl crești minunat pe fiul nostru. Știu că tu faci munca grea – știu că nu e ușor. Și crești un copil care e uimitor, chiar dacă poate sau nu să joace fotbal.

Am tras adânc aer în piept și am simțit cum deveneam periculos de emoționată. M-am concentrat pe vârfurile ierbii, încercând să-mi opresc buza din tremurat.

– Celălalt lucru pe care vreau să-l spun... nu știu de ce, după toți anii ăștia în care ai încercat să mă eviți, ai decis dintr-odată să vii aici. Dar sunt bucuros.

Nu mă puteam uita la el, simțind un val de emoție umplându-mi pieptul.

– A fost mama.

– Ce?

– Mama mea a fost cea care a vrut să venim.

Efortul de a mă abține să nu plâng îmi făcea capul să pulseze.

– Adam, pe cât de mult urăște ce ai făcut, are o problemă cu ideea că tu și William trăiți vieți separate. Întotdeauna a simțit asta. De când s-a mutat la azil, a devenit și mai hotărâtă pe subiectul ăsta. Crede că familia e importantă. Indiferent de ce s-a întâmplat în trecut.

M-am uitat în jos.

– Într-un fel, încearcă să fie practică. Ea și tata l-au crescut pe William împreună cu mine. Având în vedere circumstanțele, nu mai e posibil. Își face griji pentru mine, pentru faptul că va trebui să mă descurc singură.

– Vrei mai mulți bani? a întrebat el.

– Nu, Adam. Sinceră să fiu, când am cerut să venim în vizită, a fost doar ca să-i fac ei pe plac.

El a tăcut.

– Dar adevărul este ăsta: de când am ajuns aici, am văzut cu ochii mei cât de mult te *vrea* William în viața lui. Te idolatrizează. Și, oricât îmi e de greu să spun asta, cred că mama avea dreptate. William *are nevoie* de tine în viața lui. Mai mult decât ești prezent acum.

Înainte de a continua, m-am uitat în jos la mâinile mele.

– Știu că n-o să te muți niciodată înapoi în Marea Britanie. Știu că viața ta e aici, dar... poate ar trebui să te gândești să vii mai des în vizită, sau să vină William la tine, sau...

– Desigur. Desigur.

În timp ce-mi simțeam tâmplele zbătându-mi-se, am șoptit întrebarea care-mi stătea pe buze:

– Te gândești vreodată că *te-ai* putea muta înapoi în Marea Britanie? Te întreb doar de curiozitate.

El a făcut o pauză de o secundă înainte de a răspunde.

– Jess, cred că deja ți-ai răspuns singură la întrebarea asta, nu-i așa?

Mi-am tras nasul și am zâmbit prietenește.

– M-am gândit să întreb totuși.

M-am îndreptat de spate și am încercat să mă gândesc la un mod de a înveseli atmosfera.

– Oricum, promite-mi că n-o să-i mai faci niciodată lui William vreo fază ca aia, sau...

Ochii lui s-au îmblânzit.

– Mă amenințí, Jess?

– Categoric. Mai sari calul vreodată și am să-ți fac o evaluare pe Tripadvisor.

El a râs, apoi a tăcut pentru o secundă.

– Au reușit să afle mai multe despre problema mamei tale?

Pieptul mi s-a strâns.

– E o boală neurodegenerativă.

– Știu dar... ce este, SLA sau ceva?

– Nu sunt complet siguri, am spus eu.

Dar mințeam.

Pentru că încă mi se părea mult prea greu să-i spun lui Adam adevărul.

Capitolul 25

Când simptomele bolii mamei au început să apară, schimbările nu au fost evidente pentru cei care stăteau mereu pe lângă ea. Pentru că noi nu *le căutam*.

Întâi i-a fost afectată starea de spirit. Trecuse de la a fi o femeie de obicei calmă și fără griji la una în stare s-o ia razna, din pricina celui mai mărunt lucru. Nu mereu, să fie clar; momentele ei de furie erau rare, dar atât de vulcanice, încât nu le puteai ignora. *Orice* le putea stârni: camera mea nu era ordonată. I se desfăcuse tivul de la fustă. Tatăl meu, pretinzând că n-a fost mare chestie că a vomitat în toaleta școlii înainte de piesa mea de teatru.

Îmi aminteam mai multe episoade petrecute pe vremea când eram la universitate, a căror semnificație, privind în urmă, era mult mai mare.

Odată, când eram acasă în vacanța de primăvară, am coborât într-o dimineață de duminică din camera mea și am găsit-o în bucătărie, înconjurată de ingrediente.

– Ce faci?

La radio cânta Amy Winehouse, iar razele reci ale dimineții se strecurau prin ferestre.

– Un tort de Paște, răspunse ea, invitându-mă să mă uit la o poză dintr-una din cărțile ei lucioase. Făcuse creații mult mai complexe, dar ăsta era drăgălaș – un tort de cocos cu un singur nivel, acoperit cu iarbă din fondant verde, cu un iepuraș mic ieșind din mijloc.

– Foarte drăguț, am spus eu, așezându-mă la masă ca să răsfoiesc ziarul și să vorbim în timp ce ea se apuca de treabă.

Totuși, încercând să-i povestesc despre unul dintre cursurile mele de dinainte de vacanță, am observat că se tot oprea și citea instrucțiunile, înainte de a se uita agitată la pasta de zahăr. Era ca și când creierul ei ar fi împiedicat-o să-și dea seama cum să le împrietenească pe cele două. Începuse să frământe o bucată mică, modelând-o în forma pe care și-o dorea, apoi s-a oprit și-a mormăit ceva nervos în barbă.

– E totul în regulă, mamă? am întrebat eu, închizând ziarul.

– Da, am stat târziu noaptea trecută, a sărit ea, suflându-și bretonul din față. Nu prea am chef de asta. Am să-l fac mâine.

A închis cartea, trântind-o.

Tortul de Paște n-a fost gata niciodată.

Privind în urmă, se adunase un munte de semnale înainte ca noi să facem ceva în legătură cu asta. Fâțâiala ei, micile spasme, mișcările ciudate și aproape imperceptibile; toate au fost acolo mult timp până ca vreunul din noi să se gândească la ele.

Nu știam dacă mama chiar nu-și dădea seama de ele sau dacă le ignora cu bună știință. Oricum, am ajuns într-un punct în care am înțeles că trebuia să insist să meargă la un doctor.

De Crăciunul de dinainte ca William să se nască, am hotărât amândouă să mergem la centrul comercial Trafford, să ne terminăm cumpărăturile. Eram pe drumul de întoarcere spre casă, cu portbagajul Corsei ei roșii plin de cadouri și de tot felul de accesorii pentru bebeluși, pe care nu se putuse abține să nu le cumpere.

– Crezi că ai destule pijamale? m-a întrebat ea, în timp ce opream la semafor, aproape de casa ei.

– Am vreo patruzeci, deci sper că da.

– Crede-mă, niciodată nu poți avea destule. Dacă bebelușul ăsta seamănă vreun pic cu tine, o să fie în permanență plin de salivă.

Semaforul s-a schimbat, așa că a băgat în viteză și s-a apropiat de capătul străzii ei, dar a trecut fix pe lângă aceasta.

– Mamă, ce faci? am râs eu.

S-a uitat la mine, continuând să conducă.

– Ce vrei să spui?

– Tocmai ai trecut pe lângă strada ta, am spus eu neîncrezătoare.

A semnalizat și a tras pe dreapta. Fața ei era palidă, ochii plini de panică.

– Mamă, care e problema?

Ea a dat din cap.

– Nimic. Eram distrasă. Mă gândeam la bebeluș.

A așteptat până când traficul s-a liniștit și a făcut o întoarcere din trei mișcări. Totuși, după cum strângea volanul, mi-am dat seama imediat că era ceva în neregulă. Nu-și putea aminti cum să ajungă acasă.

– Următoarea la stânga, am spus eu.

– Știu, știu, mi-a răspuns ea supărată, dar fără acea instrucțiune simplă nu sunt sigură că și-ar fi găsit vreodată drumul înapoi spre casa în care locuise vreme de cincisprezece ani.

După aceea, am pus-o să jure că va merge la medicul de familie. Mi-a spus că fusese trimisă să facă analize, dar că toată lumea era sigură că nu era „nimic“. A ascuns adevărul, hotărâtă să nu-mi dea vestea aceea oribilă când eram însărcinată, făcându-și griji pentru cum ne-ar fi afectat stresul acesta pe mine și pe copil.

Distrasă de lucrurile care se întâmplau între mine și Adam și concentrată la maximum pe sarcină, i-am acceptat explicațiile.

Pentru că, în acel moment, înainte să aflu adevărul, efectele bolii ei cu adevărat devastatoare nu apăruseră încă. M-am convins singură că mama era doar una dintre acele femei care nu puteau sta locului și că probabil îmi exagerasem amintirile celor întâmplate în mașină. Era simplu să le ascund undeva în adâncurile minții mele.

Mi-e dor de zilele acelea. Când cuvântul „Huntington“ nu făcea parte din vocabularul nostru. Când nu știam că boala mamei era fatală, când nu auzisem că era supranumită „cea mai crudă boală cunoscută de om“. Și cu siguranță nu știam că exista o șansă din două s-o fi moștenit.

Capitolul 26

Înainte să descopăr că mama avea boala Huntington, atitudinea mea față de propriul corp era la fel ca a majorității oamenilor.

Presupunem că o sănătate bună este dreptul nostru dat de la Dumnezeu, de la sine înțeleasă, ca și când mereu ne-am simți bine. Boala serioasă e ceva ce li se întâmplă altora. Oamenilor din ziare sau celor de pe Facebook, care împărtășesc povești nobile și bătălii personale.

Doar că, peste noapte, am devenit ceilalți oameni.

Mama și tatăl meu mi-au spus despre diagnosticul ei la câteva săptămâni după ce eu și Adam ne despărțiserăm.

Am stat cu toții la masa mare la care luam cina când eram copil. Mi-aminteam că bucătăria lor, de obicei impecabilă, dădea semne neobișnuite de neglijență. Erau urme neșterse pe lemn, de la cănile de cafea, un teanc mic de farfurii în chiuvetă, un prosop de bucătărie cu flori mototolit într-un colț lângă mașina de spălat, plin cu pete de mâncare.

Încercasem să-l hrănesc pe William, dar el nu se oprea din plâns, agitația lui neîncetată atenuându-se doar când stăteam în picioare, plimbându-mă prin cameră, legănându-l înainte și înapoi.

– Gata, dă-mi-l mie, a spus mama, ridicându-se în picioare, iar eu i l-am pus în brațe.

El s-a liniștit imediat. Ea s-a uitat în ochii lui, ținându-l pe superbul meu băiat. Părea atât de fericită, încât nimeni n-ar fi putut ă prevadă ce tocmai urma să-mi spună în timp ce se cufundase lin nou pe locul ei și-l legăna ușor.

– Doctorii au descoperit că am o boală care se numește boala ui Huntington.

Mi-am îngustat ochii, absorbindu-i cuvintele.

– Poftim?

– Ai auzit de ea? a întrebat ea cu blândețe.

– Cred că da... nu știu.

– Bine. Atunci am să-ți spun tot ce știu.

Când a explicat că avea boala Huntington, ce era aceasta și că xistau șanse de 50 la sută s-o moștenesc și eu, a făcut-o în termeni lari și fără ezitare.

La vremea respectivă, avea 43 de ani; prea tânără, m-am gândit u, ca să aibă o boală fatală. Era ciudat de calmă când a vorbit, proape senină. Și, deși practic îmi spunea cea mai șocantă și mai rudă glumă pe care o auzisem în viața mea, nu a plâns. Își păstra acrimile pentru mai târziu. Efectele bolii aveau să o ucidă pe mama nea, mai degrabă mai devreme decât mai târziu. Era o luptătoare le la natură, dar, pentru ea, timpul era pe sfârșite.

– Jess, sunt multe de acceptat, a spus ea. Dar vreau să știi că... ndiferent cât de grele vor fi lucrurile, o să fim toți acolo, unul entru celălalt.

Am început să transpir. Puteam simți cum pielea mea devenea ipicioasă și mintea confuză. Mă simțeam de parcă aș fi o avut o xperiență extracorporală, un sentiment care, în mod ciudat, mi-a recut abia peste câteva zile, după care, pur și simplu, am plâns. uspine mari, hohote care nu se mai opreau.

Am petrecut noaptea pe internet și probabil că aș putea recita ricând primul articol pe care l-am citit despre asta, pe site-ul Huntington's Disease Society of America".

> „Boala Huntington (HD) este o tulburare genetică fatală, care cauzează distrugerea celulelor nervoase din creier. Deteriorează abilitățile fizice și mentale ale persoanelor aflate

în floarea vârstei și nu are leac. Orice copil al unui părinte cu HD are risc de 50 la sută să moștenească gena defectă.

Mulți descriu simptomele HD ca având SLA, Parkinson și Alzheimer – simultan.

Simptomele apar de obicei între vârstele de 30 și 50 de ani și se înrăutățesc pe o perioadă de 10 până la 25 de ani. În timp HD afectează capacitatea individului de a raționa, de a merge și de a vorbi.

Simptomele includ:

- Schimbări de personalitate, schimbări ale dispoziției & depresie
- Amnezii & judecată neclară
- Mers nesigur & mișcări involuntare (coree)
- Vorbire incoerentă, dificultăți la înghițire & pierdere semnificativă în greutate

Până la urmă, individul slăbit cedează pneumoniei insuficienței cardiace sau altor complicații."

Doar câteva persoane știau detaliile complete ale situației noastre, Becky și Natasha aflându-se printre ele. Pentru tot restul lumii, evitasem să pun un nume bolii mamei, spunând vag ceea ce-i spusesem și lui Adam: că era o boală neurodegenerativă, ceea ce conducea pe toată lumea la ideea că era SLA.

Nu-mi plăcea să fiu secretoasă. Știam că ar fi trebuit să fie un subiect deschis. Conștiința mea îmi spunea că ar fi trebuit să-i ajut pe oameni să fie mai conștienți de existența HD, sau să particip la acțiuni prin care se strângeau bani pentru cercetare.

Dar până găseam momentul potrivit să-i spun lui William, așa trebuiau să stea lucrurile.

Mă gândisem mult și bine când ar fi trebuit s-o fac, dar ajungeam la concluzia că nu aș suporta gândul ca el să afle – la doar 10 ani – despre cum putea arăta – posibil – atât viitorul meu, cât și al lui.

Voiam ca William să trăiască așa cum ar trebui s-o facă un copil – cu încântare și optimism, iar singurul lucru pentru care să se îngrijoreze să fie acela de a nu fi capabil să dea o lovitură decentă la fotbal.

Capitolul 27

Până la momentul în care echipa lui William a cedat unei înfrângeri cu 18 la 3, reuşisem un schimb lung de mesaje cu tata şi să anulez beneficiile a patru luni de cursuri Grit comandând un platou de delicatese pline de calorii: *saussison sec* servit cu salată Coleslaw picantă, cu ţelină şi pâine neagră cu coajă.

– Nu-mi vine să cred că am pierdut, a spus William, târându-se spre mine, trist.

– Eh, nu contează. Să-ţi iau ceva de băut?

Am comandat un suc de mere la Delphine, chelneriţa cea tânără de pe tură.

Pe cer, soarele începea să cadă spre apus, o cascadă de lumină portocalie curgând peste chiparoşi şi peste nuanţele calde ale zidurilor din piatră ale castelului. Piscina era goală, cu excepţia unui înotător singuratic care făcea ture, cu ochelarii bine aşezaţi pe faţă. Căldura zilei care se stingea intensificase parfumurile din aer, de ciclamă şi de cimbru.

– Tata a crezut că m-am descurcat bine când a venit să se uite la meci? m-a întrebat William în timp ce aşteptam la o masă să-i vină băutura.

– A crezut că erai grozav.

– A văzut cum aproape că am dat gol la sfârşit?

Nu-mi puteam imagina despre ce anume vorbea; din câte văzusem eu, n-ar fi putut fi mai departe de a da un gol nici dacă ar fi stat în Sao Paulo.

– N-avea cum să rateze asta, William. Bravo, am spus eu cu entuziasm.

Mi-am ridicat privirea și am observat că Natasha ajunsese, dar că fusese oprită – vorbea cu un tip așezat mai departe pe terasă.

– Ar trebui să faci o miuță cu tatăl tău, am continuat eu, în timp ce Delphine a apărut cu sucul. Pe vremuri, era bun la fotbal. Poate că îți va spune niște trucuri.

– Grozav, a ridicat el din umeri, dând peste cap băutura în timp ce Natasha venea spre noi, cu tipul de mai devreme lângă ea, ținând în mână un pahar de vin roșu.

– Jess, el e Joshua. Locuiește lângă mine în Islington. Suntem, practic, vecini.

Ochii ei mă priveau fix și am înțeles, prin puterea intuiției feminine – sau poate pentru că n-ar fi putut fi mai puțin subtilă nici dacă mi-ar fi aruncat o cărămidă în cap –, că i se părea promițător.

– Ah, ce minunat. Stați cu noi.

Am zâmbit și am tras un scaun.

– El e William.

– Încântat de cunoștință.

Joshua avea ochii precum albastrul mării și un bronz muncit care-i acoperea obrajii ușor roșii. Era cam rotunjor pe alocuri și cu măcar cinci ani mai în vârstă ca Natasha. Totuși, avea un zâmbet simpatic și genul ăla de păr gros, frumos, care ar fi făcut-o pe bunică-mea să-l considere de vis.

– Mă duc să mă dau în leagăne, a anunțat William, zbughind-o să se alăture celorlalți copii care erau la locul de joacă.

– Tocmai încercam s-o conving pe Natasha că s-ar simți ca acasă în noul meu apartament când se va întoarce la Londra, a rânjit Joshua.

Eu m-am încruntat, întrebându-mă ce ratam, dar Natasha a râs.

– Mă ocup de imobiliare, a explicat el, ridicând subtil o sprânceană.

– Ah.

– Mă tem că sunt foarte mulțumită de apartamentul meu, i-a spus Natasha. Și mi-a luat atât de mult să-l găsesc, încât nu mă mut nicăieri prea curând.

El și-a strâns buzele.

– Ce păcat! O să trebuiască să mă gândesc la un alt motiv să te văd din nou.

În următoarea jumătate de oră, au părut să se înțeleagă minunat. Asta în ciuda, sau poate datorită, faptului că Natasha nu părea să observe că subiectul favorit al lui Joshua era, evident... Joshua.

Într-un final, când terminaserăm subiecte care includeau cele două mașini ale lui, casa lui, afacerea de anticariat care-l adusese la Dordogne, handicapul lui la golf și excursia la snow-board în Verbier mai devreme în acel an, el s-a uitat la ceas.

– Ei, bine, trebuie să plec, dar sper să te revăd foarte curând.

Ea și-a ridicat mâna și a fluturat-o în timp ce el se îndepărta.

– Crezi că mă place? a șoptit Natasha.

– Da, așa cred.

Am luat o gură din băutura mea.

– E reciproc sentimentul?

– Păi, are tot ce-i trebuie. Inteligent. Avut. Bine educat. Vorbește cinci limbi. Păr *minunat*. Ah, uite-l din nou pe vecinul nostru.

Mi-am ridicat privirea și l-am zărit pe Charlie privindu-ne fix. Pentru un moment, a părut neliniștit că fusese surprins holbându-se, dar apoi fața lui s-a deschis într-un zâmbet.

Natasha și-a lăsat în jos ochelarii de soare.

– Clar te place.

– Îmi tot spui asta.

Ea a rânjit.

– Deci, ce-a avut de zis Adam după dezastrul cu raftingul?

Eu am oftat.

– Și-a cerut scuze, a spus că e recunoscător pentru tot ceea ce fac ca mamă, că îl iubește pe William și că s-a dus la hotelul acela doar pentru că era ziua lui Simone și ea făcuse rezervarea cu secole în urmă.

Ea și-a strâns buzele și-a scos un mic sunet gen „hmm".

– Ei, bine, sper că n-o să te lași vrăjită de scuze de genul ăsta.

– Bineînțeles că nu. Cât de cretină crezi că sunt?

Capitolul 28

De când a venit Natasha, ne-am dezvoltat o mică rutină care conține următoarele: să ne rostogolim din pat mai târziu decât era obișnuit William, să luăm un mic dejun mai mare decât poate el duce, apoi să mergem să vizităm ceva sau să ne relaxăm lângă piscină.

Eu eram acolo fizic, dar nu și cu spiritul pentru aceste mici plăceri. De îndată ce deschideam ochii, în fiecare dimineață începeam să mă gândesc la mama, iar vârtejul de gânduri care urmau rămânea cu mine pe tot restul zilei, făcând să fie dificil să mă concentrez la orice altceva.

Totuși, am fost fericită să-i văd sosind pe Becky și familia ei – și dacă exista ceva care să înece zgomotul din capul meu, ei erau acel lucru.

– Jess, s-ar putea să trebuiască să pun parte din poșirca asta în frigiderul tău, e OK? Nu sunt sigură că e destul loc în al nostru, mi-a spus Becky, în vreme ce Seb se clătina sub greutatea unei lăzi cu bere.

El avea aceiași ochi verzi-deschis și același zâmbet jucăuș ca în universitate, dar timpul și cei trei copii îi făcuseră părul un pic mai gri, pielea un pic mai încrețită, iar fizionomia un pic mai obosită.

– Ce vrea să zică, a spus Seb, e că am cumpărat atât de multă băutură de la supermarket, încât suspensia de la mașină arată de parcă am avea un cangur în portbagaj.

A trântit-o pe masă și-a venit spre mine să-mi dea o îmbrățișare de urs.

– Ooo, și mi-a fost dor de tine!

L-am strâns cu putere.

– Când te-am văzut ultima dată?

– De Anul Nou, i-am spus eu. Apropo, excelentă petrecere – deși cineva ar trebui să-i spună soției tale că ar fi trebuit să depășească deja faza când se trezea în cadă.

Vila lui Becky și a lui Seb era la ceva distanță de unde stăteam noi, într-un complex al muncitorilor, aproape de castel, care fusese renovat cu un an în urmă. Era un loc micuț și simpatic, cu pereți vechi din piatră destul de mari cât să-i adăpostească pe toți cinci, acoperit de caprifoi galben-cremos. M-am uitat în spatele mașinii lor 4x4. Era plină de cărucioare, lucruri pentru copilași, scutece și păpuși Barbie.

– Deci, călătoriți cu un bagaj minimal, la fel ca mine?

– Chiar aveam nevoie de un camion de patru tone, a spus Becky, ridicând două sticle de vin, strecurând o pătură pentru schimbat scutecele sub braț și apucând o geantă sport.

Am luat și eu o valiză și am urmat-o.

Când eram împreună la universitate, părul lui Becky era vopsit castaniu și, după diverse flirturi cu vreo șaisprezece nuanțe, de anul trecut avea o încâlceală de bucle blonde. Se îngrășase puțin, dar rotunjimile se potriveau cu nuanțele de piersică ale pielii ei și cu ochii căprui. Purta blugi prespălați și un top lejer roșu-închis, cu zeci de brățări argintii zornăindu-i pe mâini.

În ciuda faptului că locuia într-o casă respectabilă cu patru dormitoare în Hebden Bridge, Becky păstra aerul unei persoane care nu se născuse să stea locului. Poate că îmi bazam această idee pe fata pe care o cunoscusem cândva, care schimbase de două ori cursul de licență la universitate și se mutase de vreo șase ori și a cărei singură relație pe termen lung era cea cu Creditul Studențesc.

La universitate, Becky și Seb erau prieteni cu Adam și cu mine cu mult înainte să se implice romantic. Seb, un student la economie, din Birmingham, era dulce, timid și, odată ce treceai de exteriorul lui liniștit, era foarte amuzant, având genul acela de umor sec ce te face să-ți scuipi băutura. Era înalt și slăbănog, cu ochi verzi, serioși, și păr blond și des care uneori avea o voință proprie.

Fusese prietenul lui Adam chiar de când se întâlniseră pe holurile căminului. Când mi-a făcut cunoștință cu el, în anul al doilea, am ajuns repede la concluzia că Seb era și încă este un dulce: un soț loial, un prieten grozav, un tip cu totul drăguț și fratele pe care Adam nu-l avusese niciodată.

Eșecul inițial al prietenilor mei de a fi împreună nu fusese cauzat de lipsa de motivație din partea lui Seb. El o adora pe Becky. Dorința radia din el de fiecare dată când ea vorbea, ochii lui sclipeau de admirație atunci când ea râdea și se înroșea de fiecare dată când ea flirta cu el. Din păcate, în zilele acelea, ea ar fi flirtat și cu un cartof dacă ar fi crezut că avea ochi pentru ea.

Dar Seb nu era genul lui Becky – genul ei fiind tipii pierde-vară toxici. Într-un moment când ea tocmai trecea peste despărțirea de încă un frumos idiot, unul dintre noi luase bilete la un concert al trupei Oasis pe stadionul City din Manchester.

În noaptea aceea, ne-am spart regulamentar îmbătându-ne cu muzică și o viață despre care am presupus din imprudență că va fi mereu la fel de ușoară și la fel de bună. Adam și-a strecurat brațele în jurul meu în lumina apusului și, în timp ce notele corzilor de chitară din *Champagne Supernova* pulsau în mine, ceva mi-a atras privirea. Seb își strecurase mâna în a lui Becky. Îl vedeam cum privea pe furiș, ca să vadă dacă ea se va retrage.

Pe fața ei apăruse însă o oareșce privire surprinsă. Probabil că-și dăduse seama ce simțea el pentru ea înainte de acel moment. Totuși, îndrăzneala lui părea să-l pună într-o lumină cu totul nouă. În timp ce muzica ne umplea urechile, iar mirosurile îmbătătoare ale verii în oraș pluteau în jurul nostru, doi dintre oamenii mei preferați se găsiseră, în sfârșit, unul pe celălalt.

– Becky, ai un minut? a strigat Seb din casă.

Ea a oftat și s-a grăbit să se ducă înăuntru cu vinul, unde i-a descoperit pe James și pe Rufus într-o dezbatere gălăgioasă despre cine a lovit pe cine primul, în timp ce Poppy făcea o criză pe podea.

– Care-i problema cu Poppy? a întrebat Becky peste tot tărăboiul.

– Nu există televizor ca să se uite la Purcelușa Peppa, a răspuns Seb, scărpinându-se în cap.

Umerii lui Becky s-au dezumflat, înainte de a se așeza pe vine în fața fiicei sale.

– Așa, Poppy. Vocea ei era calmă, dar suficient de autoritară cât să mă sperie chiar și pe mine.

– Dacă o ții tot așa, o să te duci la colțul obraznicilor.

– E un bungalow, i-a amintit Seb, înainte de a-și întoarce brusc atenția spre băieți. Voi doi: *ajunge*.

Ei nici măcar nu l-au observat că era acolo.

– BĂIEȚI, AJUNGE!

Nu-l mai auzisem niciodată pe Seb să ridice vocea.

– Uitați ce e, *ar trebui* să fiți în vacanță. Și asta înseamnă să vă înțelegeți bine între voi. Acum, vreau să-mi spuneți amândoi, încet și calm, care e problema.

– ELAFĂCUTPRIMUL – BANUEL – DARM-ALOVITȘI – ÎLURĂSCȘI –

– STOP! a intervenit Becky, împingându-l pe Seb din calea ei, înainte să le spună să se ducă să stea în colțuri opuse ale camerei, iar ei au început să se certe care era partea cea mai bună. A fost așa de când am plecat de acasă, mi-a spus Becky.

– E așa din 2012, a corectat-o Seb.

Becky a oftat.

– Ei, bine, locul pare minunat, iar Seb abia așteaptă să-l vadă pe Adam.

Seb și Adam rămăseseră prieteni de-a lungul anilor, dar nu în același fel ca mine și Becky. Ne sunam și ne trimiteam mesaje de mai multe ori pe săptămână și făceam efortul de a ne întâlni măcar o dată la câteva săptămâni. Seb și Adam păstraseră legătura doar în felul în care o fac bărbații. Comentând postări de Facebook, mergând la petreceri și făcându-și cinste unul altuia cu câte o halbă dacă viața se întâmpla să-i aducă prin aceeași zonă în același moment.

– Adam e la mare căutare, i-am spus eu. Are o iubită nouă.

– Întotdeauna există o iubită nouă, a spus ea într-o doară. Seb a cunoscut mai mult de zece pe parcursul anilor și n-ar fi în stare să-ți spună numele niciuneia dintre ele.

– Matilda, a întrerupt el.

– Ce? a mormăit ea.

– Matilda, a repetat el. Mi-o amintesc.

– Era violoncelista aia cu siluetă de Jessica Rabbit? a întrebat Becky. Nu-mi imaginez de ce ți-ar rămâne aia în minte.

– Știi cât de mult îl iubesc pe Stravinsky, a rânjit el.

Capitolul 29

Ținând cont de călătoria pe care Becky, Seb și copiii fuseseră nevoiți s-o îndure, Natasha și cu mine ne-am oferit să-i invităm la un grătar, la cină. Așa că, după-amiază, ne-am dus la cel mai apropiat supermarket să ne aprovizionăm cu burgeri, cârnați, câteva fripturi și încă un produs incert, pe bază de carne, pe care doamna de la raion avea impresia greșită că-l vrem. Mi s-a părut prea dificil să-i explic că nu.

Avantajele de a sta în vila din capăt, de la Grajduri, era că aveam mai mult spațiu decât alții. Când ieșeai și mergeai roată printr-o parte, dădeai de o pajiște foșnitoare cu ierburi moi și verzi, iar înainte de asta era o suprafață cu piatră unde ne puteam extinde zona de stat. Adam adusese mai devreme șase scaune pliante și o masă de rezervă și am adunat din vilele fiecăruia farfurii și tacâmuri cât să ne ajungă.

Copiii se jucau prinselea prin iarbă, în timp ce căldura afumată de la grătar se ridica spre cer. Becky a terminat de umplut paharele tuturor cu vin Rioja înainte de a veni spre mine, la grătar.

– Ce e aia? a întrebat ea, în timp ce eu am ridicat cleștele.

– Carne. Mă tem că asta e tot ce-ți pot spune.

– Seb o să mănânce, nu-ți face griji. Are un stomac ca un tocător industrial.

Poppy s-a furișat de lângă ea și a alergat la tatăl ei, care a ridicat-o și-o gâdila pe gât în timp ce ea se agita râzând contagios.

– E minunat să-i vezi pe băieți înțelegându-se atât de bine, a spus Becky. William îi calmează. Sper să dureze.

Scandalul de mai devreme dintre James și Rufus nu era ceva neobișnuit. Îmi dădeam seama că era normal ca frații să se certe, dar ăștia doi erau inamici declarați, care păreau a fi născuți pe două planete diferite: James era serios, studios, fan One Direction, Barbie și *Sunetul Muzicii*. Rufus era un puști de cinci ani, dur și neastâmpărat, care iubea WWE, rugby-ul și să fie cât de gălăgios posibil. Ambii erau niște copii minunați, până îi puneai la un loc și se transformau în niște psihopați.

– Ești sigură că nu vrei să mă ocup eu?

Adam apăruse dintr-odată lângă mine, atât de aproape, încât îi puteam mirosi pielea strălucitoare. M-am tras într-o parte și mi-am luat cleștele.

– Totul e sub control, i-am spus, întorcând o friptură.

În seara aceea, el părea clar că e în vacanță, purtând bermude și un tricou oliv, care îi subția torsul. Bănuisem că avea s-o aducă pe Simone, ca să se laude în fața lui Seb, dar mi-a zis că ea se hotărâse să se culce devreme și se dusese înapoi la apartamentul pe care îl închiriaseră împreună cu Ben în Sarlat. Nu puteam nega că era o ușurare. Speram să fi trecut cu toții peste incidentul sfâșietor din vila lui Adam, dar, aflându-ne în compania prietenilor vechi, era mai ușor, cumva mai dulce, având-i pe toți doar pentru tine.

– Chiar nu m-ar deranja, a insistat el.

Becky a izbucnit în râs.

– Ce *e* cu bărbații și grătarele? mi-a dat ea un ghiont. Jess, ești clar în locul pe care el îl consideră domeniul lui.

El a rânjit spre ea.

– Doar mi-am oferit ajutorul. Acum, că ai amintit asta, sunt convins că, dacă mi-ai da mie cleștele ăla...

– Dispari, am râs eu, alungându-l cu un prosop de bucătărie. Dacă vrei cu adevărat să ajuți, poți să faci salata.

– Oh, înțeleg. Așadar, tu stai lângă grătar și întorci fripturile și costițele și mă trimiți pe mine înăuntru să aranjez un castron de rucola. Jess, ăsta s-ar putea să fie cel mai depreciativ lucru pe care l-ai spus vreodată la adresa bărbaţilor.

– Clar n-ai auzit niciodată ce spune pe la spate, a zis Becky.

– Bine. O să fac salata. Dar, ca să ştiţi, o să fie una *foarte* masculină.

Becky a chicotit în timp ce el se îndepărta, dar s-a oprit brusc.

– Scuze, a şoptit ea. E doar amuzant. Tot un labagiu, însă. Clar, un labagiu.

Capitolul 30

În timp ce o noapte înstelată se cobora asupra noastră, am băut vin și am povestit în râsetele a trei copii obosiți, dar fericiți, răsunând de peste pajiște. Era 9.30 seara și Poppy dormea dusă în pijama, în cărut, așezată confortabil sub o pătură. Teoretic, era trecut de ora de somn și pentru ceilalți copii, dar erau hotărâți să stea treji până târziu și niciunul dintre noi n-avea chef să-i refuze, chiar dacă asta însemna că Seb și Becky trebuiau să arbitreze certurile dintre băieți. Adulții stăteau în jurul unei mese pe care pâlpâiau lumânări cu aromă de lămâie, cu toții sătui de atâta mâncare și băutură, minunându-se de simpla plăcere de a fi înconjurat de oameni pe care-i iubești.

– Suntem în regulă după ziua de ieri? s-a aplecat Adam spre mine.

Inițial, mi-am ridicat privirea spre el, înainte de a privi fix în față, refuzând să văd cum lumina lumânărilor îi ilumina chipul, sclipind în ochii lui negri.

– Sigur că suntem OK.

– Dacă înseamnă ceva... am auzit tot ce ai spus.

Aftershave-ul lui era nou. Obișnuia să folosească unul de la Hermes pe care i-l cumpărasem de un Crăciun, chiar și după ce trecuseră ani de la despărțirea noastră.

– OK, bine.

– Și am să petrec mai mult timp cu el cât sunteți aici.

– Mă bucur să aud asta. Mulțumesc.

M-am gândit să închei conservația acolo, dar n-am putut.

– Deci... când?

El s-a foit pe scaun, ca şi când l-aş fi pus sub un reflector.

– Ei, bine, am să mă uit în agendă.

Am simţit cum mă dezumflam.

– Adam, fă ce poţi. Asta e tot ce-ţi cer.

– Tată, vii să ne jucăm un joc? a apărut William lângă noi.

Toată noaptea nu-i ceruse atenţie lui Adam nici măcar pentru un moment. Şi nici n-o primise – Adam povestise toată seara cu Seb.

– Bună idee. Ce zici de Gin-rummy? Adam a scos un pachet de cărţi din buzunarul de la spate.

– Noi ne gândeam că, poate... crichet? a spus William.

– E prea întuneric pentru crichet. Haide, stai jos. James și Rufus, de ce nu veniţi să jucaţi şi voi?

Copiii s-au adunat, mai degrabă epuizaţi decât intrigaţi, în timp ce el împărţea cărţi tuturor.

– Deci, evident că aveţi voie să jucaţi *doar* pe bani, le-a spus Adam. Altfel n-are niciun sens.

Asta, după cum s-a dovedit, era o perspectivă cu totul diferită. Interesul celor trei băieţi a crescut subit.

– Deci, William, întrebarea e asta: Câţi bani ai şi cât eşti dispus să pariezi?

– Am nişte bani de buzunar pe care mi i-a dat bunicul, a spus el, ridicându-se să meargă să-i caute.

Adam şi-a pus mâna pe braţul lui şi l-a împins în jos cu blândeţe.

– Doar de data asta, am să te finanţez eu.

Apoi a scos un pumn de monede.

Am jucat pe centime şi, în ciuda aerului întunecat care ne răcorea umerii, parte din mine nu voia să se termine, ceea ce spune multe, având în vedere că am fost zdrobită în mod repetat de un copil de cinci ani.

– Poate că ar trebui să facem mai puţin zgomot, a spus Natasha, gesticulând în direcţia aceea.

– Şşşt, toată lumea, am zis eu.

Totuşi, când jocul s-a reluat, nimeni nu a mai făcut nici cel mai mic efort să păstreze liniştea, nici măcar Adam, care se bucura cu mult prea mult entuziasm că-i bătuse pe copii.

– Labagiule, i-am şoptit eu la ureche, doar puţin beată şi pe jumătate în glumă.

El a izbucnit în râs.

– Oh, haide. I-am lăsat să câştige de cinci ori, trebuia să-mi păstrez o urmă de demnitate.

– Îmi pare rău să-ţi zic asta, dar ai eşuat.

– Îi ajut, pur şi simplu, să devină nişte indivizi echilibraţi. În plus, rămân fără bani.

Charlie era deja pe terasa lui, lumina din fereastră luminându-i spatele în timp ce stătea în picioare, absorbit de ceva pe telefon. Și-a ridicat capul, iar eu am privit în altă parte, dar Natasha mi-a dat un ghiont.

– Du-te şi salută-l din partea mea.

Dintr-odată, mă simţeam curajoasă. Sau poate ameţită.

– Scuzaţi-mă un moment, am spus eu încrezătoare, împingându-mi scaunul, dar Adam deja împărţea o nouă mână.

M-am dus încet în vila noastră, am făcut o pauză suficient de lungă încât să menţin șarada, apoi m-am strecurat afară, traversând curtea spre Charlie, în timp ce acesta își termina conversaţia telefonică.

– Îmi pare rău pentru zgomot. Vă ţinem treji, pe tine şi pe Chloe? O să ducem copiii la culcare în curând.

– Chiar deloc, nu-ţi face griji. Chloe e încă trează şi citeşte, iar eu oricum nu mă culc niciodată înainte de unu dimineaţa.

– Astea sunt ore normale pentru un avocat? am întrebat eu.

– Sunt ore normale pentru un insomniac. Am prea multe pe cap.

Între noi era o linişte ciudată, dar nu deranjantă, în timp ce în spatele nostru se auzeau râsete.

– Ai vrea să bei ceva cu noi? am întrebat eu.

– Oh, nu aş vrea să deranjez. E clar că aveţi multe de recuperat.

– Ei, bine, avem, dar asta nu opreşte pe nimeni să participe.

La început, nu a răspuns, și m-am simțit ridicol că întrebasem. Apoi a zâmbit.

– Bine. Doar un pahar. Am să-i spun lui Chloe unde sunt.

Capitolul 31

M-am întors la masă fix la timp să-l aud pe William cerându-i lui Adam o întrebare de concurs.

– Biologie, de data asta.

Adam s-a gândit un moment.

– Bine, am una: Ce animal își mănâncă partenerul imediat după ce au, știi tu... *procreat*?

Eu m-am încruntat.

– Doar tu puteai scoate așa ceva.

– Ce? E o întrebare adevărată. Răspunsul e călugărița. Sau puteai spune văduva neagră. Oricum, rezultatul e o întâlnire foarte proastă.

– Nu mi-ai dat șansa să răspund, a protestat William, în timp ce eu l-am introdus pe Charlie în grup și am făcut prezentările.

– Ah, ați jucat cărți, a spus Charlie. Cine a câștigat?

– Rufus a câștigat o grămadă, dar eu am câștigat ultimul joc, a răspuns William.

– L-am lăsat, a spus Adam, înghiontindu-și fiul.

– În visurile tale, tată, a rânjit William, scuturând din cap.

În următoarea oră, am stat, am vorbit, am băut și mi s-a făcut suficient de frig cât să am nevoie de puloverul pe care îl împachetasem, dar nu crezusem că o să-l și folosesc. Deși eram într-un grup restrâns, eu și Charlie ne simțeam cumva separați, în timp ce îmi povestea despre o viață plină și cu adevărat fascinantă – despre cum mersese pe Marele Zid Chinezesc ca să strângă bani pentru Asociaţia Asthma UK, după ce fratele lui murise. Că era un jucător de tenis pasionat, care fusese cândva la semiprofesionişti. Că împlinise 42 de ani în acel an. Şi că se gândea să se mute la Devon ca să fie aproape de Chloe, dar nu se putea hotărî pentru că tatăl său, vârstnic, trăia în Manchester şi, „dacă e să fiu sincer, el are mai multă nevoie de mine".

Era trecut de miezul nopţii când toată lumea plecase la culcare. Totuşi, Charlie zăbovea, ajutându-mă să adun paharele, greierii bâzâind în jurul nostru, în întuneric.

– Nu trebuie să faci asta, i-am spus eu. Nu te-am invitat ca să vii să speli chestii.

– De fapt, îmi place să spăl.

– Chiar?

– Ei, bine, nu, nu chiar.

A ridicat o altă sticlă.

– E o scuză firavă să mai stau un pic.

Căldura mi s-a urcat în obraji, dar dacă a observat, nu a lăsat să se vadă.

– Mă întrebam dacă ai putea să găseşti pe cineva să stea cu William, pentru un prânz... poate.

– Posibil. De ce? am întrebat eu, deşi ştiam deja unde voia să ajungă; voiam să fiu sută la sută sigură că voia să mă invite la o întâlnire înainte să accept.

– Speram că ai vrea să mergem să mâncăm ceva.

Mi-am ţinut respiraţia cât m-am dus la grătar şi am luat cleştii. Nu-mi mai dorisem aşa ceva de multă vreme. Nu credeam că va mai fi vreodată loc în capul meu pentru asta. Şi poate că de vină era vinul, sau furnicăturile de la arsurile de soare de pe umerii mei, dar ceva mă făcea să vreau să zic da.

– Mi-ar plăcea, am răspuns, şi agitaţia din stomacul meu a părut şi ciudată, şi bine-venită în acelaşi timp.

– Grozav. Păi, eu şi Chloe avem ceva activităţi împreună mâine, dar ce zici să mergem undeva cu maşina, la prânz, poimâine? Te iau pe la 12.

Capitolul 32

Ceva din felul în care mă privise Charlie în seara precedentă mă făcuse să-mi aduc aminte cum era să te simți dorită. După ce ne-am spus noapte bună, am plutit înăuntru, simțindu-mă amețită în timp ce m-am strecurat în pat doar în chiloți. Am dormit mai bine decât o făcusem de luni întregi. Apoi, când soarele trecea filtrat prin ferestre, am rămas întinsă, cu ochii închiși, pendulând printre tot felul de gânduri, încercând să-mi imaginez cum ar fi fost să simt din nou mâinile unui bărbat pe pielea mea.

Apoi cineva a bătut în fereastră.

Mi-am tras cearșaful până la gât și am clipit spre geam, dându-mi seama că lăsasem obloanele deschise. Am reușit să disting afară o siluetă, conturul cuiva care privea înăuntru în timp ce soarele-i strălucea puternic în spate, înainte să se lase în jos.

– Aaaa! am țipat, agitându-mă să închid brusc obloanele.

Am apucat un halat, m-am luptat puțin cu el, apoi l-am abandonat și am tras pe mine un tricou și niște blugi înainte să mă împleticesc amețită spre ușa de la intrare.

Adam era în prag, arătând enervant de ne-mahmur.

– Ce cauți aici?

– Bună dimineața și ție.

A intrat înăuntru fără să mai aștepte o invitație.

– De ce te uitai prin fereastra mea? am întrebat eu sec.

– Nu mă *uitam*. Bătusem la ușă de trei ori și mă pregăteam să renunț când am văzut că obloanele erau deschise și am presupus că erai trează și mișunai.

– Am uitat să le închid azi-noapte, asta-i tot.

– Ei, bine, n-am intenționat să-ți deranjez intimitatea, a spus el

– Bine.

– Mai ales când te simțeai atât de bine.

Mi-am încrucișat mâinile peste tricou.

– Ce *vrei,* Adam?

El a tras adânc aer în piept.

– Am decis să-l promovez temporar pe Ben, așa că l-am lăsat șe în dimineața asta. Ceea ce înseamnă că am timp liber de petrecu cu William.

– Ah. Păi, doarme, dar...

– SUNT TREAZ!

William a apărut în cameră, în pijama, frecându-se la ochi.

– Salutare, amice, a spus Adam, de parcă ar fi avut trei ani. A chef să mergi azi la un castel?

– A văzut deja un castel cu mine. De fapt, a văzut mai multe. Îi ritmul ăsta, va avea în curând un doctorat în arhitectură medievală

Adam a refuzat să se lase descurajat.

– Mda, dar ăsta e unul deosebit.

– Ar fi grozav, a spus William entuziasmat. Vii și tu, mamă?

Mi-am amintit imediat conversația avută cu Charlie cu o sear în urmă.

– Ăăă... bine. Deși nu-i nicio șansă să faceți asta mai bine mâine nu? Fără mine?

– De ce? a întrebat William.

– S-ar putea să am altceva în plan, asta-i tot, așa că mă gândean că ați putea petrece ziua ca-ntre băieți.

– Ce să ai?

– Doar... am zis că-l ajut pe Charlie cu ceva.

– Charlie e tipul ăla de aseară? a întrebat William. Cu ce îl ajuți

Am simțit cum mă înroșeam.

– Nimic... eu... se gândea să se apuce de un curs Grit, precun cel la care merg eu, și urma să-i spun totul despre ele.

– Voiai să-i arăți cum faci exercițiile? a întrebat William.

– Nu.

– Oh, asta e bine. S-ar putea să-ți vină din nou să vomiți.

Eram pe punctul de a protesta când Adam a vorbit înaintea mea.

– Am să rezolv ceva și pentru mâine, dacă vrei. Tot va trebui să fiu aici, dar William m-ar putea ajuta la câteva sarcini.

Pentru un moment tulburător, lucrurile între noi au părut ciudate. Era chiar stupid; nu era ca și cum Adam ar fi fost timid în legătură cu interesele lui amoroase.

– Deci, mamă, vii azi? a repetat William.

– Sunt implicate costume de neopren sau cascade?

– Deloc, m-a asigurat Adam. O să fie doar o zi simpatică, în oraș, cu familia.

La auzul acestei propoziții, buzele mi s-au deschis; instinctiv, voiam să obiectez. Nu eram o familie. Eram două bucăți ale unui cuplu stricat, lipite cu superglue de cea mai frumoasă greșeală pe care o făcuserăm vreodată.

Am lăsat-o pe Natasha făcând planuri despre cum să petreacă ziua cu Joshua și am mers cu mașina la Château de Beynac, așezat într-o austeră splendoare, sus, pe stânci de calcar, deasupra râului Dordogne. E o fortificație medievală uriașă, supremul teatru de război, cu un pod mobil lat și metereze cu turnulețe. Înăuntru, un labirint de temnițe cavernoase se împletea pe sub scări secrete spiralate, pe care le-am explorat în timp ce William era din ce în ce mai fascinat de istoria lui sângeroasă. Am ieșit la lumina zilei abia în vârf și am fost răsplătiți cu o priveliște asupra întregii văi, cu râul albastru, sclipitor, șerpuind printre copacii verzi, plini de bogății.

– Richard Inimă de Leu a reușit să cucerească acest castel, i-a spus Adam lui William, gesticulând spre stânca din față. S-a urcat tocmai până acolo sus.

William s-a încruntat, fără să se lase convins, încercând să-și dea seama dacă Adam făcea sau nu mișto de el.

– Nu se poate.

– E adevărat.

– Perioada mea preferată din istorie e cea în care au trăit vikingii, a continuat William. Știai că, pentru a împiedica culoarea să iasă din hainele lor, obișnuiau să facă pipi pe ele?

William a luat-o pe cărarea faptelor istorice sângeroase, asaltându-l pe Adam cu informații care-ți înghețau sângele în vene, inclusiv faptul că puteai întări o sabie lăsând-o în stomacul unei persoane moarte.

I-am urmat pe amândoi în jurul castelului, vorbăria fără oprire a lui William presărând aerul în timp ce se strecurau prin mulțimea de turiști.

– Grăbește-te, mamă!

A ajuns la baza unor scări abrupte, spiralate, și s-a apucat să le suie, cu Adam urmându-l îndeaproape.

– Bine! am râs eu, apucând balustrada și punând piciorul pe prima treaptă îngustă, simțind temperatura scăzând în lumina slabă.

Sângele meu a început să pompeze mai tare cu cât urcam mai sus pe suprafața rece și inegală și, când tocmai ajunsesem în vârf, mi-am pierdut echilibrul. Nu sunt sigură cum s-a întâmplat; tot ce știu e că într-un minut încercam să-mi amintesc cuvintele instructorului meu de la Grit – „împinge în coapse!“ –, iar în următorul mă rostogoleam în jos cinci sau șase trepte, durerea străbătându-mi mâinile și genunchii, până m-am oprit. Am sesizat o mână pe umăr și mi-am ridicat privirea, zărind conturul neclar al feței unei femei tinere.

– Ești în regulă?

– Sunt bine, am reușit eu să îngaim, mutându-mă pe spate. Mulțumesc, totuși.

– Nicio problemă, a zâmbit ea nesigură. Ia-o ușor.

În timp ce m-am ridicat, am simțit furnicături pe ceafă; eram udă pe spate de o transpirație rece. M-am uitat în jos la mâinile mele și mi-am dat seama că una sângera și că ambii genunchi erau zgâriați.

– Jess, ești bine? a strigat Adam în jos, alergând după mine. Ce s-a întâmplat?

Și-a pus mâna pe spatele meu, iar eu am ridicat privirea brusc. Ochii lui căprui-închis erau la câțiva centimetri de ai mei, plini de îngrijorare.

– Am căzut, atâta tot. Nu e nimic. Fără oase rupte, am insistat eu, trăgându-mă repede într-o parte, în timp ce fierbinţeala rămasă în locul unde fusese mâna lui îmi face pielea să tremure.

Capitolul 33

După aceea, am făcut o plimbare de-a lungul malului apei, presărat cu iarbă, ieşind din sat spre câmpurile nemărginite, unde păsările pluteau şi plonjau deasupra capetelor noastre şi soarele ne bătea pe umeri. Adam şi William mergeau în faţa mea, picioarele deşirate ale fiului meu săltând, ca să ţină pasul cu ale tatălui său. Într-un final, am ajuns la o baltă, unde apa era nemişcată, libelulele dansau pe suprafaţa ei şi frunze de nuferi străluceau în lumina puternică. Un biciclist a trecut pe lângă noi pe aleea cu pietricele, iar un cuplu tânăr, îngrozitor de elegant, stătea la picnic pe deal.

Am aruncat pietricele pe suprafaţa apei, destul de mult timp pentru ca William să reuşească trei sau patru salturi şi Adam să pretindă că se îmbufnează când ale lui făceau pleosc şi se scufundau imediat.

După aceea, ne-a făcut cinste cu prânzul într-o cafenea aglomerată din Beynac-et-Cazenac. Am stat sub o copertină roşu aprins, înconjuraţi de clienţi care devorau salate decorate cu roşii de culoarea pietrelor preţioase, brânzeturi de capră Cabécou lipicioase şi căpşuni cu îngheţată asortată.

– Văd că toată lumea sare peste pipote, i-am atras atenţia lui Adam.

– Toţi vor regreta. Ce vrei să bei?

– E în regulă, o să comand eu.

M-am întors spre chelneriţă, hotărâtă că propoziţia mea va fi perfectă:

– *L'eau, s'il vous plait.*

– *Pardon*? a răspuns ea.

– *L'eau, s'il vous plait.*

Femeia s-a uitat la Adam și a afișat o privire uimită când William a chicotit.

– Am zis, *je voudrais some l'*... Coca-Cola.

– Ah, da!

Adam a comandat restul, în timp ce eu stăteam pe spate, fără chef, botoasă. Apoi toți trei am lenevit sub umbra moale în timp ce un cer albastru, splendid, se întindea deasupra noastră, iar vechiul sat zumzăia, la fel cum o făcuse timp de secole.

– Ce părere ai de echipa mea? m-a întrebat Adam.

– Sunt minunați, am spus eu. Niște profesioniști. Îmi place mai ales de Ben.

– Hoțul nostru de inimi? E grozav, nu-i așa? Pare foarte interesat de Natasha.

– Mă tem că ea pare interesată mai degrabă de tipul ăla care vinde antichități, Josh.

Am aruncat un ochi în ghidul meu și, când mi-am ridicat privirea, Adam tocmai scotea un pachet cu hârtie de rulat și niște tutun. Am privit spre el. Când asta n-a funcționat, i-am dat un șut încet, pe sub masă.

– Auu!

Apoi și-a dat seama care era problema.

– Jess, William e băiat mare. Sunt sigur că e destul de isteț să știe că unii adulți fac asta, fără să fie atras el însuși.

William se uită când la unul, când la altul în timp ce Adam își termină de rulat țigara, apoi o aprinse. A tras un fum lung.

– *Absolut* niciodată să nu faci asta, i-am spus ferm lui William. O să te ucidă. Și, înainte să facă asta, o să ai plămânii ca două boabe scofâlcite de fasole și o gură ca o scrumieră.

– Asta e adevărat, a ridicat Adam din umeri. Gură de scrumieră, ăla sunt eu.

A mai tras un fum.

– Atunci tu de ce faci asta? a întrebat William.

Adam și-a lăsat țigara jos.

– Sunt dependent. Dar nu e bine și nu-i șmecher. Asta așa e.

– Dar... nu poți *să încerci* să te oprești? Nu vreau să mori.

Adam a înghețat, înainte ca o agitație în spatele ochilor lui să-i îmblânzească trăsăturile. S-a întins spre scrumieră și a stins țigara în liniște, în timp ce o chelneriță tocmai ne aducea mâncarea.

William a luat o gură din Croque Monsieur.

– Mă bucur că m-am născut în secolul XXI, a spus el deodată. Castelul ăla e minunat, dar nu mi-ar fi plăcut să locuiesc acolo.

– Nici mie, am spus eu. Imaginează-ți cum ar fi să nu ai toalete cu apă curentă sau încălzire centrală, sau...

– iPaduri, a terminat William.

– Îți vine sau nu să crezi, nu existau iPaduri când eu și tatăl tău eram de vârsta ta.

– Știu, a spus el. Și televizoarele erau alb-negru și...

– Cât de bătrâni crezi că suntem? am sărit eu.

El a chicotit.

– Oricum, întotdeauna ai spus că ai avut tot ce ți-ai dorit când erai mică.

– Asta e adevărat, am răspuns eu.

El s-a gândit un moment.

– Cum erau mama și tatăl tău, tată?

Adam și-a lăsat jos cuțitul și furculița.

– Erau un pic diferiți de bunica și bunicul tău.

Nu glumea.

Capitolul 34

Știam că aveam un tată care bea prea mult, dar tot am crescut simțindu-mă protejată, iubită și nicicum altcumva decât fericită. Adam nu avusese acest lux, ceva ce eu descoperisem abia la cinci luni de la începutul relației noastre.

Îmi spusese deja că nu-și cunoscuse niciodată tatăl și că mama lui murise într-un accident de mașină când el avea nouă ani. Mai departe, detaliile erau vagi, iar eu nu insistasem pe subiect din cauza felului în care fața i se umbrea de tristețe de fiecare dată când se ajungea la acest subiect.

Mătușa lui, Julie, fusese cea care îmi povestise, după ce ne invitase odată la un prânz de duminică. Julie nu era chiar mătușa lui. Era o verișoară mai mare, îndepărtată, care fusese apropiată de mama lui, Lisa, înainte ca aceasta să moară și care, după aceea, îl luase pe Adam la ea, în ciuda faptului că avea trei copii – Mike și Daniel, care erau gemeni, de 12 ani, și Stephanie, cu un an mai mică decât Adam.

Mătușa Julie era una dintre acele femei a căror vârstă era greu de stabilit cu precizie. Când am cunoscut-o, trebuie să fi avut în jur de cincizeci de ani și, deși ridurile de pe fața ei ar fi trebuit s-o facă să pară mai bătrână, avea o anumită exuberanță, o atitudine pozitivă care-i aducea o sclipire în ochi.

– Pare că e liniște zilele astea, acum că tu și Steph v-ați mutat de acasă, i-a spus ea lui Adam în timp ce aducea la masă o farfurie uriașă de cartofi prăjiți, iar el tăia un pui fierbinte, strălucitor. Casa ei cu terasă, din Leeds, era mică, dar faptul că era o gospodină vrednică se vedea de la ornamentele lustruite pe de șemineu până la mirosul copleșitor de pin sălbatic ce se ridica din toaleta de la parter după ce trăgeai apa.

– Adam, îți amintești cum era când te-ai mutat aici, la început? Tu, Mike și Danny, toți într-un singur dormitor. Haos complet.

Adam și-a ridicat privirea.

– Dar m-ai făcut să mă simt ca acasă.

Ea s-a topit evident.

– Ooo, mulțumesc, iubire.

După aceea, Adam s-a dus la o bere cu Danny la pubul de peste drum, în timp ce eu am rămas s-o ajut să strângă, în ciuda protestelor ei.

– Cum era mama lui Adam? am întrebat eu. El abia dacă vorbește despre ea.

Julie și-a înmuiat mâinile într-un castron cu apă fierbinte, aburindă, și a privit în sus.

– Lisa era... fără speranță și minunată în același timp. Avea gusturi groaznice la bărbați și era la fel de nebună ca un sac cu șerpi. Dar era foarte frumoasă – și pe dinăuntru, și pe dinafară.

Lisa avea doar 17 ani când îl născuse pe Adam și, citind printre rânduri, fusese o mamă iubitoare, dar disfuncțională. Deseori erau înfometați și înfrigurați, iar Adam purta mereu haine cu numele altor copii cusute la gât. Nu numai că-l lăsa constant să chiulească de la școală, ba chiar îl încuraja activ să facă asta, astfel încât să poată merge la joacă în parc sau să se cuibărească pe canapea și să se uite la TV.

– Când el avea vreo șase ani, ea a cumpărat o rulotă, a continuat Julie. Trebuia să fi văzut chestia aia. Era o rablă ruginită, Dumnezeu știe unde o găsise. L-a luat de la școală într-o zi, cu nimic altceva decât o hartă, niște conserve de mâncare și câteva haine – și gata, au plecat într-o nenorocită de călătorie în jurul țării. Au fost plecați patru luni, distrându-se pe cinste, a râs ea.

Eu am ridicat din sprâncene.

– Nu s-a întrebat nimeni de ce el nu mergea la școală?

– Ai crede că da, nu-i așa? O femeie și fiul ei de șase ani, umblând aiurea prin Anglia ca Thelma și Louise. Dar nu. S-au întors acasă doar când suspensia rulotei s-a stricat și ea nu și-a permis s-o repare.

Văzusem câteva fotografii cu Lisa, așa că știam că avea aceleași trăsături superbe ca Adam: pomeți înalți și nas drept, buze arcuite și ochi adormiți, închiși la culoare.

– A încercat cât a putut să fie o mamă bună, a spus Julie, și nu o făcea pentru prima dată.

Apoi mi-a povestit despre Warren, un vânzător de asigurări pe care Lisa îl cunoscuse cam la un an după excursia cu rulota.

– Lisa îl admira. Era un profesionist, cu o slujbă bună. La început, el o trata ca pe o prințesă. Ea îmi tot spunea cum el gătea pentru ea, îi aducea cadouri și nu-și putea lua mâinile de pe ea. Dar, mai târziu, lucrurile au degenerat.

– Era violent?

Julie a încuviințat.

– Îmi dădeam seama că se întâmpla ceva, dar ea era hotărâtă să nu vorbească despre asta. Apoi Adam și-a rupt mâna și au inventat o poveste despre cum se urcase într-un pom... eu știam că era o prostie. I-am spus că o să mă duc la poliție și m-a implorat să nu fac asta. Ca să fiu sinceră, măcar Warren nu l-a mai atins niciodată pe Adam după aceea. În schimb, ea a suportat toată povara. Dar ochii tineri ai lui Adam au continuat să vadă lucruri pe care nimeni n-ar fi trebuit să le vadă. Pentru o vreme, a devenit alt copil. Întotdeauna fusese iubitor și îndrăzneț, plin de chef, dar a devenit tăcut. Era cumplit. Încă nu pot să înțeleg de ce nu i-a zis să se care. Nu există nicio scuză. Vreau să zic, ai face-o, nu-i așa, cu un copil mic în preajmă?

– Poate că era înspăimântată de el.

– Sunt sigură că așa era.

Lisa murise într-un accident de mașină când se ducea să-l ia pe Adam de la școală. Un martor spusese că părea să viseze cu ochii deschiși și că sărise de nicăieri, izbindu-se de capota unui 4x4.

– Lisa a stat în spital, luptând timp de trei săptămâni. Apoi i-a venit timpul. La vremea aceea, Adam dormea într-un pat de campanie, aici, sus. Peste noapte, biata gâză rămăsese și fără mamă, și fără casă.

– Așa că l-ai luat tu.

– Păi, în niciun caz nu l-aş fi lăsat să meargă la un cămin, deşi a trebuit să mă lupt pentru asta. N-am regretat niciodată. Era o adevărată bucurie să-l ai în preajmă. Sunt foarte mândră de el, de tot ce a realizat.

Adam se descurcase bine la școală, având o medie destul de bună, înainte de a se muta la Edinburgh, ca să meargă la colegiu.

– El, pur şi simplu, nu s-a oprit niciodată din muncă, a spus Julie. În timpul semestrului, spăla farfurii într-o cafenea și a renunțat la vacanţele de vară ca să muncească pentru o firmă de construcţii din insulele siciliene.

Atunci mi-am dat seama că, până să-l cunosc eu pe Adam, el trăise deja vreo șase vieți.

– Vorbeşte foarte rar despre toate astea, am spus eu. În afară de excursia lor cu rulota. L-am auzit menționând-o de câteva ori.

Ea nu a părut surprinsă.

– Cred că acela a fost momentul când Adam a fost cel mai fericit. Când Lisa l-a luat de la şcoală, l-a aşezat pe scaunul pasagerului din chestia aia și au pornit, zdrăngănind, în aventura lor nebună.

A zâmbit spre mine.

– Atunci, am ştiut, cumva, că pentru Adam va fi prima experienţă dintr-o viaţă plină.

Capitolul 35

Am vorbit cu tata de câteva ori de când am ajuns aici, dar să încerc un apel video, ca să o văd și pe mama, fusese prea dificil. Aș fi avut mai mult noroc să dau de Stația Spațială Internațională decât să prind suficient semnal cât să suporte o conexiune Skype pentru mai mult de zece secunde.

Totuși, duminică am primit un mesaj de la tata, întrebându-mă dacă puteam să vorbesc. Ceva din felul în care formulase mesajul a făcut ca părul de pe ceafă să mi se ridice de panică – și m-a făcut să vreau să fac mai mult decât să-l sun și să-i ascult asigurările că erau amândoi „bine". Voiam s-o văd pe mama cu ochii mei.

I-am lăsat pe William și pe Natasha lângă piscină și m-am dus în castel, unde am găsit-o pe Simone la recepție.

– Bună, Jess.

Era politicoasă, aproape tăioasă.

– Bună, Simone. Mă întrebam dacă Adam e în birou?

Zâmbetul ei automat s-a clătinat.

– Este. Ai vrea să vorbești cu el?

– De fapt, nu pentru el am venit. Speram să vorbesc cu tatăl meu pe Skype, iar el mi-a spus că pot folosi biroul, unde aș avea o conexiune mai bună.

– Ah. Urmează-mă, atunci.

M-a condus în capătul holului și a bătut la o ușă grea din stejar, înainte să o deschidă. Adam era la calculator, bătând furtunos în tastatură.

– Jess e aici.

Părea că anunță sosirea asistentei medicale. El și-a ridicat privirea.

– Mă întrebam dacă ți-aş putea accepta oferta şi să-l sun pe tatăl meu pe Skype, de aici.

– Sigur, nicio problemă. E totul în ordine?

Mi-am îndreptat privirea spre Simone. Ea a înțeles aluzia şi a ieşit din cameră.

– Sunt sigură că o să fie bine. Tata mi-a trimis un mesaj, să vadă dacă puteam vorbi, şi... ei bine, de fapt, vreau doar să mă asigur că mama e bine.

El şi-a trecut mâna prin păr şi a început să-şi strângă hârtiile.

– Hai să-ți dau parola.

A luat un bilețel şi-a mâzgălit pe el, înainte să se ridice şi să mi-l dea.

– Am să te las liniştită. Pot să trimit e-mailurile astea şi din altă cameră.

Și-a luat laptopul, oprindu-se când eram unul lângă celălalt. Apoi s-a întors şi m-a mângâiat scurt pe umăr. Era un gest de susținere, dar tot m-a făcut să mă crispez, lăsându-mi un soi de disconfort ciudat sub piele.

– Mulțumesc, am spus eu.

– Transmite-le dragostea mea mamei şi tatălui tău, bine? a adăugat el, strecurându-se afară din cameră.

În zilele dinainte ca totul să se ducă dracului, Adam se înțelegea bine cu părinții mei, mai ales cu tata. Niciodată nu rămâneau fără subiecte de discuție, fie că era vorba de fotbal, sau politică, sau cum să reinstalezi o maşină de spălat (din câte îmi aminteam, purtaseră un număr exagerat de discuții despre bricolaj).

Și mama îl iubea, deşi asta era înainte de faza pe care o făcuse în ziua în care se născuse nepotul ei şi mărturisirea mea despre cât de încordate fuseseră lucrurile între noi în ultima perioadă. După aceea, Adam simțise pe pielea lui nişte experiențe la prima mână cu zmeoaica în care era capabilă să se transforme mama.

Mi-am deschis iPadul și am așteptat semnalul înainte de a tasta parola. În timp ce se conecta, m-am uitat prin cameră. Era singura parte din clădire unde nu găseai nicio urmă de decor, doar pereți albi, simpli, mobilă de birou fadă și un set mohorât de perdele pe fereastra înaltă din piatră.

Puteam vedea și sistemul tipic de îndosariere al lui Adam, cu teancuri de hârtii adunate în alte teancuri și un coș de gunoi care dădea pe afară. Nu puteam spune că nu exista acolo niciun fel de ordine, dar atât cât să se descurce, având un perete dominat de cârlige pentru chei și un dulap pe jumătate deschis, plin de dosare, deasupra căruia trona o altă grămadă instabilă de dosare zdrențuite.

Am deschis aplicația Skype și, în timp ce a început să se încarce, privirea mi-a fost atrasă de planșeta din plută aflată în fața mea, cea pestriță cu fotografii printate, genul pe care oamenii nu l-au mai folosit de la apariția Instagramului.

Cele două sau trei cu mama lui cred că erau singurele care îi mai rămăseseră. Cele mai multe erau cu William, nou-născut, apoi bebeluș și prima lui zi de școală, când stătuse afară, în fața ușii noastre, cu gropițe în obraji și rânjind cu dinții lui de lapte, albi. Le recunoșteam pe multe dintre ele ca fiind imaginile pe care i le trimisesem cam la fiecare șase luni, asigurându-mă că n-avea cum să uite complet de existența noastră.

Mai erau, de asemenea, câteva selfie-uri cu el și cu William, un număr surprinzător, având în vedere cât timp petrecuseră, de fapt, unul în compania celuilalt în ultimii zece ani. În una dintre poze, William părea cam de șapte ani și stătea la coadă la corabia piraților din Alton Towers. În alta, mâncau înghețate uriașe într-o pizzerie. Și mai era una pe plaja Formby, cu William în extaz în timp ce-l îngropa pe Adam în nisip.

Dacă te uitai la colecția aceea de imagini, ai fi zis că fuseseră inseparabili de-a lungul anilor. Dar în realitate erau doar câteva ocazii, o picătură într-un ocean – totul în contrast dur cu zilele mele obișnuite, cele care însemnau teme pentru acasă, lecții de pian, dusul la Cercetași și țipatul cuvintelor „PANTOFI“ și „DINȚI!“ în timp ce încercam să ieşim din casă la timp în fiecare dimineaţă.

Totuşi, era ceva liniştitor la fotografiile acelea, o fărâmă a amintirii că, deşi, în principiu, Adam n-avea nici cea mai vagă idee despre ce însemna să fii părinte, potenţialul era acolo, fie că-şi dădea sau nu seama.

M-am întins şi am atins o fotografie cu William în uniformă, desprinzând din greşeală piuneza şi dând pe jos trei fotografii. Le-am ridicat şi le-am pus înapoi, dar am observat o imagine decolorată ascunsă sub altele.

Adam şi cu mine, la New York.

Excursia fusese la aproximativ o săptămână după ce absolvisem şi o plănuisem cu mult timp înainte. Urma să stăm cu Steph, cea mai mică dintre copiii mătuşii Julie, care reuşise să facă o specializare pentru a lucra ca chef la un hotel nou, şmecher, din Upper East Side. Apartamentul pe care îl împărţea cu un alt coleg ucenic, un bulgar pe nume Boyan, era atât de mic, încât singurul mod de a intra în baie era să te întorci pe-o parte şi să-ţi ţii respiraţia.

Totuşi, a fost o vacanţă de neuitat. Am luat un vaporaş până pe Ellis Island, am explorat Central Park, am stat în vârful clădirii Empire State la asfinţit, privind oraşul scânteind de viaţă. În dimineaţa în care fusese făcută acea fotografie, ne treziserăm stupid de devreme, încă pe alt fus orar şi dezorientaţi după zborul de cu două zile în urmă. Fiind însă în zilele de dinainte de a deveni părinţi, nu trebuia să ne facem griji decât pentru noi, aşa că am petrecut ore întregi în camera aia de oaspeţi în timp ce Steph era la muncă, iar soarele se strecura printre obloane în timp ce eram sub cearşafuri, explorându-ne fiecare centimetru.

Întotdeauna spusese că aia era fotografia lui preferată cu noi doi – un instantaneu surprins imediat de făcuserăm dragoste, cu noi doi şi mic dejunul nostru uriaş dintr-un local mic şi cool din Meatpacking District. Spunea că în ziua aceea avusese tot ce-şi dorise în viaţă. Îl întrebasem dacă se referea la mine sau la şunca crocantă.

– Alo? vocea tatălui meu mi-a întrerupt firul gândurilor, iar când mi-am ridicat privirea, l-am văzut în holul de la intrarea în Willow Bank, arătând ca un bărbat care avea mare nevoie de un somn bun.

Capitolul 36

– Totul e *bine*, mi-a spus tata, ceea ce am descoperit că era fix ceea ce-ar fi spus şi dacă ar fi fost pe Titanic, înconjurat de violonişti. Am avut parte de o mică sperietură în dimineaţa asta.

Inima mea bătea de două ori mai repede.

– Ce vrei să zici?

– Nu e nevoie să intri în panică, dar am fost la spital toată ziua. A fost o măsură de precauţie, iar acum ne-am întors. Ideea e că mama e OK.

Căldura mă invada în timp ce o mulţime de întrebări mi-au inundat creierul.

– Ce s-a întâmplat? De ce aţi fost la spital? Unde e ea acum?

– Mama ta s-a înecat cu o bucăţică de mâncare la micul dejun.

El şi-a ridicat privirea, dar foarte rapid, ca şi când ar fi vrut să-mi evite reacţia.

– Raheem era acolo şi a reuşit să-şi facă treaba şi s-o rezolve. Pe mine m-au sunat la serviciu şi, până când am ajuns la Urgenţe, totul era sub control. E absolut OK, sincer. Puţin nefericită din cauza situaţiei, dar, în principiu, bine.

Nu era prima dată când se întâmpla asta. Înainte să începem să-i pasăm mamei mâncarea, o văzusem cu ochii mei. Imaginea feţei ei făcându-se gri, cu buzele albastre, în timp ce se chinuia să respire, nu era una pe care să vreau s-o mai văd vreodată. Doctorul Gianopoulos credea că ar fi trebuit să începem hrănirea prin tub, dar ea semnase cu ani în urmă un document – o „Decizie în avans de a refuza tratamentul" –, ceea ce însemna că asta nu avea să se întâmple niciodată.

– E în regulă, Jess, a spus tata, umplând liniștea. E doar unul dintre acele lucruri care se pot întâmpla. De acum înainte, trebuie să fim atenți, asta e tot.

– Cred că ar trebui să vin acasă, m-am hotărât eu într-o clipă.

– Nu. În niciun caz, a scuturat tata din cap. Totul e în regulă acum. Nici măcar nu aveam de gând să-ți spun, dar m-am gândit că ai să sari pe tavan dacă n-aș fi făcut-o.

– Te-ai gândit bine. Am să caut zboruri în după-amiaza asta.

Tata și-a fixat privirea severă pe mine.

– Ce crezi că ar zice mama ta dacă ar ști că te gândești să faci asta? a întrebat el cu blândețe. Și așa a avut o zi suficient de proastă.

Am expirat, și abia atunci mi-am dat seama că-mi ținusem respirația.

– E acolo acum?

– Așteaptă-mă un minut.

A mers pe coridor înainte să deschidă ușa de la camera ei, unde mama era în scaunul cu rotile, uitându-se la telenovela australiană de la televizor. În timp ce tata ținea iPadul în fața ei, mi-am dat seama că făceam evaluarea obișnuită a felului în care arăta. Vorbind obiectiv, probabil că nu era nici mai bine, nici mai rău față de cum o lăsasem. Dar asta nu spunea prea multe.

Membrele ei erau încovoiate în poziții care nu păreau confortabile, buza de jos îi era puțin căzută, ca și când ar fi fost trasă de o greutate invizibilă. Pielea i se lipea inertă de oase, genul de corp care arată de parcă n-ar mai avea suficientă energie nici măcar ca să se miște. Totuși, nu s-a oprit din a-și ridica privirea spre cer.

– Tata mi-a spus ce s-a întâmplat, mamă. Ești bine?

A trecut o secundă în care s-a smucit de mai multe ori înainte să răspundă cu un mormăit.

– A dracu' pâine prăjită.

Nu am reușit să zâmbesc.

– Terci data viitoare, a adăugat ea.

– Da, bună idee.

În momentul acela, voiam să-i spun mamei un milion de lucruri. Că o iubeam, că mi se frângea inima pentru ea, că aș fi făcut orice pentru ca ea să fie femeia fericită, sănătoasă care ar fi fost dacă nu ar fi existat boala asta hidoasă. Dar doar gândindu-mă la toate astea mi se usca gâtul.

– E... fain acolo? a întrebat ea.

Fiecare cuvânt cerea eforturi și, chiar și așa, nu era clar cum aveau să iasă. Falca ei se mișca într-un mod diferit de cum obișnuia s-o facă, scoțând sunete ciudate, fâșâite.

Am încercat să mă adun.

– Da, este, mamă. Adam a făcut o treabă grozavă cu locul ăsta și William chiar se bucură de timpul pe care îl petrec împreună.

A tăcut pentru un moment și ochii mei s-au redirecționat spre claviculele ei, care ieșeau în relief prin bluza albastru-pal. Cumpărasem bluza aia de la Oasis, de ziua ei, cu mai mult de un deceniu în urmă. Îmi aminteam că la vremea aceea mă gândisem că mărimea 14 era puțin cam la limită. Acum, era înecată în ea, decolteul ei, cândva somptuos, fiind înlocuit de o cutie toracică vizibilă, care se răsucea în poziții sfâșietoare.

– William... acolo?

– Nu, e la piscină, dar pot să mă duc să-l chem.

– Nu, a împroșcat ea. Nu astăzi.

– OK. Atunci, poate mâine.

Dar ea nu a răspuns. Pur și simplu, s-a crispat în scaunul ei în timp ce mușchii feței îi contorsionau trăsăturile în ceva de nerecunoscut și exagerat. Era o imagine care știam că avea să revină când urma să mă uit în oglinda din baie la propria-mi față, sufocată de o frică rece.

Capitolul 37

După conversaţia pe Skype, am ieşit din castel în căldura intensă, genul ăla care îţi arde tălpile picioarelor şi-ţi face pielea lipicioasă. Piscina era plină de copii care plonjau, în timp ce părinţii lor îi priveau, refugiaţi pe sub umbrele. Natasha era la o masă sub o boltă de flori roz, vorbind cu Ben, care stătea lângă ea. El ori nu era conştient că avea un rival în Joshua, în lupta pentru afecţiunea ei, ori nu-i păsa; din felul în care o privea, n-avea nicio şansă.

William, James şi Rufus stăteau de cealaltă parte a mesei, aşteptând prânzul. M-am alăturat lor în mijlocul unei conversaţii despre esofagul uman.

– Am văzut-o într-un episod din *Operaţiunea Au*, a spus William cu sinceritate. A fost genial. Un copil îşi muşcase unghia de la degetul mare şi o înghiţise. Numai că era una foarte mare şi au fost nevoiţi să-i facă o radiografie, ca să verifice dacă nu-i înţepase un plămân sau dacă nu cauzase vreo sângerare într-una dintre arterele majore.

Lumina soarelui strălucea peste piscină în timp ce eu mi-am tras un scaun şi o chelneriţă a ieşit din castel cu o tavă cu mâncare: salate stropite cu ulei de nucă, brânzeturi parfumate şi cărnuri sărate, pâini cu miez pufos şi coajă crocantă, care ar fi putut smulge o plombă.

– Îmi place lacul tău de unghii, Natasha, a chiţăit James.

Ea şi-a privit unghiile.

– Oh, mulțumesc James. E nou.

– Ți se potrivește, a adăugat el, iar ea mi-a zâmbit.

– Ascultă, te las cu prânzul tău, a zâmbit Ben și s-a dus fără tragere de inimă înapoi la treabă, în timp ce privirea Natashei l-a urmărit pentru un scurt moment.

– Unde e Becky?

Natasha a arătat spre piscină.

Ea încerca să înoate câteva lungimi, în timp ce Seb stătea în picioare, întinzând mâinile s-o prindă pe Poppy de fiecare dată când plonja, ridicând-o la suprafață în timp ce ea clipea să-și scoată clorul din ochi.

– DIN NOU! a chicotit ea.

Apoi mi-am dat seama că Natasha îmi studia fața.

– Totul e bine?

Dar înainte ca ea să poată răspunde, vocea lui Seb s-a auzit pe toată terasa.

– Haide, dulceață! Tati vorbește serios. POPPY!

Ce-o apucase pe Poppy să înceapă să alerge nu era prea clar. Tot ce știam era că picioarele ei mici alergau în jurul piscinei, în timp ce bietul Seb făcea rotocoale frenetice în apă încercând s-o înșface de spate.

– POPPY, OPREȘTE-TE!

Ea s-a oprit pentru o secundă, apoi a zbughit-o spre copaci. Seb și Becky au sărit amândoi pe marginea piscinei și s-au grăbit spre fiica lor, iar ea chicotea buclucașă, refuzând să privească înapoi. Și, deși se apropiau de ea, viteza picioarelor ălora de doar jumătate de metru era destul de alarmantă.

Într-un final, James a fost cel care a salvat ziua.

– POPPY, ÎȚI DAU DULCIURILE MELE!

Ea s-a oprit, întrebându-se dacă s-a pripit, iar Becky s-a năpustit s-o ia în brațe. În timp ce mergea spre noi, cu fiica ei, pe fața prietenei noastre era vizibil stresul. S-a așezat lângă mine și-a început s-o șteargă pe Poppy, iar o secundă mai târziu a apărut și Seb.

– Nu era evident ce avea să se întâmple? a întrebat Becky furioasă.

Seb s-a încruntat.

– Ce?

– Că Poppy o să fugă dacă o pui pe marginea piscinei.

– Nu, nu era. Înainte de asta, mi-a sărit în brațe de mai multe ori.

– Trebuia să-ți fi dat seama că, dacă o lua la fugă, tu ai fost blocat în piscină și incapabil să o prinzi.

– Nu incapabil.

– Ba da, incapabil. N-are niciun rost să sari ca omul bionic dacă ești prea departe în spatele ei ca s-o poți prinde.

Supărarea a apărut sub forma unui rid deasupra nasului lui Seb.

– Dacă ai crezut că era într-un pericol atât de mortal, de ce nu ai spus asta când ai văzut prima dată ce făcea?

– Pentru că m-ai fi acuzat că intervin!

Seb a oftat lung înainte să se uite spre mine și Natasha.

– Putem să discutăm despre asta mai târziu?

– Aș prefera să nu.

Pe gâtul lui Seb se vedea clar o venă pulsând, apoi s-a ridicat contemplându-și următoarea mutare, și, într-un final, i-a luat pe băieți să joace frisbee.

Becky a luat o pauză de la a o usca pe Poppy și s-a uitat la noi pe sub gene.

– Scuze. Nu-i tot timpul așa.

– Sigur că nu, am susținut-o eu.

– Copiii se schimbă, totuși, nu-i așa? a oftat Becky.

– Da, am încuviințat eu. Mi-am dat seama de asta în ziua în care ai pus pe Facebook citatul ăla inspirațional din Mummy Pig.

Becky a fornăit.

– Cum a fost discuția cu mama și tatăl tău?

M-am uitat spre ceața de deasupra piscinei.

– Mama a ajuns la spital în dimineața asta.

Natasha și-a lăsat paharul jos.

– Oh, nu. E bine?

– E bine acum, dar se înecase cu ceva.

Propoziția sună ca relatarea unui simplu fapt, dar mi-am simțit unghiile înfigându-mi-se în palme.

– A ieșit din spital? Trebuie să mergi acasă? a întrebat Becky.

– Da. Și nu. Ei nu vor să fac asta. Insistă că nu-i niciun motiv să mă îngrijorez.

Ochii ei s-au fixat pe gura mea și mi-am dat seama că-mi mușcam buza.

– Nu pari convinsă.

Și avea dreptate. Nu eram.

Capitolul 38

Eram agitată la gândul de a petrece după-amiaza cu Charlie, deși nu-mi puteam da seama dacă asta era bine, rău sau doar ciudat. Faptul că sufrageria noastră era un dezastru, cu doar cincisprezece minute înainte să vină să mă ia, nu ajuta deloc.

– Hei, William, poți să-ți muți boxerii uzi din mijlocul camerei?

Dar el era pe canapea, cufundat în iPad, deci o comunicare eficientă încetase cu mult timp în urmă.

– William?

– Doar un minut, mamă, a mormăit el. Aproape am terminat nivelul ăsta.

Între timp, făcusem greșeala de puștoaică să comentez cât de bine arăta pielea Natashei, ceea ce o determinase să-și scoată instant geanta cu produse cosmetice și să mă facă subiectul unui „contur facial" în timp ce stăteam stingheră pe marginea canapelei. Abia când m-am uitat în oglindă mi-am dat seama că-mi transformase fața într-o imitație dementă de Picasso, cu două triunghiuri închise la culoare sub ochi și două cercuri roz-deschis pe obraji.

– Glumești?

– N-am terminat încă.

– Natasha, o să ajungă în curând.

M-am uitat spre canapea.

– Haide, William, mută boxerii ăștia până nu-și rupe cineva gâtul călcând pe ei, te rog.

S-a auzit o bătaie în ușa din față, care apoi s-a deschis. Inima mi-a stat în loc o clipă, până mi-am dat seama că era doar Adam. Care m-a privit surprins de parcă ar fi ratat poanta dintr-o glumă.

– Am un nas roșu și niște pantaloni de clovn în vila mea dacă vrei să-ți completezi lookul.

– Nu am terminat, i-a spus Natasha, zbughind-o spre chiuvetă după niște apă.

Când s-a întors, vârful de la sandaua ei a prins boxerii lui William și ea s-a dezechilibrat, redresându-se în ultimul moment.

M-am încruntat la fiul meu, înainte de a merge spre el și a-i lua cu hotărâre iPadul. El și-a ridicat privirea șocat, apoi a strâmbat din nas.

– CE? Ce-am făcut?

– Trebuia să-ți fi ridicat boxerii.

El a clipit spre mine, fără să aibă nici cea mai vagă idee despre ce vorbeam.

– Fă-o acum sau îți confisc iPadul.

Ai fi crezut că tocmai îi spusesem că o să-i strangulez cățelușul preferat.

– Dar trebuie să-mi termin nivelul. Sunt foarte aproape!

– Acum!

– BINE! a ripostat el sfidător, călcând pe boxeri.

Mă luptam între a-l lăsa să scape cu această obrăznicie și nevoia disperată de a fi gata înainte să ajungă Charlie. M-am întors și l-am văzut pe Adam stând acolo. Ca un spectator.

– Ai putea să discuți tu cu el despre asta, am spus eu.

Ochii lui Adam s-au învârtit prin cameră, de parcă ar fi presupus că vorbeam cu altcineva. Eu?

– Da.

S-a gândit un moment, apoi a ridicat din umeri.

– Sigur. Du-te și pregătește-te. O să vorbesc eu cu el.

– Bine. Mulțumesc.

M-am dus în dormitorul meu, unde am început să-mi șterg machiajul de pe obraji. Natasha m-a urmat, văzând cum tocmai îmi treceam un șervețel peste față.

– Nu puteai doar să... retuşezi?

– Nu am timp de asta. În plus, ce-i greşit la fond de ten şi un pic de pudră de obraz?

Când faţa mea a devenit prezentabilă, m-am furişat spre uşă şi am deschis-o brusc. Adam avea un braţ în jurul fiului său şi, deşi n-am putut auzi întreaga conversaţie, am prins câteva fragmente compătimitoare care s-au terminat cu un: „Nu mai contează, amice“.

– Dumnezeule, cât e de enervant! m-am încruntat eu.

– Ce? a spus Natasha.

– Adam.

– Nu-ţi face griji pentru el. Partenerul tău va ajunge în... s-a uitat la ceas în timp ce uşa s-a deschis brusc; era William.

– Charlie e aici, mi-a spus el.

Gura mi s-a uscat.

– OK. Mulţumesc.

El s-a oprit puţin în uşă.

– Îmi pare rău, mamă.

Am simţit cum nervii mi s-au risipit.

– E OK. Vino şi dă-mi o îmbrăţişare.

El şi-a pus braţele în jurul meu, apoi s-a tras înapoi.

– Deci, ştii că ai spus că o să vorbeşti cu Charlie despre cursurile tale de sport... e adevărat?

Natasha a tuşit.

– De ce întrebi? am spus eu.

– Mă gândeam doar că ar putea fi... o întâlnire.

Mă întrebam când devenise fiul meu de zece ani atât de perspicace.

Capitolul 39

Charlie se simțea ca acasă în spatele volanului mașinii lui elegante. Părea construită pentru cineva ca el – un tip inteligent, profesionist, care se simțea bine în pielea lui și nu-și făcea griji că era adult. Care își acceptase vârsta și cămășile Marks & Spencer care veneau la pachet cu ea.

Pujols, satul pe care îl alesese Charlie pentru prânz, era la mai mult de o oră de mers spre sud dinspre Château de Roussignol. Era un drum lin, șerpuit, și am ajuns într-un decor ca de carte poștală, urcat atât de sus pe un deal încât ți să părea că norii coborâseră. Ne-am plimbat pe străduțe înguste, unduitoare, pline de căsuțe din calcar cu obloane vechi și trandafiri antici înfășurându-se în jurul ușilor, până am găsit un restaurant care dădea spre piața centrală și cădirile ei prăfuite, de culoarea vaniliei.

Charlie a tras un scaun pentru mine și s-a așezat în partea opusă.

Chelnerul a apărut cu meniurile.

– Ce doriți de băut? a întrebat el.

– *Badoit*[1], *s`il vous plait*, am spus eu, conștientă că el era șoferul desemnat.

Charlie m-a privit surprins.

– Dar ești în vacanță. Și eu conduc. Cu siguranță un pahar de *ceva* s-ar potrivi!

---

[1] Apă minerală (n.trad.)

– Ah. Bine, dacă pui problema așa...

Un pic de vin părea să ajute destul de bine întâlnirea. Nu că ar fi mers prost. Pur și simplu, m-a făcut să mă relaxez puțin, să apreciez toate plusurile lui Charlie: faptul că era serios și inteligent, dar fără să fie chiar și puțin de tot intimidant. Sau poate că doar înțelegea cum era să ai un copil de vârsta lui William. M-am trezit mărturisind că-mi pierdusem calmul chiar înainte să plecăm, iar el m-a asigurat că pățise asta uneori.

– E normal să existe bătălii pe diverse chestii la vârsta asta. Măcar nu stă pe iPadul ăla 15 ore pe zi, ca alți copii.

Am hotărât să nu-l corectez.

– În plus, nimeni n-a spus vreodată că a fi părinte înseamnă să navighezi pe ape limpezi, mai ales când ești de unul singur.

– N-a fost așa greu să fiu singură, am insistat eu. M-au ajutat mult părimții mei de-a lungul anilor.

A băut o gură de apă și s-a gândit la o întrebare.

– Deci, care-i faza cu tine și tatăl lui William? Încă păreți apropiați.

– Părem?

Pielea de sub ochii mei s-a înroșit.

– Da. Așa mi s-a părut seara trecută când am venit la tine la un pahar.

Am scuturat din cap, agitată.

– Nu suntem apropiați. Ne tolerăm unul pe celălalt de dragul lui William.

– Poate e doar faptul că ești *aici*. Majoritatea oamenilor nici n-ar visa să vină în vacanță cu foștii lor. Știu sigur că eu n-aș face-o.

– Nu vă înțelegeți?

Eram fericită să mut atenția de pe mine și Adam.

– Nu chiar. E o țicnită.

Mi-am ridicat privirea.

– Oh, nu-mi spune.

– Serios. Cea mai manipulatoare femeie pe care o cunosc. E absolut oribilă.

Nu eram foarte sigură ce să spun despre asta și nu mi-a dat prin cap nimic altceva decât să fac o glumă.

– Atunci, e ușor să-mi dau seama de ce te-ai căsătorit cu ea.

– Toți facem greșeli. Totuși, n-am să te plictisesc cu o poveste lacrimogenă. Și, oricum, de ce vorbim despre foștii noștri?

– Sunt sigură că tu ai deschis subiectul, am zâmbit eu cu blândețe.

– Asta am făcut, nu-i așa? Ei, bine, ce zici de asta în loc: Putem să mai ieșim o dată înainte de sfârșitul vacanței?

Mi-am lăsat jos furculița și cuțitul.

– Nici măcar nu ne-am terminat felul principal. S-ar putea să-ți piară cheful de mine până ajungem la desert.

Mi-a susținut privirea cu o intensitate aproape indecentă.

– Mă îndoiesc serios de asta.

După întâlnire, m-am simțit surprinzător de ușurată. Nu pentru că atunci când ne-am întors pe proprietatea castelului, trei ore mai târziu, eram copleșită de dorință. Ci pentru că să stai față în față cu un bărbat care te plăcea era ceva care-ți ridica moralul. Și el n-ar fi putut fi mai clar în a-mi arăta asta. Nici măcar n-avea legătură cu lucrurile pe care le spunea – era mai degrabă felul în care mă privea, cu o aluzie de dorință care răscolea ceva în mine.

Abia după ce ne-am plimbat înapoi spre mașină și am condus prin soarele pătrunzător până am ajuns la porțile Château de Roussignol a devenit ceva evident, pentru amândoi. Oportunitatea unui sărut trecuse deja pe lângă noi, plutise în derivă, neobservată, asemenea norilor de pe acele dealuri. Mi-am dat seama că se gândea la același lucru când mașina a încetinit și gâtul mi s-a înroșit în timp ce conversația se oprea.

– Chiar m-am simțit bine în după-amiaza asta.

El a strâns volanul, concentrându-se la drum.

– Și eu.

– Ai vrea să te las aici sau la vila ta?

– Oriunde pe aici e bine. Trebuie să trec să-l iau pe William.

A oprit mașina și a tras frâna de mână, ajustându-și poziția astfel încât să privească direct spre mine. Un gând mi-a trecut prin minte: mașina aia avea geamurile fumurii.

– Așa deci. Mulțumesc din nou. Chiar nu trebuia să plătești pentru prânz, dar a fost extrem de frumos din partea ta și... m-am bâlbâit eu.

– Jess.

Mâna lui a alunecat pe brațul meu gol, căldura atingerii sale făcându-mi pielea de găină.

– Da?

Pulsul îmi tuna în urechi în timp ce el s-a aplecat spre mine pentru un sărut. Când buzele lui le-au atins pe ale mele, mi-am dat seama cât de mult nu voiam s-o dau în bară. Voiam să fiu relaxată și seducătoare, pentru ca el să mă găsească la fel de atrăgătoare cum i se părea că eram.

De asemenea, mi-am dat seama că mă gândeam atât de intens la asta, încât riscam să bălesc complet peste el, așa că am făcut un efort conștient să-mi relaxez umerii. Să-mi amintesc să mă bucur de senzația gurii lui pe a mea.

Mă concentram la toate astea, când am devenit vag conștientă de pălăvrăgeala de voci micuțe de afară. La început, nu le-am acordat atenție și, chiar și atunci când au început chicotelile, m-am gândit cel mult că se bucura cineva de un joc însuflețit de *boules*[1].

Am auzit o bătaie în geam, iar eu și Charlie am sărit departe unul de celălalt, observând vreo șase copii care se adunaseră să se uite înăuntru.

– Nu credeam că se poate vedea prin geamurile astea, am tresărit eu.

---

[1] Joc franțuzesc cu bile, care se aruncă pe un teren cu nisip (n. trad.)

– Sunt fumurii doar în spate.

Atunci am auzit o altă voce de adult. Era vag familiară.

– *Les enfants!* Copii, veniți de acolo!

Când Simone s-a aplecat și ne-a aruncat o privire prin geam, mi-a luat o secundă să-mi dau seama de schimbarea expresiei sale când a realizat că eram eu. Privirea de pe fața ei nu era una atât de satisfacție, cât de ușurare.

Știam precis ce se ascundea în spatele acelei priviri. Pentru că fusesem eu însămi în acea situație.

Capitolul 40

Stăteam ca pe ace când eram iubita lui Adam. Nu pentru că s-ar fi culcat cu oricine, dar atunci când inima ta era fără de speranță în fața cuiva, frica era un efect secundar nefericit. Grija că, într-o zi, toate fetele acelea care nu-și puteau lua ochii de la el, cele mai drăguțe și probabil mai amuzante și mai istețe decât tine îi vor suci într-un final capul.

La început, mă făcuse să mă simt grozav cu mine însămi; mai înaltă, mai suplă, atât de isteață și de încântătoare încât aș fi putut vorbi despre punerea faianței în baie și el tot m-ar fi ascultat cu atenție, privindu-mă cu acei ochi căprui, infiniți.

Cum am trecut de la asta la dezastrul final era complicat, dar, în același timp, destul de clar: lucrurile se schimbă.

Deși problemele noastre începuseră de îndată ce aflasem că eram însărcinată, lucrul care chiar a schimbat relația noastră pentru totdeauna a fost noaptea nașterii lui William. Până atunci, păstrasem convingerea că puteam să rezolvăm totul. După aceea, am știut că eram condamnați. Am știut-o din momentul în care a pășit pe ușa spitalului și n-a fost capabil să-mi răspundă convingător la niciuna dintre întrebări.

– Unde ai fost?

Mama se scuzase că se duce să-și ia o cafea de la automatul din spital și, până în acel punct, trecusem de faza în care eram drăguță.

– OK. Treaba e... am fost cu Jules.

Colegul lui.

– S-a lungit treaba. Mi-am pierdut telefonul... și mi-am dat seama ce se întâmplase doar când l-am găsit din nou.

– Nu ai fost cu Georgina?

– Oh, Dumnezeule, nu, a spus el, ca și când ideea ar fi fost ridicolă.

– Atunci, de ce ești mânjit de rujul ei?

Mâna lui s-a dus instant spre gât.

– Asta nu e... a tras aer în piept, dar a rămas fără energie să continue imediat. OK. Ne-am întâlnit întâmplător.

L-am privit neîncrezătoare.

– Chiar te aștepți să cred asta? Că, din toate barurile din Manchester, tu și fosta ta iubită v-ați nimerit să fiți în același loc, în același timp?

Se bâțâia de pe un picior pe altul, ochii mișcându-i-se nervoși, incapabil să-mi întâlnească privirea. Deși Adam avea multe talente, înșelătoria nu era unul dintre ele; era chiar îngrozitor la asta.

– OK, bine, a spus el, transpirația curgându-i dintre sprâncene. M-a tot sunat de zile întregi după ce s-a despărțit de tipul ăla, Johnny. Așa că am stabilit să mă întâlnesc cu ea la Bush Bar.

– Atunci, de ce m-ai mințit?

– Nu am mințit! Ei, bine... OK, am cam făcut-o.

– Deci, ce-i cu rujul?

El a înghițit în sec.

– Îi dădeam o... îmbrățișare prietenească.

Mi-am așezat mâna peste urechea mică a lui William.

– Și ea ți-a făcut o muie prietenească în schimb?

– Jess, nu fi așa! a izbucnit el.

– Ce te aștepți dacă îți închizi telefonul timp de douăsprezece ore fix când eu îl nasc pe primul tău fiu?

El a tot continuat să-mi spună că ar trebui să am încredere în el, să-l cred că Georgina se dusese acasă singură și că el a fost convins să meargă acasă la prietenul lui, Jules. Chiar dacă eram sub efectul sedativelor, nu-mi pierdusem complet mințile. Asta mi s-a confirmat când m-am întâlnit întâmplător cu soția lui Jules, Suzy, la prima mea excursie la supermarket după ce ieșisem din spital. Tocmai termina gânguritul obligatoriu deasupra lui William, când am spus relaxat:

– Deci... a avut Jules parte de o noapte lungă în ziua cu team-buildingul? Îi știu pe unii care au rămas în oraș până a doua zi dimineață.

Ea a scuturat din cap.

– Jess, Jules e la categoria ușoară. A ajuns acasă pe la 12.30 și sforăia lângă mine după alte cinci minute.

Și așa am știut sigur: Adam mințea și despre ziua aia.

Nu eram prea bisericoasă, dar am crezut întotdeauna în puterea iertării. Nu sunt genul care să stea supărată și să refuze să lase lucrurile să treacă; nu voiam să mă macine în interior. Dar cum *poți* ierta pe cineva când minciunile nu se opresc niciodată? Și nici nu s-au oprit, chiar dacă pe Adam nici nu îl mai deranja să mintă despre acea noapte. Spunea doar că „am înțeles eu greșit“, refuza să vorbească despre ea și asta trebuia să fie totul.

Am rămas împreună timp de două luni și două săptămâni după ce s-a născut William, iar zilele acelea, când trebuia să ne legăm ca familie, au fost cele mai îngrozitoare din viața mea. Nu era în întregime vina lui Adam.

Chiar dacă mă îndrăgostisem nebunește de copilul meu, erau lucruri cu totul noi pentru mine. Era minunat, dar solicitant, mereu neliniștit, agitat și neinteresat de mâncare decât dacă era între miezul nopții și cinci dimineața.

Mi se părea că lipsa somnului și epuizarea zdrobitoare n-aveau să se termine niciodată și mă învinovățeam pe mine pentru faptul că William nu era un ghem de fericire, gânguritor și mulțumit, așa cum presupusesem eu că va fi. Eram sigură că făceam ceva greșit, în ciuda faptului că citisem toate manualele disponibile despre creșterea copiilor.

În timp ce Adam s-a întors la muncă după un scurt concediu de paternitate, eu am rămas acasă să am grijă de William, să pompez lapte ca o vacă Holstein și să fierb în propria-mi disperare. Fizic, eram o epavă, ciuruită de mastită și atât de departe de definiția de „yummy mummy" că-mi venea să-mi ard slingul cel trendy.

În timpul zilei, tânjeam după prezența lui Adam, dar mă enervam de îndată ce pășea pe ușă și-mi aminteam ce făcuse. Câțiva dintre prieteni mă întrebaseră dacă sufeream de depresie postnatală, și poate că am avut. Dar era mai mult de atât și ce era mai rău încă nu începuse.

Peste toate astea, mama mi-a spus, într-un sfârșit, că simptomele acelea ciudate pe care le avusese în ultimii ani reprezentau ceva foarte grav. Să spun că am fost copleșită nici nu se apropie de impactul pe care vestea l-a avut asupra mea. Am fost devastată. Nu puteam vedea bine. Eram amețită de enormitatea sentimentelor mele, de ideea că viața mi-o lua înainte, într-o direcție pe care n-o puteam stăpâni.

În butoiul ăsta de stres și de suferință, toleranța mea pentru porcăriile lui Adam atinsese cote minime. Așa că poate am avut depresie postnatală, dar mai mult ca sigur am fost tristă și, de asemenea, am avut o depresie-de-Adam, cauzate de faptul că începusem o familie cu un bărbat care știam că mi-o făcuse și nu era capabil să fie stâlpul puternic de care aveam nevoie.

În ciuda acestor lucruri, în ziua în care i-am spus că voiam să ne despărțim, nu eram complet sigură că vorbeam serios. Nici măcar nu mai știu ce anume a stârnit cearta din acea zi. Îmi amintesc însă că mă apucase o furie nebună, ca și când toate fricile, resentimentele și nervii mei cu privire la felul în care se purtase erau concentrate brusc în acel moment.

– Nu meriți să fii tatăl lui William, i-am spus eu. Pur și simplu, nu ești potrivit pentru slujba asta. Adam, cu cât trece mai mult timp, cu atât sunt mai convinsă: toată lumea ar fi mai liniștită dacă eu și William am pleca.

Am stat acolo, cu acele cuvinte sumbre atârnând între noi, în același apartament unde cândva împărtășisem atât de multă intimitate și iubire. Privind în urmă, sunt destul de sigură că, în naivitatea mea, îmi doream ca el să se maturizeze și să mă implore să rămân. Nu sunt sigură de ce crezusem că aveam să câștig pariul acela, dar eram prea epuizată ca să-mi gândesc acțiunile complet și clar.

El nici măcar n-a comentat.

– OK, a spus simplu, dacă asta e ceea ce vrei.

Am împachetat o geantă și m-am dus la mama, simțindu-mă amorțită, scrâșnind din dinți, măcinându-mi devastarea. Am plâns toată noaptea, întinsă, sucindu-mă și învârtindu-mă, în același dormitor unde atârnaseră pe pereți posterele mele din adolescență, cu bebelușul agitându-se lângă mine în pătuțul lui de voiaj.

Până dimineață, petrecusem ore întregi torturându-mă dacă să-l sun și să-mi retrag toate cuvintele. Motivul pentru care n-am făcut-o a fost că eram încăpățânată.

Instinctiv, am știut că trebuia să rămân puternică. *Se culcase cu altcineva, pentru Dumnezeu.* Dacă era să se târască cineva în genunchi, el trebuia să fie acela.

Aveam de așteptat.

Adam n-a apărut la ușa mea cu flori sau cu un inel de logodnă sau cu vreun gest măreț care să zică: „Voi fi bărbatul de care tu și William aveți nevoie. Care vă va iubi pe amândoi la bine și la rău. Și, da, am făcut sex cu Georgina și am ratat nașterea fiului nostru, dar mă voi schimba".

N-a spus nimic. Nici măcar pe aproape.

În schimb, s-a îndepărtat în liniște, lăsându-mă neajutorată în absența lui.

Ne-am întâlnit o dată după despărțire – să vedem dacă am putea „să mai încercăm o tură", dar eu am stat în fața lui la masă plângând, în timp ce Adam o luase de la capăt. Prăpastia dintre noi nu putea fi mai evidentă. Era posibil ca eu să fi fost cea care îl împinsese, dar el se îndreptase spre ușă și nu avea de gând acum să cerşească să se întoarcă. În absenţa oricărei implorări, eu am ţinut-o pe-a mea.

– După tot ce s-a întâmplat, cum putem trăi unul cu celălalt? am spus eu.

Îmi doream sincer să-mi dea un răspuns convingător, dar el a rămas tăcut.

– Dacă putem măcar spera să facem ceea ce e bine pentru William, eu cred că asta e singura modalitate, tu nu?

Cuvintele îmi ieşeau din gură de parcă aş fi scris un scenariu de telenovelă. Îmi aduc aminte că am întins mâna, oferindu-i-o să mi-o scuture şi dorindu-mi ca el s-o împingă la o parte, să mă ia în braţe şi să-mi spună: „Nu, n-am să las asta să se întâmple, pentru că tu eşti dragostea vieţii mele".

În schimb, el s-a aplecat, mi-a dat un sărut scurt pe obraz, apoi s-a întors şi a plecat.

În următoarele luni, am fost copleşită de regrete. Totuşi, pe măsură ce anii au trecut, am ajuns la concluzia că făcusem alegerea corectă. Fusese mai greu, dar necesitase curaj. Încheiasem această relaţie înainte ca fiul nostru să ştie altceva. Înainte să trebuiască să treacă prin suferinţa de a-şi vedea părinţii eşuând, în fiecare zi, chinuindu-se să facă lucrurile să funcţioneze.

Între timp, Adam şi Georgina s-au cuplat oficial la mai puţin de o lună după ce ne-am despărţit.

El s-a mutat cu ea la Londra pentru scurt timp, iar acolo primise vestea că fratele mamei sale, unchiul Frank, murise de insuficienţă renală. El îi lăsase întreaga proprietate lui Adam şi, deşi asta însemna o casă modestă cu trei dormitoare şi o pensie, a fost suficient pentru ca Adam să înceapă să se gândească să-şi transforme în realitate visurile de a locui şi a munci în străinătate. A început rapid să-şi planifice să emigreze şi, deşi nu ştiam detaliile despărţirii de Georgina, ea nu a făcut parte niciodată din acel viitor.

Nu-mi puteam aminti cât de des îl văzuse Adam pe William în primul lui an de viaţă înainte să plece în Franţa, din cauza vârtejului de încântare și de disperare prin care treceam. Dar îmi aminteam că simțeam uimire și furie pentru că el, evident, nu-l vedea pe William așa cum îl vedeam eu: îngerul nostru, cel mai bun lucru din lume, vreodată.

La scurt timp după ce am recunoscut asta, ceva a plesnit în mine, o sfidare a început să crească: dacă Adam voia să stea afară din peisaj și să lase creșterea lui William pe seama mea, eram bucuroasă să mă conformez.

Capitolul 42

În ziua de după excursia mea la Pujols cu Charlie, Adam a apărut pe la vilă.

– Întâlnirea ta a mers bine?

Avea o privire ciudată pe față și nu-mi puteam da seama dacă era interesat, amuzat sau doar nu voia să piardă ocazia să mă streseze. Am încercat să par calmă.

– A fost drăguț. Da. Mulțumesc, am spus eu, cu aerul cuiva care fusese să ia ceaiul de după-amiază la contesa Grantham mai degrabă decât un prânz alcoolizat care sfârșise într-o pupăceală pe scaunul din față al unui Range Rover. El s-a holbat la mine.

– Bine. Mă bucur.

O senzație neplăcută a început să mă furnice pe piele; nu chiar lipsă de loialitate – asta ar fi fost ridicol –, dar ceva vag, asemănător. Chiar dacă nu ar fi trecut zece ani de când ne despărțiserăm, mi-ar fi venit să mă plesnesc singură peste ambii obraji amintindu-mi exact ce *mi-a făcut* și că nu de mult tocmai intrasem peste el când îi trăgea jos chiloții iubitei lui.

– Ce e? am întrebat eu ca să umplu liniștea.

Buzele lui au zvâcnit, ca și când ar fi încercat să ascundă un zâmbet.

– Nimic. Că veni vorba de prime întâlniri, mi-am amintit de... clubul The Peartree.

Numele îmi face capul să se umple cu un val de amintiri, de la începutul relației noastre.

Era o noapte înmiresmată de iulie și ne petrecuserăm după-amiaza și mare parte a serii într-o berărie din Edinburgh, sub o boltă de lumină aurie care ne încălzea umerii.

Am stat unul lângă celălalt pe o bancă, atât de aproape încât coapsele ni se atingeau de fiecare dată când ne mișcam. Priveam cum i se apleca privirea atunci când vorbea și simțeam o căldură amețitoare când râdea.

În ziua aceea aflasem multe despre el: unde călătorise, pasiunea lui pentru lectură. Am construit imaginea unui bărbat care era drăguț cu personalul barului, care lăsa un bacșiș generos în ciuda faptului că avea puțini bani. Un bărbat care se dădea peste cap să devină prietenul cățelului-ghid al cărui proprietar stătea la masa alăturată și care nu făcea scandal când cineva îi vărsa băutura pe blugi.

În ciuda faptului că mă luptasem cu anxietatea înainte de întâlnire, nu-mi aminteam absolut nicio pauză în conversație. Părea ciudat de simplu și de natural să vorbesc cu el. În timp ce pătura întunericului cădea peste noi, i-am simțit mâna întinzându-se spre a mea. Apoi mi-am ridicat privirea și am simțit că mă înecam în ochii aceia, știind sigur că mă pierdeam complet în ei.

– A fost o primă întâlnire reușită, am fost eu de acord în cel mai lejer mod posibil.

El a zâmbit discret. Apoi fiul nostru a apărut la ușă și a început un monolog despre cum stomacul lui William Cuceritorul explodase chiar la propria lui înmormântare.

Pe parcursul următoarelor zile, tot ce își dorise mama vreodată să se formeze între Adam și William începuse să se întâmple. Nu puteau sta departe unul de celălalt. Eu tot căutam un motiv ascuns, un motiv logic pentru care Adam, care fusese, în cel mai bun caz, nehotărât cu privire la responsabilitățile lui și, în cel mai rău caz, un tată absent, nu părea să se sature de fiul său.

Mi-am dat seama că, practic, asta era bine. Nu numai pentru că, povestindu-i mamei, îi ofeream un impuls atât de necesar. Mă tot întrebam însă care era șmecheria. Era posibil ca Adam să se fi îndrăgostit cu adevărat, într-un final, de William, așa, pur și simplu? Observa el, cu adevărat, abia acum că, deși stricaserăm totul între noi, tot reușiserăm să creăm o ființă umană minunată?

Singura mea opțiune era să înăbuș orice urmă de cinism și să văd ce urma să se întâmple. În plus, nu puteam nega faptul că exista ceva amuzant în conversațiile lor. William umbla după Adam, oferindu-se să-l ajute cu treburile – pretinzând că putea recunoaște capătul unei șurubelnițe de al alteia – în timp ce-i ținea tatălui său prelegeri lungi despre orice, de la neputința unui crocodil de a-și mișca limba până la faptul că romanii din Antichitate vomitau în timpul cinei pentru a face loc desertului. În favoarea lui Adam, voi spune că a reușit, cumva, să nu intre în comă.

L-am auzit chiar zicându-i lui Simone zilele trecute: „Așteaptă până îți povestește William despre Poveștile Oribile", înainte să îi fie servită o lecție despre mumificarea egipteană.

Marți dimineață, William s-a dus cu Adam să facă o serie de comisioane în Bergerac, în timp ce Natasha și-a petrecut dimineața jucând golf cu Joshua; aparent, dacă golful era destul de bun pentru Catherine Zeta Jones, și ea era pregătită să încerce. A trebuit să mă abțin s-o întreb dacă n-ar fi preferat să joace golf cu Ben, pentru că nu credeam că ar fi vrut să recunoască răspunsul la această întrebare. Și nu exista niciun dubiu: avea dreptate cu privire la un lucru – dacă voia să se așeze, sau cel puțin să aibă o relație mai serioasă, era puțin probabil să se întâmple cu un tip de douăzecișiceva de ani, abia ieșit din facultate. Oricât de splendid ar fi fost Ben.

M-am gândit să merg până la vila lui Becky, dar întâi să-mi fac curaj să bat la ușa lui Charlie. Numai că, până am reușit să iau decizia, mașina lui plecase și la ușă nu răspundea nimeni. Dându-mi seama că nu mai aveam pâine, m-am dus cu mașina până în cel mai apropiat sat, Pravillac, unde era un magazin mic, dar bine aprovizionat.

Ușa era deschisă, iar în secunda în care am pășit peste prag, aerul s-a umplut cu mirosul dulce, fierbinte, al croasanților proaspăt copţi şi al baghetelor pufoase. Am luat una, împreună cu un ziar de acasă, înainte de a mă trezi la raionul cu vin.

– E un pic cam devreme pentru asta, nu-i aşa?

Ochii obosiţi, dar frumoşi ai lui Seb se uitau în jos spre mine. Avea părul blond ciufulit, de parcă abia s-ar fi dat jos din pat – ceea ce, având în vedere orele la care se trezesc copiii, mă îndoiam că era cazul. L-am zărit pe Rufus în spatele lui, cotrobăind încântat printre dulciuri.

– Când eşti în vacanţă, niciodată nu pare a fi prea devreme. Mă uitam doar, jur.

– Te cred, a râs el. Mai ai mult până să ajungi ca bietul Chris Potter.

Mi-a luat un moment să-mi amintesc că vorbea despre un prieten, al lui şi al lui Adam, din facultate.

– Ce s-a întâmplat cu Chris Potter?

– N-ai auzit? El și Nicky s-au despărțit acum vreo două luni.

– Sinceră să fiu, nu prea am păstrat legătura cu el.

– Ei, bine, a luat-o pe căi greșite, ca să zic așa.

– Oh, vai. Îmi pare rău să aud asta, am spus eu.

– A sărit un pic de pe şine, aşa cum fac bărbaţii după o despărţire, a ridicat el din umeri. Prea multă băutură. Culcat cu oricine prinde. Ştii modelul.

– Nu numai bărbaţii sar de pe șine, i-am amintit eu.

– E adevărat, deși femeile par să se descurce în general mai bine cu genul ăsta de lucruri, nu crezi? E vechiul clișeu – știu cum să vorbească despre asta, să descopere de ce s-a întâmplat, să cânte *I Will Survive*. Bărbaţii, pe de altă parte... fac chestii ciudate.

S-a scuturat ca de un fior.

– Gândul ăsta mă îngrozeşte.

– Ei, bine, nu cred că ai de ce să-ţi faci griji, am spus eu înainte ca măcar să am timp să mă gândesc la asta; de îndată ce am rostit propoziţia, care atârna acum între noi, mi-am dat seama că părea atât prezumtivă, cât şi incorectă.

– Sigur că nu.

Falca lui a zvâcnit, iar eu nu m-am putut gândi cum să răspund altfel decât cu un zâmbet ciudat.

– Lucrurile par... grele în momentul ăsta totuși, a spus el, umplând liniștea.

– Sigur că da. Aveți trei copii. Viața nu e ușoară când e atât de plină, știu.

El a aruncat o privire spre Rufus, ca să verifice dacă era suficient de departe încât să nu ne audă. Fiul lui mai mic umplea un coș cu atâtea dulciuri, încât se clătina sub propria greutate.

– Gândul de a nu o avea pe Becky lângă mine îmi dă dureri de stomac.

Pentru un moment, m-am blocat, neștiind cum să răspund la asta, îngrijorată că intram într-o zonă despre care nu voiam să știu nimic. Totuși, m-am simțit obligată să întreb:

– De ce ai spune una ca asta, Seb? Nu ești îngrijorat, nu-i așa?

– Nu. Da. Nu știu.

Pieptul lui s-a ridicat înainte să vorbească:

– Doar că-mi doresc ca lucrurile să funcționeze acum. Are vreun sens ce spun?

Am dat din cap.

– Are.

– TATA! Putem să luăm asta? Cred că e ce bea Hulk, a spus Rufus, ridicând o sticlă de absint de 110 grade.

– Doar un minut, Ruf, a răspuns Seb, apoi s-a întors către mine. N-o să-i spui lui Becky nimic despre asta, nu-i așa?

– Sigur că nu, l-am asigurat eu, în timp ce el își ghida cu blândețe fiul spre ceva mai puțin verde și mai puțin toxic.

Capitolul 43

Copiii au vrut să stea la castel, așa că Seb s-a oferit să îi ducă într-o mare expediție pe proprietate, astfel încât Becky, Natasha și cu mine să avem după-amiaza doar pentru noi.

După ce tocmai auzisem de dimineață, nu m-am putut abține să nu mă gândesc că o pauză pentru Becky era o idee bună. Așa că am sărit în mașina mea și, cu Natasha responsabilă cu ghidul de călătorie, ne-am început propria expediție care s-a încheiat într-un loc micuț, numit Sorges. Ca atât de multe dintre satele din Dordogne, casele de culoarea mierii și piața drăguță păreau să fi aterizat în secolul XXI din alt timp.

– Aceasta este capitala trufelor din Dordogne, a anunțat Natasha. Are chiar și un muzeu al trufelor.

– Și când te gândești că micuții voiau să meargă la Disneyland, a murmurat Becky.

Am petrecut cinci minute stând cu ea în fața unui magazin, Natasha uitându-se înăuntru, ieșind, într-un final, cu un borcan cu gem de pere și trufe, care costase mai mult decât dădusem eu pe ultima poșetă. Apoi am hoinărit aiurea fără niciun scop, înainte de a da de un hotel drăguț cu o terasă acoperită, pictată în culoarea albăstrelelor, cu fețe de masă albe și apretate și meniul afișat pe o tablă neagră.

Natasha a comandat cafele, iar eu m-am uitat la telefon și mi-am dat seama că aveam un mesaj nou. L-am citit cu vaga speranță că era de la Adam, cu noutăți despre William. Nu că n-aș fi avut încredere în el, dar confirmarea faptului că fiul meu era viu și nu plonja chiar atunci într-o altă cascadă ar fi fost bine-venită. Totuși, mesajul era de la Charlie.

„Mă gândesc doar la sărutul nostru x"

Am bătut cu degetele pe masă, încercând să mă gândesc la un răspuns.

„A fost minunat, în ciuda sfârșitului brusc! X"

Mi-am lăsat telefonul jos și mi-am dat seama că și Natasha trimitea mesaje, cu un zâmbet discret pe buze.

– O, ia uită-te la voi două, a mormăit Becky, studiind meniul.

– Nu sunt îndrăgostită, am protestat eu. Doar trimiteam un mesaj.

– Și eu doar *primeam* unul, a spus Natasha.

– E de la Joshua? a întrebat Becky, iar Natasha a dat din cap. Știi că-i frângi inima tipului ăla, Ben, de fiecare dată când vă vede împreună, nu-i așa?

– Nu fi prostuță, a răspuns Natasha, deși cred că știam toate că era adevărat.

– Mi-e dor de zilele când primeam mesaje romantice, a oftat Becky. Ultimul mesaj pe care mi l-a trimis Seb a fost ca să mă întrebe unde am pus pudra pentru ciuperca piciorului.

S-a uitat spre Natasha, care era cufundată din nou în telefonul ei.

– Mesajul ăla trebuie să fie grozav, orice ar spune, a adăugat Becky.

– De fapt, mă uit la altceva acum. Nu l-am căutat, dar la mine pe Facebook e un articol care se cheamă „10 sfaturi pentru sex de la Cosmo pe care trebuie să le încerci în noaptea asta". Nu-mi pot da seama de ce au crezut că aș fi interesată de asta.

Becky a chicotit și i-a luat telefonul.

– „Fă-i bărbatului tău un masaj fără mâini. Încearcă poziția *reverse cowgirl*. Pune-l pe tipul tău să facă o listă cu top trei mișcări care-l înnebunesc și fă și tu același lucru. Apoi schimbați listele." Oh, asta-i veche...

Eu și Natasha am schimbat o privire.

– N-am făcut-o în ultima vreme, aveți grijă, a continuat Becky. Singurul lucru care mă înnebunește zilele astea e când lasă tubul de pastă de dinți desfăcut.

– Ai un soț superb, a spus Natasha.

– Mda, dar încearcă tu să faci *reverse cowgirl* când unul dintre cei trei copii e gata să intre brusc pe ușă și să întrebe de ce tata scoate sunete de parcă ar fi torturat. Nu că asta s-ar întâmpla prea des – zilele astea, n-avem timp deloc.

Natasha s-a încruntat.

– Trebuie să-ți *faci timp*.

– Îmi place când reușim, dar adevărul e că... n-am mai avut un orgasm de dinainte să se nască Poppy.

Natasha mi-a aruncat o privire neîncrezătoare.

– Dar are aproape *trei* ani.

– Nu-i așa mare chestie, în fond, Natasha. Am alte chestii din cauza cărora să mă îngrijorez.

Natasha nu părea convinsă. În timp ce telefonul meu a sunat, Becky și-a lăsat meniul jos.

– Oh, haide, Jess. Spune-ne și nouă ce zice iubărețul.

– N-aș putea, am spus eu sfioasă, apoi am întins telefonul să-i arăt.

„Nu-mi pot muta gândul de la buzele tale x."

– Bun bărbat, a decis Becky, concentrându-și privirea asupra mea. Știu că e greu pentru tine în momentul ăsta, Jess, dar promite-mi că o să-ți amintești să te simți bine.

Când ne-am întors la Château de Roussignol, i-am spus lui Becky să mă lase să cobor, ca să pot merge să-l caut pe William. L-am văzut jucând fotbal cu unul dintre băieții olandezi.

– Bună, mamă! a strigat William, făcându-mi cu mâna de pe teren.

– Ai avut o zi plăcută cu tatăl tău?

– Super. Ne-am jucat pase când ne-am întors – mi-a arătat o grămadă de trucuri cu mingea. Pot să mai stau puțin cu Finn? a întrebat el, venind spre mine.

Finn părea alarmat. Bănuiam că toleranța lui era împinsă la limită, având în vedere faptul că fiul meu nu putea șuta într-o minge nici măcar dacă viața lui depindea de asta.

– E OK. Mergi cu mama. E în regulă.

William s-a încruntat.

– OK. Poate ne jucăm din nou mâine?

Finn a afişat un zâmbet neconvingător și a dispărut cât de repede a putut.

– Unde e tatăl tău acum? am întrebat eu.

– A trebuit să dea un telefon, a spus el, arătând spre castel, unde Adam era pe terasă, vorbind la mobil.

Mi-a făcut un semn din mână, iar eu i-am întors gestul ciudat.

– Du-te și spune-i că ne ducem la vilă.

William a dispărut pentru un moment, apoi s-a întors să mi se alăture în timp ce mergeam înapoi la Grajduri. După două săptămâni și jumătate de soare neîntrerupt, aerul era dintr-odată greu de umezeală, nori negri de furtună adunându-se deasupra noastră.

– Tata spune c-o să toarne cu găleata, mi-a zis William.

– Cred că s-ar putea să aibă dreptate, am mormăit eu, grăbind pasul. Deci, ce altceva ai mai făcut astăzi?

– Am făcut niște *shadowing* când am fost la Bergerac – asta înseamnă că am fost cu el când a avut o ședință. Când ne-am întors, am ajutat-o și pe Simone cu niște sarcini. E foarte drăguță Simone, nu-i așa?

– Este, am încuviinţat eu.

– Cred că seamănă cu Megan Fox.

– Megan Fox e șatenă.

– Știu, dar în rest seamănă. Cred că e foarte frumoasă.

Tunetele ne-au făcut să grăbim pasul.

– Haide, mai repede.

L-am apucat pe William de-o mână și am început să alergăm, până când am ajuns, într-un final, la vila noastră, agitându-mă cu cheia în mână, înainte ca ploaia să înceapă.

– Cred că e o seară de stat ghemuit cu iPadul în brațe, i-am spus eu.

El a părut șocat.

– Vrei să spui că o să mă lași să-l folosesc?

– Da, am ridicat eu din umeri.

– DAAA!

Am râs.

– Unde l-ai pus după ce l-ai folosit în dimineața asta?

Zâmbetul lui s-a șters și ochii i s-au holbat atât de tare, încât aproape că au scârțâit. A fugit în camera lui, a alergat înapoi în sufragerie, a oftat tare și s-a plesnit cu mâna peste gură.

– Ce? am rostit eu pe un ton jos, știind deja precis de ce se comporta în acel fel.

– Tocmai mi-am dat seama unde l-am lăsat.

Capitolul 44

După cum arăta cerul, nu aveam mult timp la dispoziție să ajung la terasa castelului, unde mi-a spus William că lăsase iPadul pe o masă. Când am pășit afară, m-am întrebat cum de reușiserăm să luăm cu noi o mașină de făcut popcorn și pistoale cu apă, dar nu și geci impermeabile...

Am alergat pe lângă parcare, înainte de a o lua pe cărare, ceața ridicându-se dintre copacii verzi și întunecați. Într-un final, am ieșit la lumină, găsind piscina abandonată, nori ca de cărbune reflectându-se pe suprafața ei. Am pășit pe terasă și m-am uitat în jur, dar nu am zărit nici urmă de iPad.

Când am intrat înăuntru, alăturându-mă celor care se refugiaseră din fața furtunii iminente, am zărit dispozitivul pe o masă, sub o lampă, probabil adus înăuntru de cineva când se schimbase vremea. L-am apucat și l-am ascuns sub pulover, în timp ce un fulger a luminat peisajul și s-a auzit un oftat dinspre ceilalți oaspeți.

După un moment de ezitare, am decis să-mi asum riscul, alergând pe lângă piscină înapoi în direcția zonei împădurite. Totuși, parcursesem o mică distanță când cerul s-a deschis și o ploaie puternică, grea, a început să-mi lovească umerii. Fața mi s-a umplut de apă în timp ce geamătul profund al tunetelor mi-a umplut urechile. Mi-am dat seama că nu era o idee bună să ies afară în timpul acelei furtuni și nu doar pentru că eram deja leoarcă.

Apoi un alt fulger a apărut de nicăieri, aprinzând pământul din fața mea.

Am suspinat când cineva m-a tras de mână.

– Pe aici!

Adam și cu mine am alergat de-a curmezișul ierbii spre o clădire mică din piatră. M-a împins înăuntru, în timp ce un alt fulger aprindea cerul.

– Ce facem aici? am întrebat eu.

– Crede-mă, Jess, nu e o idee bună să fii acolo, afară, în toiul unei furtuni. Trebuie să așteptăm măcar până trec fulgerele.

M-am înghesuit lângă o grămadă de lemne și mi-am prins genunchii cu brațele în timp ce Adam s-a așezat lângă mine.

– Ce făceai acolo, afară?

O picătură de apă mi-a căzut din sprânceană.

– William îmi lăsase iPadul pe terasă. Trebuia să-l iau înainte să înceapă să toarne.

El s-a încruntat, nemulțumit.

– Fulgerul ăla a fost aproape, să știi. Câțiva metri în plus și erai prăjită.

Mi-am întins gâtul să mă uit la cer și-am văzut un alt fulger, dar era mai mic decât ultimul. Mi-am dat seama că tremuram. De asemenea, mi-am dat seama că Adam se uita la mine.

– Ce e? am întrebat.

El a dat din cap și și-a scos hanoracul pe care îl avea legat la brâu.

– Nu e chiar cald și uscat, dar poți să-l iei.

– E în regulă, am mormăit eu, în timp ce fălcile-mi clănțăneau.

– Jess, ia-l.

Am încercat să-l pun pe mine, dar era atât de puțin loc, încât, în timp ce încercam să mă strecor în el, n-am reușit să fac nimic altceva decât să-i trag una în față. El a izbucnit în râs. M-am trezit că zâmbeam, apoi râdeam și eu. Într-un final, am reușit să-mi bag întâi mâinile, apoi și capul. Mi-am șters ploaia de pe nas și am privit în sus. Ochii lui erau blânzi și-mi zâmbea.

Era un gest nesemnificativ, dar mi-a provocat un val de fericire fierbinte, lichidă, care-mi făcea membrele să pară slăbite.

– Mulțumesc, am șoptit eu.

Dar el nu mi-a răspuns. Doar s-a uitat la mine.

M-am uitat și eu la el, fără niciun alt motiv în afară de faptul că eram brusc incapabilă să-mi iau ochii de la el, studiindu-i trăsăturile umbrite.

Tot ce s-a întâmplat între noi – cu bune și cu rele – s-a dezintegrat și urechile mi s-au umplut cu sunetul pulsului meu accelerat, înecând tumultul ploii. Mi-am dat seama că voiam ceva ce nu mai dorisem de ani întregi. Voiam ceva instinctiv și animalic, ceva ce sfida tot ceea ce ajunsesem să știu, dar îl doream atât de mult, încât eram cât pe ce să-l apuc de gât și, pur și simplu, s-o fac. Voiam să-l sărut. Tânjeam după asta.

El și-a întins gâtul să se uite afară, pe ușă.

– Furtuna trece, a murmurat el.

Dar nu m-am uitat afară. Mă puteam uita doar la el. Apoi ploaia a încetinit și mi-am revenit.

– Ar fi bine să mă întorc.

El a încuviințat și s-a sprijinit de perete, dar încă îi puteam simți privirea stăruind asupra mea, cu o intensitate care îi dezvăluia gânduri necurate.

Eram leoarcă și răvășită, dar atât de încinsă de căldură, încât obrajii mei erau purpurii. Am apucat iPadul și l-am băgat în hanorac. Apoi m-am târât afară din șopronul pentru lemne, de data asta refuzând să mă întorc spre el, prea speriată de ce s-ar fi întâmplat dacă aș fi făcut-o...

Capitolul 45

Natasha a deschis ușa vilei când m-a văzut apropiindu-mă.

– Te-a prins ploaia? a spus ea, înspăimântată. Am presupus că ai stat la castel până s-a mai înmuiat.

– Ar fi fost un plan mai bun, am mormăit eu, intrând și scuturându-mă ca un labrador.

– L-ai luat? a întrebat William timid, de pe canapea, ridicându-și privirea.

– Da, am răspuns, aruncându-i o privire cu buzele strânse. Totuși, trebuie să-l șterg bine și să mă asigur că a supraviețuit experienței înainte să-ți pui din nou lăbuțele pe el. Dar mai întâi am să scap de hainele astea ude.

M-am îndreptat spre dormitor, ștergând superficial iPadul înainte să-l arunc pe pat și să-mi smulg bluza de pe pielea înghețată. Eram încă amețită din cauza a ceea ce tocmai se întâmplase. Am apucat o pereche de blugi și un tricou și am început să-mi șterg părul cu un prosop. M-am așezat pe marginea patului și mi-am îndreptat atenția spre tabletă, deschizând-o și apăsând pe browserul de internet. Numai că, în loc să deschidă o pagină goală, a încărcat ultimul lucru pe care îl căutasem on-line, aparent uitând să șterg istoricul căutărilor.

„Testare genetică pentru boala Huntington"

Mi s-a oprit respirația în gât în timp ce reciteam cuvintele.

Erau printre cele mai căutate cuvinte, pe un subiect despre care, pentru propria mea sănătate mintală, chiar n-ar mai fi trebuit să citesc nimic.

– Dumnezeule, am spus în șoaptă, deschizând link-ul ca să-mi amintesc cu precizie ce spunea articolul. Greața mi s-a ridicat în piept în timp ce scanam pagina, un memento dur despre singura problemă care îmi domina viața în acele zile.

„O singură genă anormală provoacă boala Huntington. Copilul unui pacient cu HD are nevoie de o singură copie a acesteia, de la oricare din părinți, pentru a dezvolta boala.

O testare genetică poate confirma sau infirma diagnosticul de HD. Copiii cuiva cu boala Huntington pot face testul după vârsta de 18 ani pentru a vedea dacă au moștenit sau nu gena defectă.

Dacă au moștenit-o, vor dezvolta boala Huntington, dar nu se poate stabili la ce vârstă.

Folosind o probă de sânge, ADN-ul este analizat pentru mutația HD prin determinarea numărului de repetări CAG în gena «huntingtin». Indivizii care nu au HD au, de obicei, 28 sau mai puține repetări. Indivizii cu HD au, de obicei, 40 sau mai multe repetări.

Poate fi dificil să decizi dacă vrei sau nu să fii testat. Un rezultat negativ te eliberează de griji și incertitudini. Un test pozitiv le permite indivizilor să ia decizii cu privire la viitorul lor.

Unii oameni spun că ar prefera să nu știe, pentru că vor să se bucure de existența pe care o au înainte să aibă simptome, care în general apar pe la mijlocul vieții."

Panica mi s-a urcat în gât în timp ce am continuat să citesc, sudoarea adunându-mi-se la subțioară. William poate că văzuse asta și înțelesese totul.

Atunci, tot ceea ce ascunsesem, în ultimul deceniu, de el și de aproape toată lumea pe care o cunoșteam era acolo, pentru ca el să citească, negru pe alb. Am aruncat iPadul, cu inima bătându-mi puternic, și m-am năpustit spre ușă, deschizând-o ușor, stând la pândă.

Fiul meu era pe canapea, cu nasul într-o carte, îndesându-și pui prăjit în gură cu mâna liberă. A început să chicotească la ceva, apoi a întors pagina. Mi-am spus să mă calmez naibii.

Nu știa. Nu putea ști.

Chiar dacă văzuse ce citisem, asta nu însemna că făcuse legătura, că unise punctele care creau imaginea care ne fusese pusă în față din ziua în care mama mea fusese diagnosticată cu HD.

Aflasem despre testarea genetică la scurt timp după diagnosticul ei, dar în primele zile încercasem să mă conving că era mai bine să nu știu. Cei mai mulți dintre copiii părinților cu boala Huntington decid să nu afle și, când te gândești la asta, nici nu e de mirare.

Da, ideea că ai putea fi declarat HD negativ era o perspectivă tentantă. Ai fost eliberat de neliniștea continuă, chinuitoare. Liber să te bucuri de viață și să te aștepți la un viitor generos și sănătos. Un rezultat pozitiv era însă cu totul altceva. Nu exista un mod prin care să uiți vestea că moșteniseși acest monstru; chiar înainte să apară simptomele, vestea distrugea orice licărire de speranță pe care ai fi putut-o avea.

Unii oameni acceptă minunat de bine să nu știe dacă au sau nu gena. Sunt capabili să-și continue viețile și să spere că totul va fi bine în timp ce se pregătesc pentru ce-i mai rău... Dar, pe măsură ce a trecut timpul, eu am început să mă descurc foarte prost cu a nu ști. Am încercat. Am încercat vreme de mulți ani.

Nu am reușit niciodată să ascund asta într-un colț al minții; era mereu acolo, ca un pasager gălăgios în fața mea în tren, a cărui voce nu o puteam ignora.

Și a devenit și mai gălăgioasă după ce m-am implicat în prima mea relație după Adam, chiar dacă nu a fost ceva serios.

Evitasem să mă încurc cu altcineva pentru foarte multă vreme. Totuși, când l-am întâlnit pe Toby, cu vreo câțiva ani în urmă, a fost foarte insistent, în cel mai bun mod. Și părea un tip atât de drăguț și de sincer, încât fusese suficient să mă convingă că, pur și simplu, nu era nevoie să mă martirizez la nesfârşit. Aşa că îi spusesem foarte repede de boala mamei şi că aveam şanse de 50 la sută să moştenesc gena greşită.

El a fost minunat; m-a susţinut, a fost înţelegător şi fără încetare optimist. Cel puţin aşa a fost la început. Problema era că, pe măsură ce sentimentele lui pentru mine au crescut, a început să bată apropouri legate de faptul că voia să se stabilească la casa lui şi să aibă propria familie.

Într-o seară, am ieşit la cină la un mic restaurant italian din Didsbury şi şi-a spus oful.

– Jess, te iubesc. Vreau să clădesc o viaţă cu tine. Chiar pot să ne văd împreună, ca o familie... tu cu mine, câţiva copii.

– Şi William, am remarcat eu.

– Da, bineînţeles, William.

Mâna lui a alunecat peste masă şi mi-a prins degetele.

– Dar trebuie să ştim cum stăm, nu? Cu HD-ul, vreau să zic.

Aluzia era clară: candidam pentru a fi viitoarea lui soţie şi mama copiilor lui. Dar doar dacă făceam testul genetic şi acesta se întorcea având rezultatul corect.

Mi-am dat seama că problema nu era doar faptul că sentimentele mele pentru Toby nu erau la fel de puternice precum ale lui pentru mine. Problema era că, orice sau oricând m-aş fi hotărât în legătură cu testul, decizia aceea trebuia să fie a mea. Şi a nimănui altcuiva.

Aşa că, atunci când m-a tot bătut la cap să-l fac, noapte după noapte, spunându-mi că va merge cu mine, zidul meu s-a ridicat. Nu aveam de gând să fiu dusă la clinică pentru un test de sânge. Nu de un bărbat care apoi avea să decidă dacă stătea cu mine sau nu.

Cu cât insista mai mult, cu atât mai puţin voiam să-l fac.

Aşa că a plecat şi asta a fost. Am fost tristă pentru o vreme, dar, ca să fiu sinceră, a fost o uşurare să fiu din nou singură.

Totuşi, pe măsură ce anii au trecut, problema testului şi-a tot făcut apariţia în mintea mea. Şi, în timp ce o iarnă dură îşi făcea simţită prezenţa, la începutul acestui an, ajungeam în fiecare zi la Willow Bank şi simţeam durerea înrăutăţirii stării mamei mele din ce în ce mai intens. Nu ştiu dacă îmi imaginam doar înteţirea ritmului declinului ei, dacă vântul urlător de ianuarie intensifica murmurul cuvintelor ei şi nodurile de pe mâinile sale.

Tot ce ştiam era că, în timp ce stăteam cu ea într-o după-amiază, strângând în mâini o cană cu ceai rece, mi-am dat seama că tot ceea ce ea devenea mă sfâşia pe dinăuntru încetul cu încetul.

Am ştiut că, într-un final, venise timpul să-mi aflu propria soartă.

Aşa că am aruncat zarurile şi am făcut testul.

Capitolul 46

Tata a mers cu mine să-mi ridic rezultatele testului de sânge la patru săptămâni chinuitoare după ce-l făcusem. Nu era prima dată când mă întâlneam cu dr. Inglis. Ea îmi făcuse o examinare neurologică de bază la scurt timp după ce mă întâlnisem cu consilierul genetic și concluzionase, după ce făcusem cu bine diverse sarcini, că nu aveam simptome de HD.

Știam că asta nu însemna nimic în fond, dar tot îmi dăduse încredere.

Tata era drăguț în ziua aceea. Purta o bluză marinărească frumoasă și pantaloni noi; era îmbrăcat ca pentru o ocazie fericită. În timp ce stăteam în sala de așteptare, am avut o senzație ciudată de imponderabilitate. M-am abținut să mă uit la ceasul care ticăia pe perete și, în schimb, m-am concentrat pe manichiura fosforescentă a recepționerei și la felul în care perdeaua flutura deasupra caloriferului.

– Aseară mi-am scos vechiul DVD cu *Frasier*, i-am spus tatei. Uitasem cât de bun e.

– Oh, ce episod?

– Am văzut trei, unul după altul. Inclusiv cel în care aruncă scaunul lui Marty pe fereastră.

– Ha! Genial, a exclamat el, dar râsul i s-a oprit în gât. Genial.

De când plecaserăm de acasă, niciunul din noi nu menționase motivul pentru care ne aflam acolo. M-am gândit pentru o clipă să spun ceva, dar, în ultimul moment, am sărit la faptul că bassetul vecinului meu Graham aştepta pui.

Până la urmă, m-am trezit spunând ceva la care mă gândisem ani întregi.

– Ştii, când tu şi mama v-aţi cuplat, la început... crezi că, dacă ai fi ştiut... despre HD, vreau să zic. Lucrurile ar fi fost diferite?

– Vrei să ştii dacă m-aş mai fi căsătorit cu ea?

Am ridicat din umeri.

– Cred că da.

El a părut dezamăgit că a trebuit să întreb.

– Jess, când iubeşti pe cineva, ceva de genul ăsta nu te va opri niciodată să fii cu acea persoană.

Îmi aduc aminte că mă gândisem: „Păi, ce altceva să spui în circumstanţele astea?“

Apoi a adăugat ceva ce m-a surprins.

– O iubesc acum mai mult ca oricând.

Trebuie să fi părut şocată.

– E adevărat, vorbesc serios. Am avut parte de multe încercări care ne-au unit.

– Jessica Pendelton.

Eu şi tata am urmat-o pe dr. Inglis pe coridor şi în biroul ei. În timp ce mergeam, el s-a întins şi m-a luat de mână, pentru prima dată de când aveam opt ani. Palma lui în a mea părea puternică şi fină, exact aşa cum fusese întotdeauna, şi, brusc, inima mea mi-a părut prea mare pentru pieptul meu.

Odată ajunşi înăuntru, m-am aşezat pe marginea scaunului şi mi-am dat seama ce urma să spună, înainte ca ea să înceapă să vorbească. Nu a lungit-o. A mers direct la subiect.

– Jess, nu sunt veştile pe care le voiam, a început ea şi, pentru o clipă, înainte să înregistrez cu adevărat cuvintele, îmi amintesc că-mi era milă pentru ea, gândindu-mă ce sarcină cumplită avea.

Abia când eu şi tata am ieşit afară, în parcare, mi-am dat seama că mă clătinam, braţele mele tremurând cu totul, încheieturile picioarelor transformându-mi-se în gelatină.

Am stat în fața casei lui și el m-a tras la pieptul său și mi-a șoptit în păr.

– E OK, Jess. O să fie bine.

Trebuie să fi fost prima dată când m-a mințit de când nu mai băuse. Nu i-am spus mamei vestea în ziua aceea. Consilierul ne sfătuise că nu era întotdeauna o idee bună, când emoția și șocul erau atât de mari și decizia, cel mai probabil, a spus, ar fi provocat „durere" părintelui.

Totuși, nu puteam amâna la nesfârșit, chiar dacă știam ce o să-i facă. Pentru că știam cum te simți atunci când există chiar și doar *o posibilitate* să-i fi transmis copilului tău o genă fatală.

Forța dragostei materne te umple din primul moment în care simți rostogolirile și valurile micilor membre în interiorul burții tale. O respiri cu tot cu mirosul lor de nou-născut când îi ții prima dată în brațe. Se umflă în tine în timp ce ei cresc, când îți strângi degetele în jurul mânuțelor lor în prima zi de școală, sau le săruți genunchii plini de sânge după o căzătură.

Și știam că erau momente când mamele ajung aproape de nebunie – de la lipsa de somn sau nervi de adolescenți sau, pur și simplu, obrăznicii și sfidare. Totuși, îi iubești întotdeauna, în moduri care nu existau înainte de ei.

Cea mai rea zi din viața mamei mele nu a fost când a aflat că avea HD. A fost în ziua întunecată de februarie când a aflat că rezultatul analizelor mele era HD pozitiv.

Cât despre mine, nici măcar nu puteam procesa tot ce-mi trecea prin cap la vremea aceea. Uneori, am fost atât de speriată, încât au fost dimineți în ultimele cinci luni când abia am fost în stare să-mi ridic capul de pe pernă.

Asta a pus un semn de întrebare cu privire la viitorul persoanei care însemna pentru mine mai mult decât oricine altcineva pe lumea asta: fiul meu. Ca minor, William nu putea face testul până la vârsta de 18 ani. Deci, aveam cel puțin încă opt ani până să aflu dacă i-o dădusem și lui, iar asta presupunând că va alege să facă testul.

Eu aveam 33 de ani. Mama mea începuse să aibă simptome când avea 37. Se putea să nu mai am mult până începeau să mi se întâmple lucruri care, într-o zi, aveau să-mi afecteze abilitatea de a fi persoana care voiam să fiu – fiică, prietenă, colegă. Şi, mai ales, mamă.

Cineva care avea să zâmbească de pe margine la fel de mult când William devenea bărbat cum o făcuse când era un băieţel cu mănuşi şi căciuliţă.

Uneori, îl visam la vârstă adultă.

Câteodată, mi-l imaginam limpede: uneori, era om de ştiinţă, alteori, istoric; o dată sau de două ori fusese gunoier. Mă gândeam la el descoperind dragostea, având inima frântă, absolvind liceul, cumpărându-şi prima maşină, alegând o facultate, câştigând slujba mult visată.

Mă trezeam gândindu-mă pentru care dintre toate lucrurile astea aveam să fiu acolo să-l ajut, dacă era să fie vreunul.

Totuşi, în mod ciudat, cel mai mult mă trezeam gândindu-mă la lucrurile mărunte – ca, de exemplu, dacă voi mai fi încă în zonă când părul lui creţ se va fi subţiat, sau dacă voi vedea urme de gri apărând în barba lui. Mă întrebam dacă voi rata să-i aud vocea îngroşându-se cu vârsta, şi dacă voi vedea acea burtică de la pizzeria Domino's.

Ideea că-i voi rata viitorul era imposibil de acceptat.

Ceea ce mă aduce la adevăratul motiv pentru care ne aflam aici, în Franţa, motivul pentru care mama fusese atât de disperată să venim. Fiul meu avea nevoie de un tată, dintr-un motiv mult mai important decât lăsasem să se înţeleagă; unul care, în lumina rezultatului meu, nu mai putea fi ignorat. Mă rugam ca Adam să fie în stare să se ridice la aşteptări şi să fie pentru William tatăl de care el va avea nevoie mai mult ca oricând.

Capitolul 47

Un soare sclipitor de dimineață mi-a inundat camera. Stăteam întinsă pe spate, între cearșafurile albe și moi, cu ochii fixați pe tavan, după ce petrecusem întreaga noapte convingându-mă singură că William n-avea cum să fi aflat nimic despre HD – și încercând să interpretez cele întâmplate în șopronul pentru lemne.

Singura concluzie la care am putut ajunge a fost asta: trebuia să pretind că nu se întâmplase nimic. Pentru că nu se întâmplase nimic. Eram, pur și simplu, cum spunea William, „dubioasă". De fiecare dată când mă gândeam la cum mă privise Adam și la răspunsul pe care îl provocase în mine, nu părea complet real, ci mai degrabă o secvență dintr-un vis ciudat.

Am petrecut mare parte din dimineață în grup, lângă piscină, înainte ca Natasha să se ofere să pregătească prânzul pentru toată lumea. Becky și Seb au încetat să se mai înțepe, dar mă mira că, și atunci când nu se mai certau, comunicarea dintre ei era, de cele mai multe ori, aproape doar funcțională: ea îl întreba unde erau aripioarele de înot, el o întreba dacă luase crema antiseptică. Discutau episoade acute de eczemă, dezvățatul de scutece, folosirea ustensilelor electronice și dinții de lapte, dar niciunul dintre lucrurile pe care obișnuiau să le facă în zilele când ochii lor străluceau de dorința unuia pentru celălalt. Păreau complet incapabili să se relaxeze. La un moment dat, i-am luat eu pe James și pe Rufus în piscină – ca să organizez un joc de volei în grup –, dar de fiecare dată când mă uitam la marginea piscinei, unul din ei încerca frenetic s-o placheze pe Poppy, timp în care celălalt scotocea într-o geantă pentru scutece.

Erau cea mai bună şi, în acelaşi timp, cea mai rea reclamă despre părinţi la care mă puteam gândi. Ne-am adunat lucrurile şi ne-am îndreptat înapoi spre vilă pe la 13.30, când Natasha ne promisese festinul. În vreme ce toţi ceilalţi hoinăreau prin curte, Charlie a ieşit pe uşa vilei lui şi mi-a făcut cu mâna. Mi-am lăsat prosopul şi geanta de plajă pe un scaun şi m-am îndreptat spre el.

– Aţi fost jos la piscină? a întrebat Charlie.

– Am fost, dar e aglomerat acolo azi. Toată lumea încearcă să prindă tot soarele după ziua de ieri.

– Ascultă, mă întrebam dacă tu şi William aţi vrea să mergeţi mai târziu la o plimbare cu mine şi Chloe?

– Ar fi minunat. Sunt sigură că ar avea chef.

– Nu va fi prea solicitant, a spus el. Am luat o hartă cu trasee de la castel şi e un drum simpatic pe lângă lac.

– S-a făcut.

Un val de căldură mi-a străbătut gâtul.

– Ei, bine, nu-i chiar *o întâlnire*, dar o să fim acolo.

El a râs, uitându-se în altă parte doar când i-a sunat telefonul.

– Scuză-mă, Jess.

Şi-a băgat mâna în buzunar ca să răspundă. Avea mâini frumoase – fine şi bronzate, în contrast cu un ceas despre care chiar şi cineva al cărui cel mai dichisit accesoriu de acest gen era un Swatch îşi putea da seama că era scump.

Am stat acolo stingheră, neştiind dacă asta trebuia să fie sau nu un soi de „la revedere“.

– Ne vedem mai târziu? am spus eu în timp ce dădeam cu spatele.

El şi-a pus mâna peste telefon.

– Pe la patru după-amiaza?

– Sigur.

Charlie era drăguţ. Era exact ceea ce prescrisese medicul; nu o relaţie importantă care, având în vedere circumstanţele mele, ar fi vomitat o duzină de întrebări complicate şi dureroase despre viitor. Ci un tip deschis, prietenos, care locuia lângă mine. Aşadar, puteam merge împreună la restaurante sau la filme. Puteam să ne distrăm un pic și poate să ne sărutăm într-o seară de sâmbătă. Ar fi fost foarte *plăcut*. Nu puteam sublinia cât de interesantă era ideea de plăcere în acel moment. Avusesem suficiente emoţii puternice și mi-ar fi plăcut grozav ceva la fel de simplu ca asta.

Gândurile mele s-au dezintegrat în momentul în care am păşit în vilă și am auzit vocea strangulată a Natashei.

– Ascultă, Becky, n-am de gând să mă iau de tine!

– Ei, bine, așa sună.

Becky și-a trântit pungile pe masă.

– Ce se întâmplă? am întrebat eu, dar era deja clar că se îndreptau spre o ceartă, şi niciuna din ele nu părea gata să cedeze.

Capitolul 48

Natasha arăta ca o persoană extrem de enervată, dar încerca din greu să se controleze. Făcea chestia aia cu respirația profundă care e predată la cursurile de yoga. E ușor de făcut când ești într-o sală liniștită, dar nu la fel de simplu în fața cuiva care pare că vrea să te strângă de gât.

– Ai vrut să știi de ce nu e gata prânzul, i-a spus Natasha lui Becky. Spuneam *doar* că s-a întâmplat din cauză că micul grătar pe care tu și Seb l-ați împrumutat seara trecută nu a fost curățat – așa că a trebuit să-l curăț eu.

– Ei, bine, îmi pare rău.

Becky nu părea prea tristă.

– Încearcă *tu* să te descurci cu trei copii, dintre care doi încep al treilea război mondial, unul care are diaree și altul care a stat treaz în patul nostru jumătate de noapte pentru că a avut coșmaruri după ce s-a uitat la *Coraline*.

Natasha s-a încruntat.

– Asta face patru.

– Ce?

– Patru copii. Tu ai doar trei.

– Știu, la naiba, câți copii am!

Natasha și-a încrucișat brațele.

– Becky, îmi pare rău că am spus asta, sincer. Dar ai întrebat.

– Am întrebat pentru că am aici un copil mic care începe să se comporte ca un gremlin care a fost hrănit după miezul nopții când nu mănâncă ore întregi. Nu mă așteptam la reacția asta.

– Nu e nicio reacție, a spus Natasha cu blândețe. Chiar n-am vrut să insinuez nimic cu asta.

Am atins-o pe Becky pe braț.

– E totul în regulă?

Ea și-a frecat fruntea.

– Atunci, lasă-mă să fac altceva, având în vedere că tu ai curățat grătarul. Ce trebuie gătit?

– Nu trebuie să faci nimic altceva, a continuat Natasha, aruncându-mi o privire. Uite ce e. Relaxează-te. Te rog. Du-te și așază-te undeva și prânzul va mai dura doar zece minute, asta-i tot.

Becky a încuviințat, gata să plângă.

– În regulă. Scuze, a mormăit ea înainte să se întoarcă și să iasă.

Natasha a continuat să taie o salată.

– Tu ești bine? am întrebat-o eu.

Ea a dat din cap, apoi s-a uitat în jur neliniștită.

– În ultima vreme, Becky a fost un coșmar.

– E stresată.

– Știu, dar asta nu înseamnă că noi ceilalți ar trebui să ne-o luăm constant. Și *noi* ar trebui să fim în vacanță. Dumnezeule, uită-te ce-ai tu de dus.

– Încerc să nu o fac.

Și-a mușcat falca.

– Cum *ești*, Jess?

Mi-am ridicat sprâncenele.

– Sunt perfect sănătoasă. Cel puțin acum. Dar mă apucă paranoia de fiecare dată când scap un pahar sau mă împiedic pe niște scări. Am zburat pe scări când eram la Château de Beynac, zilele trecute, cu Adam și William. Sunt îngrijorată constant că asta e începutul. Și nu ajută când văd în ce stare e mama.

– Săraca de ea.

Ochii ei s-au încruntat de îngrijorare.

– Săraca de tine.

Nu voiam mila Natashei. De fapt, o uram. Când le-am spus, ei şi lui Becky, la scurt timp după ce îmi dăduse mama vestea, cu atâţia ani în urmă, problema HD-ului meu era tot ce voiau să discute. De fiecare dată când ne întâlneam să bem ceva, sau la o cafea, erau acolo, mereu îngrijorate şi pline de întrebări.

Ştiam că aveau intenţii bune, dar mă săturasem complet de asta. Era ca şi cum mama şi cu mine am fi fost brusc definite de asta – *totul* se învârtea în jurul bolii, în jurul noului meu copil. Nu în jurul relaţiei mele care se prăbuşea. Nu era vorba despre politică, sau despre serialul *Clanul Soprano,* sau despre noile culori de lac de unghii de la Chanel, sau despre toate celelalte lucruri despre care obişnuiam să vorbim.

După câteva luni, le-am spus direct:

– Nu mai vreau să vorbesc despre asta, nu de fiecare dată când ne vedem! Sunt încă *eu,* nu una dintre acele victime *curajoase* care se luptă cu boala, despre care citiţi în ziare, şi, în ultimul rând, pentru că *nu* sunt absolut deloc curajoasă. Sunt opusul lui curajoasă. Aşa că ajunge. Vă rog.

Şi, deşi totul începuse din nou – inevitabil –, după ce am primit veştile că aveam gena, am crezut, în sfârşit, că prinseseră mesajul.

– Ascultă, Becky nu are nimic cu tine, am asigurat-o eu.

Ea s-a îndreptat.

– Oh, nu mă supăr. Vreau să zic, îmi pare rău pentru ea, dar nu sunt pregătită să fiu persoana asupra căreia îşi varsă nervii.

Am luat un cuţit şi am început să tai o baghetă în timp ce telefonul ei a început să anunţe notificări.

– Semnalul de net clar s-a decis să fie drăguţ cu tine azi.

Ea a luat telefonul şi s-a uitat pe ecran.

– Joshua a pus poze cu noi pe Facebook-ul lui. Cred că s-ar putea să fie interesat.

Mi-a pasat telefonul, ca să-mi arate o fotografie cu ei ciocnind pahare cu șampanie și o alta în care pozau cu crosele de golf.

– Cum a mers?

– Josh a fost grozav, dar eu nu cred că-i un sport pentru mine. Mi-a luat atât de mult la a șasea gaură, încât am renunțat și ne-am dus, în schimb, la o sesiune de alcoolizare.

– Deci, ai... am ridicat din sprâncene.

– Să mă culc cu el? Nu, rezist. Mă întreb dacă este bun de o relație.

M-am uitat din nou la telefon și i-am frunzărit profilul. Chiar îmi doream să fi fost mai caldă cu Joshua; începeam să mă gândesc că devenisem mai critică decât obișnuiam să fiu. Like-urile lui de pe Facebook – care includeau diverse dansatoare de cabaret și un site numit „Opriți opresiunea asupra bărbaților albi din clasa de mijloc“ – nu ajutau.

Când m-am dus afară, am găsit-o pe Becky încercând să-și adune energia să-i citească lui Poppy *Cartea fără imagini*, în timp ce Seb îi instruia pe James și pe Rufus în arta bățului *pogo*.

– Ești un talent înnăscut, am zâmbit eu când a reușit trei sărituri înainte să cadă într-o tufă de lavandă.

M-am așezat lângă Becky și i-am oferit lui Poppy o bucată de pâine.

– Mulțumesc, mătușică Jess. Ești o fată bună.

– Ascultă, mi-a venit o idee, i-am spus lui Becky. De ce nu ieșiți, tu și Seb, într-o seară undeva și eu stau cu copiii.

Ea s-a uitat la mine și expresia feței i s-a topit într-una de recunoștință și mirare.

– Oh, de aceea te iubesc eu atât de mult, Jess.

– Deci, accepți?

– Categoric, nu. În niciun caz n-am să te las cu trei copii, plus William. Dar ești un înger pentru că te-ai oferit.

– Becky, o să fie bine. Nu mi-am pierdut îndemânarea, am încercat eu.

– Sigur că nu. Dar Poppy o să plângă după noi toată noaptea, James o să-ți facă praf colecția de farduri și eu o să-mi petrec toată noaptea îngrijorându-mă pentru ce ți-am făcut.

– Ei, bine, n-ar trebui s-o faci.

– Am să mă gândesc la asta, a concluzionat ea, dar îmi puteam da seama că deja hotărâse că nu avea să se întâmple. Totuși, există un lucru pe care trebuie să-l fac.

S-a uitat spre ușă și a oftat.

– Ce?

– Să mă duc să-i cer scuze Natashei.

Capitolul 49

Era clar că Chloe ar fi preferat să-i fie extirpate unghiile de la picioare decât să meargă la plimbare cu noi. Nu că s-ar fi plâns în mod evident. Să se plângă ar fi implicat să vorbească şi abia dacă a scos un cuvânt de când a luat-o după mine şi Charlie. William, pe de altă parte, s-a arătat hotărât să discute cu ea.

– Vrei să vorbim ceva? a sugerat el nerăbdător.

Ea şi-a ridicat colţul gurii.

– Despre ce?

– Hmm. Ce zici de Moartea Neagră?

Eu m-am întors şi i-am zâmbit.

– Trebuie să recunoşti că e o adevărată trataţie.

William s-a încruntat la lipsa mea de loialitate.

– Scuze, iubitule. Dar Chloe probabil că nu...

– Ei, ia spune, ce ştii despre asta? a întrebat Chloe.

El şi-a îndreptat spatele.

– Ei, bine, a început în 1347, a fost răspândită de şobolani şi a omorât o treime din populaţia Europei.

– Ştiai că-ţi făcea splina să se topească? a întrebat ea.

El era mai mult decât impresionat.

– Uau.

Charlie şi cu mine am schimbat un zâmbet.

– Deci, despre ce ar trebui să discutăm *noi* – pojar, poate? am sugerat eu.

Ne-am îndepărtat de zona castelului, pe pajiştea învecinată, unde iarba era mare şi bogată, iar aerul, plin de mirosul îmbătător al orhideelor sălbatice. Într-un final, am ajuns la o poartă care separa cele două terenuri, iar Charlie s-a dat la o parte.

– Haideţi, copii, voi doi mai întâi.

William și Chloe s-au cățărat fără efort pe partea cealaltă și Charlie m-a invitat pe mine să trec următoarea.

Eram pe jumătate pe partea cealaltă când mi-am dat seama că se uita direct la spatele meu. Ezitarea s-a dovedit însă a fi inamicul meu și mi-am pierdut echilibrul, împiedicându-mă de o scândură cu un mare:

– AU!

– Totul în regulă?

Am încuviinţat şi am zâmbit în timp ce copiii se plimbau înainte. Într-un final, am ajuns la un câmp deschis, presărat cu stejari înalţi și mi-am dat seama că Charlie se apleca spre mine. Când mi-am ridicat privirea, el a şoptit:

– Arăţi minunat astăzi.

– Încetează, mă faci să roşesc, am spus eu, păstrându-mi instinctul, căpătat de o viaţă, să alung toate complimentele cu o glumă.

– Vorbesc serios, a insistat el, părând din nou mult prea serios, mai ales ţinând cont de cât de aproape erau copiii noştri.

Am tuşit şi am încercat să schimb subiectul.

– Chloe se bucură de vacanţă?

El a prins ideea şi s-a retras.

– Aşa pare, când nu se plânge că e moartă de plictiseală.

– Oh, vai.

– Sincer să fiu, cred că ar prefera să fie în Orlando, a spus el.

– Orlando *este* genial.

– Ai fost?

– O dată. William şi cu mine am fost când avea el şase ani, cu Toby, fostul meu. Nu mă aşteptasem să-mi placă, dar m-a cucerit imediat. Sunt o tristă admiratoare Disney. Toby l-a urât. Nu cred că toată lumea se simte ca acasă în genul de loc unde se cântă brusc pe la fiecare colț, nu-i așa?

– Trebuie să recunosc, nu pot să înțeleg asta. Deci, de ce n-a mers cu el?

– Vrei să spui, în afară de neînțelegerile legate de Regatul Magic? El aștepta ceva mai puțin frivol.

– În mare, s-a răsuflat, am spus eu. N-am fost niciodată îndrăgostiți până peste cap. A fost totul foarte amiabil.

– Pe William nu l-a deranjat să te vezi cu o persoană care nu era tatăl lui?

– Nu, nu cred. Adam și cu mine ne-am despărțit când William era foarte mic, așa că n-a avut niciodată alt model. Și Toby n-a fost chiar o figură paternă pentru William. Cum e cu mama lui Chloe?

– Chloe *cu siguranță* are o problemă cu faptul că noi nu suntem împreună.

– Ah.

– Din păcate, nu pot face absolut nimic în privința asta.

N-am spus nimic, dar el a continuat să vorbească.

– Gina, mama lui Chloe, este însoțitoare de zbor. Am avut încredere în ea sută la sută, în ciuda zvonurilor pe care le auzi despre aventuri între membrii echipajelor aeriene. Într-o zi, bateria de la mașina mea a murit și a trebuit s-o împrumut pe a ei ca să ajung la muncă. Am deschis portbagajul și am găsit o sticlă goală de șampanie. Când am întrebat-o despre ea, mi-a spus că luase prânzul cu fetele cu aproximativ o săptămână în urmă și că o luase cu ea.

– Sună plauzibil.

– Apoi i-am descoperit al doilea telefon mobil.

– Oh, nu.

– Știu, ce clișeu!

El a continuat să-mi spună o poveste tristă despre un șir de revelații sordide: un pilot care a dezvăluit că ea se culcase cu jumătate din compania aeriană, petreceri în jacuzzi în hotelurile de tranzit și, conform unui alt membru al echipajului de cabină, chiar un incident în carlingă, în care ea se jucase cu un set de „comenzi" care nu aveau nimic de-a face cu avionul. Ea mărturisise într-un final una dintre aventuri, după ce un prieten care lucra la firma lui de avocatură o văzuse într-un club din Chester sărutându-se cu un alt bărbat.

– Cel mai mult m-a durut faptul că a mințit, a spus el. Știam în adâncul sufletului că se întâmplau aceste lucruri, dar ea a continuat să nege, până când adevărul a devenit copleșitor. M-a împins la limită.

– Până când n-ai avut altă alternativă decât s-o termini.

M-am uitat în altă parte, hotărând că nu voiam să explic că fusesem și eu în aceeași situație.

– De fapt, eram pregătit s-o iert.

– Serios?

– Da, dar ea a vrut să plece.

Dintr-odată, am vrut să spun ceva să înveselesc atmosfera. M-am aplecat spre el și i-am șoptit:

– Pare o vacă monumentală.

El a râs.

– Mulțumesc. Asta mă face să mă simt mult mai bine.

Panta terenului a devenit abruptă și coapsele mă ardeau în timp ce urcam.

– Ar trebui să ajungem la lac chiar după dealul ăsta. Haideți, copii.

Chloe și William au rămas în urmă și s-au oprit din discuția despre boli transmisibile prin aer ca să mormăie despre motivele pentru care îi supuneam la chinul acela. Ultimii pași spre vârful dealului mi-au solicitat la maximum picioarele. Charlie s-a întins și m-a apucat de mână, ajutându-mă să urc.

– Priveliștea este extraordinară, a spus el.

Și chiar era: un peisaj rural, verde, unduit, un lac strălucitor, apa ca sticla, până când o pasăre s-a năpustit asupra suprafeței lucioase, stârnind valuri în cercuri perfecte. Aerul era fierbinte și liniștit, nu adia nicio briză și singura mișcare venea de la bătăile tăcute ale aripilor unui fluture care a trecut pe lângă noi. Pentru o clipă, am fost vrăjită de acea creatură, de aripile sale azurii și mătăsoase strălucind în lumina soarelui.

Apoi am observat o siluetă pe pontonul din capătul îndepărtat al lacului.

Adam stătea întins pe spate, îmbrăcat doar cu o pereche de pantaloni scurți, ținând capul sprijinit pe un tricou sau un hanorac, sau ceva. Pieptul lui era gol și citea o carte.

Imaginea lui mi-a trezit un val de amintiri care aproape că mi-a tăiat picioarele: zilele când mergeam împreună cu bicicletele în parc, vara, și stăteam sub adăpostul cerului, citind unul lângă celălalt; făcând pauze între capitole să ne îmbrățișăm, furând săruturi.

– Hei, e tata! a strigat William. TATA!

A început să fugă la vale spre Adam, care s-a ridicat și a început să râdă văzându-l pe fiul său alergând în direcția lui. William și-a aruncat brațele în jurul tatălui său, ca și când nu l-ar mai fi văzut de luni întregi, iar Adam l-a strâns în brațe la rândul lui, înainte să-l invite să stea jos. I-am privit pentru câteva momente, în timp ce prin cap mi se învârteau gânduri fără noimă, nedorite, despre ce-ar fi putut fi.

Capitolul 50

Nimeni nu se face părinte așteptând mulțumiri pentru asta.

Așa că, atunci când William a scos un buchet mic, parfumat, de liliac pentru mine într-o duminică, aproape că am rămas fără cuvinte.

– Mi-ai adus flori? l-am întrebat când l-am luat din mâinile lui neîncrezătoare. Când le-ai luat?

– În dimineața asta, când am fost cu tata. Dar au fost plătite din banii mei, a adăugat el în grabă.

– Dar de ce?

Eram atât de impresionată de asta, încât păream aproape îngrijorată.

– El a spus că o să-ți placă. A zis că sunt preferatele tale și că ar fi un mod bun să-ți arăt că te iubesc.

– Oh, iubitule, e *minunat*!

Nu m-am putut abține să nu-l strâng într-o îmbrățișare puternică. El m-a răsplătit cu o îmbrățișare superficială.

– Acum pot să plec?

– Să pleci unde?

– Nicăieri, doar că aproape că mă sugrumi.

Nu eram sigură de unde îi venise lui Adam ideea că alea erau preferatele mele – nu primisem suficiente flori încât să-mi permit luxul de a avea preferințe, cel puțin nu în ultimul timp. William a zbughit-o în dormitorul lui, în timp ce eu m-am dus la chiuvetă și am găsit o carafă albastră, lucioasă, în dulap. Am umplut-o cu apă și am aranjat în ea liliacul, înainte să o pun pe masă.

În ciuda tuturor defectelor lui Adam, întotdeauna făcea cadouri, mici dovezi de dragoste și de prietenie care arătau că era bucuros că existai în viața lui. Și nici nu se limita la mine. Îmi aduc aminte când eram în Londra, cam la un an de când eram împreună. Ne opriserăm în magazinul Liberty, din Soho, și el a ridicat una din clasicele lor cravate, din mătase albastru-închis, cu imprimeuri.

– Asta a fost făcută pentru tatăl tău, a hotărât Adam.

Era adevărat că tatăl meu aprecia o cravată bună. Încă avea o colecție uriașă, care ocupa mult prea mult loc în dulapul lui.

– Adam, uită-te la preț, am spus eu. O să o pun pe lista de Crăciun.

– Nu, e în regulă. O să iau asta, a hotărât el și s-a dus direct spre casă înainte să mai pot spune ceva.

Uneori, putea fi complet enervant – nu puteam dormi gândindu-mă cum vom evita să rămânem fără gaz, iar el scotea pentru mine câte o brățară pe care o văzuse prin vreun magazin de antichități. Și, în timp ce parte din mine voia să-i dea una în cap, cealaltă parte, pur și simplu, adora brățările și tot ceea ce reprezentau ele.

Adam găzduia în acea seară un grătar la vila lui pentru noi toți, mai puțin Natasha, care ieșise cu Joshua. Venise să o ia cu jumătate de oră în urmă, plecând din vilă într-un nor copleșitor de parfum în timp ce o delecta cu o poveste despre cum tocmai îi corectase elegant punctuația pe Facebook unui fost coleg, salvându-l de la viitoare neplăceri.

M-am dus în dormitor să mă pregătesc și, deși n-ar fi trebuit să fie greu, nu puteam găsi nimic de îmbrăcat. Perspectiva de a sta lângă Simone în pantalonii ei sexy nu ajuta.

M-am hotărât pentru o bluză subțire, cu imprimeu floral, pe care am găsit-o înghesuită în valiză și, nereușind să găsesc în vilă un fier de călcat, am fost obligată să mă gândesc la alte metode ingenioase să-i scot cutele. În timp ce treceam placa de îndreptat părul a Natashei peste materialul din bumbac, am auzit o bătaie în ușă.

Am scos aparatul din priză și l-am găsit pe Charlie pe trepte.

– Ah, bună! Ce mai faci? am spus eu, forțându-mă să nu mă uit la ceas să văd cât timp mai aveam până când trebuia să fim la Adam.

– Bine.

Când mi-am ridicat privirea, i-am văzut ochii atât de plini de dorință, încât m-au făcut să mă simt gata să cedez. Era ca și când s-ar fi gândit la mine și ar fi venit direct aici. Ceea ce, bineînțeles, mă flata, dar privirea lui era atât de intensă, încât m-a făcut să mă depărtez câțiva centimetri.

– Ce făceai?

– În momentul ăsta, încerc să-mi dau seama dacă voi reuși să-mi calc bluza cu o placă de îndreptat părul.

A tăcut pentru un moment, în timp ce fruntea lui s-a încrețit, sincer nedumerit. Placă de îndreptat părul?

– Glumeam, am mormăit eu penibil.

Și-a întins gâtul să se uite în spatele meu, cercetând camera.

– Mai e cineva înăuntru?

– Toată lumea.

Expresia lui era clar una de dezamăgire. Apoi s-a aplecat și mi-a atins degetele, prinzându-le în palma lui.

– Nu mă pot opri să mă gândesc la tine.

– GATA! a declarat William, alergând în sufragerie.

Mi-am retras mâna în timp ce Charlie și-a fixat ochii pe mine.

– Ah. Ieșiți.

– Este doar un grătar la vila lui Adam.

– Ah. Speram că am fi putut să-i convingem pe William și Chloe să meargă să joace fotbal sau vreun alt joc astfel încât tu și cum mine să putem bea ceva.

– Oh, ce păcat! Putem face asta în altă seară, am sugerat eu.

– Mi-ar face plăcere, a sărit William.

Zvâcnirea din tâmpla lui Charlie a devenit și mai accentuată.

– Asta e. Atunci vă las să vă vedeți de treabă. Să aveți o seară frumoasă.

Și și-a forțat un zâmbet care a eșuat să-i ascundă complet dezamăgirea.

Capitolul 51

Mirosul afumat al verii umplea aerul lângă vila din piatră a lui Adam, în timp ce prieteni vechi pălăvrăgeau la un vin de culoarea afinelor și copiii s-au jucat cu frisbee pentru cel puțin cinci minute fără să vrea să se ucidă unul pe celălalt. Stăteam în jurul a trei mese din seturi diferite, așezate una lângă cealaltă, unii dintre noi pe bănci, alții pe scaune dintr-acelea în care te cufunzi, cu spătare arcuite și perne din material în culori cremoase.

William era nedezlipit de tatăl său, vorbind întruna în timp ce Adam întorcea alene burgerii. Privirea mi-a fost atrasă de ei doi în lumina ca mierea și m-am trezit că imaginația mea o luase înainte cu zece, poate chiar douăzeci de ani. Mi-i imaginam stând la povești, ca doi adulți, tată și fiu – și că ăsta era normalul din viețile lor, nu doar ca o excepție, într-o anumită vară.

– E un parc cu tiroliene aproape de Loussou, am putea să mergem mâine, a spus Seb, întinzându-mi un ghid.

Am frunzărit broșura în timp ce încercam să calculăm cât ne-ar lua să ajungem acolo cu mașina, când mi-am dat seama că Adam era în spatele meu. Mi-a luat paharul și a început să-l umple.

– Doar puțin pentru mine.

– De ce? a întrebat el, umplându-l ochi.

– Ei, dacă insiști, am oftat eu, luând paharul din mâna lui în timp ce el s-a cufundat în scaunul de lângă mine.

Purta o cămaşă de culoare deschisă, din bumbac, care i se lipea de piept, cu mânecile suflecate pe braţele bronzate. În capul meu, amintirea mâinii lui pe spatele meu în şopronul pentru lemne era vie şi o căldură neplăcută mi s-a întins pe gât.

– Mulţumesc pentru flori, am spus, politicos.

El a zâmbit.

– A fost ideea lui William.

– Da? El a spus că a fost a ta.

– A fost un efort comun.

– Ei, bine, a fost un gând minunat. E plăcut să te simţi apreciat.

Adam a făcut o pauză, şi-a coborât vocea şi a spus:

– Arăţi bine în seara asta.

– Mulţumesc, am reuşit eu să răspund, în ciuda faptului că, în secret, transpiram.

Faptul că trebuia să stau atât de aproape de el a devenit în scurt timp sufocant.

– O fi de la bluza pe care am călcat-o cu o placă de păr.

El a izbucnit în râs, iar eu m-am simţit atât de recunoscătoare, încât am râs şi eu.

– Întotdeauna ai fost inventivă.

– Salutare!

Ne-am oprit brusc şi ne-am întors către Simone. Rochia ei marinărească era presărată cu fulgi mărunţi de zăpadă şi făcută dintr-un material moale care se mula seducător pe sânii ei, subţiindu-i coapsele bronzate. Adam s-a scuzat şi a mers să o salute. Ea s-a ridicat pe vârfuri în balerinii ei de culoare deschisă, şi-a strecurat braţele în jurul gâtului lui şi i-a depus un sărut languros pe buze. Mi-am fixat privirea pe vinul meu.

În timp ce soarele apunea, Adam aducea la masă farfurie după farfurie: chebapuri presărate cu ierburi aromatice, pui marinat cu usturoi şi lămâie, cârnaţi groşi, din porc şi raţă. Erau castroane de cartofi prăjiţi şi salate colorate, strălucind de la vinegretele intens parfumate, şi platouri cu pâine crocantă.

Am mâncat până am trecut de punctul în care ne simţeam plini, savurând fiecare îmbucătură.

În ciuda decorului divin, mă simţeam ciudat de agitată în preajma lui Simone. Aproape vinovată. M-am trezit dorind să compensez asta încercând s-o implic în conversaţie, complimentându-i rochia, pantofii, cât de drăguţ era din partea ei să-mi recomande încă o cremă antirid despre care mama ei avea doar laude.

În comparaţie cu toţi ceilalţi, nu băusem prea mult în vacanţa asta – rareori o făceam. Crescând pe lângă tata, fusese cea mai bună campanie împotriva băutului în exces de care avusesem vreodată nevoie. Totuşi, în seara aceea, obişnuitul meu pahar cu vin s-a transformat în încă unul, apoi încă unul, ceea ce a dus la o cantitate mult mai mare faţă de cea obişnuită. Asta a devenit foarte evident în momentul în care am acceptat cu entuziasm să particip alături de copii într-o cursă de-a roaba, iar eu şi Becky ne-am trezit chicotind, cu faţa în jos spre iarbă, cu ai noştri copii de zece, respectiv şapte ani, la linia de start.

Nu puteam pretinde că exista vreun dram de demnitate în a face ture de-a curmezişul unui teren în timp ce copilul tău te ţine de glezne şi urlă „MAI REPEDE!" ca şi când ai fi vreun fel de măgar bătrân. Dar *era* amuzant; era genul de diversiune de la viaţa reală – sau, cel puţin, de la viaţa mea – care în ultima vreme îmi lipsise.

Am luat-o uşurel pentru o oră şi mai bine după aceea, ronţăind din ce mai rămăsese de la festin, înainte ca micuţii să devină din nou agitaţi şi să decidă că îşi doreau ca audienţa să se implice mai mult. Adam a sărit în picioare, cerând încurajări.

– Cred că e timpul pentru un joc. William, crichet sau *boules*? Tu alegi.

William nu a ezitat.

– *Boules*. Mama e genială la asta.

Am tuşit în Bergeracul meu.

– Sunt sigură că nu sunt *genială*.

– Sunt sigur că aşa mi-ai spus odată, a protestat William. Că erai genială.

– Probabil că foloseam termenul cu indulgență.

– Haide, sus cu tine, m-a instruit Adam.

A venit spre mine să mă ia de braț, în glumă, dar eu m-am scuturat, speriată de cum i-aș simți mâinile pe pielea mea. Apoi Rufus a sărit în picioare. Toți adulții au părut să-și dea seama, deodată, că, incluzându-ne pe Simone și pe mine, eram deja cinci oameni și doar patru seturi de *boules*, dintr-acelea viu colorate, din plastic, care se vindeau la supermarketurile din zonă.

– Stau eu pe tușă, m-am oferit fericită.

– NU! a protestat William.

– Ei, bine, eu nu mă supăr, a ridicat Adam din umeri.

– Aaa, tata, haide.

Ceea ce însemna că rămăseseră doi copii și Simone. William și Rufus s-au uitat la ea.

– Se pare că eu voi fi cea care va sta pe tușă, în cazul ăsta, a spus ea cu un zâmbet chinuit, înainte să se întoarcă la locul ei și să-și încrucișeze strâns picioarele.

Ochii mei au scânteiat spre Adam.

– *Chiar* nu mă deranjează să nu particip.

– Jess, începe odată, mi-a poruncit el. Haide, arată-ne ce ești în stare.

Capitolul 52

Am încercat să-mi amintesc de ce afirmasem că eram genială la *boules*. Tata îmi spusese, când aveam zece ani, că aveam un talent înnăscut, dar, în timp ce ridicam o bilă, mi-am dat seama că băusem prea mult ca să mai am ținta perfectă necesară acestui joc. Sau, de altfel, pentru a pune un picior în fața celuilalt.

– Hai să dăm cu banul ca să vedem cine aruncă pucul, a decis Adam, scoțând din buzunar un pumn de mărunțiș.

– Stemă, a declarat William.

Adam a aruncat în aer o monedă de un euro și l-a prins pe dosul palmei.

– Stemă a ieșit.

William a luat bila mică și albă și, încruntat, a aruncat-o în față. Prima lui aruncare n-a fost rea, dar cu jumătate de metru cam scurtă. Adam a aruncat al doilea și a fost mai aproape, înainte ca Rufus s-o dea la o parte.

Am pășit în față și am luat bila în palmă în timp ce-mi căutam poziția, simțind că Simone era cu ochii pe mine. Asta a avut un ciudat efect de înviorare pentru adrenalina din mine și am devenit foarte conștientă de mișcările mele în timp ce am fandat în spate și mi-am balansat brațul, trimițând bila în zbor într-un unghi nebun – și stârnind audienței un mare val de râsete.

S-a dovedit că era doar începutul. Pe parcursul următoarelor douăzeci de minute, am fost zdrobită repetat de toată lumea, ceea ce, pentru Adam, a fost o sursă nesfârșită de amuzament.

– Jess, nu e chiar *atât* de greu.

– Sunt puțin ruginită, asta e tot, am ripostat eu. În plus, nu mai continua cu asta, pentru că voi fi forțată să încep să arunc cu pietre.

El a început să râdă și a dat din cap.

– Am un truc, dacă vrei să ți-l arăt.

– O să mă descurc fără o lecție.

– Cum dorești.

– Mamă, s-ar putea să înveți ceva, a sărit William.

Având în vedere că-i tot repetasem asta pe parcursul anilor, eram pusă într-o poziție ciudată.

– Bine. Vino și arată-mi unde greșesc.

Adam a luat o bilă și s-a îndreptat spre mine, rânjind în timp ce se apropia.

Mă așteptam să-mi demonstreze vreo manevră nebunească gen „hop, sus și sari", la care i-aș fi răspuns dându-mi ochii peste cap și strigându-i „deșteptule". În schimb, înainte să am ocazia să obiectez, m-am trezit cu el fix în spatele meu, strecurându-și mâna pe lângă talia mea și strângându-și palma sub a mea.

Am înghețat la atingerea lui în timp ce fruntea îmi zvâcnea. Mi-am întors privirea, agitată să văd dacă Simone se uita, dar se dusese înăuntru după ceva.

– Așa, îi simțeam răsuflarea pe urechea mea.

M-am gândit să-l împing și să fac o glumă genială despre cât era el de condescendent. Totuși, simțind trupul lui care se împingea în spatele meu, n-am putut s-o fac. Nu fără să atrag atenția asupra efectului pe care îl avea asupra mea. Așa că am rămas nemișcată, pântecul meu umplându-se de o plăcere vinovată în timp ce încercam să-mi potolesc respirația agitată.

Simțeam conturul pieptului său mișcându-se pe spatele meu în timp ce, împreună, am balansat bila și am aruncat-o. Aceasta s-a prăbușit pe pământ, la kilometri distanță de puc. A fost cea mai rea aruncare din tot jocul.

El s-a îndreptat de spate, iar eu m-am uitat la el, agitată. Fața lui părea prea serioasă în timp ce mi-a șoptit:

– Nu contează.

– De mare ajutor ai mai fost, i-am spus eu.

Am încercat să înviorez atmosfera cu o glumă, dar mi-a ieșit atât de evident ca un flirt, încât culoarea din obrajii mei s-a întețit.

– Ce-ai zice să încercăm din nou?

În timp ce el își afișa zâmbetul lui de topit inimi, am fost întrerupți de vocea stridentă a lui Simone.

– Adam, eu mă duc acasă.

Ea și-a încrucișat nervos brațele la piept, iar eu am înțepenit de rușine.

– Simone, de ce nu rămâi să continui în locul meu? am sărit eu, îndepărtându-mă de Adam. Sunt complet praf la asta. Haide, insist.

– Mulțumesc, dar am o migrenă groaznică, a spus ea sec.

– Oh, nu. Astea sunt un coșmar, am răspuns eu, pretinzând că nu observasem tonul vocii ei. Ți se întâmplă des?

Ea s-a uitat spre Adam.

– Așa se pare, în ultima vreme. Ne vedem dimineață. Seară plăcută, a spus ea scurt și a plecat.

L-am înțepat pe Adam între coaste.

– Du-te după ea.

El m-a privit complet confuz la așa o sugestie.

– De ce? O doare capul.

– E nervoasă din cauza ta, Adam.

– Ce-am făcut?

Nu i-am putut răspunde însă la asta, pentru că ar fi însemnat să recunosc schimbarea tăcută care se petrecea între noi. Cea care, dintr-odată, se dovedea a fi dificil de oprit.

Capitolul 53

Copiii lui Becky și ai lui Seb căzură răpuși de somn pe canapeaua lui Adam, ca niște piese de domino, întâi Poppy, apoi Rufus, apoi James. Adam și Seb i-au cărat pe băieți înapoi la vila lor, ca pe niște saci inerți, pe câte un umăr, în timp ce Becky o împingea pe Poppy în cărucior, cu degețele ei grăsune strânse pe urechile iepurașului roz.

Între timp, William s-a pornit să demonstreze că *Gardienii Galaxiei* nu se demoda niciodată, ghemuindu-se în camera de oaspeți a lui Adam ca să-l vadă pe iPadul meu pentru a șaptesprezecea oară, în timp ce eu m-am oferit să ajut cu strânsul farfuriilor.

Mi-am băgat capul pe ușă, iar el și-a ridicat privirea, surprins, apoi a închis ecranul.

– La ce te uiți acolo? Sper că nu e ceva nepotrivit?

Capul mi s-a umplut de fragmente de gânduri alcoolizate despre site-ul cu HD pe care uitasem să-l închid în ziua cu furtuna.

– Nu, nu, a spus el, dându-mi-l ca să-mi demonstreze că încercase fără succes să se uite la un clip intitulat *Epic Fails.*

– E cu înjurături?

– Nu... prea, a răspuns el, în timp ce gura i s-a deschis într-un căscat lacom. Sunt foarte obosit.

– Haide, trebuie să mergem înapoi și de acum ești prea mare ca să te mai pot căra.

A mârâit și s-a învârtit, trăgându-și cearșaful peste umeri.

– Poate să doarmă aici dacă vrea.

Căldura trupului lui Adam lângă al meu mă făcea să tremur și m-am dat într-o parte.

– Sunt sigură că poate să meargă până acasă, chiar și la ora asta.

– Nu, vreau să stau aici, a protestat William.

M-am uitat de la fiul meu la tatăl lui.

– Bine, dar măcar scoate-ți pantofii și șosetele și bagă-te în pat. Am să vin să te iau dimineață, bine?

– Bine, a spus el încântat, agitându-se pe sub cearșaf, smulgându-și șosetele și aruncându-le spre mine.

– Uau, mulțumesc, am făcut eu o grimasă în timp ce le-am prins și m-am dus spre el să-l pup.

Am stat puțin cu obrazul pe pielea lui și, în timp ce mă îndepărtam, mi-am simțit inima tresărind, copleșită de unul dintre acele momente de recunoștință pură că-l aveam pe el.

– Te iubesc, am șoptit eu.

– Eu te iubesc mai mult.

– Nu, eu te iubesc cel mai mult.

– Ba nu, a spus el în timp ce eu am râs și am ieșit din cameră, așteptându-mă ca Adam să fi plecat deja.

În schimb, el ne privea, cu ochii plini de o emoție neașteptată, înainte să se apropie și să-i dea lui William un pupic lung pe frunte.

Când am ieșit din casă, lumina lunii din înaltul cerului arunca umbre peste iarbă și constelațiile atârnau deasupra noastră ca niște pânze cerești de păianjen. Adam a început să adune scaunele, iar eu mi-am tras geanta pe umăr.

– Ar fi bine să plec, am spus eu. Ești sigur că o să te descurci cu el?

El s-a oprit și și-a îndreptat spatele.

– Bineînțeles.

Am încuviințat și-am dat să plec.

– Jess?

– Da?

– Ai chef să bei ceva? Nu-mi place să mă laud că pot face rost de substanțe interzise, dar am niște ceai Yorkshire.

Am zâmbit automat.

– Cine e dealerul tău?

– O cheamă Maureen. Are 66 de ani, vine aici din Shropshire în fiecare an şi nu e bine să o superi. Haide, pun ceainicul pe foc.

M-am aşezat pe banca decolorată din curtea vilei lui şi am aşteptat, în timp ce ritmul poetic al greierilor spărgea liniştea.

Când Adam a apărut cu o carafă de ceai, imaginea siluetei lui în lumina din spatele uşii mi-a făcut măruntaiele să tremure. A adus băutura la masă şi a păşit peste bancă, încălecând-o, astfel încât era cu faţa direct spre mine. Mi-am mutat privirea şi am început să studiez nodurile de pe suprafaţa mesei.

El a turnat în două căni, apoi a ridicat-o pe a lui şi-a ciocnit-o de a mea.

– Noroc.

Lichidul fierbinte îmi aluneca pe gât, iar eu m-am trezit mirosindu-l, cu mintea plină de amintiri.

– Ce-i aroma asta?

El şi-a ridicat privirea şi s-a mirosit în glumă la subţioară.

– Ce aromă?

– Nu e *neplăcută*. Voiam să zic... aftershave-ul tău. Mi s-a părut că-l recunosc.

A trecut o secundă.

– E Terre d'Hermès.

Mi-am înghiţit nodul din gât.

– Era aftershave-ul tău preferat.

Arăta de parcă tocmai l-aş fi prins în ofsaid.

– Ei, bine, nu l-am mai folosit de foarte mult timp, dar l-am văzut în Sarlat şi mi-am amintit că-mi plăcea.

Ochii lui închişi la culoare erau fixaţi pe mine, iar eu eram copleşită de o senzaţie atât de puternică, încât îmi tremurau degetele. Stând lângă el, bărbatul pe care îl iubisem şi îl urâsem, îmi era brusc imposibil să-mi amintesc de ce nu eram împreună.

Din străfundurile minţii mele, o şoaptă vagă, logică, îmi spunea că acela era momentul potrivit să plec, dar senzaţia că o altă persoană poate să te întoarcă pe dos doar uitându-se la tine era atât de incitantă, încât nu voiam să se oprească.

În momentul acela, tânjeam după el. Mi-am aruncat ochii la buzele lui și am râvnit gustul lor. Voiam să-mi plimb vârfurile degetelor pe bărbia lui și să văd dacă era la fel cum mi-o aminteam.

O presiune intensă a început să se adune în pântecul meu și am recunoscut o senzație pe care n-o mai simțisem de ani întregi. O dorință puternică și fierbinte, crescând în intensitate în vreme ce Adam refuza să-și ia ochii de la ai mei.

Mai mult decât toate, îmi amintea de ceva. Orice greutăți mi-ar fi adus viața, în acel moment, asta era: *vie*.

Nu stăteam într-un colț, torturată de viitorul meu. Nu eram sfâșiată în bucăți de frică pentru fiul meu, mama mea sau pentru mine. Trăiam, respiram și simțeam. El s-a aplecat spre mine.

Când buzele noastre s-au atins, sărutul a părut nou și vechi în același timp. Mi-a ghidat piciorul peste bancă, m-a luat de mână și m-a tras spre el, îmbrățișându-mă, mulându-mi corpul pe al lui prin haine, în timp ce gura lui se cufunda mai adânc în a mea.

– N-ar trebui să facem asta, am șoptit eu, arcuindu-mi gâtul în timp ce buzele lui călătoreau spre pielea din spatele urechii mele.

– Ar trebui, a spus el, trecându-și mâna prin părul meu, sărutându-mi buzele, tâmplele, gâtul, în timp ce eu am contemplat un gând vag că eram beată, că de asta permiteam ca lucrurile să meargă atât de departe.

Dar nu era asta.

Era posibil să fi fost plină de vin, dar îmi doream asta.

Am vrut-o când m-a luat de mână, ridicându-se și invitându-mă să fac la fel. Am vrut-o când m-a condus în vilă, pe lângă ușa unde îl lăsasem pe William, oprindu-ne doar să verificăm că dormea sub cearșafuri. Am vrut-o când mergeam pe hol spre cealaltă parte a vilei lui și intram în dormitor, unde el a încuiat ușa, sărutându-mă din nou în timp ce mâna lui aluneca în sus pe spatele meu.

Ne-am dezbrăcat încet unul pe celălalt, savurând fiecare moment cu piele nouă, goală.

Uitasem cât de frumos era Adam dezbrăcat. Eram sfâșiată dacă să îl ating sau să îl privesc, chinuită de perfecțiunea agonizantă a trupului său. N-am avut de ales. În timp ce greutatea lui se scufunda în mine, mi-am plimbat degetele pe spatele lui și mi-am simțit sângele pulsând. Apoi el s-a oprit și și-a pus mâna pe bărbia mea.

– Știi cât de frumoasă ești pentru mine? Știi cât de frumoasă ai fost întotdeauna pentru mine?

Cuvintele lui mi-au stârnit lacrimi, dar nu voiam să vorbesc. Voiam doar căldura lui înăuntrul meu și senzația aceea înălțătoare, distrugătoare, care fusese la început.

Capitolul 54

Cântecul unui cocoş mi-a zgâriat urechile până m-am trezit, ridicându-mi capul de pe pieptul lui Adam. Ochii mi s-au învârtit prin camera plină de lumină, analizând împrejurimile, obloanele pe care le lăsaserăm deschise, particulele de praf reflectate în lumina soarelui, hainele împrăştiate pe podea, precum dovezile de la locul unei crime.

M-am întors spre Adam și mi-am simțit stomacul tresărind la vederea buzelor lui deschise, a gâtului gol, a pielii de pe umerii lui.

Apoi gândurile mi-au explodat în minte.

Erau atât de multe lucruri greşite, încât capul îmi zvâcnea la nebunia celor întâmplate în noaptea precedentă.

În capul listei era William. Care era *chiar acolo*, în cealaltă parte a vilei, când se întâmplaseră toate! Știam că dormea tun și că părinții din toată lumea făceau sex în aceeași casă cu micuţii lor, dar nu când părinții despre care era vorba se despărțiseră cu un deceniu în urmă.

Toată viața fusese nevoit să accepte ideea că eu și Adam nu eram împreună şi nu aveam să fim niciodată împreună, astfel că efectul acestei realităţi asupra bietului lui cap de preadolescent era prea greu de imaginat.

Nu ar fi fost doar dezorientat de asta, ar fi fost mai rău decât atât. Ar fi avut o *speranță*. Ar fi rămas cu teribila, eronata impresie că toate astea puteau însemna ceva.

Aş fi fost complet incapabilă să-l liniştesc cu o explicaţie viabilă, pentru că nu exista niciuna, în afară de faptul că fusese o greşeală făcută la beţie. Ar fi putut să înţeleagă altceva. Nu era ca şi când toată viaţa mea aş fi făcut sex fără obligaţii. Cel mai promiscuu lucru pe care îl făcusem fusese să-mi imaginez că-i ciufuleam părul lui Jamie Dornan în timp ce mă culcam cu Toby.

Singura mea opţiune ar fi fost să mă uit în ochii lui William şi să-i spun că fix asta şi era: o aventură de-o noapte, cu tatăl lui.

Ceea ce m-a adus la cealaltă parte insuportabilă a acestei poveşti triste: faptul că eram *cealaltă femeie*. Eu. Petrecusem atât de mult timp simţindu-mă trădată, încât şocul dispreţului de sine cu privire la ce-i făcusem lui Simone era ca un pumn în stomac. Nu-mi păsa că abia o cunoşteam sau că putea să nu fi fost nimic mai mult decât o recentă cucerire a lui Adam. În acel moment, el trebuia să fie al ei.

Şi da, fuseseră multe ca ea, date jos de pe piedestal de următoarea. Dar eu nu voiam să fiu *următoarea*. Cum dracu' am devenit *următoarea*?

Gândul ăsta m-a făcut să sar în picioare, de parcă cearşafurile ar fi luat foc. Adam s-a mişcat. Am tresărit şi m-am uitat la el mişcându-se în somn, cu ochii încă închişi.

M-am aplecat în linişte, dându-mă jos din pat şi umblând uşor prin cameră, adunându-mi hainele. Le-am tras pe mine, cu inima bătându-mi cu putere în timp ce mă rugam să nu cumva să deschid uşa şi să-l găsesc pe William pe hol, căutând o priză în care să-şi bage încărcătorul de la iPad.

Când eram aproape gata, m-am sprijinit de marginea patului şi mi-am pus sandaua. Am luat-o pe cealaltă, când o mână m-a prins de încheietură şi am ţipat. Mă aşteptam ca Adam să spună ceva superficial, apoi i-am văzut expresia de pe faţă.

– Să nu regreţi asta.

La început, am rămas fără răspuns, aşa că, pur şi simplu, m-am scuturat şi m-am ridicat în picioare. Apoi m-am învârtit şi m-am încruntat.

– Ei, bine, Adam, *regret*.

– De ce?

– Chiar trebuie să-ți explic? Cum rămâne cu Simone?

El avea o expresie enervată, aproape disprețuitoare, faptul că avea o iubită era irelevant.

– Jess... nu există comparație. Ce am avut... tu și cu mine...

– *Am avut* fiind partea cheie.

Un pocnet după ușă ne-a făcut pe amândoi să tăcem.

– El nu trebuie să afle *niciodată* despre asta, am șoptit eu.

Adam a înghițit în sec.

– Nu. Vreau să zic, da. Probabil că ai dreptate.

M-am așezat înapoi pe pat, agitată, și am început să-mi rod unghiile în timp ce ascultam să văd dacă se auzea vreo mișcare dincolo de ușă.

– Rahat, dacă e treaz?

– Aia a fost ușa de la baie – uneori se trântește dacă e fereastra deschisă. Sunt sigur că doarme la ora asta.

M-am uitat la ceas. Arăta 7.15 dimineața, cam cu o oră mai devreme decât se trezise în general de când eram acolo.

– Atunci, mă duc.

– Bănuiesc că nu poate fi vorba de un sărut de la revedere?

Eu m-am încruntat.

– Tu ce crezi?

M-am dus spre ușă, am deschis-o încet și m-am uitat afară. Nu era nimeni.

– Nu uita, niciun cuvânt.

– Da. Bine.

Scândurile parchetului scârțâiau la fiecare pas, chiar și atunci când eram pe vârfuri, pe lângă perete, strecurându-mă ca întruchiparea stângace a unui hoț care se ferea de lasere în Luvru.

Am trecut în liniște pe lângă baie și, cu inima în gât, într-un final, am ajuns la ușă. Mâna mea era la câțiva centimetri de clanță când... blestematul ăla de cocoș a cântat din nou și aproape c-am sărit pe tavan.

– Mamă?

Mi-am ridicat privirea şi mi-am dat seama că, dacă nu respiram, eram în pericol să leşin.

– William? Ai dormit bine? M-am gândit să trec devreme să te iau. Abia te-ai trezit?

– Nu, cocoşul ăla m-a trezit acum o grămadă de vreme. M-am uitat la *Gardienii Galaxiei*. Apoi te-am auzit şi m-am gândit că tata s-a trezit.

– Hmm... nu, probabil că e încă în pat. *Abia* am ajuns, aşa că n-aş putea fi sigură.

– Abia ai ajuns?

– Da!

– Cum ai intrat?

– Am... spart yala.

Motivul pentru care am sărit la explicația asta – în loc de ceva simplu de genul „uşa era deschisă“ – îmi era complet neclar.

Ochii lui s-au mărit la proporții care *mi-au năucit mintea*.

– Poți să spargi yale?

– Hmm. De fapt, era cam deschisă. *Era* deschisă. Ha!

El s-a frecat la ochi.

– Deci, eşti gata să mergem? am întrebat eu.

– Nu sunt încă îmbrăcat.

– Păi, grăbeşte-te. Avem multe de făcut. Haide, unu-doi.

Nu mai spusesem „unu-doi“ niciodată în viața mea.

Atunci, uşa dormitorului lui Adam s-a deschis şi el a ieşit, căscând şi întinzându-se, îmbrăcat cu nimic altceva în afară de o pereche de boxeri Paul Smith. M-am înroşit toată. El a rânjit. De fapt, ai fi zis că tocmai câştigase la loto.

– Bună dimineața, soare, a spus el, ciufulindu-i părul fiului său, trăgându-l spre el pentru o îmbrățişare.

Mi-am muşcat mâna, panicându-mă că Adam probabil că mirosea a sex.

– Minunată zi, nu-i aşa?

– Bună dimineața, tată, a spus William, luminându-se la față. Eşti binedispus.

– Sunt doar fericit că sunt viu, fiule, a spus el, susţinându-mi privirea.

Mi-am dat ochii peste cap.

– Deci, a spus Adam, luându-l pe William în braţe ca pe un premiu. Ce zici de nişte sandviciuri pentru micul dejun?

– Trebuie să ne întoarcem, am zis eu repede.

Adam a deschis gura să protesteze, apoi s-a răzgândit.

– Corect. Dar puteţi să rămâneţi peste noapte oricând mai vreţi, amândoi.

Oh, voiam să-l strâng de gât.

– *Tu ai rămas peste noapte?* s-a întors William către mine.

– Doar pe podea, a rânjit Adam, clar gândindu-se că-mi făcea un serviciu. Sper că a fost OK pentru tine, Jess? Aş fi pus nişte aşternuturi mai frumoase pe patul gonflabil dacă ştiam dinainte.

Adam chiar trebuia să se lase de minţit. Era incredibil de nepriceput la asta.

– Ai zis că abia ai ajuns aici, a spus William, pe un ton acuzator.

– Doar du-te şi îmbracă-te.

El s-a uitat la noi.

– Ce se întâmplă?

– Nimic! am răspuns eu şi Adam la unison.

El s-a întors în camera lui şi s-a îmbrăcat, timp în care eu am aşteptat afară, bătând cu degetele pe masă, complet incapabilă sau neputincioasă să fac conversaţie cu Adam.

Apoi eu şi William ne-am îndreptat spre vila noastră, în hainele de cu o seară înainte, în timp ce aburii ceţoşi ai dimineţii lăsau loc soarelui arzător şi familiile ieşeau pe scările vilelor, cu ochi limpezi, proaspeţi şi gata pentru ziua din faţa lor.

Mi-a trecut prin cap că eram, probabil, prima femeie din istorie care făcea acest drum al ruşinii cu fiul ei de zece ani lângă ea.

Capitolul 55

Becky a răspuns la vestea că m-am culcat cu Adam într-o manieră previzibil de discretă.

– *Ai făcut ce*? şi-a scuipat ea cafeaua.

Eram afară, în faţa vilei ei, în timp cei copiii ei cei mari încercau să se gândească la moduri originale de a-şi rupe unul altuia picioarele.

Eram pe punctul de a-i răspunde, când Seb a strigat din interiorul vilei.

– BECKY, AVEM E O URGENŢĂ!

Pieptul ei s-a strâns.

– Asta înseamnă că Poppy are un scutec murdar şi el a rămas fără şerveţele umede, a îngăimat ea, zbughind-o înăuntru.

A ieşit trei minute mai târziu să-i separe pe Rufus şi pe James, înainte să se întoarcă la mine.

– De ce bărbaţii schimbă scutece de parcă ar face o operaţie pe cord deschis? Trebuie să fii pe aproape, cu toate instrumentele corecte, să i le înmânezi, în timp ce maestrul lucrează. Oricum... Adam. Hristos pe o bicicletă.

– Să nu spui nimănui, bine?

– Cui aş putea să spun?

– Lui Seb, pentru început.

– Zilele astea, abia dacă avem timp să vorbim despre rândul cui e să prepare cafeaua. *Mii de draci*, Jess. Un zâmbet i s-a strecurat pe buze.

– Cum a fost?

– Îngrozitor.

I-a căzut fața.

– Serios?

– Vreau să zic, ce am făcut. Ce-o fi fost în capul meu? Nici măcar nu eram așa de beată.

– Țin să te contrazic. Când jucați *boules* aproape că l-ai decapitat pe Seb cu pucul. Serios, *a fost* îngrozitor?

Mi-am mușcat obrazul.

– Tu ce crezi?

Fața i s-a luminat.

– A fost extraordinar, nu-i așa? Pun pariu că ai avut vreo șase orgasme. Pun pariu că țipai de pe tavan și vă legănați pe candelabre și...

– Da, în regulă, a fost bine, am mârâit eu. Fantastic, de fapt. Posibil în top zece experiențe din viața mea.

– Oh, Doamne. Ai înotat cu un delfin odată, nu-i așa?

– Știu, am suspinat eu.

– Ha! Extraordinar!

Un mormăit lung mi-a scăpat de pe buze.

– Jess, de ce ești îngrijorată pentru asta? În comparație cu toate celelalte pe care le ai pe cap... cum ar putea să-ți facă rău o partidă uimitoare de sex?

Mi-am deschis gura să răspund, dar ea a continuat.

– Aș da orice să mă simt așa din nou. Nu că Seb n-ar fi bun în pat, este. Tehnica lui nu s-a schimbat, dar acum, când îmi face sex oral, ajung să-mi doresc să termine odată, pentru că am foarte mult de călcat. Sunt sigură că și el simte la fel.

– De fapt, Becky, mă îndoiesc de asta. Ești sigură că totul e bine între voi doi?

– Oh, da, a spus ea într-o doară, luând o gură de cafea în timp ce ochii i se încețoșară. De fapt, nu știu.

Și-a lăsat cana jos.

– Am crezut că o vacanță o să schimbe ceva, dar totul e fix la fel. Copiii tot se bat, Poppy, cât de minunată e, niciodată n-o lasă mai moale. Eu și Seb suntem extenuați din cauza asta și... cred că ne vărsăm nervii unul pe celălalt.

Când ochii ei i-au întâlnit pe ai mei, erau roz pe margini.

– Uneori, mă simt de parcă nu sunt prea bună pentru un mariaj cu trei copii. În suflet, încă simt cum o făceam când aveam 22 de ani, dar totul s-a schimbat în jurul meu. E ca și cum n-aș ști cum de mi s-au întâmplat toate astea.

– Becky, mulți oameni se simt așa. Toți ne iubim copiii, dar cine n-ar găsi atrăgătoare ideea de a fi tânăr, fără toate angajamentele astea? Au fost vremuri minunate. Chiar puteai să lenevești în fiecare weekend.

– Jess, nu spun asta ca să par dramatică. Dar au fost momente în care m-am întrebat dacă... dacă eu și Seb o să ajungem să ne despărțim.

Trebuia să recunosc, eram șocată.

– Asta e ceea ce vrei?

Ea s-a încruntat.

– Nu, bineînțeles că nu *vreau* asta. Dar nici nu vreau să simt că aș vrea. Obișnuiam să fiu o companie bună. Eram amuzantă, oamenii mă plăceau. Acum, uită-te la mine. Fizic, sunt o epavă, îmi petrec întreaga viață țipând la copii, până și Natashei i-am scos ochii ieri când n-o merita. Îmi iubesc familia mai mult decât orice, dar, uneori, nu... *mă bucur* de toate astea.

Și-a închis ochii și și-a tras nasul.

– Mă simt ca o ratată și o mare nenorocită, chiar și doar pentru că zic asta. Ce fel de mamă sunt?

– Una obosită, am răspuns eu, întinzându-mă să-i strâng mâna. Becky. Ai *voie* să te simți terminată și sătulă uneori. E OK să simți că totul se dărâmă peste tine uneori. Ești om.

Ea a tras aer în piept și-a dat din cap.

– Dar primul lucru pe care trebuie să-l faci e să accepți un strop de ajutor. Lasă-ne pe mine și pe Natasha să stăm cu cei mici, am continuat eu.

Ea a mormăit.

– Am mai discutat asta – e și vacanța voastră.

– Copiii chiar nu sunt o problemă.

Ea a fornăit.

– Îi ador, dar ăsta e un lucru care n-ar putea fi spus niciodată despre ei.

– Ei, bine, nu-mi pasă, am insistat eu. Lasă-ne s-o facem. Fără discuții.

Ea a ezitat din nou și și-a ridicat nesigură privirea spre mine.

– Bine. Dacă vorbești serios cu adevărat. Sper doar să mai discuți cu mine după aceea.

Am zâmbit mulțumită și m-am întins să-mi iau cana de cafea, dar în loc să apuc toarta, mâna mi-a alunecat și am dărâmat-o, vărsând lichidul cald pe masă. Am sărit în picioare și am început să șterg cu niște șervețele pe care le aveam în geantă, în timp ce Becky a fugit înăuntru după un prosop de bucătărie. Când s-a întors, l-a pus pe masă, strângând mizeria, în timp ce eu m-am prăbușit înapoi în scaunul meu și mi-am întins mâna tremurândă, incapabilă să-mi iau ochii de la ea în timp ce disperarea îmi curgea prin vene.

Uneori, mă simțeam de parcă, dacă m-aș fi uitat suficient de atent, aș fi fost capabilă să văd ce se întâmpla pe sub pielea mâinilor mele. Să văd cu ochii mei dacă deja se petrecea ceva în corpul meu, dacă HD-ul punea, tăcut, mâna pe mine.

– Ești bine? a șoptit Becky.

Am dat din cap.

– Da, bine.

Am continuat însă să-mi învârt mâna, studiind-o, căutând răspunsul la o întrebare familiară: a fost genul de accident care se întâmplă oricui sau a fost ceva mai mult?

M-am uitat la grămada de șervețele, leoarcă de cafea rece, apoi mi-am dat seama că Becky mă privea.

– A fost doar un accident, Jess. N-a fost nimic.

Am dat din cap încordată, clipind ca să-mi alung lacrimile, pentru că eram hotărâtă să nu plâng, scrâșnind din dinți și înghițindu-mi sentimentele care fierbeau în sufletul meu. Putea să aibă dreptate, bineînțeles. Nu era prima dată când dărâmasem ceva. Oricine poate fi neîndemânatic.

În ultimii ani, trecusem prin zeci de sentimente ciudate: furnicături pe față, apoi mi-am simțit picioarele lânoase, ca și când nu mi-ar mai fi aparținut. Cu doar câteva săptămâni în urmă, parcasem mașina la Tesco, iar când am ieșit nu-mi aminteam unde o lăsasem. Mi-a luat cinci minute s-o găsesc, timp în care am umblat prin parcare apăsând pe butonul telecomenzii, încercând să le dau trecătorilor impresia că doar făceam o plimbare prin ploaia deasă, de dragul plimbării.

După aceea am fost sigură că asta era: genul de lucruri care i se întâmplaseră mamei în zilele de început.

Apoi Becky a insistat că făcuse același lucru în repetate rânduri în ultimii cinci ani, inclusiv o dată când îl sunase pe Seb să vină să o salveze, convinsă că mașina îi fusese furată. El trecuse pe lângă mașina ei, un Ford Focus, pe drumul spre ea, parcată lângă tomberoanele de reciclare.

Dr. Inglis spunea că deocamdată credea că aceste incidente nu erau nimic mai mult decât o manifestare a anxietății. Ea spunea că nu aveam semne clinice de HD, ultimul meu RMN arăta asta și că, în ciuda genei mutante, eram sănătoasă. Pentru moment.

Problema era că, atunci când viitorul implica tot ceea ce fusese nevoită mama mea să îndure, nu era deloc ușor să-l pui undeva într-un colț al minții. Așa că nu mă puteam abține să nu pun iar și iar aceeași întrebare: când avea această boală să se târască pe sub pielea mea, luându-mi tot ceea ce mă definea? Felul în care gândeam. Felul în care mă mișcam. Felul în care arătam. Toate lucrurile care mă făceau să fiu cine eram.

Capitolul 56

Mai târziu în ziua aceea, am reuşit să vorbesc cu mama pe Skype. În timp ce imaginea tremura, am făcut obişnuita analiză a stării ei fizice şi am simţit un val de optimism greşit când a stat nemişcată. Apoi mi-am dat seama că îngheţase ecranul. Când şi-a revenit, umărul ei a zvâcnit înainte şi stomacul meu s-a strâns într-o agonie familiară.

Am zâmbit.

– Salut, mamă! Cum eşti?

Tata ţinea iPadul pentru ea. A fost un moment când a încercat să răspundă, dar nu a reuşit să scoată cuvintele ca lumea.

– A fost o dimineaţă plină, a spus tata într-un final. Gemma a venit în vizită pentru o oră.

Prietenia ei cu mama data din adolescenţă. Erau inseparabile. În anumite feluri, încă sunt.

– În plus, am fost vizitaţi de nişte copii de la o şcoală locală şi ne întâlnim cu dr. Gianopoulos mai târziu.

– Ah, corect, bine.

Dr. Gianopoulos era consultantul mamei de la bun început, iar ea îl plăcea, mai ales pentru că era isteţ şi optimist, dar, de asemenea, a spus ea odată, pentru că îi amintea de Rob Lowe.

– Deci... mamă, William joacă fotbal. Îmi pare rău, ar fi trebuit să aştept până termină şi să-l fi adus şi pe el. Zilele astea, chiar îi place jocul. Nu sunt sigură că ar câştiga în faţa lui Ronaldo, dar cel puţin e prins.

Ea nu a răspuns. În ziua aceea, ochii ei păreau goi, incapabili să-mi întâlnească privirea prin ecran, în timp ce cămaşa subţire îi atârna pe umeri. Tata s-a aplecat, a scos un şerveţel din buzunar şi i-a şters o picătură de salivă din colţul gurii.

– Deci, de ce au venit copiii de la şcoală? am întrebat-o eu.

Ea a făcut o pauză lungă, căutând cuvântul potrivit. Într-un final, a spus:

– Cântat.

– Oh, minunat.

– Afon, m-a corectat, iar eu am reuşit să râd.

– Deci, în ultima vreme, William îşi petrece fiecare minut liber cu Adam. Se distrează grozav. La început, am avut dubiile mele în legătură cu toate astea, după cum bine ştii, dar trebuie să recunosc că se înţeleg de minune.

Ea a mormăit. Apoi am înţeles:

– Drăguţ.

– Mă gândeam eu că o să fii mulţumită. Şi eu sunt fericită.

– Nu, tu. Drăguţă azi.

– Ah. Chiar? Mulţumesc.

După o pauză lungă, a adăugat:

– Fericită.

Nu aveam niciun dubiu că obrajii mei înfloritori şi aerul de bunăstare puteau fi atribuiţi nopţii petrecute în patul lui Adam, dar asta nu era o informaţie pe care să fiu tentată s-o împărtăşesc.

– Am... mâncat multe fructe proaspete, am îngăimat eu.

Cândva, i-aş fi povestit despre sentimentele pe care le aveam faţă de Adam. Ştiam că poveştile despre relaţii erau prea mult pentru unele mame şi fiice, dar pentru noi fusese întotdeauna ceva natural.

Îi descrisesem fericirea intensă pe care o simţisem când îl cunoscusem şi criza mea internă când se terminase. Acela fusese momentul, în lunile de după despărţirea noastră, când mi-am dat seama cât de mult mă bazam pe ea. Era foarte puternică. Putea privi lucrurile rațional atunci când eu nu puteam gândi clar. Și m-a învățat, pe bună dreptate, că, indiferent de cât de distrusă aș fi fost, mă voi ridica din cenușă și mă voi descurca fără el.

Într-o seară, la scurt timp după ce mă mutasem înapoi cu părinții mei, înainte să știu prin ce trecea ea însăși, mi-a ținut ceea ce aș putea descrie doar ca fiind un discurs motivațional.

– Jess, ești tare, isteață, și o să fii o mamă minunată. Lucrurile n-au mers între tine și Adam, dar ai atât de multe înaintea ta de care să te bucuri. Poți să treci prin asta.

Asta era atitudinea ei cu privire la viață: nu te plânge, nu te întrista, descurcă-te și scoate ce-i mai bun din ce ai. Niciodată n-a renunțat la asta.

În ultimul an de grădiniță al lui William, el a jucat în piesa Nașterii Domnului și i-am luat pe tata și pe mama s-o vadă. Asta era în zilele dinainte de scaunul cu rotile, dar coreea – mișcările ei involuntare – era la momentul acela atât de pronunțată, încât era suficientă cât să provoace un murmur în sală când a intrat cu pași rigizi, convulsivi.

– Haide, mamă. E un loc acolo, am spus eu, salutând din cap niște persoane din conducerea comitetului de părinți.

– Jess, pot să-ți vând un bilet la tombolă?

Diana, mama lui Oliver, prietenul lui William, a apărut fluturând un caiețel.

– Sunt o grămadă de premii fantastice – trei sticle de Buck's Fizz, un platou cu diferite feluri de carne și un aparat electric pentru picioare. Nu te descuraja din cauza ambalajului cam murdar. E nou-nouț, promit!

– Da, bineînțeles, am răspuns eu, scoțându-mi portofelul în timp ce ochii ei s-au mutat pe persoana străină de lângă mine.

I-am dat banii și mi-am dat seama că nu se mai uita la mine. În schimb, privirea ei tot fugea spre mama mea și felul în care fața ei se contorsiona în grimase. Reacția Dianei era de așteptat, dar eu nu mă obişnuisem cu astfel de situaţii. Şi, deşi eram sigură că-i povestisem, odată, vag, Dianei că mama mea nu era bine, era evident că nu fusese pregătită pentru asta. Nu avusese timp să-şi liniştească trăsăturile într-o privire „relaxată".

– Mulţumesc, minunat, a răspuns ea ciudat, în timp ce eu decodam un spectru de emoţii în spatele ochilor ei: uimire, alarmare, dezgust.

Tata a luat-o pe mama de braţ şi ne-am îndreptat spre trei locuri din spatele sălii, încercând să ne strecurăm prin mulţime.

– Dă-te din drum, a şoptit o femeie, în timp ce-şi trăgea fiica tânără spre ea, clar speriată după ce o văzuse pe mama, crezând că era beată sau nebună.

Sau cum un alt copil îl întrebase pe William, ceva mai târziu, în aceeaşi seară: „Bunica ta a venit de la casa de nebuni?"

Piesa a început şi, în ciuda scaunelor noastre ascunse, sunetele inumane pe care le scotea mama rămâneau sonore în timp ce eu mă rugam ca, pentru binele ei, să înceapă un alt cântec vioi, ca s-o acopere. După aceea, la cantină, au servit fursecuri şi vin fiert. Eu am vrut să merg direct acasă, dar William era disperat să rămână.

– Nu, hai să mergem, iubitule.

– E în regulă, ne-a întrerupt mama. Putem să mai stăm o vreme.

Eram acolo de mai puţin de un minut şi mama vărsase o băutură peste noua profesoară a lui William, care împărţea pahare din plastic umplute pe jumătate cu vin.

Domnişoara Harrison a fost drăguţă, bună şi clar şocată pentru că într-un moment vorbea cu părinţii despre reprezentaţia entuziastă a regelui Irod, iar în următorul avea lichid stacojiu, fierbinte, curgându-i de pe bluza din şifon.

Mama a abordat situaţia cu umorul ei flegmatic, tipic.

– Îmi pare rău, iubire, coordonarea mea e cumplită.

– Oh, e în regulă, a insistat domnişoara Harrison, înroşindu-se.

– Aş fi bucuroasă să vă despăgubesc, a adăugat mama. Zilele astea, sunt cel mai loial client al lor.

Am fost trezită din gândurile mele de ecranul luminos al telefonului.

– Bine, mamă. Trebuie neapărat să vorbesc.

Mama s-a uitat la mine, capul ei continuând să zvâcnească în timp ce încerca să se concentreze. Apoi fața ei s-a contorsionat din nou în ceva ce putea sau nu să fie considerat un zâmbet. Am ieșit din cameră crezând că totuși era. Că, în dezastrul întunecat care devenise creierul ei, uneori era posibil să se aprindă o lumină.

Capitolul 57

După ce mi-am terminat convorbirea, m-am îndreptat spre terenul de fotbal, unde am găsit-o pe Natasha supraveghindu-i pe William și pe băieți.

– Foarte bună decizia ta că o să stăm cu copiii, mi-a spus ea. Abia aștept. M-am tot gândit la activități pentru după-amiaza asta.

– Nu trebuie să ne batem capul prea mult. Au jocuri la dispoziție. Putem, pur și simplu, să-i facem să participe.

– Am reușit să descarc o copie din *Îmblânzirea copilului mic* mai devreme, a continuat ea. M-am uitat rapid, dar e utilă. Ești OK? Pari distrasă.

Mă concentram la William, care a încercat să blocheze un băiat, neamț, jumătate cât el și care arăta de parcă și un strănut mai zdravăn l-ar fi dărâmat. Fiul meu nu ajungea niciodată nicăieri în apropierea mingii, în schimb, a reușit să se împiedice de propriile picioare, să se împleticească spre pământ și totuși să se ridice în ultimul moment.

– S-a întâmplat ceva noaptea trecută.

Cu cât știau mai puțini oameni despre asta, cu atât mai bine, dar era împotriva legilor prieteniei să-i spun lui Becky, însă nu și Natashei.

– Ceva ce nu trebuia.

Ea a clipit spre mine și a rostit:

– Tu și Adam?

– Cine ți-a spus?

– Nimeni. Am prezis asta de mult. N-am spus nimic, dar am *știut* că așa se va întâmpla.

Nu mă puteam hotărî dacă să simt neîncredere sau indignare. În orice caz, am fost întrerupte.

– Salutare, doamnelor.

Lumina soarelui strălucea pe șuvițele moi din părul lui Simone. Pielea ei fină, proaspătă era strălucitoare și fără machiaj. A zâmbit direct spre mine, iar obrajii mei au tremurat de căldură.

– William e din ce în ce mai bun la fotbal, Jess. A făcut progrese mari.

– Oh... e drăguț din partea ta să spui asta, Simone, am zâmbit eu stânjenită, fixându-mi privirea pe fiul meu care se apropia de poartă. Spațiul dintre el și spatele plasei era complet liber, dar el tot a reușit să trimită mingea cu putere în colțul terenului.

– Of, a fost atât de aproape! a exclamat Simone.

Neliniștea fierbea în mine și încercam cu disperare să găsesc o scuză să plec. Natasha a înțeles asta și s-a băgat în vorbă.

– Simone, tocmai dezbăteam ce să vizităm mâine. Ne poți recomanda ceva?

– Ați fost deja la La Roque Gageac? Sunt niște grădini botanice. Adam m-a dus acolo odată pentru cel mai romantic picnic.

Ea a vorbit mult și animat atât despre obiectivele turistice, cât și despre gesturile nesfârșite de devotament pe care le făcuse Adam când se aflau acolo. Eu, între timp, încercam să nu mor pe loc de rușine, vină și regret.

Singurul lucru pozitiv era că devenise clar că ea habar nu avea ce făcuserăm eu și Adam noaptea trecută. Orice suspiciuni ar fi putut avea în timpul jocului de *boules*, se dizolvaseră complet, ceea ce era ciudat pentru că eu mă simțeam de parcă trădarea ar fi fost un semn mare și țipător pe pieptul meu.

– Nu crezi, Jess? *Jess?*

Mi-am dat seama că Natasha mă întreba ceva.

– Ăăă... sună minunat, am răspuns eu cu entuziasm.

– Mă plângeam de viermii pe care i-am văzut lângă tomberoanele de reciclare de pe drum în dimineața asta.

– Ah. Scuze. Eram în lumea mea.

– Și eu am fost așa în ultima vreme, a continuat Simone, veselă. Nu-mi mai stă mintea la treaba mea, acum că știu că plec.

Am ridicat capul brusc și m-am trezit că ochii ei albaștri mă fixau, buzele ei moi fiind strânse într-o jumătate de zâmbet.

– Pleci?

– Nu până la sfârșitul sezonului. Am ținut treaba asta sub tăcere, dar era în plan de ceva vreme.

– Unde te duci? am întrebat eu, încercând să procesez vestea; bănuiam că ar fi fost un record dacă rezista ca iubita lui Adam dincolo de sfârșitul sezonului.

– În jurul lumii. Parte din ea, oricum. Sunt în proces de planificare acum.

– Doamne. Uau, norocoasa de tine. Ce chestie genială!

Adrenalina îmi curgea prin vene.

– Ce țări o să vizitezi?

– Prima oprire este în sud-estul Asiei. Adam cunoaște pe cineva în Thailanda, un colaborator al lui, așa că ne ține la el o săptămână. Apoi ne ducem spre Vietnam, care ar trebui să fie genial, deși am văzut on-line un meniu cu șoareci-de-câmp prăjiți, săptămâna trecută. Nu sunt sigură că-mi surâde asta, a chicotit ea.

În timp ce trăncănea în continuare, simțeam de parcă tot aerul era supt din mine în timp ce ascultam ce spunea, încercând să înțeleg. Într-un final, Natasha a pus întrebarea de un milion de dolari.

– Scuze... ai spus că Adam merge cu tine?

– Da! a rânjit ea, savurând în mod evident momentul.

Apoi ochii ei s-au mărit teatral.

– Oh, Doamne, *scuze,* Jess! Probabil că voia să vă spună asta el însuși, ție și lui William. Deși nu l-a văzut prea des nici în condiții normale, totuși n-o să fie o diferență prea mare: o să-l vadă după un an, nu după șase luni, așa cum ar fi trebuit.

– Dar cum rămâne cu locul ăsta? a întrebat Natasha. Cine o să-l conducă?

– Familia Blanchard.

– Cuplul de la care a cumpărat locul?

– Da. E un aranjament temporar, dar ei cunosc locul pe dinafară, Adam are încredere deplină în ei, având în vedere că acest castel a fost în familia lor timp de generații întregi. Cât vom fi pe drum, Adam o să ia legătura cu ei să verifice lucrurile din când în când.

Puterea părea să-mi părăsească picioarele.

– Scuze, Jess.

Ochii ei străluceau, fața ei frumoasă radia.

– Dar trebuia să afli, mai devreme sau mai târziu. Și probabil că nici măcar nu ești surprinsă. Dacă e un lucru pe care îl știm despre Adam, e că urăște să fie legat.

Capitolul 58

Abia puteam înțelege vestea că Adam pleca în jurul lumii cu Simone. Faptul că făcuse din nou cunoștință cu vergeturile de pe interiorul coapselor mele în urmă cu doar câteva ore era doar o parte din problemă.

În zecile conversații pe care le avuserăm de când ajunsesem – despre fiul nostru, despre el, despre unde era cel mai bun loc să cumperi înghețată în Domme sau cum să scoți capacul unei sticle de bere fără desfăcător –, aparent nu crezuse niciodată că ăsta era un lucru care merita să fie menționat.

Fundamental totuși, ce mă omora era asta: adevăratul motiv pentru care eram acolo era, practic, pentru nimic. Trebuia să mă întorc în Anglia și să-i dau mamei vestea că eșuasem. Că Adam nu se schimbase. De fapt, nimic nu se schimbase.

Mă amăgisem singură crezând că întorsese o nouă pagină și că, brusc, devenise un tată devotat pentru fiul pe care îl neglijase ani întregi. Dar se pare că speranțele mele erau nule. Pur și simplu, petrecuse câteva săptămâni plăcute cu noi, îl făcuse pe William să-l idolatrizeze, iar acum avea să dispară din viața lui pentru a doua oară. Numai că acum William nu mai era un bebeluș care nu putea înțelege ce se întâmpla.

De data asta, el avea zece ani și-l adora pe Adam. Mai mult, William avea nevoie de el, mult mai mult decât își dădea seama.

Enormitatea acestui lucru m-a lovit în piept, astfel încât a trebuit să plec înainte ca Simone să-mi vadă reacția. Natasha a simțit dezastrul din sufletul meu și mi-a spus că are grijă ea de William cât mă duceam să fac... orice.

Nici măcar nu știam ce era acest *orice*, în afară de faptul că implica să merg în castel și să caut refugiu temporar în baie, departe de toată lumea. Într-un final, am ieșit, cu mintea plină de furie și cu o dorință copleșitoare să plec acasă în Anglia fix în secunda aceea.

Sentimentul nu a cedat nici în timp ce mergeam împreună cu William înapoi spre vilă, mirosul dulce al plantelor și al ierburilor fiind complet nepotrivit cu starea mea de spirit.

– Am apărat un gol, mamă, mi-a spus el, încântat.

– Serios?

– DA! a râs el. Aș fi vrut să fii acolo să vezi. A fost minunat!

– E genial, dragule, am mormăit eu. Ai înscris vreunul?

Fața lui s-a întunecat.

– Ei, bine, nu, a mormăit el, înainte să se lanseze într-o explicație detaliată despre faptul că a da gol era ceva supraevaluat.

– Sunt foarte mândră de tine, am spus eu, punându-mi mâna pe umerii săi. Cum ai ajuns așa de bun?

– Tata, a răspuns el simplu. E un profesor genial.

Mi-am simțit mușchii spatelui încordându-mi-se.

– E uimitor la blocaje, mamă, a continuat el. E foarte puternic, nu-i așa?

– Presupun că e.

– Și aleargă foarte repede.

– Da? am murmurat eu, în timp ce o amintire vie cu Adam sărutându-mi gâtul îmi trece brusc prin minte.

– Mama?

– Da.

– Treci printr-o fază ciudată? Arăți ca doamna Garrett de la școală. Mereu are faze ciudate. A spus că asta se întâmplă când împlinești cincizeci de ani.

– Nu trec printr-o fază ciudată. Şi sunt departe de cincizeci de ani. Putem vorbi despre altceva?

– Bine, ce?

– Orice vrei.

S-a gândit pentru un moment, în timp ce ajungeam la parcarea din spatele Grajdurilor.

– Ce zici de perioada Jurasicului?

Charlie lega o placă de surf deasupra maşinii sale. Ştiam că nu eram chiar un cuplu, dar faptul că mă culcasem cu altcineva – nu conta că acel altcineva era Adam – era atât de jenant, încât abia am reuşit să mă uit la el, cu atât mai mult să-i vorbesc.

– Bună, Charlie, am spus eu, jenată.

El şi-a ridicat privirea, a terminat de strâns un nod şi s-a îndreptat spre noi.

– Ce mai faci?

– Sunt bine, mulţumesc, am răspuns eu.

– Te-ai simţit bine la grătar? Chloe a spus că te-a văzut întorcându-te azi-dimineaţă.

El mi-a analizat faţa, ca şi când ar fi căutat o explicaţie.

– Ăăă... da, am... *da*.

Pe faţa lui a apărut un zâmbet încurcat.

– *„Da?“*

Am dat din cap.

– Am... rămas la Adam.

A trecut un moment în care Charlie a încercat să decodeze această propoziţie.

– William a adormit, aşa că eu am dormit în camera de oaspeţi, am minţit eu.

Dintr-odată, îmi doream să pot da ceasul înapoi cu o săptămână, când aveam o idilă de vacanţă, ceva ce poate că n-ar fi dus la nimic dincolo de sfârşitul verii, dar *ar fi putut* duce la câteva vizite la cinema sau cine simpatice.

– Ai vrea să ieşim din nou la cină? mi-a scăpat mie.

Mi-am dat instant seama că asta era o încercare slabă de a-l pedepsi pe Adam, de a-mi demonstra şi mie, și lui că noaptea trecută nu însemnase nimic pentru mine. Era o abordare adolescentină, ştiam asta, dar în momentul acela era tot ce aveam.

Charlie era vizibil surprins.

– Serios?

– Da.

– Am avut impresia că se întâmplă ceva între tine şi... dar vocea lui a scăzut în timp ce s-a uitat spre William. Scuze, a zâmbit el. Mi-ar plăcea.

Capitolul 59

În timp ce mergeam pe terenul castelului, căutându-l pe Adam, furia mea creștea cu fiecare moment. Într-un final, m-am dus la recepție și l-am găsit pe Ben la birou. El a zâmbit cu ochii aceia căprui, dulci, și stropeala de pistrui noi de pe nasul lui bronzat a părut să-i exagereze tinerețea.

– Fără William azi, Jess?

– Ăăă... azi, nu. L-ai văzut pe Adam? Nu răspunde la mobil și am fost la vila lui, dar nu-l găsesc.

– Ultima dată când l-am văzut se ducea spre șopron, să caute un fierăstrău. Pot să te ajut cu ceva?

Am fost impresionată de îngrijorarea de pe fața lui.

– Nu cred. Dar îți mulțumesc.

L-am găsit pe Adam în fața șopronului, aplecat asupra unei bănci în timp ce trăgea de fierăstrău înainte și înapoi, pielea goală de pe brațele sale strălucind de sudoare. În timp ce mă apropiam, el și-a ridicat privirea și un zâmbet i-a înflorit pe față. Apoi mi-a observat expresia.

A pus cu grijă fierăstrăul jos și s-a îndreptat spre mine, ștergându-și mâinile cu o cârpă. Înainte să vorbească, a luat o înghițitură zdravănă de apă.

– Te-am căutat mai devreme.

Dorința strălucea în ochii lui, dar eu eram amorțită, zdrobită de spusele lui Simone. El a întins o mână, dar eu i-am dat-o la o parte.

– Mă întreb dacă ai putea să-mi explici un lucru.

– Sigur, ce s-a întâmplat? Vrei să mergem să luăm ceva de băut?

– Nu.

Cuvintele îmi urlau în cap, dar, într-un final, am reuşit să spun ceva.

– M-am văzut cu Simone mai devreme.

El şi-a trecut nervos mâna prin păr.

– Trebuie să fi fost ciudat pentru tine. Îmi pare rău, Jess. O să vorbesc cu ea azi.

– Adam, mi-a spus că pleci în jurul lumii cu ea, am izbucnit eu. Că ai făcut un aranjament cu familia Blanchard ca să aibă grijă de locul ăsta pentru un an şi că tu, pur şi simplu... pleci. E adevărat? Plănuieşti o mare excursie cu ea?

După expresia de pe faţa lui, mi-am dat seama că aşa era.

– Mda. E complicat...

– Nu, Adam. E simplu. E adevărat? Ai rezervat zborurile, ai planificat să-ţi iei liber tot anul, cum a spus ea? Sau e o mincinoasă?

S-a crispat, înainte să înceapă să vorbească.

– Nu e o mincinoasă. Dar asta a fost înainte...

– Înainte de ce? A fost înainte să ştii că aveai un fiu care nu te va vedea pentru un an pentru că te comporţi ca şi cum ai avea încă optsprezece ani? Fără angajamente. Fără nicio grijă pe lume.

Vorbeam ca o mare pisăloagă. Ca o spărgătoare de petreceri. Pentru o clipă, m-am întrebat dacă nu cumva eram geloasă că Adam putea face ceva ce eu nici măcar nu-mi permiteam să visez.

– Voiam să-ţi spun când ai ajuns aici, la început.

– Şi de ce nu ai făcut-o?

– Pentru că m-am răzgândit.

– Vai, ce frumos! Deci intenţionai să fii sincer, apoi te-ai gândit să minţi în schimb.

– Nu asta vreau să spun. M-am răzgândit cu privire la excursie.

Eram gata să continui, însă am înţeles cuvintele lui.

– Ce?

– M-am răzgândit cu privire la faptul că voi fi plecat atât de mult. Și în legătură cu... totul.

– Ăăă, serios, Adam? am rostit eu sarcastic. Ar trebui să cred că nu pleci, dar că încă nu i-ai spus lui Simone?

El s-a încruntat.

– Am tot amânat. Am vrut să aștept până după ziua ei și să văd cum mergeau lucrurile cu tine și cu William aici.

– Deci îți cumpăneai variantele?

Stătea drept în fața mea și și-a încrucișat brațele.

– Bineînțeles că nu. Jess, înțeleg că în trecut nu l-am văzut pe William suficient de mult și că n-am fost tatăl care trebuia să fiu.

– Destul de corect.

– Dar și tu ai jucat un rol în asta.

– Eu?

Adrenalina îmi alerga prin corp și îmi dădeam seama că voia să-și retragă cuvintele. Dar era prea târziu.

– Cum dracu' poți să spui asta, Adam?

A închis ochii pentru un scurt moment și a tras aer în piept.

– Jess, am fost întotdeauna sigur că aș fi un părinte groaznic. Dar ce *ar fi trebuit* să fac – îmi dau seama acum – trebuia să fac oricum. Așa cum fac părinții, chiar dacă se simt sau nu competenți.

Știam ce urma.

– Jess, nu te învinovățesc pe tine. Dar ai fost absolut fermă când ai spus că nu mă voiai în viața ta – și nici în viața lui William. Mi-ai spus că i-ar fi mai bine fără mine. N-am spus nimic despre asta niciodată pentru că... ei bine, eram deja convins că aveai dreptate.

Am înghițit în sec, abia respirând.

– Ar fi trebuit să lupt mai mult, a continuat el. Să încerc să demonstrez – și ție, și mie – că puteam fi un părinte mai bun decât cei pe care i-am avut *eu*. În schimb, am acceptat ideea aia.

În timp ce el a continuat să vorbească, eu am rămas fără cuvinte.

– Totuși, a existat întotdeauna o parte din mine care a sperat că lucrurile pot fi altfel. N-aveam nicio idee cum, dar m-am gândit mult să-și petreacă vacanțele cu mine aici, ca acum.

Adam mă întrebase odată, când William era mic, dacă aş veni în vizită. Nu-mi puteam aminti exact ce-i spusesem, dar sunt destul de sigură că fusese o versiune politicoasă de „du-te naibii". Mă simţeam sufocată de conversaţia aceia.

El şi-a şters sudoarea de pe frunte cu o mână şi s-a aşezat pe un buştean.

– Când mi-ai trimis acel e-mail, din senin, spunând că veneaţi încoace, am fost foarte încântat. Vorbesc serios. Apoi, în timp ce toată chestia se întâmpla, cu cât am petrecut mai mult timp cu el, ceva a început să mă macine. Am ştiut că nu puteam pleca în jurul lumii cu Simone. Nu *voiam* să merg în jurul lumii cu ea. Simone e însă o persoană bună. O persoană drăguţă, iar eu m-am purtat urât cu ea. În primul rând, m-am culcat cu tine.

Ochii mei s-au înfipt în pământ.

– Deci, încercam să găsesc un moment în care să-i spun că nu pot merge. Dar ai dreptate. Momentul e acum. De fapt, a fost acum câteva săptămâni.

Am închis ochii şi am încercat să înţeleg totul, furia pe care o simţisem cu doar câteva minute în urmă dizolvându-se, fiind înlocuită de ceva complet diferit. Lacrimi sărate s-au adunat în ochii mei şi am încercat să le fac să dispară clipind, înainte ca Adam să observe.

– Trebuie să termin cu asta, a spus el.

– Oh, Doamne, acum mă simt de parcă aş complota cu tine, am suspinat eu.

El s-a ridicat şi s-a întins să mă ia de mână. Apoi m-a tras spre el şi m-a îmbrăţişat, în timp ce eu mă luptam cu durerea pe care o simţeam în piept. L-am împins cu blândeţe.

– Trebuie să plec, am şoptit eu, dar el m-a luat din nou de mână.

– Vreau să-ţi spun ceva înainte.

– Ce?

– Jess... noaptea trecută. Chiar a însemnat ceva pentru mine.

M-am uitat în jos.

– Adam, nu face asta.

– De ce nu? Poate că pentru tine a fost o greșeală făcută la beție, iar dacă așa este, atunci... Dumnezeule, nu mă pot pune cu tine. Dar vreau să știi că pentru mine nu a fost așa. Însemni mai mult pentru mine decât...

– Oprește-te, am șoptit eu și mi-am tras mâna. Te rog... nu.

Apoi m-am întors și am alergat spre pădurea întunecată, tufele zgâriindu-mi gleznele în timp ce m-am împiedicat de propriile picioare, dorindu-mi să fi putut alerga tot drumul până acasă în Manchester.

Capitolul 60

Pentru restul zilei, întrebarea dacă aş putea sau ar trebui să organizez o plecare rapidă din Franța mi-a dominat gândurile. Chiar şi cu toată gălăgia unei vile pline cu micuţi de care trebuia să am grijă.

– Deci, Poppy, a început Natasha, sprijinindu-se de canapea, ce-ai zice de o poveste?

Poppy şi-a ridicat privirea.

– Eu foame.

– Ah. Bine, ai vrea o banană?

A luat una din castron.

– Vreau dulciuri.

– Oh, dragă, nu avem. Ce zici de asta în loc? Mmm... delicios.

Natasha s-a aşezat în genunchi şi a desfăcut banana, înainte să i-o dea. Poppy s-a uitat la ea de parcă ar fi fost luată de pe talpa pantofului ei.

– NUUUUUU!

A aruncat-o înapoi la Natasha.

– Pune-o înapoi!

– Ce să pun înapoi?

– ÎNAPOI ÎNAPOI ÎNAPOI!

Poppy s-a aruncat pe podea.

– Ce vrea? a întrebat Natasha uimită, în timp ce James şi-a ridicat ochii de la desenul pe care îl colora.

– Vrea să pui banana înapoi în coaja ei.

Au trecut zece minute până când Poppy s-a calmat și Natasha a turnat câte un pahar cu vin pentru amândouă.

– Pot să te întreb ceva? am început eu în timp ce ea mi l-a dat și s-a așezat.

– Pare ceva serios, a zâmbit ea, dar n-am reușit să-i întorc gluma.

– Ce-ai spune dacă eu și William am pleca acasă mai devreme?

A tras rapid aer în piept, apoi l-a dat afară de parcă n-ar fi fost *complet* surprinsă.

– Mă simt cumplit pentru că eu am fost cea care te-a convins să vii aici, am continuat eu, dar tot i-ai avea pe Becky și Seb și ai putea să te distrezi cu Joshua fără ca noi să-ți stricăm apele. Ultimul lucru pe care vreau să-l fac e să te las de izbeliște, dar...

Ea a început să dea din cap.

– Jess, nu m-ai lăsa de izbeliște – sunt fată mare. Ești îngrijorată pentru ce se întâmplă cu Adam? Sau vrei să te duci înapoi să fii cu mama ta?

– Ambele. Știu că mama îl are pe tata, dar totuși. În plus, da: nu-mi vine să cred ce am făcut cu Adam, beată sau nu. Totul pare foarte complicat aici.

Înainte să se aplece spre mine, ea s-a uitat spre copii, ca să vadă dacă ne puteau auzi.

– Jess, înțeleg că ești îngrijorată. Adam schimbă femeile cum îmi schimb eu chiloții și ești îngrijorată că același lucru s-ar putea întâmpla cu tine, ceea ce ar fi oribil pentru William. Dar...

– Dar ce? am șoptit eu.

– Nu ești doar *o femeie oarecare.*

– Teoretic, sunt.

– Vreau să spun că tu întotdeauna vei fi pentru el mai mult decât atât.

Mă întrebam unde voia să bată.

– Dacă lucrurile ar funcționa între voi doi? a continuat ea. Dacă ați reuși să vă rezolvați problemele care v-au despărțit prima dată...

– Nu problemele ne-au despărțit, Natasha, ci conținutul pantalonilor lui Adam. În plus, chiar n-ar funcționa. E ridicol doar să te gândești la asta.

Ea s-a lăsat pe spate, sfidătoare:

– De ce?

– De unde să încep? Faptul că n-am reușit să rezistăm la prima tură. Faptul că Adam și cu mine, prostindu-ne împreună, l-ar da peste cap pe William.

– Da, dar...

– Și, mai mult decât toate astea la un loc, înmulțit cu un milion, am continuat eu hotărâtă, este... faptul că mă îndrept spre un viitor cu o boală fatală.

Ea s-a cufundat înapoi în scaunul ei.

Și, în loc să fie capabilă să protesteze, să încerce să mă convingă să sar cu capul înainte pentru că nu aveam nimic de pierdut, și-a dat seama că nu putea face asta. Cu alți prieteni, da. Nu și cu mine. Aproape că-i puteam vedea capul umplându-se de gânduri despre ce-mi rezerva următorul deceniu.

– Natasha, nu e ceva la care să mă mai pot gândi, am continuat eu cu blândețe.

Nevoia de a plânge părea să izbucnească în ea, tare și repede.

– De aceea cred că ar fi cel mai bine pentru toată lumea dacă aș pleca acasă.

Ea s-a întors spre perete și a luat o gură de vin, înghițind cu greu.

– Pur și simplu, nu-i corect, Jess.

M-am întins și i-am strâns degetele, încă reci din cauza paharului.

– Nu, nu este, dar trebuie să mă descurc așa cum pot.

M-am uitat spre copii, iar ea și-a înghițit lacrimile, adunându-se înainte ca ei să-și dea seama că se întâmplase ceva.

– OK, am înțeles, a continuat ea. Dar nu fugi, Jess. O să ajungi acasă, singură, fără mine și Becky să te susținem. Iar noi vrem să facem asta, știi și tu. De aceea am venit.

M-am uitat în jos la lumina care strălucea pe buza paharului meu.

– În plus, William ar fi devastat.

Am zâmbit discret.

– Lovitură sub centură.

– Dar e adevărat, a spus ea.

– Ai dreptate, dar va depăși momentul.

Ne-am întors amândouă și ne-am uitat spre William, care stătea cu Poppy, învățând-o cum să spună pe litere „PISICĂ".

– B-C-T-R-P-E-D-G, a declarat ea.

– Oh, bravo! a spus el.

Eu și Natasha am chicotit înainte să amuţim. Apoi ea a spus ceva care mi-a făcut inima să se strângă.

– Încă ești îndrăgostită de Adam, nu-i așa?

Am deschis gura, dar n-am putut rosti nimic.

Pentru că amândouă cunoșteam deja răspunsul.

Capitolul 61

A doua zi, aveam o singură întrebare pentru Becky.

– De ce ați venit acasă așa devreme?

– Păi, a mieunat ea, eram îngrijorată de ce se întâmpla la fermă.

– Nu se întâmpla nimic! A fost un fleac. Copiii au fost minunați.

– Chiar n-a fost nicio criză?

– Nu, dacă n-o pui la socoteală pe Natasha, care nu găsea desfăcătorul de vin. Uite ce, ideea era ca tu și Seb să vă relaxați și să vă simțiți bine.

– Am făcut asta, oarecum, a protestat ea, deși nu eram nici pe departe convinsă. Deși îmi doresc să nu fi mâncat desertul ăla uriaș. De mâine, mă apuc de regim.

– Nu ai nevoie, ești perfectă fix așa cum ești, a răspuns Seb, apărând în ușă.

– Mulțumesc, dar blugii mei vechi sunt de altă părere.

Am râs în timp ce de afară s-a auzit un țipăt ascuțit, urmat de un strigăt de „MAAAMA!“

Becky s-a uitat îngrijorată spre Seb, care a spus:

– Mă duc eu.

– Vă lăsăm în pace, mi-a spus Becky, luând-o pe Poppy de mână și oprindu-se la ușă. Am vrut să-ți zic, ne-am întâlnit cu Adam când plecam. Arăta... un pic ciudat.

– Ce vrei să spui?

– Părea cam tensionat. Ah, vorbești de lup.

Adam se îndrepta spre noi. Mi-am simțit umerii încordându-mi-se.

– Bună, Becky. Ai petrecut o seară plăcută în oraș?

– Minunată, mulțumesc, a răspuns ea.

El a zâmbit, iar eu mi-am dat seama că ochii mei erau atrași de buzele lui.

– Bun, trebuie să merg la supermarket să hrănesc gașca asta sau o să se dezlănțuie iadul. Haide, Poppy, hai să-ți luăm stafidele și să mergem la cumpărături. Ne vedem mai târziu.

Înainte de a se îndrepta spre mașină, s-a uitat spre mine întrebător.

– Ai chef de o plimbare? a sugerat Adam.

– William o să se întoarcă la vilă după meciul de fotbal și vreau să fiu aici când ajunge.

– Atunci, ce-ai zice să mergem pe acolo?

Am încuviinţat crispată.

– Bine.

Ne-am îndreptat spre zona împădurită și-am luat-o pe cărare, unde lumina filtrată a soarelui arunca modele pe covorul de ferigi închise la culoare. În timp ce mă uitam la pământ, el mi-a zis că îi spusese lui Simone că nu putea merge în călătorie.

– I-am zis că nu vreau să-l părăsesc pe William atât de mult timp. Și... că am sentimente pentru altcineva.

M-am forțat să mă uit fix, în față.

– A întrebat pentru cine?

I-am simțit privirea îndreptându-se rapid spre mine.

– Nu cred că trebuia să-i spun pe litere.

Am înghițit în sec.

– Și cum a primit vestea?

– Și-a dat demisia și mi-a spus că va lua primul avion spre casă, la părinții ei, în după-amiaza asta. Apoi mi-a spus să mă aștept să fiu contactat de avocatul tatălui ei, care mă va da în judecată pentru concediere abuzivă.

Am luat o gură de aer.

– A mers bine, deci.

Când ne-am apropiat de vilă și ne-am așezat pe scaunele de afară, am simţit un nod în stomac. Mi-am ridicat bărbia, închizând ochii în linişte ca să simt căldura roşie a soarelui pe pleoape în timp ce, pentru un scurt moment, mi-am imaginat că aş putea face relaţia să funcţioneze cumva. Că aş putea recupera fragmentele dezbinate ale familiei noastre şi că aş putea pune piesele puzzle-ului nostru din nou laolaltă.

Poate că de aceea am simţit nevoia să spun ceva care venea probabil teribil de târziu.

– Îmi pare rău.

El a părut uimit.

– Pentru ce? Ai avut perfectă dreptate despre Simone şi despre excursie.

– Nu, vreau să zic... m-am gândit la ce ai spus. Că te-am lăsat să crezi că n-ai fi bun deloc în viaţa lui William. Îmi pare rău că am zis că i-ar fi mai bine fără tine. A fost o mare greşeală.

În timp ce am continuat, am observat expresia de pe faţa lui Adam.

– De asemenea... nu era adevărat, după cum ai dovedit de când am ajuns aici.

Ochii mei îi analizau chipul.

– Adam, te iubeşte, chiar te iubeşte. Şi, de când suntem aici, cred că i-ai câştigat dragostea. O meriţi.

A strâns din ochi, jenat de reacţia lui.

– Jess, a spus el imediat. Putem încerca, să ştii. Chiar putem. Sentimentele mele pentru tine... s-au schimbat. Nu, de fapt, au devenit foarte clare.

Adam a continuat să vorbească, argumentând de parcă ar fi fost la un concurs de dezbateri, că era logic să fim împreună, să încercăm din nou.

Dar chiar nu mă puteam concentra la cuvintele lui. Singurul lucru la care mă puteam gândi era ce încă nu-i spusesem. Sau ce îi ascunsesem vreme de un deceniu.

– De ce plângi?

Când s-a întors să mă privească în ochi, inima mi s-a zvârcolit.

– Nu va merge, Adam. Nu putem fi împreună.

Mi-am dat seama că trebuia să-i spun totul. Îi datoram asta. Ar fi trebuit s-o fac cu ani în urmă.

– Chestia e că...

Dar vocea mi s-a stins, nedorind să ia parte la această dezvăluire. Cum îi spui ceva de genul ăsta unui bărbat care n-a plecat niciodată complet din inima ta? Când știi că asta va schimba tot ce a gândit vreodată despre tine? Când știi că niciodată n-o să se mai poată uita la tine și să vadă o femeie pe care o dorește, ci doar o femeie de care îi e milă? Am deschis gura să încerc, dar el a vorbit primul.

– E vorba despre tipul de peste drum, nu-i așa?

Am izbucnit în râs, șocată.

– Poftim?

– Tipul ăla, Charlie. E clar că e înnebunit după tine.

Am scuturat din cap, uimită.

– Nu.

Adam și-a încrucișat defensiv brațele.

– Adam. N-am fost niciodată atrasă de el. E doar *un tip* pe care l-am cunoscut în vacanță.

Ochii lui ardeau.

– Înțeleg.

– Nu, nu înțelegi.

Voiam să-mi umplu plămânii și să strig peste toată pajiștea: „Nu e vorba despre Charlie. Cum ar putea să fie el când tu încă ești în inima mea? Aprinzându-mă de fiecare dată când sunt oriunde aproape de tine. Umplându-mă cu dorință copleșitoare de fiecare dată când inhalez mirosul pielii tale".

Numai că asta n-ar fi ajutat deloc. Așa că, în schimb, am spus frivol:

– Adam, tipul poartă pulovere. Cu guler. Te asigur, *nu e vorba despre el.*

Mi-am ridicat privirea și l-am văzut pe Charlie uitându-se direct la mine, după ce auzise fiecare cuvânt. Pentru un moment, ochii lui au clipit aiurea, înainte să se întoarcă și să meargă spre vila lui, închizând ușa în urma sa.

Capitolul 62

O oră mai târziu, stăteam ghemuită pe canapea, prea ruşinată să ies la lumina zilei, în caz că era acolo Charlie. Întrebându-mă dacă ar trebui să mă duc să-i explic, sau să-i cer scuze. Între timp, William stătea bosumflat, spunând foarte puține, pierdut în gândurile lui.

– De ce ai venit mai devreme de la fotbal, am întrebat eu.

El a ridicat din umeri, refuzând să răspundă.

– Ai căzut din nou?

Şi-a ridicat privirea şi s-a uitat la mine, consternat de ideea că zilele astea ar fi jucat mai puțin bine decât standardul de la Real Madrid.

– Nu, am dat gol.

– Oh!

E posibil să fi sunat un pic prea şocată la auzul acestei veşti.

– Doamne, e genial, William. Atunci de ce eşti trist?

El a scuturat din cap şi s-a încruntat.

– Haide, spune!

– Ceilalți copii l-au făcut pe James homosexual. Le-am spus să-l lase în pace, aşa că au zis că şi eu sunt homosexual. Dar nu sunt.

– Of, William, am oftat eu, simțindu-mă enervată şi mândră în acelaşi timp. Ai făcut bine că i-ai ținut partea. Deşi... chiar dacă ai fi, ar fi OK, să ştii. Ca să ştii.

O parte a buzei sale s-a ridicat, de parcă n-aş fi reuşit să înțeleg întreaga situație.

– Pur şi simplu, nu am vrut să fie răi cu James.

– Da, ştiu. Unde era Seb când s-au întâmplat toate astea?

– Citea un ziar lângă teren, prea departe ca să audă ce se întâmpla.

– Iubitule, ai făcut ce trebuia.

M-am dus spre el şi mi-am pus braţul pe umerii lui osoşi, încercând să-l trag spre mine, dar s-a scuturat.

– Acum, nu mai am cu cine să joc fotbal. Şi chiar când am început să mă pricep.

S-a ridicat şi a plecat spre camera lui.

L-am lăsat să plece, până când nevoia de a-l urma a devenit irezistibilă. M-am dus la uşa lui şi am deschis-o, găsindu-l întins cu faţa în jos pe patul de sus.

– William, am spus eu încet.

Dacă ar fi fost în patul lui de acasă, m-aş fi aşezat pe un colţ şi l-aş fi mângâiat uşor pe spate, până când ar fi fost atât de enervat de gestul acesta, încât ar fi fost forţat să discute cu mine.

Am pus piciorul pe treapta de jos a scării, dar când eram pe a treia treaptă, mi-am dat seama cât de instabilă era toată chestia; probabil nu fusese gândită pentru doi oameni, dintre care unul era o femeie adultă care mâncase atât de multă brânză în ultimele trei săptămâni, încât se gândea să-şi ardă blugii. Totuşi, am ajuns sus şi am încercat să mă aşez pe saltea.

– Ce faci? a întrebat William, întorcându-se şi ridicându-se în fund în timp ce strâmba din nas.

– Vin să stau cu tine, am spus eu, reuşind, într-un final, să mă caţăr şi să-mi încrucişez picioarele, de parcă aş fi fost la o petrecere în pijamale. *Mai* e vreo altă problemă?

El mi-a răspuns cu una dintre privirile alea preadolescentine, care trebuiau să arate că era confuz, şi asta doar pentru că pusesem o întrebare prostească.

– Nu.

– Ei, bine, ascultă... s-ar putea să am o soluţie pentru faptul că nu prea merge treaba cu fotbalul, i-am spus eu.

– Ce?

– M-am gândi...

El și-a ridicat privirea, ca și când asta suna foarte periculos.

– Aș zice că ar fi o idee bună să mergem acasă mai devreme. Poate chiar mâine. M-am uitat un pic la programul feribotului și costă doar un pic mai mult să schimbăm biletul pe care îl avem deja. În felul, ăsta ai putea să te întâlnești cu prietenii tăi de acasă și să joci *Războiul grădinii* cu Jake și...

– *Poftim?*

– Spuneam doar... că mă gândeam că poate puteam pleca. Mâine.

– NU! a izbucnit el atât de violent, încât am sărit, șocată.

– Uite... gândește-te.

El și-a încrucișat strâns mâinile peste piept.

– M-am gândit și nu vreau să merg.

Fața i s-a albit. A trecut de la a fi îmbufnat la a fi înfuriat într-un interval de zece secunde. Aproape că tremura.

– Știu că te-ai simțit minunat cu tatăl tău, dar el e foarte ocupat cu afacerea și n-ar fi plăcut să fii din nou cu prietenii tăi? am insistat eu.

El m-a privit, rânjind răutăcios.

– Asta e din cauză că nu te poți cupla cu tata?

Nu știam dacă să plâng sau să râd de ușurare că nu-și dăduse seama ce se întâmplase în noaptea dinainte.

– Ei, bine, nu. Nu e vorba despre asta.

– Ba da, nu-i așa? a rostit el furios. Îl urăști. Nici măcar nu poți să reziști aici de dragul meu. Când tocmai deveniserăm prieteni foarte buni și mă învață să fiu mai bun la fotbal și...

– Nu e vorba despre asta, William, l-am întrerupt eu. Tatăl tău are mult de lucru, dar a spus deja că e nerăbdător să planifice o excursie acasă, ca să te vadă.

Cum să-i spun lui William că nu pe el vreau să-l țin departe de Adam, ci pe mine? Nu mi-am dat seama cât de speriată eram de posibilitatea de a rămâne până când el nu a forțat nota.

– Ei, bine, eu nu merg nicăieri, a declarat William. Tu poți face ce vrei.

Am clipit, uimită de acest ton nou, nepotrivit, din vocea lui.

– *Poftim*?

– Am zis că nu merg.

Nu știu dacă era din cauza felului în care o spunea, aproape mârâit, dar, dintr-odată, m-am simțit copleșită de cât de lipsită de control eram. Voiam să urlu.

– Cred că ai să descoperi că sunt *mama ta*, am spus eu, suficient de răspicat încât să ascund cât de agitată eram. Așa că... așa că, dacă eu spun că mergi, mergi. Și să NU mai vorbești vreodată cu mine așa. Ai zece ani, nu douăzeci și cinci. Și chiar dacă ai avea douăzeci și cinci, n-ar trebui să vorbești cu mine așa. Sau cu oricine.

– CUM? a țipat el. Nu pot să cred că *eu* sunt certat și nici măcar n-am făcut nimic. Tu ești cea care dă peste cap toate planurile și strică tot. Intenționat.

Ceva din tonul lui plângăcios, de martir, a declanșat ceva în mine. Dintr-odată, nu-mi mai păsa de nimic din ce citisem în cărțile *Supernnany* despre cum că, atunci când ai țipat la un copil, el a câștigat. Nu-mi doream să încerc să fiu rezonabilă. Nu mai puteam duce tot ce-mi arunca viața, iar asta umpluse paharul.

– Așa, asta e, William! am țipat eu. Tu chiar n-ai nici cea mai vagă idee cu ce trebuie să mă lupt. Chiar nicio idee. Pentru că, dacă ai avea, m-ai sprijini și-ai fi alături de mine. Și cu siguranță n-ai vorbi cu mine ca și când aș fi un gunoi de pe talpa pantofului tău, nu femeia care te-a crescut de una singură.

– M-ai crescut tu numai pentru că nu l-ai lăsat pe tata să se apropie de mine!

Simțeam în gură sângele mușcându-mi buzele.

– Nu e adevărat, William. Nu e.

– Mă rog. Nu merg acasă.

– Două lucruri vreau să-ți spun. În primul rând, dacă mai vorbești o dată cu mine așa, nu te mai las niciodată lângă iPadul ăla până împlinești șaptezeci de ani. În al doilea rând, plecăm acasă mâine. Şi dacă nu-ţi convine, ghinion. Viaţa e nasoală uneori, William. Obişnuieşte-te cu asta.

Spunând asta, a împins cearşaful, şi-a dat picioarele peste marginea patului, sărind jos pe podea. Apoi a ieşit pe uşă şi a trântit-o în urma lui, lăsându-mă cu o spaimă lipicioasă în piept.

Până atunci nu mai avusem vreo ceartă aşa de rea cu el.

O parte din mine nu înţelegea ce-mi venise. O altă parte era încă nervoasă pe el pentru că fusese atât de obraznic. În orice caz, vina m-a învăluit şi mi-am dorit să derulez şi să împiedic cele petrecute în ultimele şapte minute.

Îngrijorată, am început să renegociez cu scara, dar trecuse multă vreme de când nu mai fusesem pe una dintr-alea, iar din partea mea nici nu se punea problema să sar. În schimb, am făcut greşeala de a o lua cu faţa înainte, realizând, în timp ce mă clătinam cu pelvisul în aer, genunchii fiindu-mi ca ai unui curcan muiat, că asta n-o să funcţioneze. Aşa că m-am suit din nou pe margine, m-am întors şi am luat-o invers. Înainte să-l urmez pe William în sufragerie, am făcut o pauză, ca să-mi adun gândurile.

Doar că el nu era acolo.

– Unde s-a dus William? am întrebat eu.

Natasha şi-a ridicat privirea din chiuvetă.

– Afară, presupun. Eşti bine? A sunat cam rău.

– Aşa a fost.

M-am dus la uşă şi am deschis-o, uitându-mă în curte. Era goală, cu excepţia câtorva privighetori care ţopăiau pe lângă marginea zidului şi a albinelor care zumzăiau în jurul tufelor de bougainvillea.

– N-a spus unde se duce? am întrebat eu.

– Nu. Îmi pare rău. E totul în regulă?

Mi-am frecat fruntea cu dosul palmei.

– De fapt, nu ştiu.

Capitolul 63

Eu și Natasha ne-am despărțit ca să-l căutăm pe William. Am hotărât ca eu să încerc la castel, în timp ce ea mergea la Adam – și că, orice s-ar fi întâmplat, urma să ne întâlnim în douăzeci de minute înapoi la vilă. Comunicarea prin telefoane nu era ceva pe care să ne putem baza.

Călcam cu putere pe cărare în timp ce îl strigam pe William, fiind răsplătită doar cu liniște și sunetul surd și haotic al pulsului meu accelerat. După ce am ieșit din pădure, în timp ce alergam spre castel, Adam a apărut în cadrul ușilor duble și și-a dat seama imediat că se petrecuse ceva.

– Ce s-a întâmplat?

– William. Am avut o ceartă și a fugit nervos. Dracu' știe unde s-a dus.

El a făcut o pauză, analizând informația.

– Ascultă, nu te îngrijora, e un copil sensibil. Vin și eu să-l caut. Am să iau mașinuța de golf.

Adam a început din partea cealaltă a terenului, în timp ce eu am apucat-o pe cealaltă cărare, strigând încontinuu numele lui William, oprind toți oamenii pe care îi întâlneam pe drum și întrebând dacă-l văzuseră.

Abia când am ajuns înapoi la vilă și am văzut-o pe Natasha stând afară, m-am auzit suspinând. Am început să alerg mai repede, disperată să primesc vești.

– Nu te panica, Jess, a fost tot ce mi-a putut oferi. Sunt sigură că nu e departe.

Apoi am încercat la magazia pentru lemne, la Becky și la Seb și la toate celelalte clădiri din apropiere. Într-un final, am ajuns înapoi la Grajduri, unde m-am tot plimbat înainte și înapoi, simțindu-mi transpirația rece de pe spate. Un minut mai târziu, Adam tot nu apăruse. Așa că am rămas pe loc, prefăcându-ne că eram calme în timp ce încercam să mă conving singură că Adam avea să apară de după colț, în mașinuța de golf, cu fiul meu stând lângă el, și că o să fim bine. Natasha și-a ridicat privirea și eu am făcut la fel, văzându-l pe Adam. Singur. Am alergat spre el în timp ce se dădea jos din vehicul.

– N-am avut noroc.

Nici măcar nu era o întrebare.

El a dat din cap și expresia de pe fața lui m-a speriat. Părea și el îngrijorat.

– Am căutat peste tot pe unde mi-a trecut prin cap. Totuși, *nu putea* să ajungă departe.

– Sper pe toți sfinții că n-a făcut o prostie, am spus eu.

– N-ar face asta, a insistat Natasha.

– Tu n-ai văzut cât de furios era.

– Uite ce e, Natasha are dreptate, a spus Adam, convingător. A fugit pe undeva și s-a dus să-și limpezească gândurile. Am să mă duc la castel să-l iau pe Ben, ca să ne ajute să-l căutăm.

S-a întors spre mine, căutându-mi privirea.

– Te rog, nu te îngrijora.

Apoi a întins mâna, mi-a strâns degetele și, pentru o clipă, m-am simțit un pic mai bine.

– Bun, să mergem. De ce nu mergeți voi două să încercați în pădurea de la est, în partea aia? Eu voi merge în direcția opusă. Ne întâlnim aici în 30 de minute.

– Dacă nu-l găsim până atunci?

Maxilarul lui Adam s-a încleștat.

– O să trecem de acest hop când ajungem acolo.

Natasha era într-o formă fizică mai bună ca mine. Știam asta pentru că și ea făcea cursuri Grit, dar ei chiar îi plăceau. Din punctul meu de vedere, fiecare curs e ca o naștere: atât de urâtă și de dureroasă, încât după ce s-a terminat începi să uiți cât de rău a fost și chiar te gândești să repeți experiența.

În ciuda acestui lucru, abia putea ține pasul cu mine în timp ce alergam prin pădure, strigând numele lui William.

– Jess! a exclamat ea într-un final, iar eu m-am întors și am găsit-o aplecată, sprijinindu-și coatele pe coapse încercând să-și tragă răsuflarea. Jess... trebuie... să ne întoarcem.

M-am uitat la ceas și mi-am dat seama că era timpul să ne întâlnim cu Adam și cu echipa lui de căutare. În timp ce ne întorceam, am sesizat că eram mai lente, *că eu eram mai înceată*, reținută de un val de pesimism. Nu eram sigură că aș fi suportat să ies din pădure, pe drumul acela, și să-l văd pe Adam în fața ușii noastre fără William.

Am ajuns înaintea celorlalți.

– Ăsta ar putea fi un semn bun.

Nu eram prea sigură de logica Natashei, dar am încuviințat, ca să mă opresc din tremurat.

Apoi Adam a apărut de după colț, însoţit de cineva și stomacul mi s-a strâns.

– L-a găsit.

– Oh, slavă Domnului.

Capul mi s-a umplut de rugăciuni amestecate, mulțumiri lui Dumnezeu și promisiuni că voi fi o persoană mai bună, înainte să-mi ridic privirea și speranțele mele să se năruie. Persoana care îl însoţea pe Adam purta pantaloni lungi, pe când William era îmbrăcat cu pantaloni scurți. Era prea înalt, prea bătrân, prea...

Era cu Ben. Nu era William.

Capitolul 64

La o oră și jumătate după ce William a dispărut, am vrut să sun la poliție. Oricât mi-ar plăcea să cred că Adam avea dreptate – că se ascundea, bosumflat, pe undeva –, era pentru prima dată când făcea așa ceva.

Totuși, mă ajuta faptul că Adam era absolut convins că William avea să fie bine.

Tânjeam după siguranța lui, cerându-i să repete iar și iar că totul va ieși bine, că o să se întoarcă imediat ce vor apărea simptomele de sevraj din lipsa iPadului. Totuși, într-un final, până și el a fost de acord că trebuia să mergem la castel să dăm telefonul pe care niciun părinte nu ar fi vrut să-l dea.

Era cu mâna pe clanța ușii de la biroul lui, când Julien, din personalul de la bucătărie, a trecut pe lângă noi și ne-a salutat.

– *Est-ce que tout va bien?*[1]

Adam a deschis ușa și s-a dus să se așeze la biroul lui.

– *Nous ne pouvons pas trouver William*[2], a spus el distras, începând să apese agitat butoanele telefonului.

– William? a spus Julien, întorcându-se spre mine. L-am văzut chiar acum lângă lac. Am fost la pescuit înainte să încep munca.

– Ce? William *al meu*?

– Da, vorbea cu un tip.

---

[1] E totul în regulă? (în original, în franceză) (n.red.)

[2] Nu îl găsim pe William (în original, în franceză) (n.red.)

Adam a trântit receptorul în furcă.

– Hai să vedem.

Am mers cu mașinuța de golf cât de departe am putut înainte ca terenul să devină prea accidentat pentru aceasta. Apoi am abandonat-o și am început să alergăm toți trei – eu, Natasha și Adam. Nu-mi mai aminteam cât ne luase să mergem până la lac în acea zi cu Charlie și Chloe, dar bănuiam că o jumătate de oră sau chiar mai mult. De data asta, părea o veșnicie.

Mi-era aproape greață din cauza oboselii. Am alergat pe panta cu iarbă, dar nu la fel de repede ca Adam, picioarele și brațele lui mișcându-se ca niște pistoane. Am ajuns lângă el câteva secunde mai târziu.

Lângă lac, era o siluetă mică, aruncând pietricele.

Nu l-am strigat; răsuflam prea greoi și, oricum, nu puteam articula niciun cuvânt. În schimb, Adam a început să coboare spre lac. William s-a uitat în spate când eram la jumătatea drumului, ne-a văzut și și-a întors din nou fața spre apă.

Când am ajuns într-un final la el, l-am atins pe umăr, l-am răsucit și l-am tras lângă mine, strângându-i trupul la pieptul meu. Capul îmi bubuia, amintindu-mi că aș fi făcut *orice* pentru băiatul acela.

– De-a ce naiba te joci, William? am îngăimat. Tatăl tău și cu mine am înnebunit de îngrijorare. Am crezut că ai fugit. Sau... sau că te-ai înecat sau o grămadă de alte posibilități îngrozitoare. Cine era bărbatul cu care vorbeai?

El s-a uitat la mine pe sub gene.

– Charlie. Venise la o plimbare cu Chloe.

Pieptul mi s-a contractat și mi-am forțat umerii să se relaxeze. Buza îmi tremura în timp ce o lacrimă i-a curs repede pe obraz, apoi el s-a uitat sfidător în altă parte.

– Îmi pare rău, mi-a zis el, ștergându-și-o.

– *Promite-mi* că n-o să mai faci niciodată ceva de genul ăsta, bine? l-am implorat eu. Niciodată.

El m-a ignorat, așa că l-am luat de bărbie și l-am întors cu fața la mine.

– William, promite-mi.

– Bine!

Îmi simțeam plămânii gata să explodeze.

– William, vorbesc serios.

– Știu! a țipat el.

– Bine... bine, nu pare că știi. Pare că... n-ai nicio remușcare.

El a vrut să plece, dar Adam l-a atins pe mână și l-a oprit. Apoi l-am privit punându-și brațele lui mari în jurul fiului nostru, lăsându-mi sentimentul neputincios că eram un străin. William a început să plângă la pieptul lui Adam, în timp ce acesta îi mângâia șuvițele moi de păr.

– E în regulă, a șoptit el, sărutându-l pe cap. N-ai de ce să-ți faci griji. O să fim bine cu toții.

Apoi William s-a uitat spre mine, cu ochii în flăcări.

– Ba nu, *n-o să fim*, nu-i așa mama? N-o să fim bine.

Mi-am înghițit cuvintele.

– Dacă te referi la mersul acasă...

– Nu vorbesc despre mersul acasă, s-a încruntat el. Este despre cum *tu* nu ești sinceră. Întotdeauna ai spus să fim cinstiți. Și să vorbim despre problemele noastre. Dar tu n-ai spus nimănui. Iar *eu* știu... eu știu.

Capitolul 65

În tăcere, încercam să descifrez înțelesul cuvintelor lui William. Putusem oare să ascund cu succes secretul față de toată lumea, mai puțin față de persoana care chiar nu trebuia să afle?

– Ascultă, trebuie să ne calmăm cu toții, a intervenit Adam, întorcându-se spre William. De ce nu mergi tu cu Natasha înapoi să jucați un ping-pong sau ceva de genul ăsta, cât eu și mama ta stăm de vorbă? Și fără să fugi, bine?

El a dat din cap. Natasha a încercat să zâmbească.

– Te avertizez, sunt absolut *genială* la ping-pong. Îi ard pe toți.

– William, dacă Ben mai e prin zonă, vezi poate îți dă niște ponturi. E campionul de aici. Nu l-a bătut nimeni de la începutul sezonului.

El a ezitat, înainte să se îndepărteze, hotărând clar că era mult mai bine să fie cu Natasha decât cu mine în momentul acela. Adam s-a așezat și s-a uitat spre lac. M-am prăbușit pe pământ, lângă el, în timp ce o barză albă a zburat spre apă, apoi a dispărut. Aerul mirosea, fierbinte și dulce, cerul era albastru intens, sus trona un soare arzător, iar iarba moale îmi gâdila gleznele.

– A fost înspăimântător, a spus Adam.

Apoi, după un moment de ezitare, și-a pus un braț în jurul umerilor mei, trăgându-mă lângă el. L-am lăsat să o facă, pentru că nu m-am putut mobiliza să-l opresc. E plăcut să fii ținut în brațe, în siguranță și confortabil. În ultima vreme, nimeni nu avusese capacitatea să mă consoleze, și era un sentiment neobișnuit și minunat.

Mi-am dat seama că se uita la mine și mi-am întors privirea, refuzând să obiectez când s-a aplecat să mă sărute, atingerea buzelor lui fiind atât de moale, încât am avut nevoie de toată forța să mă retrag.

– Nu-mi spune din nou să mă opresc, a rostit el.

– Ei, bine, trebuie să o faci.

Sărutul său s-a oprit, dar ochii lui continuau să mă ardă.

– M-am îndrăgostit de tine, Jess. Din nou. Nu vreau să mă opresc niciodată să te sărut.

Am tremurat și m-am concentrat pe suprafața ca oglinda a lacului.

– Faci totul să sune atât de simplu.

– Nu e?

– Nu.

Apoi s-a lăsat pe spate, sprijinindu-se în mâini și și-a mijit ochii.

– Deci, care e marele secret despre care tot vorbea William?

Din nou, am încercat să-i spun. Știam că așa era corect, în ciuda faptului că nu credeam că vreunul din noi era pregătit pentru asta. Am deschis gura să vorbesc, dar o briză caldă mi-a șoptit prin păr și pielea mea a tremurat la atingerea soarelui.

Puteam să inventez un milion de scuze, dar în realitate era vorba despre asta: în acel loc și în acel moment minunat, nu voiam să vorbesc cu Adam despre boala Huntington. Voiam să-l sărut și să pretind că totul era bine.

Așa că m-am aplecat și mi-am apăsat buzele pe ale lui, răsfățându-mă în căldura corpului său în timp ce sânii mei se frecau de pieptul lui cald.

– Bine, a șoptit el, dându-mi la o parte părul de pe față. Atunci, dacă nu-mi spui, mă întorc la punctul inițial.

– Ce punct inițial?

– Că m-am îndrăgostit de tine.

Un suspin mi-a scăpat de pe buze.

– E foarte drăguț, Adam, am spus eu, trăgându-mă înapoi. Dar uiți câteva chestii. Cum ar fi că „te-ai îndrăgostit“ de fiecare femeie care ți-a ieșit în cale în ultimii zece ani.

– Nu e adevărat.

– ...şi chiar dacă, de dragul conversaţiei, să zicem că aş avea asemenea sentimente pentru tine, şi nu spun că aşa e, înţelegi...

– Sigur că nu.

– Atunci, aş fi aproape nebună să cred că putem fi din nou împreună. Cu acelaşi Adam care a fost fericit s-o şteargă şi să se simtă bine în timp ce eu mă luptam cu incontinenţa urinară şi sfârcurile crăpate.

El s-a crispat.

– Acelaşi Adam care era ocupat să i-o tragă Georginei în timp ce eu agonizam, născând.

– N-am șters-o ca să mă distrez. Și nu i-am tras-o Georginei. Ți-am spus asta.

– Te-ai mutat cu ea! am protestat eu.

– Voiam să spun că nu m-am culcat cu ea în noaptea aceea.

Nici măcar nu l-am contrazis. Purtaserăm conversația asta de prea multe ori ca să ne mai întoarcem la ea. El s-a tras înapoi și a oftat.

– Asta încă e o chestie importantă pentru tine, nu-i așa? Faptul că nu am fost acolo la naștere.

– Bineînțeles, Adam. Întotdeauna o să fie.

– A fost o chestie importantă și pentru mine, a insistat el. O chestie uriașă. Știi că voiam să fiu acolo, dar...

– Dar erai ocupat cu Georgina.

– Nu eram cu Georgina. Ei, bine, vreau să zic, eram. M-am văzut cu ea în noaptea aceea, dar nu m-am culcat cu ea sau cu altcineva. Îmi doresc să fi putut *să fi avut încredere* în mine, Jess. Să mă fi crezut când am spus că am fost toată noaptea în barul The Northen Tap și că am încercat să mă întorc la timp, dar...

– Stai puțin, l-am întrerupt eu. The Northen Tap?

– Care e problema?

– Ai spus că ai fost la The Bush Bar. Ai spus că ai fost acolo toată noaptea.

El și-a ținut respirația, cu umerii încordați auzind asta.

– Așa am spus?

– Da, Adam. Așa ai spus.

– Ei, bine... ce contează unde eram? Ideea e că am zis că nu făceam sex cu o altă femeie și ăsta e adevărul. De ce nu poți să mă crezi?

– Pentru că e complet evident că minți.

– Nu în legătură cu asta.

– Hmm.

El s-a uitat într-o parte și și-a trecut degetele prin păr, gândindu-se intens.

– N-am cum să câștig în fața ta.

Avea dreptate.

– Uite ce e, nici măcar nu contează, am continuat eu. A fost cu mult timp în urmă, a trecut, dar important este că ar fi o idee foarte proastă ca să ne încurcăm din nou, Adam. Pentru o grămadă de motive, nu ultimul dintre el fiind William.

– Lui William i-ar plăcea la nebunie.

Pentru un moment, aproape că i-am spus și restul. Marele motiv. Motivul ucigător. Motivul care ar fi bătut orice argument ar fi încercat el să-mi ofere și l-ar fi călcat în picioare până l-ar fi umplut de sânge. Dar, din nou, cuvintele au rămas nespuse.

– Pentru moment, viața lui e simplă. Are o mamă și un tată care nu sunt împreună, dar care îl iubesc amândoi. De ce am lua decizia egoistă de a-l pune înapoi într-un roller-coaster care l-ar putea transforma în cel mai fericit băiat din lume pentru o vreme și care apoi l-ar distruge dacă ne-am despărți?

Ochii lui nu s-au mișcat.

– M-aș asigura că n-am face-o.

– Dar, Adam, l-am contrazis eu, nu cred că asta e o promisiune pe care s-o putem face, niciunul.

Capitolul 66

Mi-am petrecut restul serii încercând să-mi dau seama ce se petrecea în mintea lui William, sau dacă vorbele lui însemnau doar ceva inofensiv.

Într-un final, duminică noaptea, când stăteam pe treapta de jos a patului său suspendat, învelindu-l, și încercând să mă calmez pentru discuția de care mă temeam încă din ziua în care propria-mi mamă îmi spusese despre boala Huntington, l-am întrebat direct:

– Ai spus ieri ceva despre cum nu aș fi sinceră. Ce-ai vrut să zici?

El nu și-a ridicat privirea, în schimb și-a fixat-o pe copia mototolită a *Labirintului*.

– Nimic, mamă. Am spus-o pentru că eram nervos. Chiar îmi pare rău că am fugit.

– Știu, mi-ai spus. Și mie îmi pare rău. Urăsc să mă cert cu tine. Nu vreau să se mai întâmple asta niciodată.

– Nici eu.

Având în vedere că urma să devină adolescent în curând, m-am îndoit în sinea mea că existau șanse ca asta să se întâmple și am zâmbit ca pentru mine.

– Deci, tot mergem mâine acasă? a întrebat el, trăgându-și cearșaful până sub bărbie.

Am ezitat.

– Nu.

Ochii lui au strălucit.

– Nu pentru că ai trântit scamatoria aceea, totuşi. Am decis că ar trebui să rămânem cât timp aveam în plan.

El a rânjit.

– Chestia e că... tu şi cu mine chiar trebuie să vorbim la un moment dat.

– Despre ce?

Când s-a uitat spre mine, expresia de pe faţa lui m-a făcut să mă opresc brusc. Mă întrebam dacă acum *chiar* era momentul potrivit – când mai avea o săptămână de vacanţă la dispoziţie să se distreze. Chiar aveam să ridic problema fiului meu ajungând ca bunica lui, când trebuia să petreacă următoarele şapte zile relaxându-se şi înotând sub mângâierea soarelui? M-am simţit de parcă avusesem deja parte de suficiente drame în vacanţa asta.

– Sunt curioasă dacă mai ai întrebări din cartea ta *Growing up*? am întrebat eu, improvizând.

El şi-a luat o faţă studioasă.

– Pentru moment, nu.

Slavă Domnului pentru asta.

– Deci, ai câştigat la ping-pong când ai jucat cu Natasha?

– Da, l-am luat şi pe Ben, aşa cum a sugerat tata. E incredibil la ping-pong.

– Chiar?

– Da, dar o tot lăsa pe mătuşa Natasha să câştige, pentru nu ştiu ce motiv. Cred că se plac unul pe celălalt. Ea ar trebui să fie iubita lui.

– Oh, aşa crezi?

– Da, a dat el din cap, destul de mândru de abilităţile lui de percepţie. Sau tipul celălalt – cel bătrân – e iubitul ei, zilele astea?

– Joshua nu e atât de bătrân.

– Nu e? Oricum, Ben e mult mai amuzant.

– În regulă, Cupidon. E timpul să dormi, am decis eu, iar el s-a cuibărit în pat.

– Te iubesc, am spus eu.

– Eu te iubesc mai mult.

Apoi am închis uşa şi mi-am promis: „De îndată ce ne întoarcem, am să-i spun".

În următoarea dimineaţă, în timp ce stăteam întinsă ascultând vâjâitul uşor al ventilatorul de tavan, camera mea s-a umplut cu o lumină ceţoasă. Sfârşitul vacanţei se năpustea peste mine şi, în acelaşi timp, părea foarte departe.

Apropierea de Adam avea un gust dulce-amar agonizant, atracţia mea pentru el împletindu-se cu realitatea că l-aş fi putut avea doar minţindu-l. El credea că eram aceeaşi femeie ca atunci când fuseserăm împreună prima dată, când eram tineri, cu ochi deschişi, cu un viitor lung, sănătos, înainte.

Mi-am spus că o să stau până la sfârșit de dragul lui William. Și, în ciuda tuturor lucrurilor, faptul că era atât de vrăjit de tatăl lui putea fi doar un lucru bun. Acum, chiar credeam asta. Chiar dacă aveam o mică, supărătoare grijă că Adam urma să revină la vechile obiceiuri la sfârșitul vacanței. Încă se comporta mai mult ca un amic decât ca un părinte.

Am auzit voci afară și m-am ridicat, încercând să-mi dau seama dacă era Charlie sau Chloe.

Am sărit în picioare să mă spăl pe dinți și pe față și să arunc pe mine o rochie de plajă.

Repetând în șoaptă fragmente dintr-un discurs, am deschis ușa și am ieșit în curte, hotărâtă. Am urmărit vocile până în parcarea din spatele vilei și, de îndată ce am observat absența mașinii lui Charlie, mi-am dat seama că auzisem cuplul de vizavi care se cazase într-una dintre vile ieri, cu bebelușul lor.

M-am dezumflat, parțial ușurată, parțial dezamăgită că nu puteam să închei discuția aia decât mai târziu. Când m-am întors în curte, mi-am dat seama că semnalizatorul roșu al lui Chloe, cel care era mereu sprijinit de perete și care se topea în soare, dispăruse. Șlapii de lângă ușă nu mai erau acolo. Nu mai erau nici prosoapele de plajă întinse pe scaune sau lumânarea de lămâie din seara dinainte.

M-am apropiat încet de clădire și mi-am apăsat mâinile pe geam, uitându-mă înăuntru. Zona de living era goală. Vila fusese eliberată, iar oaspeții plecaseră.

Capitolul 67

După toată drama, să stau întinsă pe spate, cu soarele încălzindu-mi picioarele, era o eliberare. Sunetul băieților lui Becky și Seb certându-se era singurul inconvenient în calea plăcerii totale până când, într-o încercare de a-i separa, i-am sugerat lui William să-l ia pe Rufus și să vadă dacă-i pot convinge pe alți copii să facă un meci de fotbal. James a rămas în urmă, răsfoind revista *Glamour* a Natashei.

Eram pe punctul de a mă mai da cu niște cremă de soare când cei doi băieți se târâră înapoi. Am încercat să-l descos cu blândețe pe William, să văd dacă avusese probleme din nou, dar el a ridicat din umeri și mi-a zis că tatăl lui spunea că o să vină în curând să înoate cu el. Adam a ajuns zece minute mai târziu, iar eu mi-am întors intenționat privirea când el s-a dezbrăcat lângă piscină.

– Mă întreb când o să mai dea *Poldark* la televizor, a meditat Natasha, împingându-și în jos ochelarii de soare.

Becky s-a oprit din lupta de a-i pune lui Poppy o pălărie de soare.

– Ce te-o fi făcut să te gândești la asta? a spus ea, dându-mi un ghiont. Nu-i de mirare că te-ai simțit bine noaptea trecută.

M-am cufundat în șezlong, concentrându-mă din nou la cartea mea și încercând să mă abțin să privesc pe deasupra foilor.

Apoi m-am întrebat de ce mă chinuiam. De ce nu-mi dădeam voie, pur și simplu, să mă uit la Adam, la William și la tot ce mai era în fața mea? Am pus cartea jos și mi-am lăsat ochii să alunece spre panglicile de lumină strălucitoare din piscină. Copiii cu păr ud pe plute, lingând înghețate viu colorate și turnând apă cu clor în ceșcuțe de ceai înainte de a le înmâna mamelor lor. Sunetul râsului neajutorat al fiului meu în timp ce Adam îl stropea și răspunsul lui William care l-a băgat sub apă. Un sentiment ireal de calm m-a copleșit, o senzație – nu, o amintire – de cât de mult bine era în viața mea; cât de multă frumusețe, și soare, și râs.

– Mătușă Natasha, a strigat James, pari foarte maro.

Natasha s-a uitat la brațele ei, apoi s-a aplecat spre el.

– E bronz fals, iubitule, dar să nu spui nimănui.

– Poți să-mi dai și mie un pic?

– Nu, a râs Becky.

James s-a încruntat.

– Te-ai dat și când erai o fetiță, mătușă Natasha?

– Nu, dragule. Nu era inventat când eram eu mică.

El a mai dat o pagină din revista ei.

– Ce altceva nu mai aveau pe atunci?

Natasha s-a înecat cu Cola ei dietetică.

– Ei, bine, salut!

Josh stătea deasupra noastră cu un rânjet până la urechi, cămașa polo întinzându-i-se bine pe burtă.

Natasha s-a uitat în sus și a zâmbit.

– Trage-ți un scaun.

A bătut cu palma pe locul de lângă ea, iar el s-a tolănit acolo, desfăcându-și genunchii cât de larg posibil.

– Toate arătați fabulos astăzi, a declarat el, iar Becky m-a privit cu ochi mari.

În timp ce Josh s-a aplecat spre Natasha și au început să vorbească, l-am observat pe Ben, aflat pe cealaltă parte a piscinei, curățând grătarul și privind spre noi. Dezamăgirea de pe fața lui frumoasă m-a făcut să mă uit la Joshua, întrebându-mă ce anume încerca Natasha să se convingă că vedea la el.

Becky s-a aplecat spre mine.

– Nu se poate abține să nu se uite, a șoptit ea, băgând în gură o nucă.

– Ben? Știu.

– Nu Ben, Adam, a mormăit ea.

Capul mi s-a întors brusc spre piscină, unde el stătea, cu ochii pe noi. M-am uitat în altă parte.

– Știi... voi doi erați foarte bine împreună, cândva.

Mi-am fixat o privire aspră asupra ei.

– Becky, încetează.

În schimb, m-am întors spre Natasha și Joshua, încercând să particip la conversația lor.

– Știu că e foarte la modă zilele astea, dar de ce în public?

Joshua părea să vorbească despre alăptatul în public.

– Nu-i pot suporta pe toți „făcătorii ăștia de bine“ care susțin că e „o funcție umană naturală“. La fel e și să te caci, dar nu mă vedeți punându-mă pe vine și făcând asta în fața tuturor.

Becky a rămas mască.

– Nu e deloc comparabil cu a *hrăni* un bebeluș. Să le dai de mâncare, știi tu.

– Care-i problema cu biberoanele? a pledat el. Sau măcar să mergi într-o cabină de baie s-o faci.

Între Becky și Joshua a început o dezbatere. Era clar că el n-avea de gând să renunțe până când nu reușea să-și impună punctul de vedere. Și era la fel de clar că Natasha își dorea din tot sufletul ca el să tacă odată.

– Scuze de întrerupere, am spus eu, dar mă voi retrage.

Becky a sărit, sesizând oportunitatea.

– Oh, vin și eu.

Apoi s-a uitat spre piscină, unde Seb se juca cu Poppy și Rufus.

– Seb, mă duc să fac un duș înainte de cină. Iau copiii cu mine să poți să înoți și tu, dacă vrei.

– Nu, e în regulă, a răspuns el. Îi aduc eu înapoi când sunt gata.

William a rămas cu Adam, în timp ce Becky l-a luat pe James de mână și toți trei am pornit spre zona împădurită.

– Interesantă conversaţie cu Joshua, am murmurat eu.

Ea şi-a dat ochii peste cap.

– E şi ăsta un fel de a o descrie. E îngrozitor.

Apoi a privit spre Seb, care o arunca pe Poppy în aer, iar aceasta ţipa râzând molipsitor, ceea ce ne-a făcut pe amândouă să chicotim.

Când am început din nou să mergem, mi-am dat seama că Becky zâmbea în sinea ei.

– Ce e? am întrebat eu.

Ea a ridicat din umeri.

– Am ales unul bun, nu-i aşa?

Eu am dat din cap şi am râs.

– Ce? a întrebat ea mirată.

– M-am chinuit atâta să stau cu micuţii tăi şi să-ţi reaprind pasiunea pentru soţul tău, când tot ce trebuia erau cinci minute în compania lui Joshua.

Ea a râs.

– Cu siguranţă nu trebuie să-l compari pe Seb cu el ca să-ţi dai seama cât de fantastic e soţul tău.

– Nu fi prostuţă, s-a încruntat ea, apoi mi-a oferit un zâmbet poznaş. A ajutat, totuşi.

Capitolul 68

A doua zi, eu și William am umplut un rucsac cu sandviciuri, felii de pui prăjit și dulciuri înainte de a lua mașina spre Baune, pentru o drumeție cu un grup organizat. Mi s-a părut un mod bun de a face un pic mișcare, fără riscul de a ne rătăci amândoi pe munte. El a fost entuziasmat de idee până când am ajuns acolo, când simțul lui pentru aventură, proaspăt găsit, l-a transformat complet. În scurt timp, se băga prin peșteri umede, strălucitoare, și se cățăra pe potecile pietroase pe munte, unde cântecul păsărilor ne umplea urechile și flori sălbatice se ițeau de printre stânci.

Am făcut un popas în vârful pantei, odihnindu-ne pe stânci în căldura amețitoare, ca să ne hidratăm și să le oferim o pauză picioarelor noastre. William și-a terminat mărul și mi-a întins cotorul.

– O să fiu coșul tău personal de gunoi și când o să ai 21 de ani? am întrebat, scotocind prin rucsac după o pungă de plastic.

– Mai bine decât să arunc gunoiul pe jos, a rânjit el.

Am împachetat cotorul și l-am îndesat în rucsac.

– Mă gândeam: ce-ar fi să vin cu tine și să te văd cum joci fotbal în seara asta?

Expresia lui arăta nemulțumire.

– Atunci copiii vor crede că am nevoie de mama mea ca să mă apere.

– Bine, dar n-aș *spune* nimic. Dacă aș fi acolo doar ca să *mă uit*, știi... pun pariu că lucrurile ar sta altfel.

El părea neliniștit de cuvintele pe care le alesesem.

– Oricum, nici măcar nu sunt atât de bun la fotbal.

– Oh, termină. În vacanța asta ai devenit genial, l-am contrazis eu, ceea ce, recunosc, era un pic exagerat.

– Putem să vorbim despre altceva?

Mi-am terminat ciocolata și am scos un șervețel să mă șterg pe mâini.

– Bine, despre ce?

El s-a gândit un moment.

– Ce zici de politică?

Și așa am început o altă conversație, care semăna atât de mult cu un reportaj de pe Channel Four News, încât m-am simțit nepregătită să particip fără semnal 4G și ajutorul platformei Google.

– M-am hotărât ce vreau să fiu când mă fac mare, a concluzionat el, în timp ce începeam să coborâm de pe munte.

– Da, ce?

– O să lucrez în tabere de refugiați. Să-i ajut pe oamenii de acolo. Aș putea să fiu doctor.

Mi-am pus brațul în jurul umerilor săi.

– M-ar face incredibil de mândră, dar o să fiu mândră orice ai vrea să faci.

– Da, bineînțeles. Oricum, s-ar putea să nu se întâmple. S-ar putea să mă fac fotomodel, în schimb.

Am început să tușesc, până mi-a aruncat o privire indignată și m-am bătut în piept, ca și când responsabilă ar fi fost o bucată de măr nedigerat.

– Sigur.

– Tata spune că arăt destul de bine, a continuat el. A spus că el nu era la fel de chipeș ca mine când era de vârsta mea, așa că sigur aș putea s-o fac.

Când am ajuns la vilă, după o oră sau chiar mai mult, primul instinct al lui William, imediat ce a intrat pe ușă, a fost să ia iPadul. Stătuse departe de el după cearta noastră, probabil pentru că nu voia să atragă atenția la amenințarea mea de interdicție timp de șase decenii.

– Nu te pune pe ăla, i-am spus eu. În seara asta mâncăm la Becky, așa că trebuie să faci duș înainte să mergem la ei.

– Bine, mama. Doar un minut.

Eram cât pe ce să mă iau de el, când ușa s-a deschis și a intrat Natasha.

– Salutare. Ai ieșit cu Josh azi?

Ea mi-a aruncat o privire.

– Nu. Îl cam evit.

– Oh. Ți-a trecut de el, deci?

Ea a dat din cap, disprețuitoare.

– Am bifat toate căsuțele, mai puțin pe cea care spunea: „Nu trebuie să se comporte ca un idiot".

– Îmi pare rău, Natasha.

– Eh, nu trebuie, a spus ea într-o doară. Pleacă acasă mâine, iar Londra e suficient de mare încât să nu-l mai văd niciodată. Până la urmă, a fost doar un tip care se iubea pe el însuși un pic prea mult.

– De ce îmi ard urechile?

Ne-am uitat în sus și l-am văzut pe Adam la ușă.

– Nu tu, a râs Natasha. Așa, mă duc să-mi iau puloverul și merg spre Becky. Veniți?

– William trebuie să facă un duș mai întâi. Nu-i așa, William? am spus eu, hotărâtă.

– Da. Vin, a mormăit el, fără să se miște.

În timp ce Natasha s-a dus în dormitor să-și ia puloverul, mi-am dat seama că Adam se uita la mine.

– Ți-a spus Becky că nu pot veni în seara asta pentru că trebuie să merg la o ședință, la cină, în Montignac?

– Mi-a spus.

M-am uitat spre fiul meu.

– *William*, am spus eu, printre dinți.

El nu mi-a răspuns.

– WILLIAM!

– Doar un minut, mamă.

Mă consideram o persoană rezonabilă, dar deja era ridicol.

– Ți-am dat deja un minut. De fapt, ți-am dat mai mult de un minut.

M-am dus spre el, i-am luat iPadul din mână și l-am închis.

– Nuuu! a țipat el, întinzând mâinile precum Kate Winslet pe pluta aia din scenele finale din *Titanic*.

– Ți-am spus de cel puțin cinci ori. Nu strica ziua minunată pe care am avut-o până acum.

– Bine! Acum, am pierdut, a mormăit el.

S-a ridicat și a luat-o spre dormitorul lui.

– William. Stai un pic.

Era clar vocea lui Adam, dar eu nu puteam spune c-o recunoșteam. William s-a întors.

– Nu vorbi cu mama ta așa.

În obrajii fiului meu au înflorit niște pete roșii, iar ochii i-au înghețat, șocați.

– Nimeni n-ar trebui să aibă nevoie să îți ceară să faci ceva de atât de multe ori, a continuat Adam.

În vocea lui exista o urmă de neliniște, de parcă nu ar fi fost sigur că făcea asta cum trebuie.

– Cum te-ai simți dacă noi ți-am face ție asta?

William a ridicat din umeri, înghețat.

– Așa că n-o face, bine?

O grămadă de emoții se luptau să-și facă loc pe fața lui William: întâi sfidare, rușine, apoi umilință tăcută și regret.

– Îmi pare rău, mamă.

Am dat din cap.

– Bine. Acum, treci la dușul ăla.

– Mulțumesc, i-am spus lui Adam în timp ce William pleca din cameră.

Natasha m-a atins pe cot înainte ca el să poată răspunde.

– Ne vedem acolo. Mai durează mult?

– Zece minute, i-am răspuns eu, iar ea s-a dus spre ușă.

Am închis-o în urma ei în timp ce eu mi-am dat seama că Adam părea neliniștit.

– Putem să mergem afară un minut?

– Sigur.

Am ieșit din vilă când soarele era jos pe linia orizontului, aruncând o lumină aurie pe panglicile de flori sălbatice de pe câmpul din față. El s-a așezat primul, iar eu am ales intenționat un scaun care nu era lângă al lui, pentru simplul motiv că, în zilele acelea, să fiu atât de aproape de el era prea minunat și insuportabil.

– M-am gândit mult la viitorul acestui loc. Și, deocamdată, nu vreau să-i fac nicio promisiune lui William, pentru că n-am pus încă nimic în cutii... în plus, ar fi multe de făcut înainte să se poată întâmpla...

– Adam, ce încerci să zici?

– Vreau să mă întorc să trăiesc în Marea Britanie.

Și-a fixat ochii închiși la culoare asupra mea, așteptându-mi reacția, dar eram prea șocată ca să răspund, așa că a continuat.

– Cred că există o modalitate prin care să fac asta să se întâmple. N-ar fi directă și n-ar fi imediată, dar e o soluție.

Am lăsat cuvintele să se așeze înainte ca mintea mea să se umple de întrebări.

– Cum rămâne cu locul ăsta? Și ce ai munci?

Un râs scurt i-a scăpat de pe buze, de parcă nu ar fi avut nevoie să i se amintească aceste probleme monumentale.

– Ți-am menționat faptul că aveam pe cineva interesat să cumpere locul ăsta de ceva timp, dar întotdeauna am refuzat. Afacerea merge bine, dar încă am datorii după toate lucrările pe care le-am făcut de-a lungul anilor, iar acum trebuia să fie momentul în care să recuperez o parte din bani...

Vocea lui s-a stins.

– Ideea e că am început să fac niște calcule serioase și numerele se cam adună. Aproape. Sau, oarecum. Și chiar dacă nu, nu contează, pentru că, dacă mi-aș lua din nou o slujbă în Manchester, aș fi aproape de William și aș fi capabil să te ajut. Să facem asta împreună. Să fiu un părinte, vreau să zic.

Gândurile începeau să se adune în capul meu, dar nu le puteam pune în cuvinte.

– Nu spun că aştept ceva de la tine, Jess, a continuat el, cu ochii agitaţi, privind în pământ. Respect ceea ce ai zis, faptul că nu vrei să te legi din nou de mine... cel puţin nu la nivelul acela. Apoi şi-a ridicat privirea şi siguranţa era întipărită pe faţa lui.

– Dar vreau să fac parte din viaţa lui William. Vreau să merg la serile cu părinţii şi să-l duc la cluburile şcolare. Şi aş face tot ce pot pentru ca asta să se întâmple.

Mi-am dat seama cât de imposibile mi se păruseră toate astea odată.

Când ajunsesem în Franţa, fusesem încontinuu nervoasă pe Adam, provocându-l să fie un tată mai bun, fără să cred vreo secundă că o să-i iasă. Am vrut să fac aşa cum voia mama, doar ca să-i pot spune că îi urmasem sfatul. Acceptam propunerile, convinsă, fără să spun nimic, că el va eşua. Numai că nu eşuase. Depăşise aşteptările, însă tot n-avea nici cea mai vagă idee că se angaja la mult mai mult decât la seri cu părinţii şi cluburi şcolare.

Capitolul 69

Convinsă că nu se prăbușise cerul data trecută, Becky a acceptat din nou să-și lase copiii pe mâna mea și a Natashei, a doua zi.

– Mama și tata se duc din nou la întâlnire? a întrebat James.

– De fapt, se duc să doarmă, a răspuns Natasha.

– De ce ar vrea să facă asta? Somnul e plictisitor.

– Amândoi s-au trezit la 5.45 dimineața, deci cred că n-ar fi de acord cu tine, i-am spus eu.

Poppy a protestat la plecarea părinților ei cu o puternică izbucnire în lacrimi, care a încetat în secunda în care ei au dispărut. Acum, stătea cu William și făcea patru puzzle-uri, citea două povești și sughița de râs la un episod din *Familia Simpson* pus pe iPad, de parcă ar fi înțeles ce se întâmpla.

Cei doi băieți mai mari erau de asemenea în formă, deși a existat un moment de neînțelegere când Rufus a încercat să ne împărtășească detaliile excursiei lor la Domme, din ziua precedentă.

– Mama a mâncat un rahat[1], ne-a spus el sincer.

– Ba nu, n-a făcut asta, a strigat James.

– Ba da! Chiar unul foarte mare, și a zis că i-a plăcut atât de mult, încât a mai vrut unul, imediat.

– Ești un mincinos, a mormăit James.

– Ba nu sunt! Și tu ai mâncat unul – cu înghețată de căpșuni.

---

[1] În engleză *crap*, rahat, e apropiat ca pronunție de franțuzescul *crepe* (clătită) (n.trad.)

– Vrei să zici... *o clătită*? a dedus Natasha.

– Da. Un rahat. A fost delicios.

După o oră, albastrul strălucitor al cerului și soarele ne-au ademenit spre piscină. Căldura era puțin mai suportabilă față de ziua precedentă, aerul era mai proaspăt, mai limpede și plin de mirosul floricelelor de culoarea lămâii care se rostogoleau din ghivecele aflate de-a lungul zidurilor castelului.

William, purtând ochelarii de înot aburiți în permanență, se juca în apă cu Rufus și cu James. Se amuzau aruncând înăuntru tuburile pentru scufundare și aruncându-se apoi după ele.

Între timp, Natasha stătea întinsă pe burtă în costumul ei de baie din două piese, cu picioarele cu unghii colorate în roșu atârnând peste marginea șezlongului, în timp ce era la o petrecere de ceai cu Poppy, cu o ministropitoare și câteva păhărele.

Când a apărut Ben să adune paharele de la masa noastră, ea și-a ridicat privirea și a zâmbit. Păreau aproape timizi când erau unul în prezența celuilalt. Era dulce și sfâșietor de privit: amândoi mureau să spună ceva.

Din fericire, William a sărit afară din apă, s-a apropiat de ei împroșcând cu apă și i-a salvat, destrămând liniștea.

– Știați că un papagal poate să vadă în spatele lui fără ca măcar să-și miște capul?

Au râs amândoi.

– *Știam* asta, a spus Ben.

– Ai terminat facultatea de medicină veterinară, nu-i așa? am întrebat eu.

– Așa e. Totuși, William, nu-mi amintesc să fi știut lucruri dintr-astea la vârsta ta.

– William e foarte isteț, i-a spus Natasha. E pe o listă de Geniali și Talentați la matematică.

– Supradotați și Talentați, am corectat-o eu, dar niciunul dintre ei nu asculta și William deja se îndrepta din nou spre piscină.

Am ridicat o ceașcă de ceai și am întrebat-o pe Poppy dacă putea să mi-o umple, lăsând-o pe Natasha liberă să discute cu Ben.

– Ce planuri aveți pentru restul săptămânii? a întrebat el.

– Am cam rămas fără idei, a răspuns Natasha, trăgându-și picioarele sub ea. Tu ce faci în zilele tale libere, ai vreo recomandare?

– De obicei, merg cu mașina la Lac Du Causse. Poți să schiezi pe apă acolo.

– Oh, îmi place foarte mult să schiez pe apă. Am învățat în Caraibi, acum câțiva ani, dar n-am mai făcut-o de atunci. Probabil că acum sunt cam ruginită.

– Eu am învățat în nordul Țării Galilor. E mult mai fermecător.

Au conversat puțin, apoi s-au oprit, iar Ben s-a uitat la ea și a spus:

– Dacă te interesează, pot să te duc mâine. E ziua mea liberă.

Pentru o clipă, am fost convinsă că o să zică „nu", pentru toate motivele pe care mi le spusese când ajunsese aici. Pentru că el era prea tânăr, pentru că el locuia în Franța, pentru că asta, pur și simplu, *nu putea* duce la acel capitol important din viața ei pe care și-l dorea.

Totuși, când razele aurii ale soarelui au căzut pe pielea lui și briza ne-a învăluit în mirosurile verii, a fost prea multă magie în locul acela ca să-ți asculți vocea rațiunii.

– Ar fi minunat.

Zâmbetul lui i-a luminat întreaga față.

– Perfect. Te iau la zece.

În timp ce el pleca, ea a oftat.

– Sunt propriul meu dușman de moarte.

– Nu mi-aș face griji pentru asta, am răspuns eu.

– Ei, bine, sunt. E minunat, dar sunt slabe șansele să ajung să-mi aleg vesela Habitat cu el.

– Natasha, când va fi momentul să te îndrăgostești, ai să ți-l găsești pe tipul „veselă Habitat", dar nu poți forța lucrurile astea. Între timp, dacă aș fi în locul tău, m-aș distra la schi pe apă.

– Mamă! a exclamat Poppy, iar când ne-am uitat în sus, i-am văzut pe Becky și Seb îndreptându-se spre noi, ținându-se de mână.

– Mă simt ca nouă, a rânjit Becky, aplecându-se și sărutând-o pe Poppy. Uitasem de luxul absolut al unui prânz târziu.

– Chiar apreciez asta. A fost un adevărat cadou. Eram terminați, a adăugat Seb, în timp ce și-a scos tricoul să sară în piscină cu băieții.

În timp ce trăsăturile lui Becky se transformau într-un căscat, și-a tras leneșă un șezlong și abia dacă și-a dat pielea cu crema de soare cu migdale înainte să cadă într-un somn atât de adânc, încât pleoapele i-au tot tresărit din cauza viselor.

Natasha m-a bătut pe coapsă și s-a aplecat spre mine, șoptindu-mi:

– Becky doarme lemn – crezi că s-ar putea să fi mințit când au spus că și-au petrecut timpul dormind?

M-am abținut să zâmbesc și am răspuns:

– Asta sper.

Capitolul 70

Zilele astea, zâmbetul tatălui meu părea să fie din ce în ce mai slab de fiecare dată când îl vedeam.

De obicei, îi cuprindea fața de fiecare dată când râdea, ceea ce făcea des. Îmi era dor de sunetul acela aproape la fel de mult ca de vocea mamei mele, un glas care, cândva, îmi cânta cântece de leagăn, când eram mică, și-l liniștea pe fiul meu când cădea și-și julea genunchii.

Eram în biroul lui Adam, înconjurată de hârtii, și vorbind pe Skype cu tata, care încerca să mă asigure că ținea steagul sus. Natasha plecase la schi pe apă și William într-o excursie la pescuit, pe lac, cu Seb și ceilalți băieți.

– A trecut Gaynor mai devreme, pe aici. A fost plăcut, a spus tata.

Gaynor era una dintre cele mai vechi prietene ale mamei. Fuseseră împreună la școală și, deși acum locuia în Peterborough, încă făcea efortul să o viziteze o dată la câteva luni.

– Ah, cum se simte?

– Foarte bine. Ea și Barry tocmai s-au întors din Kenya – au fost într-un safari, cu toată familia. A spus că a fost minunat.

– Fantastic!

Pentru o clipă, privirea lui a alunecat aiurea și am știut ce gândea. Mamei i-ar fi plăcut la nebunie ceva asemănător.

– Cred că Gaynor a fost șocată, a spus el.

– De... cum e mama zilele astea?

La început, tata nu a răspuns, dar, într-un final, a reuşit să încuviinţeze.

Pentru că el era cu ea în fiecare zi, schimbările i se păreau aproape imperceptibile. Erau atât de lente și de subtile, încât era ca și când ai fi privit o floare ofilindu-se; nu vezi cum se întâmplă un lucru atunci când ai ochii fixați pe el. Doar când pleci și te întorci, poţi vedea inflorescenţa ofilită. Cu mama, nu era nimic mai neliniştitor decât feţele devastate ale prietenelor care nu mai fuseseră pe la ea de mai mult timp.

Am privit într-o linişte neagră cum tata și-a acoperit gura cu o mână tremurândă, nereuşind să-şi ascundă sentimentele de mine, hotărârea lui de a rămâne puternic cedând sub presiunea tristeții acaparatoare.

Asta m-a făcut să-mi amintesc faptul că el nu era doar tatăl meu, iar ea nu era doar mama mea.

Erau doi oameni care se susținuseră unul pe celălalt timp de treizeci și cinci de ani. Lumina iubirii lor strălucise prin momentele grele, momentele frumoase și momentele care ar fi despărțit alte cupluri.

Declinul mamei fusese lung și obositor. Și, deși știam că nu dădea încă semne că ne va părăsi, când se va întâmpla, avea să fie prea devreme pentru ca vreunul din noi să fie pregătit să accepte. Chiar nu ştiam ce-o să ne facem fără ea.

– Tată, am să vin acasă, am hotărât eu.

Spuneam asta nu doar pentru ea, ci și pentru el. Nu putea face asta singur. În timp ce o asistentă a trecut pe lângă el, distrăgându-i atenţia, am schimbat subiectul înainte să încerce să mă facă să mă răzgândesc.

– Oh, și Adam vrea să se mute înapoi în Marea Britanie.

Tata a părut surprins, îndreptându-se de spate.

– Serios?

– Da, vrea să petreacă mai mult timp cu William.

Afecțiunea tatei pentru Adam și-a făcut apariția în ridurile din jurul ochilor lui. Nu reușeam doar s-o facem pe mama fericită; când noi ceilalţi fuseserăm furioşi pe Adam, tata nu păruse niciodată capabil să se supere pe el.

– Jess, e grozav. Nu poate fi decât un lucru bun, pentru tine şi pentru William.

– Da. Deşi o să vedem ce iese când va fi să fie.

Tata s-a încruntat puţin.

– Vrei să spui că nu crezi că Adam se va implica atunci când se va întoarce?

– Nu, nu spun asta...

În timp ce vocea mi se stingea, încercam să-mi dau seama ce *voiam* să spun.

Atunci, am înţeles. Aveam reţineri. Nu voiam să cred că Adam avea să se transforme într-un Supertată până când nu vedeam asta întâmplându-se în realitate. Nu doar când ne găseam într-o vacanţă extinsă.

– William şi cu mine am fost dezamăgiţi de Adam destul de-a lungul anilor încât să ştim că s-ar putea întâmpla din nou. Sper că nu, dar trebuie să fiu realistă.

– Jess, nu te va dezamăgi.

I-am zâmbit mirată.

– Ştiu că ţi-a plăcut întotdeauna de el, tată, dar nu cred că poate fi o persoană de încredere. Să fii cu adevărat părinte înseamnă mai mult decât câteva săptămâni la soare. El încă e bărbatul care m-a lăsat la greu, ca să se culce cu fosta lui iubită, când s-a născut William.

Tata s-a lăsat pe spate.

– Ai crezut că se culca cu fosta lui iubită?

– Ştiu că se culca cu o fostă iubită.

Tata a înghiţit în sec.

– Şi mama ta a spus tot asta, dar am crezut că era doar concluzia la care a ajuns ea.

– Deloc. A fost ceva de neiertat.

– Dar... Am crezut că ţi-a plăcut s-o ai pe mama ta alături când s-a născut William.

Nu pot să nu mă supăr auzind asta.

– Ei, bine, mi-a plăcut, dar aş fi preferat să fie amândoi, am spus eu, exasperată. Până la urmă, Adam e tatăl!

El a dat din cap, ferindu-și privirea.

– Eu doar... lucrurile erau diferite când erai tu mică. Nimeni nici nu clipea dacă tatăl nu era acolo.

Apoi și-a ridicat bărbia, cu pieptul încordat în timp ce se uita la mine, buzele tremurându-i nervos.

– Tată, care e problema?

– Jess, trebuie să îți spun ceva.

Capitolul 71

Ușa de lângă tatăl meu s-a deschis și o asistentă din personalul azilului a băgat capul în cameră. Avea în jur de cincizeci de ani, purta un ecuson cu nume, pe care nu-l puteam citi. Având în vedere faptul că n-o recunoșteam, puteam doar presupune că era nouă.

– Martin, Susan a terminat baia, i-a spus ea tatei.

– Ah. Corect. Bine.

Și-a pus tableta jos și a deschis ușa. În scurt timp, vedeam pe ecranul neclar cum scaunul cu rotile al mamei era împins în camera ei și două asistente o așezau în pat.

Poziția nu părea câtuși de puțin confortabilă; era țeapănă și răsucită, membrele ei arătând precum crengile noduroase ale unui copac.

– Iubire, o am pe Jess pe linie, i-a spus el. Vrei să vorbești cu ea?

Ea a răspuns cu sunetul familiar care știam că însemna „da". În afară de faptul că stătea întinsă, arăta exact la fel ca ultima dată când o văzusem. Bineînțeles, *la fel ca ultima dată* nu însemna chiar așa de bine.

– Cum ești, mamă?

Ea și-a învârtit capul, fără să răspundă.

– Sunt...

Dar vocea ei s-a stins chiar dinainte să-și înceapă propoziția. Am așteptat un moment să văd dacă avea să mai spună ceva, dar n-a făcut-o.

– Mamă, vin acasă mai devreme. Lucrurile au mers bine cu Adam și William și... mi se pare că am fost plecată prea mult, am spus eu. Ar fi trebuit să vin și mai devreme, dar William a vrut să mai stea, așa că el a fost cel care m-a convins. Va trebui să vorbesc din nou cu el. Vreau să zic, el are zece ani și nu e decizia lui. Trebuia să vin acasă de mult și...

– Nu.

M-am oprit din vorbit în timp ce mama se răsucea, fără suflu după izbucnirea aceea.

– Nu o face.

– Nu face ce? Să vin înapoi mai repede? Dar vreau asta, mamă.

Pentru un moment, a rămas tăcută, capul căzându-i cu gura deschisă. Pieptul mi s-a strâns în timp ce ea a încercat să vorbească. La început nu a fost nimic decât liniște, în timp ce stomacul meu se zvârcolea neputincios, iar gura ei refuza să-i respecte dorințele.

Apoi, într-un final, a vorbit, și era la fel de răgușită și vorbea atât de încet ca de obicei în zilele acelea, dar am putut înțelege limpede, ca lumina zilei.

– Nu uita.

– Ce, mamă?

– Ce... am spus.

Tata s-a întins și a mângâiat-o pe braț, degetele sale încurajând-o cu blândețe.

– Ce vrei să spui, iubire?

Dar amintirile deja fierbeau înăuntrul meu. Știam despre ce vorbea. Nu mai trebuia să spună niciun cuvânt.

Am sărbătorit aniversarea de 48 de ani a mamei în trenul Orient Express Veneția-Simplon. Fusese o excursie doar de o zi, dar aproape că mă falimentase – n-aș fi putut niciodată să ajung până la Veneția decât dacă aș fi câștigat la loto.

A meritat fiecare bănuț s-o văd în rochia ei preferată, din mătase, cu picățele, când a pășit în interiorul luxos, de epocă, al acelui tren.

Experiența aceea a fost tot ceea ce sperasem că va fi: somptuoasă, într-un decor care era întruchiparea eleganței; perdele apretate, din damasc, lambriuri opulente din stejar, fețe de masă mai albe decât zahărul pudră. În timp ce trenul străbătea zonele rurale ale Angliei, am mâncat homar cu sos delicios și am sorbit șampanie.

Da, picioarele ei au tremurat în timp ce urca scările, de parcă n-ar fi fost capabile să-i susțină greutatea. Da, a tresărit și a zvâcnit și oamenii s-au holbat în timp ce eu am turnat șampania din paharul de epocă din cristal în cana ei din plastic pentru bebeluși.

La momentul acela, era deja în strânsoarea feroce a bolii - dar în acea zi n-a contat.

Personalul s-a purtat impecabil. Sunasem dinainte și-i anunțasem despre boala ei, și făcuseră tot ce putuseră să-i ofere o zi specială.

I-a plăcut la nebunie fiecare secundă. Trenul, mâncarea, să fie cu mine.

Totuși, a existat un moment, spre sfârșit, când a vrut să spună ceva, ce voia să-mi amintesc mereu.

– Jess, oferă-ți cât de multe momente ca ăsta poți, mi-a spus ea. Când viața e grea, așa cum o să fie pentru noi toți, ai o datorie față de tine însăți. Să trăiești fără regrete.

Inima mi s-a umplut de emoție, dar ea nu a vrut să-i răspund. Doar să ascult.

– Jess, s-ar putea să crezi că sunt plină de regrete, dar nu am niciunul. M-am căsătorit cu un bărbat pe care l-am iubit și am un copil pe care îl ador. Sunt suficient de norocoasă că am petrecut mulți ani sănătoși cu amândoi.

S-a întins și m-a apucat de mână.

– *Nu* mor de boala Huntington.

Mi-am ridicat brusc capul.

– Ce vrei să spui?

– Trăiesc cu ea, mi-a spus. E o diferență. Trăiesc viața ca și cum fiecare zi ar fi ultima. Și, până când lucrurile vor ajunge să fie rele de tot, asta intenționez să fac. Mă gândesc la tot ce e bun în jurul meu, și nu la ce urmează. Fac toate lucrurile care îmi plac, atâta tot. Am să înot în mare. Am să coc torturi. Am să dansez mai mult.

A ezitat.

– Dar tu trebuie să îți amintești ziua de azi și ce îți spun acum. Indiferent de cât de rele vor fi lucrurile pentru mine, indiferent ce se întâmplă cu tine, încă mai ai o viață de trăit. Nu uita asta, Jess. Dacă vrei ceva, obţine-l. Pur şi simplu.

Acum, în timp ce mă uitam la ecran, lacrimile îmi curgeau pe obraji în dâre groase, fierbinți, și am încuviințat.

– Îmi amintesc, mamă.

Am așteptat să zâmbească, lacomă după încă un moment de conectare, dar capul i s-a întors în altă parte, ochii i s-au golit din nou, în timp ce tata i-a dat șuvițele firave de păr la o parte de pe față și-a sărutat-o cu blândețe pe obraz.

Capitolul 72

Când am ieșit din castel, eram amețită și m-am prins de marginea din fier forjat a ușii, căldura ei arzându-mi palma. Nu doar cuvintele mamei mă forțau să mă concentrez la ce era important în acel moment, dar și altceva: ce spusese tata despre Adam și noaptea în care se născuse William.

Fragmentele pe care mi le aminteam – orele care treceau, rujul și băutura de pe cămașa lui Adam – eram sigură că se întâmplaseră. Umplusem însă golurile cu propria mea versiune a evenimentelor, imaginându-mi o cameră de hotel, mâinile lui Adam în părul mătăsos al Georginei, membre lungi, bete, împletindu-se, în timp ce eu eram abandonată și vulnerabilă.

Mă puteam gândi la o singură explicație. Doar că, acum, o suspiciune creștea înăuntrul meu în timp ce am început să alerg din ce în ce mai repede pe terenul castelului. Am văzut-o pe doamna Lombard culegând flori la marginea pădurii și am întrebat-o, cu respirația tăiată, dacă știa unde era Adam.

– S-a dus înapoi la vila lui, Jess. Trebuie să te grăbești – pleacă în curând la Bergerac.

Când am ajuns la vilă, inima îmi bătea cu putere. Când Adam a deschis ușa, a părut atât de îngrijorat, încât i-a luat un minut să se adune.

– Ce s-a întâmplat? William, din nou?

Am scuturat din cap.

– Nu, am gâfâit eu, trăgându-mi suflul. William e bine.

– Ai nevoie să te așezi? Pari gata să leșini.

– Sunt bine.

– Ascultă, trebuie să ajung la o întâlnire în Bergerac într-o oră, așa că trebuie să plec.

A apucat un teanc de hârtii de pe masa din sufragerie.

– Jess, îmi pare foarte rău, dar putem să rezolvăm cât mai repede?

El s-a întors, îndesându-și hârtiile în geantă.

– Ce s-a întâmplat *cu adevărat* în noaptea în care s-a născut William?

Pentru o clipă, a înghețat, continuând să-și organizeze foile, trăgând de timp.

– Jess, am avut discuția asta de zeci de ori. De ce vrei s-o purtăm din nou acum?

– Ai fost cu tata, nu-i așa?

El nu și-a ridicat privirea.

– Trebuie să plec, dar o să vorbim mai târziu, a spus el, ieșind pe ușă și invitându-mă afară înainte să o închidă și să apese pe telecomanda mașinii.

– Erai în oraș, în Manchester, și te-ai întâlnit cu tata și ceva s-a întâmplat, am continuat eu. De aceea n-ai putut ajunge la timp.

Adam a refuzat să-mi răspundă, deschizând ușa mașinii.

– Adam, vreau să știu adevărul. Pot să-i fac față. Și nu e corect... toți anii ăștia ai cărat povara acestor lucruri când...

– Jess, oprește-te, a spus el ferm, ridicând o mână. O să vorbesc cu drag cu tine despre asta, dar *trebuie* să mă duc la Bergerac. Deja sunt în întârziere.

El s-a urcat în mașină, în timp ce frustrarea mea a crescut. N-aveam de gând să stau acolo, neajutorată, el plecând și evitând problema pe care am așteptasem zece ani s-o descâlcesc. Am deschis ușa mașinii și m-am urcat.

– O să vin cu tine. Poți să-mi spui pe drum.

– Nu fi ridicolă. Cine va avea grijă de William?

– Seb. S-au dus la pescuit.

El a pornit motorul.

– Jess, te rog să cobori.

Eu mi-am pus centura de siguranţă.

– Nu cobor până nu-mi spui ce s-a întâmplat.

El s-a uitat la parbriz în timp ce o petală albastră-deschis a alunecat pe sticlă. A căzut, dansând în lumina soarelui, iar el a oftat și a oprit motorul.

– Tatăl tău nu mă va ierta niciodată.

– Ba te va ierta, l-am asigurat eu. Cu siguranţă – promit. Aproape că mi-a spus ce s-a întâmplat, dar am fost întrerupţi.

El a scuturat din cap, o picătură de sudoare apărându-i deasupra sprâncenei.

– Ne e corect. Ar fi o trădare.

– Adam, te trădezi doar pe tine însuţi. Te rog să-mi spui adevărul.

Pieptul lui s-a ridicat în timp ce și-a umplut plămânii cu aer, închizându-și ochii înainte ca, într-un final, să expire. Apoi a început să vorbească, dezvăluind ceea ce se întâmplase cu adevărat în noaptea care pentru atât de multă vreme fusese în centrul furtunii care ne despărţise.

Capitolul 73

Adam *fusese* în Manchester în noaptea aceea, terminând team buildingul lui în The Bush Bar. La fel și Georgina.

– Nu ți-am spus că planificasem să mă văd cu ea pentru că știam că tu credeai că era ceva între noi doi, a spus el, iar ea fiind din nou singură... n-am crezut că ai fi înțeles. Dar asta este adevărul. Era praf după ce se despărțise de Johnny. Nu era doar supărare în urma despărțirii, era mai mult decât atât. Era cu adevărat deprimată... la limită.

– Parcă ai spus că-i era mai bine fără el?

– Oh, așa era, dar la vremea aceea ea nu înțelegea asta. El o înșelase de cel puțin două ori și-i topise jumătate din economii. Dintr-un motiv de neînțeles, ea îl voia înapoi.

Adam mi-a spus că Georgina îl sunase în ziua aceea, supărată și hotărâtă să-l implore pe fostul ei iubit s-o primească înapoi. În schimb, el o convinsese să se întâlnească să bea ceva la Bush Bar, unde știa că va fi alături de colegii de la muncă. Până la ora zece, ea nu venise încă, iar el era disperat să ajungă acasă. Totuși, a mai stat, de dragul ei, treaz și înconjurat de prieteni care aveau șase halbe înaintea lui.

Mi-a trimis un mesaj ca să știe că totul era în regulă, iar eu i-am spus că mă pregăteam de somn. În ultimele noastre mesaje, schimbaserăm câteva simple „noapte bună“ și „te iubesc“-uri, ceea ce eu, ani mai târziu, le interpretasem ca fiind clișee.

– Când a ajuns Georgina, într-un sfârşit, era atât de beată, încât abia se putea ține pe picioare, a continuat el. Le avea după ea pe două prietene de-ale ei pe care nu le mai întâlnisem niciodată. Ele erau hotărâte s-o târască prin Northen Quarter, ca să-şi bea tristețea şi să se arunce de gâtul primului tip care-i ieşea în cale.

Ea se purtase obscen, plânsese şi fusese destul de nechibzuită pentru ca el să ajungă la concluzia că, deşi se ținea tare, sufletul fragil al prietenei lui era în pericol. Aşa că nu s-a retras oripilat când ea şi-a aruncat brațele de gâtul lui, spunându-i că *doar voia să fie ținută în brațe.*

– Doar că am cam... înghețat. Ea a început să mă sărute pe gât şi a trebuit s-o smulg de pe mine. N-aveam cum să fiu subtil, a înghițit el în sec. Ea a fost îngrozită.

Georgina fugise în noapte, arzând de ruşine, nici pe departe suficient de beată încât să pretindă că nu se întâmplase nimic. Una din prietenele ei se dusese după ea, iar el se uitase din uşa barului în timp ce ele se împleticeau într-un taxi. După asta, el a plecat, stors de noaptea aceea şi tânjind după căldura patului său. Adam mi-a descris cum a colindat străzile ude de ploaie, hainele lui îmbibându-se cu apă soioasă în timp ce a început să alerge spre parcare. Aproape că ajunsese acolo când a văzut cum un bărbat era aruncat din barul Northen Tap.

– L-a început, m-am ferit, a spus Adam. Era într-un hal fără de hal.

– Beat?

El a încuviințat.

Mi-am imaginat un bețivan bătrân: agresiv, dar vulnerabil, pe bună dreptate indignat că fusese bruscat.

– Apoi a căzut şi a început să scoată nişte sunete îngrozitoare. Nu puteam să-l las acolo. Aşa că m-am aplecat şi am încercat să-l ajut. M-am gândit să sun la ambulanță, aşa că am încercat să-l întorc şi atunci mi-am dat seama... Cunoşteam haina aia.

Inima mi s-a întors pe dos în timp ce reinterpretam propoziția lui.

– Vrei să spui că ştiai bărbatul.

A trecut un moment până când el a încuviințat, confirmând ceea ce eu știam deja. Că bătrânul bețivan care se rostogolise în ploaie era tatăl meu.

Care nu se mai atinsese de băutură de ani întregi și a cărui abstinență fusese - pentru mine și mama - sursa pentru atât de multă mândrie și ușurare.

– Am încercat să-l trezesc, dar a dat să sară la mine. Nu știa că eram eu. Era... dezorientat.

Adam și-a ales cuvintele foarte atent, dar nu prea era nevoie. Îmi puteam imagina toate detaliile.

– Mi-am amintit de toate poveștile alea pe care mi le-ai spus despre cum era când erai mică, dar asta m-a dat pe spate. Nu-l văzusem niciodată pe tatăl tău așa.

S-a dovedit că fusese dat afară din club pentru că vomitase pe bar. Mai îngrijorător, căzuse pe mână; Adam era convins că și-o rupsese.

Transpira de panică, mintea lui alerga, dar în niciun caz nu avea să-și sune iubita foarte însărcinată, care era cuibărită în pat, cu pruncul lui încă în burtă.

Așa că a alergat înapoi la Bush Bar și l-a luat pe Chris, singurul coleg oarecum treaz care mai era pe acolo.

– Am reușit să-l băgăm pe tatăl tău pe bancheta din spate a mașinii mele, ca să-l pot duce la spital. Era într-o stare foarte proastă... Mă rugam de el să stea treaz, țipând la el, încercând să-l fac să răspundă. Am crezut că era...

– Ai crezut că era în comă alcoolică?

El a încuviințat.

Personalul de la Urgențe se comportase cu mult profesionalism. Văzuseră de toate, mai ales sâmbăta.

Când tata își revenise într-un final, fusese îngrozit, aproape disperat, agățându-se de Adam, implorându-l să nu plece.

– Și țac-pac, în mijlocul chestiilor ăstora, mi-am dat seama că telefonul meu rămăsese fără baterie, mi-a spus el amorțit. M-am forțat să rămân calm. Mă tot gândeam: Dacă exista vreo șansă ca

Jess să intre în travaliu, mi-ar fi spus ceva în ultimul mesaj. M-am gândit să folosesc mobilul tatălui tău, dar asta ar fi însemnat să explic de ce eram împreună. Deja îmi dădusem seama că Martin n-ar fi vrut să afle nimeni despre asta. Și... mai important, nici măcar nu mă puteam gândi la ce ți-ar fi făcut ție asta dacă ai fi aflat.

Știa că mi-ar fi frânt inima, asta ar fi făcut.

– Mâna tatălui tău s-a dovedit a fi doar foarte rău învinețită, dar nu ruptă. Când, în sfârșit, am ieșit din spital, câteva ore mai târziu, îi trebuia, mai mult decât orice altceva, un duș. Așa că am condus până la casa lui Chris – nu-l puteam duce acasă la mama ta în starea aceea, nu înainte să-l aranjez. În mașină, tatăl tău era... supărat. Suspina. Eu i-am tot repetat: „O să fii bine, Martin. O să te simți ca dracu', dar o să supraviețuiești".

Dar era mai mult decât că se simțea ca dracu' și o știau amândoi.

– Când am parcat în fața casei lui Chris, m-a apucat de braț și m-a pus să jur că n-am să-ți spun niciodată despre asta. Nici ție, nici altcuiva. I-am promis că n-am s-o fac. I-am spus că nu va trebui niciodată să-și facă griji – că asta va rămâne întotdeauna între el și mine. Până când l-am băgat pe tatăl tău în duș era aproape șapte dimineața. Apoi m-am dus în bucătăria lui Chris și am băgat telefonul în priză. Și și-a revenit la viață pentru prima dată de la ora 10 din seara precedentă.

Capitolul 74

Văzând tristețea din ochii lui Adam, am înțeles că era adevărat. Era logic în cel mai rău și totuși în cel mai bun mod și, deși nu aveam cu adevărat nevoie ca tata să-mi confirme povestea lui Adam, știam că o va face atunci când, într-un final, urma să discutăm despre asta. Nu doar despre noaptea aceea în sine, ci despre motivul pentru care călcase strâmb. Era în perioada când mama își făcea testele pentru HD – înainte de diagnosticul ei, dar cu siguranță când ei știau ce putea urma.

– Nu l-am putut trăda pe tatăl tău, a spus Adam. Indiferent de cât de praf era, a avut dreptate să-mi ceară să nu spun nimic. N-a făcut-o de dragul lui, a făcut-o pentru *tine*. Pentru mama ta. V-ar fi distrus.

– Dar, Adam, acea noapte a schimbat totul. Ăla a fost motivul...

– Motivul pentru care ai plecat?

Și-a ridicat o sprânceană.

– Nu, Jess, n-a fost asta. Hai să fim sinceri. Au existat zeci de motive, iar ăsta a fost doar unul dintre ele.

– Unul mare, l-am contrat eu.

Adam s-a uitat prin parbriz la lumina încețoșată a soarelui, incapabil să mă privească în ochi în timp ce vorbea.

– N-am vrut să fiu tată pentru că eram speriat și imatur și nu voiam să recunosc niciunul dintre lucrurile astea. Ar fi trebuit să mă ridic la nivelul așteptărilor când ai rămas însărcinată, dar n-am făcut-o. Și am agravat toate astea după ce William s-a născut, stând la distanță.

Mi-am mușcat obrazul.

– Nici eu nu te-am făcut să te simți bine-venit.

– Jess, nu ai spus nimic de care eu să nu știu. Chiar și mama ta a crezut că ar trebui să mă duc naibii și să dispar de pe fața planetei. Am știut că lucrurile erau foarte rele dacă se ajunsese la asta.

Eu m-am încruntat.

– Ce te face să spui că mama a crezut asta?

Maxilarul lui s-a încordat.

– Odată, am venit din senin să vă văd, pe tine și pe William. A luat-o complet razna când m-a văzut. Dacă e să fiu sincer, m-a speriat de moarte. Mă înțelesesem atât de bine cu ea înainte și întotdeauna fusese genul de femeie care te făcea să te simți bine-venit în secunda în care intrai pe ușă. Când am văzut cât de mult mă ura...

– Adam, nu te ura. Recunosc, nu te *plăcea* după noaptea aceea. Dar furiile alea... erau parte din boala ei. Nu era chiar ea.

El s-a uitat înainte, zgâriind partea de jos a volanului cu degetul mare.

– Orice a fost, a devenit unul dintre lucrurile care m-au făcut să cred că tu, noi, pur și simplu, nu eram meniți să fim împreună. Că trebuia să plec, departe de tine și de William, și să fac ceva cu viața mea. Am fost un idiot.

– Și eu am regretele mele, îți jur.

Dintr-odată, am rămas fără cuvinte la gândul că Adam cărase secretul ăsta atât de mult, în timp ce eu îi purtasem pică atâta vreme, fără a avea dreptate.

– Ascultă, Jess. Chiar trebuie să plec. Deja am întârziat douăzeci de minute.

A întors cheia ca să pornească motorul și a așteptat să ies din mașină, dar eu nu voiam să fac asta.

În schimb, m-am întins și l-am atins pe braț. Apoi mi-am desfăcut centura și m-am aplecat spre el, luându-i fața în palme.

Ochii lui păreau din nou tineri, strălucind de emoție. La început, l-am sărutat cu blândețe, mângâind pielea fină a buzelor lui, înainte să-și deschidă gura și să mă lase să mă cufund în el. I-am desfăcut centura.

– Ce se întâmplă?

Înainte să vorbesc, l-am sărutat din nou, mai adânc, apoi m-am oprit, cu buzele lui la doi centimetri de ale mele.

– De ce? Te plângi?

– Nu, a răspuns el. Absolut deloc. De fapt, continuă.

S-a tras însă înapoi și s-a uitat la ceas.

– Deși... poate că după întâlnirea mea...

L-am sărutat mai tare și atunci a răspuns instantaneu, trăgându-mă spre el. Apoi s-a oprit și s-a uitat la mine, pieptul ridicându-i-se în timp ce se pregătea să comenteze.

– OK, a spus el brusc. Dă-o naibii de ședință. O să le trimit un mesaj să le spun că am făcut pană.

Am izbucnit în hohote de râs în timp ce el a smuls cheile din contact și a deschis ușa mașinii, iar eu i-am urmat exemplul. Am ieșit pe iarba din fața vilei sale, aranjându-ne hainele.

Ne-am împleticit în vilă și ușa s-a trântit în urma noastră. Mi-am lipit spatele de lemn, în timp ce el își împletea degetele cu ale mele, depunându-mi o ploaie de sărutări pe față și pe gât. Buzele lui păreau fierbinți pe pielea mea, tăcute și febrile. Mi-am desfăcut mâinile și le-am trecut peste umerii lui, trasând contururi pe cămașa sa în timp ce dorința mea creștea în valuri. I-am pus mâna pe piept, dar n-am fost suficient de rapidă pentru el și, până să reușesc eu, și-a desfăcut primii doi nasturi și și-a scos cămașa peste cap.

Vederea trupului lui m-a făcut să tremur de dorință. Umezeala sărată a pielii lui. Curbele atletice ale mușchilor lui. Părul negru care-i mângâia clavicula.

Am început să-i sărut pieptul, dar el mi-a ridicat capul cu blândețe și a început să-mi desfacă bluza, făcând-o să-mi alunece de pe umeri cu ochii grei, privindu-mă. Hainele noastre s-au strâns grămadă pe podea, iar el m-a luat de mână și m-a condus spre dormitor.

N-aş putea să vă spun care sunt motivele pentru care sexul cu Adam a fost mereu mai bun decât cu oricine altcineva. Poate că e, pur şi simplu, foarte bun la asta. Dar între noi e o alchimie magică atunci când suntem împreună, una pe care nu am găsit-o cu nimeni altcineva.

În timp ce un soare aprig intra prin ferestre, Adam a făcut dragoste cu mine în acelaşi fel ca întotdeauna: de parcă ar fi fost prima şi ultima dată. Ca şi cum fiecare moment ar fi la fel de preţios ca viaţa în sine.

Capitolul 75

După aceea, mi-am lăsat capul pe pieptul lui, în timp ce el mi-a mângâiat pielea de pe linia bărbiei, atingerea lui făcându-mă să tremur. Era neobișnuit de tăcut.

– E totul în regulă?

– Da, a răspuns el. Nu, a continuat.

Mi-am ridicat capul.

– Haide, spune.

El s-a proptit într-un cot și a făcut o pauză înainte să vorbească.

– O să-mi spui din nou că regreți asta?

Un zâmbet dulce-amărui mi s-a strecurat pe buze.

– Nu.

M-am ridicat și l-am sărutat pe buze.

– Nu, nu regret. De ce aș face-o după două orgasme?

Eram în mod intenționat frivolă – nu credeam că aveam nevoie de alte drame. Deși a râs, nu părea împăcat.

– Nu trebuie să pari așa mândru de tine însuți, am spus eu, străduindu-mă mai mult.

– De ce, sperai la trei?

Apoi și-a privit mâinile cu ochi serioși.

– Uite ce e, mă bucur că ai avut două orgasme, dar aș vrea să fie mai mult de atât.

Umerii mi s-au înmuiat.

– A fost, Adam. Clar a fost mai mult de atât.

– Bine, atunci, am să te întreb ceva.

Mi-a luat mâna şi a îngenuncheat în faţa mea, trăgând o pernă, strategic, ca să-şi acopere părţile intime.

– Jess. Te iubesc.

Inima aproape mi s-a oprit. Să-mi dau voie să cred aceste cuvinte părea o prea mare nesăbuinţă pentru o singură zi.

– Adam, chestia e că...

– N-am terminat. Vreau să mă căsătoresc cu tine.

A simţit cum îmi cade falca.

– Adam, calmează-te, pentru Dumnezeu.

– Ştiu că probabil pare ceva brusc, a spus el, dar chiar nu e. Am fost îndrăgostit de tine de la început.

– Nici măcar nu m-ai observat la început.

– Despici firul în patru – ideea e asta: Te iubesc. Te-am iubit în fiecare moment cât am fost împreună, orice ai crede tu, şi am petrecut zece ani încercând să te uit. Am ieşit cu femei care am sperat că se vor putea compara cu tine, apoi dându-mi seama în câteva luni, săptămâni, că niciuna dintre ele n-ar putea face asta.

Diverse sentimente se luptau în capul meu. Nu mai aveam cuvinte.

– Îmi dau seama că asta e cea mai stângace propunere din toate timpurile. Nu am un inel, nu am un discurs pregătit, n-am făcut-o cum trebuie. Dar am un lucru de partea mea, şi anume că *vorbesc serios.* Fiecare cuvânt e adevărat.

Părea să nu glumească.

– Vrei să te căsătoreşti cu mine, Jess? a repetat el. Am să mă pun într-un genunchi dacă ajută la ceva.

– Nu e nevoie, Adam. Nu când eşti cu toate cele la vedere.

El a izbucnit în râs, dar s-a oprit, frecându-şi fruntea.

– Nu mi-ai răspuns.

Nevoia de a plânge a crescut în mine, urcându-mi-se în gât.

– Nu, nu ţi-am răspuns. Adam, trebuie să-ţi spun ceva. Ar fi trebuit să-ţi spun de mult. Nu prea am spus asta. Nu am fost sinceră cu tine cu privire la persoana care sunt. De ce nu m-aş putea căsători cu tine. Şi de ce tu nu ai vrea asta cu adevărat.

El s-a încruntat, clar pierdut.

– *Există* altcineva? Știu că ai spus că nu te interesa Charlie, dar există un alt bărbat?

Am scuturat din cap, dorindu-mi să fi fost atât de simplu. Să fiu îngrijorată doar de micile distrageri amoroase și de relațiile care îi îngrijorau pe toți ceilalți.

Mi-am tras cearșaful peste piept și m-am ridicat, trecându-mi mâinile prin păr.

Nu aveam de gând să încep să plâng.

Nu.

– Adam, aici, pur și simplu, nu este vorba despre tine și despre mine. Este vorba despre tine, despre mine, despre tot.

– Ce vrei să spui?

– Chestia pe care o are mama se numește boala Huntington.

El și-a mijit ochii, încercând să-și dea seama de ce aduceam vorba despre asta tocmai acum.

– Este o boală a creierului care afectează nervii. E mortală. Nu există tratament și nici măcar nu există vreo modalitate de a o încetini.

– Am auzit despre ea. Nu știu multe, dar îmi sună cunoscut.

– OK.

Am inspirat; asta ar trebui să mă liniștească, dar nu era așa.

– Ei, bine, chestia e că... nu e vorba doar despre ce i-a făcut mamei mele, transformând-o într-o epavă de om care nu poate gândi ca lumea și nu poate mânca sau vorbi ca lumea sau...

Mi-am ridicat privirea, încercând să găsesc curajul să spun cuvintele care mă bântuiseră atât de mult timp.

– E o boală care se moștenește. Și eu port gena defectă care o cauzează.

Mi-am scrâșnit dinții, trăgând un pic de timp înainte să trebuiască să continui.

– Ceea ce înseamnă că o să fiu exact ca mama, Adam. O să-mi facă lucruri îngrozitoare, fizic și mental. Apoi o să mă omoare.

M-am întrebat pentru un moment dacă modul calm și simplu în care îi prezentasem lucrurile însemna că el nu reușise să înțeleagă ce-i spusesem. Pur și simplu se uita la mine, sau se uita prin mine, încercând să înțeleagă.

– Și, pentru că eu am gena mutantă, există o șansă de 50 la sută să o aibă și William.

M-am întins pe spate și l-am lăsat pe Adam să proceseze tot, privind cum partea de jos a feței lui s-a înmuiat, până când buzele i s-au desfăcut. Privirea din ochii lui exprima ceva dincolo de șoc. Nu era încă furie, sau frică, sau milă, dar avea ceva din toate aceste lucruri. Era o uimire atât de copleșitoare, încât el uitase să respire.

– Există un test pe care îl poți face ca să afli dacă o să o dezvolți sau nu, am continuat eu. Eu l-am făcut, de aceea știu că am să mă îmbolnăvesc. William nu este eligibil să facă testul până nu împlinește optsprezece ani.

– Dar e posibil să fie greșit, nu?

– Adam, nu e greșit. Testul e clar. O să fac boala Huntington. Nu pot scăpa de ea.

Capul lui era clar plin de întrebări, dar a început cu una.

– Deci... ești bolnavă – acum, vreau să zic?

– Nu. Consilierul meu spune că nu am simptome, deși am învățat din experiență că te poți convinge singur că sunt acolo dacă încerci să faci asta suficient de mult. De fiecare dată când mă împiedic de ceva, cred că e o problemă cu coordonarea mea. De fiecare dată când uit o listă de cumpărături sau mă enervez pe cineva, mă gândesc: „*Asta e*". Doctorul meu spune însă că e vorba doar de anxietate.

– OK.

Puteam vedea cum mintea lui lucra în timp ce se gândea cum să răspundă. Eu fusesem la fel cu mama când îmi spusese. Căuta o soluție. Urma să recunoască în curând că problema asta nu avea rezolvare.

– Spui că nu există un tratament, dar se fac cercetări? Descoperiri medicale se fac tot timpul, așa că s-ar putea să nu ajungi la stadiul în care e mama ta.

Era singura speranță de care mă agățam, una despre care citeam constant, dar alchimia care putea să termine totul într-o zi rămânea undeva departe.

– E posibil. Peste tot în lume se lucrează la asta. Citesc mereu despre descoperiri noi.

Totuși, mi-am dat seama că nu îl puteam lăsa în starea aceea. Cu speranța.

– Adam, totuși, pentru moment, nu există nici măcar un medicament care s-o încetinească. Doar medicamente care pot ține în frâu *simptomele,* nu boala în sine.

Știam că vor urma zeci de întrebări, dar, pentru moment, singurul lucru rămas în ochii lui Adam era dorința de a mă consola, de a mă atinge și de a mă îmbrățișa, de a face ca totul să fie mai bine, atât cât putea el. Acela era însă momentul să fiu complet sinceră cu el.

– Adam, de asta am venit aici.

– Ce vrei să spui?

– Mama și-a dorit tot timpul ca tu și William să aveți o relație mai apropiată, dar când testul meu a fost pozitiv, acum câteva luni, a devenit o problemă practică, dar și una emoțională.

El a înghițit, tăcut.

– Simptomele mamei mele au început la doar câțiva ani de la vârsta la care sunt eu acum, Adam. Și, deși e o boală lungă – durează zece, uneori douăzeci de ani –, va exista, inevitabil, un stadiu în care nu voi mai putea fi un părinte pentru William.

În acel moment, mi-au dat lacrimile pentru prima dată, pleoapele devenind fierbinți, înțepătoare.

– Și, dacă asta se întâmplă, el va avea nevoie de tine.

Spre nesfârșita mea ușurare, Adam nu a plâns. Fața lui era însă desfigurată. Apoi mi-a luat mâna și mi-a mângâiat-o cu blândețe.

– Mă are pe mine, Jess. Promit. Orice s-ar întâmpla, mă are pe mine.

Capitolul 76

Petrecusem atât de mult timp gândindu-mă cum o să-i spun lui Adam despre HD, încât, acum că se întâmplase, aproape că nu mai știam ce să fac în continuare.

Totuși, m-am simțit mai liniștită în ultimele noastre zile în Franța, ca și când povara secretului meu nu mă mai făcea să mă împotmolesc sub greutatea ei. În sfârșit, puteam pune o fărâmă de siguranță în viitorul meu nesigur.

Ajuta faptul că mă iertase că nu fusesem deschisă cu privire la asta până atunci și că știam, într-un final, adevărul despre ce se întâmplase în noaptea în care se născuse William. Dar cel mai mult ajuta faptul că înțelegeam amândoi nevoia de a fi adulți cu privire la ce se întâmplase în acea vară. Între noi doi, adică.

Știam că nu puteam continua, dar asta nu mă oprea să retrăiesc fiecare dulce parte din asta. Felul în care pielea mă furnica de fiecare dată când îl vedeam râzând. Felul în care mă simțeam în flăcări datorită atingerilor lui. Felul în care mi-a oferit lucruri minunate și cum, pentru prima dată după multă vreme, m-a făcut să nu mă mai gândesc la corpul meu ca la un dușman. Dar povestea se oprea acolo, devenind încă un lucru pe care boala mi l-a furat. Adam și cu mine nu puteam fi împreună și orice idei ne-ar fi venit trebuiau oprite din fașă, pentru că nu exista un final fericit în care să fim prezenți amândoi.

Nu unul în care eu și Adam să îmbătrânim împreună, dansând salsa pe drumul nostru spre aniversarea de nouăzeci de ani, mergând în croaziere în jurul lumii, cu profesori de yoga.

Vara asta, m-am îndrăgostit din nou de Adam. Ceea ce simţeam pentru el trebuie să fi fost dragoste adevărată, pentru că eram, de asemenea, destul de altruistă încât să vreau ca el să aibă toate aceste lucruri cu altcineva. Nu cu Simone – n-aş fi mers atât de departe –, dar *cineva*.

Totuşi, încă zâmbeam de fiecare dată când mă gândeam la cererea lui în căsătorie.

Mi-a amintit de tot ce era bun la Adam. Era amuzant şi excentric, dulce şi pasional. Toate erau posibile înainte ca realitatea amară să se instaleze.

În cazul lui Adam, realitatea chiar se instala. Uneori, îl surprindeam uitându-se aiurea, chinuit, întrebându-se cum de se întâmplaseră toate astea. Era ca şi cum şi-ar fi petrecut ultimele săptămâni târându-se spre ceva mai mare şi mai bun în viaţă, iar acum, toate astea aveau să dispară peste noapte.

Totuşi, felul în care ne-am retras unul faţă de celălalt a fost tăcut şi hotărât.

Sărutările s-au terminat. Flirtul s-a terminat. Orgasmul dublu s-a dus.

Vara noilor şanse se apropia de sfârşit în cel mai bun fel în care cineva cu viitorul meu ar fi putut să îşi dorească, ştiind că, orice s-ar fi întâmplat cu mine, William avea să fie iubit şi protejat de tatăl lui. Era un bărbat mai bun decât îl crezusem eu vreodată.

Eram însă optimistă că eu și Adam o încheiam, devenind ceva de-a dreptul miraculos: părinți care erau totuși prieteni. Credeam că puteam fi al naibii de buni la asta, o echipă câştigătoare, până când eu n-aş mai fi putut câştiga.

Când venea momentul acela, cel puţin urma să ştiu că William va fi îngrijit. Nu doar cât era mic, ci şi mai departe. Şi, deşi sfaturile lui Adam pentru fiul nostru puteau să nu fie niciodată cum ar fi fost ale mele, ştiam că era în grija unui bărbat care îl iubea şi care urma să facă totul cât de bine putea. Niciun părinte nu e perfect. Nici ai mei nu au fost şi nici eu nu eram.

Totuși, dacă un tată își iubește copilul cu fiecare bucățică din el însuși, e tot ce ar putea cere oricine.

Bineînțeles, existau o grămadă de aspecte practice de discutat, ceea ce făceam în mod repetat la cafea, dar știam că o să ajungem acolo. Am discutat despre mutarea lui Adam înapoi în Manchester, în octombrie, și despre cum o să-și caute ceva de închiriat, inițial în Castlefield, nu departe de noi. Am discutat despre cum William și-ar petrece nopțile la el miercurea și sâmbăta, un aranjament convenabil pentru amândoi. Am decis că Adam era bine-venit uneori la o ceașcă de ceai și aveam o invitație deschisă pentru prânzul de duminică la el, în fiecare săptămână.

Adam a spus lucruri precum: „Abia aștept, Jess. Totul va fi bine", și le-a spus cu atâta convingere, încât aproape că îl cred.

Orice s-ar fi întâmplat, abia așteptam să ajung acasă. Fusesem departe de mama prea mult timp și, brusc, nu mă puteam gândi la nimic altceva decât să mă întorc la ea. Totuși, Natasha nu părea să-mi împărtășească entuziasmul pentru plecarea noastră iminentă.

– Am crezut că abia așteptai să te întorci la lucru.

Pentru oricine altcineva, asta ar fi sunat sarcastic, dar cu ea chiar vorbeam serios.

– Ei, bine, da, dar...

Am așteptat ca ea să termine, dar se tot agita, rușinată să spună ceva.

– Chiar îmi place de Ben.

– Nu sunt surprinsă, e superb.

– Da, dar, la vârsta mea, nu ar trebui să mă implic emoțional prea mult în aventurile amoroase de vacanță. Ultima dată când am făcut asta, aveam paisprezece ani.

– O să păstrați legătura?

– Nu sunt sigură. Am evitat intenționat subiectul, deși ne-am împrietenit pe Facebook. Asta nu a făcut decât să scoată în evidență diferența mare de ani dintre noi.

– Nimeni n-ar clipi la nouă ani dacă ar fi invers, am spus eu. În plus, tu nu arăți de parcă ai avea aproape de patruzeci de ani.

– Mulțumesc, Jess. Totul se rezumă la yoga.

– Serios?

– Ei, bine, asta și Botox.

Capitolul 77

Târziu în după-amiaza aceea, Natasha, William și cu mine ne-am îndreptat spre zona de jocuri, ca să ne întâlnim cu toţi ceilalţi și să ne uităm cum jucau copiii fotbal. Când am ajuns, terenul nisipos era scăldat într-o lumină ca mierea și am găsit un loc la o distanță sigură de mingile rătăcite. Natasha și-a tras un scaun și s-a așezat, întinzându-și picioarele de sub o pereche de pantaloni scurți, gambele ei suple, bronzate, ițindu-se din sandalele din piele.

Am observat repede că William stătea la marginea terenului, încrezător în timp ce se strângeau copiii.

– Haideți, gașcă. De parcă ai vrea să aduni o turmă de pisici!

Becky și clanul ei au ieșit din zona împădurită în același fel în care o făceau mereu atunci când călătoreau în grup: gălăgioşi, dezordonaţi – un copil în faţă și alții în urmă, în timp ce ambii părinți încercau să-i îndemne în aceeași direcție. Poppy ne-a zărit și, cu o răbufnire de energie, a alergat în brațele mele și mi s-a cocoțat pe un genunchi.

William m-a bătut pe umăr.

– S-ar putea, în schimb, să mă duc să înot.

– Am bătut tot drumul până aici, iar tu ți-ai lăsat echipamentul de baie la vilă, am mormăit eu.

– Bine, atunci aș putea să stau pe iPadul meu și...

– Dar și James, și Rufus au venit să joace. N-o să stai aici, cu iPadul tău... *meu* pentru următoarea oră.

El a început să-și muște buza în timp ce James a apărut lângă el.

– Nici eu nu vreau să joc fotbal.

Mi-a picat fisa.

– Din nou băieţii ăia răutăcioşi? Pot să vin până acolo şi să le spun ceva dacă vreţi.

– NU! au răspuns ei atât de îngroziţi, încât ai fi zis că îi amenințasem să-i distrag alergând în fundul gol de-a curmezișul terenului.

S-au dus fără tragere de inimă înapoi spre ceilalţi copii, mormăind că se puteau descurca, înainte să se alăture jocului. Noi, ceilalaţi, ne-am apropiat de margine, ca să ne dovedim prezența impozantă fixându-ne cele mai aprigi priviri pe ei.

– Fără Ben astăzi? a întrebat-o Becky pe Natasha.

– Nu înainte să termine munca. După aia, a decis că vrea să gătească pentru mine, aşa că...

Urale gălăgioase au erupt brusc şi, când m-am uitat spre teren, William alerga în cerc, cu braţele ridicate într-un fel de poziţie de Mesia pe care ai vedea-o mai degrabă la golul salvator din ultimul minut al finalei Cupei Mondiale.

– Ce gol genial! a rânjit Seb.

M-am ridicat în picioare și m-am uitat într-acolo, dorindu-mi să am un buton de derulat înapoi.

– Ăla a fost William?

El a izbucnit în râs.

– Nu-mi spune că l-ai ratat.

– Ai *văzut* aia, mamă?

Faţa fiului meu era însăşi întruchiparea fericirii supreme.

Am sărit în picioare, aplaudând atât de tare, încât m-au durut palmele.

– UIMITOR, fiule. Genial!

Apoi m-am cufundat înapoi în scaunul meu în timp ce Becky s-a strâmbat la mine.

– Să nu te înscrii niciodată la Equity cu talentele astea actoriceşti.

– Nu spune asta, s-ar putea să îi conving, i-am răspuns eu din colțul gurii.

– Ce naiba se mai întâmplă acum?

Ochii mei s-au îndreptat brusc spre teren, în caz că ratam din nou vreun exemplu de măiestrie sportivă a fiului meu, doar că ea nu era atentă la William. Ci la unul dintre băieții mai mari, care părea să-i spună lui James ceva ce îl supăra.

– Dumnezeule... mă întreb dacă ăla e copilul care s-a purtat îngrozitor cu ei deunăzi? Am crezut că s-a terminat totul.

– Nu pare să fie așa.

Furia clocotea în Becky când s-a ridicat în picioare, dar n-a reușit să ajungă acolo destul de repede. Până să se aproapie, a intervenit altcineva.

– NU FI RĂUTĂCIOS CU FRATELE MEU, CĂ...

Amenințarea lui Rufus ar fi putut fi mai vagă, dar ce-i lipsea în definiție compensa prin forță. Din păcate, Rufus era cu aproape o jumătate de metru mai scund și cu douăsprezece kilograme mai ușor decât adversarul lui.

El a răspuns împingându-l pe Rufus în piept cu ambele mâini atât de tare, încât s-a împleticit în spate și a ajuns să cadă în fund.

– RUFUS! a strigat Becky.

Dar Rufus s-a ridicat rapid în picioare, contracarând cu o lovitură în burta puștiului care i-a făcut acestuia să-i iasă ochii din orbite.

– Aaa, nu vă bateți! Ăsta nu e Vestul Sălbatic! a urlat Becky și l-a tras pe Rufus în spate în timp ce băiatul a fugit șchiopătând.

Ea și-a apucat fiul de mână și l-a târât înapoi la noi.

– Ce a mai fost și aia? l-a întrebat Becky.

– Erau răutăcioși cu James și le-am spus să tacă din gură.

James a apărut lângă noi, dând din cap fără suflu.

– Așa a făcut, mamă. El doar mi-a luat apărarea. Nu-l certa.

Becky s-a uitat de la unul la celălalt.

– Uite ce e, Rufus, te felicit pentru că l-ai apărat pe fratele tău. Dar data viitoare nu lovi, bine?

Apoi au fugit amândoi să revendice terenul de fotbal, în timp ce Becky s-a întors la Seb.

– În momentele de genul ăsta, mă gândesc că ai noştri copii s-au putea să iasă bine, până la urmă.

– Pentru că aşa va fi. Totuşi, aminteşte-ţi asta când încep să se certe din nou, peste zece minute.

Ea şi-a strecurat mâna în a lui, ridicând-o să o sărute.

El s-a uitat la ea.

– Pentru ce a fost asta?

– Doar îmi ştergeam rujul.

– Dar nu porţi ruj.

Ea s-a uitat la el şi a zâmbit.

– Atunci trebuie să fie pentru că te iubesc.

Capitolul 78

În penultima noastră noapte în Franța, William își târâia picioarele pe drumul prăfuit, lângă tatăl său, în timp ce ne apropiam de panta ușoară a unui teren cu vie, acoperit de nuanța purpurie a strugurilor copți.

– Știai că, dacă ai mânca ficatul unui urs polar, ai muri de o supradoză de vitamina A? a întrebat William.

– Toată lumea știe asta, s-a strâmbat Adam.

William a rămas cu gura deschisă.

– Glumeam. Ce alte lucruri mai știi?

– Hmm. Știu de unde vin mucii.

Eu am mormăit.

– Bine, ce lucruri știi *tu*? a rânjit William spre mine.

În acea seară, cerul ne-a oferit o rampă luminoasă, orizontul fiind scăldat în fuioare de lumină roz și portocalii, cu nuanţe de alb printre ele.

– Părinții lui Shakespeare erau analfabeți, i-am spus eu. Caracas este capitala Venezuelei. Ăăă... și știu să fac șpagatul.

– Haide, demonstrează, a sugerat William.

– Nu cred. Tocmai am ajuns și nu vreau să deranjez pe nimeni.

Eram la marginea cătunului și l-am urmat pe Adam în bistro. El rezervase o masă afară, cu vedere spre o curte pietroasă flancată de o biserică bizantină și case drăguțe, acoperite de caprifoi. Restaurantul era deja plin. Adam a tras un scaun pentru mine, iar eu m-am așezat.

– De ce ai făcut aia? a întrebat William.

– Asta trebuie să faci pentru o doamnă, a răspuns Adam.

Pentru o clipă, William a părut uimit, ca şi când nu i-ar fi trecut niciodată prin cap că eu aş fi fost una dintr-alea. Un chelner a venit şi ne-a luat comanda de vin şi de mâncare din meniu, înainte să întrebe dacă mai voiam ceva.

– *Je voudrais L'EAU, s'il vous plait.*

El a dat din cap şi şi-a notat în carneţel, în timp ce eu m-am uitat uimită la Adam.

– Acum, pot să plec de aici o femeie fericită.

– Vorbeşti aproape fluent.

William s-a scuzat să meargă la toaletă şi eu am rămas, pentru o vreme, singură cu Adam. Mă simţeam ciudat, de parcă aş fi rămas fără subiecte, nefiind sigură ce să spun. În parte din cauză că aveam doar un minut până când William se întorcea, în parte pentru că niciunul dintre noi nu voia să discute ceva prea complicat. Amândoi ne săturaserăm de complicaţii.

– Ei, bine, Natashei cu siguranţă o să-i lipsească locul ăsta când plecăm, mâine.

– Tuturor le ia o vreme să se acomodeze din nou cu vremea şi cu mâncarea englezească.

– Iar în cazul Natashei, e Ben.

Ochii lui s-au ridat pe margini în timp ce zâmbea, un pic mai mult decât o făceau altă dată.

– Sunt sigur că o să o distreze de minune când se va întoarce la Londra.

– Ce vrei să spui?

– Presupun că o să se vadă şi acasă.

– Dar Ben rămâne aici.

– Contractul lui se termină în octombrie, aşa că se duce acasă, ca să-şi ia o slujbă potrivită, a spus Adam.

Eu m-am încruntat.

– Nu cred că i-a spus asta Natashei.

– Ciudat. Poate că nu o mai place. Se mai întâmplă, chiar și celor mai buni.

Când William a apărut din nou și s-a așezat, Adam i-a dat un ghiont, ciufulindu-i părul în timp ce fiul lui s-a ferit, chicotind.

– O să-mi fie dor de tine, știi asta.

William și-a ridicat privirea, neliniștit.

– Încă te mai muți la Manchester, nu-i așa?

– Da. O să ajung acasă în trei luni, iar atunci n-o să mă mai oprească nimeni. Până de Crăciun, o să te saturi de mine.

– Asta înseamnă că poți petrece Crăciunul cu noi?

Nu ajunseserăm atât de departe cu discuția despre aspectele practice.

– O să vorbim despre asta când vom fi mai aproape de acel moment, bine? a spus Adam.

– Dar sunt convinsă că o să facem ceva împreună, l-am asigurat eu. Și cu bunica, și cu bunicul, bineînțeles.

El s-a uitat în jos la fața de masă.

– O să mai fie în viață bunica până atunci?

Întrebarea m-a făcut să mi se ridice părul de pe ceafă.

– Bineînțeles că da. Bunica e bolnavă, dar n-o să... se ducă nicăieri până de Crăciun.

Am terminat propoziția cu o jumătate de zâmbet, ca și când gândul în sine ar fi fost ridicol.

– Bine, a spus el încet. Dar chestia pe care o are o va omorî, nu-i așa?

– Sper că bunica va fi cu noi încă multă vreme, i-am răspuns eu.

La început nu a zis nimic.

– E boala Huntings, nu-i așa? Asta are bunica.

S-a uitat la mine fix, cu ochii clipind, în timp ce aștepta un răspuns, iar inima mea a început să bată de parcă ar fi vrut să-mi iasă din piept.

– Huntington, l-am corectat eu amorțită. De unde ai știut asta?

– Era în istoricul căutărilor pe iPad. Știu că de asta ai fost atât de supărată în ultima vreme. Am căutat pe Google.

Mi-am simțit culoarea scurgându-mi-se de pe față. Exact de asta mă temusem, dar mă convinsesem singură că scăpasem și că el n-avea nici cea mai vagă idee. Încă nu puteam crede cu adevărat că, după toate chestiile oribile pe care mă îngrijoram că le-ar putea vedea pe internet, cel mai rău lucru pe care îl găsise fusese probabil pe site-ul New Scientist.

Adam părea la fel de nepregătit ca mine pentru conversația asta. Măcar el avea o scuză – abia aflase despre asta cu o săptămână în urmă. Eu avusesem zece ani să pregătesc un discurs pentru William și eșuasem complet.

– O ai și tu, mamă?

Gura mea a amorțit în timp ce încercam să formulez cuvintele.

– Nu o am, dragule, nu. În momentul de față, sunt complet bine.

– Bine.

– Dar... am gena defectă care o cauzează, am adăugat eu. Așa că, într-o zi, da, o să o am.

I-am analizat fața, căutând orice nuanță de reacție.

– S-ar putea să o am și eu, nu-i așa?

Am înghițit în sec, încercând să-mi forțez gura să funcționeze corect din nou.

– Gena defectă? Da, s-ar putea. Dar s-ar putea să nu o ai. Și chiar dacă o ai, e foarte probabil să nu faci HD pentru mulți, mulți ani de acum încolo.

– Știu. Vârsta medie e, gen, 40. *Foarte* bătrân.

Mi-am mușcat obrazul în timp ce el a continuat:

– Oricum, nu cred că o am.

Am dat din cap, simțind lacrimile adunându-mi-se în colțurile ochilor.

– De ce?

El a ridicat din umeri.

– Optimism.

Pieptul mi s-a strâns, dar am refuzat să las lacrimile să iasă la suprafață. Am refuzat să fac orice altceva, decât să mă țin tare. *Jess, ține barajul închis. Nu-l lăsa să se deschidă.*

– *Chiar* nu cred că trebuie să te îngrijorezi, mamă, a continuat William atât de vesel, încât nu eram sigură că mă puteam uita la ochii lui strălucitori și la pielea fină și tânără de pe obrajii lui. Oamenii de știință caută un tratament. Trebuie să găsească în curând ceva. S-au făcut cercetări la San Diego și la Londra, unde au testat medicamente pe șoareci. Asta trebuie să fie foarte nasol dacă ești șoarece, evident. Dar în unele cazuri au făcut animalele bolnave mai bine. Deci, dacă ajunge să funcționeze și pe oameni, o să merite.

Eram incapabilă să dau drumul aerului din plămâni, așa că am dat din cap.

– S-ar putea să mă fac om de știință când o să fiu mai mare, ca să pot să găsesc un tratament pentru asta, dacă nu vor fi reușit încă.

– Ar fi minunat, William.

– Totuși, tot s-ar putea să vreau să fiu fotomodel, a adăugat el, ca și când ar fi vrut să spună: „Așa că nu-ți face speranțe prea mari".

Adam mi-a prins privirea.

– Mamă, nu sunt speriat, a continuat William.

Nu-mi dădeam seama dacă știa instinctiv ce aveam nevoie să aud, dar știa.

– Bine. Nici eu nu sunt, am răspuns, cu atât de multă forță, încât, pentru momentul scurt până să vină chelnerul cu mâncarea noastră, chiar am crezut-o. Dar mi-e îngrozitor de foame.

Mi-am luat cuțitul și furculița și am început să tai pieptul de rață, concentrându-mă mai degrabă la conținutul farfuriei mele decât la Adam. Știam că făcea implozie în tăcere ascultând asta, fiul lui și cu mine discutând despre acest blestem în cei mai clari termeni. Soarta mea era deja hotărâtă. Între noi fie vorba, puteam doar să ne rugăm că va fi mai blândă cu William.

– Oricum, tată, a continuat William, nu ne-ai spus ce lucruri știi.

Adam a ieșit brusc din transa lui.

– Ah. Ah, da, ai dreptate. Bine.

S-a gândit un moment.

– Ştiu că replica: „Am un sentiment rău despre asta" e spusă în fiecare episod din *Războiul Stelelor*.

William părea impresionat.

– Ştiu că pinguinii se împerechează pe viață.

William a strâmbat din nas, mai puțin impresionat.

– Şi ştiu...

Adam şi-a coborât vocea, apoi s-a uitat la mine:

– Ştiu că tu şi mama ta sunteți cei mai buni oameni din lume.

Capitolul 79

– MAMMMMMMĂĂĂĂ!

Am ieșit afară din vilă și am văzut-o pe Becky târându-se spre noi, cu Poppy agățată strâns de piciorul ei, plângând. Într-un final, Becky s-a oprit și a ridicat-o, încolăcind picioarele mici ale fiicei ei în jurului propriei talii.

– E iepurașul roz, a explicat Becky, sărutând-o pe Poppy pe frunte, dar eșuând complet să-i aline supărarea. Chiar începeam să mă simt relaxată în vacanța asta, dar pierderea iepurașului roz e o catastrofă pentru care nu mă pregătisem. L-am lăsat aici?

– Nu cred, am spus eu înțelegătoare, ceea ce a făcut-o pe Poppy să înceapă să plângă.

Becky a așezat-o pe un scaun, apoi s-a dus o dată roată în jurul vilei, apoi din nou. A căutat sub bancă, înăuntru, sub pernele canapelei noastre, apoi din nou afară, după ușă.

– Cineva îl caută pe ăsta?

Natasha a apărut în prag, ținând jucăria iubită a lui Poppy.

– IEPURAȘ!

Poppy s-a dat jos de pe scaun și s-a năpustit spre ea.

– Ai lăsat-o la masă după micul dejun, mă pregăteam să ți-o aduc.

Tensiunea s-a scurs vizibil din Becky și și-a șters fruntea cu dosul palmei.

– Îți sunt datoare *pe viață*.

– Nu e nicio problemă. A fost doar într-o mică vacanţă, nu-i aşa, Poppy?

– Eşti o fată bună, mătuşică Natasha, a declarat Poppy, iar Natasha a părut surprinzător de încântată de această laudă.

– Salutare!

Ne-am ridicat privirile. Ben traversa curtea, soarele strălucind în părul lui sărat, mirosul de lămâie simţindu-se tot mai puternic în timp ce se apropia.

– Natasha, mă întrebam dacă ai chef de o plimbare!

– Ar fi minunat, a zâmbit ea.

Natasha şi Ben s-au îndreptat spre zona împădurită, arătând ca doi adolescenţi timizi, în timp ce Becky i-a urmărit cu privirea.

– E păcat că ăia doi n-au nicio şansă.

– Hmm. Se pare că el se mută înapoi la Londra şi nu i-a spus.

– Serios?

Becky părea la fel de surprinsă cum fusesem şi eu.

Am încuviinţat.

– Nu prea pot să-mi dau seama ce să înţeleg din asta, tu poţi? M-am tot gândit de când am aflat.

M-am uitat spre masă şi mi-am dat seama că primisem un mesaj pe telefon.

– Oh, Doamne, am mormăit eu, deschizându-l. E de la Charlie.

– Ce spune? a întrebat Becky.

Am privit cuvintele şi am zâmbit în timp ce i-am dat telefonul ca să citească mesajul.

Scuze că n-am zis la revedere, dar am luat o decizie spontană să plecăm să stăm cu nişte *prieteni în Carcassonne câteva zile înainte de a merge acasă. Mi-a plăcut să te întâlnesc, Jess. Distracţie plăcută cât mai stai, Charlie x (p.s. Mi-am aruncat puloverul!)*

Ea mi-a dat telefonul înapoi, punându-şi mâna la gură, în timp ce eu m-am făcut mică.

Mai târziu în acea seară, William a luat-o înainte în timp ce eu şi Natasha mergeam prin pădure spre vila lui Becky şi a lui Seb. El ducea o pungă mare cu dulciuri, iar eu aveam o sticlă de șampanie pe care o luasem mai devreme de la supermarket. Mă îmbrăcasem mai elegant pentru ultima noastră noapte acolo, dar doar pentru că Natasha zărise rochia mea drăguță, galbenă, deasupra bagajului și insistase s-o port în ultima noastră seară.

De atunci, nu se mai oprise din vorbit.

– Ben era îngrijorat. Voia să-mi spună că se mută înapoi la Londra, s-a luminat ea, incapabilă să-și ascundă încântarea. Evita subiectul pentru că, de fapt, era îngrijorat că m-aș gândi că e vreun fel de obsedat, că aș crede că se hotărâse să mă urmeze după flirtul nostru.

– Din ce spune Adam, plănuise deja să se mute acolo după încheierea sezonului. Să înțeleg că ați aranjat să vă vedeți când ajungeți înapoi?

– Ne întâlnim să bem ceva, da.

Un zâmbet tăcut i s-a întins pe toată fața.

– Eh, încă mai cred că e prea tânăr...

– Dar îți place de el, iar lui îi place de tine.

– Ei, bine, da, a spus ea rezervată.

– Natasha, știu că îl cauți pe *Bărbatul veselă Habitat*, dar tu și cu Ben vă potriviți, cu sau fără diferența de vârstă. Și nu se știe niciodată... poate că într-o zi veți cumpăra farfurii împreună.

– Jess, câte un pas pe rând.

Mi-am reținut un zâmbet.

– Sunt sigură că asta ar trebui să fie replica mea.

În ultima noastră seară, am făcut un grătar. Părea potrivit pentru sfârșitul verii, o cină discretă, ca multe dintre acelea pe care le avusesem în ultimele săptămâni. Una în care copiii se jucau cu frisbee, adulții jucau cărți și ne puteam relaxa cu toții în compania unor buni prieteni. Prieteni care erau loiali, amuzanți, care se puteau ciondăni, dar pe care îi iubeam indiferent de asta.

Când am ajuns, am găsit aerul plin de mirosul afumat al grătarului, cărbunii lui strălucitori radiind căldură pe fața lui Seb în timp ce vorbea cu Ben.

– Of, la naiba, am uitat cârnații, am realizat eu, dându-mi o palmă peste frunte.

Becky m-a apucat de braț până să apuc să mă întorc.

– Nu-ți trebuie cârnați.

– Dar sunt *artizanali*, am protestat eu.

– Nu contează.

– Contează – costă enorm. Sunt convinsă că sunt făcuți din cei mai privilegiați porci din Franța.

Natasha și-a băgat mâna pe sub cotul meu.

– Nu-ți trebuie cârnați sau șampanie de la supermarket sau orice altceva. Nu acolo unde mergi tu.

– Ce vrei să zici? m-am încruntat eu.

– Pleci, a răspuns ea.

– Ba nu.

– Mă tem că da.

Apoi, dintr-odată, Adam a apărut în fața mea ținând cheile de la mașină în mână. Era îmbrăcat cu o cămașă neagră, având nasturele de sus desfăcut, cu pantaloni strâmți, gri-cărbune, care îi stăteau perfect pe șolduri, cu părul încă ușor ciufulit de la duș. Era genul de bărbat arătos care îți tăia respirația.

– Ce se întâmplă? E un fel de conspirație?

– Da! a exclamat William, și mi-am dat seama că nu aveam absolut nicio șansă să scap.

Stăteam pe scaunul pasagerului din mașina lui Adam și nu prea mă întrebam unde mergeam sau de ce. Puteam să mă gândesc doar la felul cum el întotdeauna avusese capacitatea să mă uimească, să mă surprindă, să-mi liniștească inima.

– Mă predau; unde mă duci?

El m-a privit.

– Mergem într-o peșteră.

– Sper că glumești, i-am răspuns eu.

Fața lui s-a luminat de zâmbet.

– Da, glumesc.

– Bine, am râs eu.

În timp ce mașina lui Adam își croia drum prin zona rurală, am oprit aerul condiționat și am deschis geamul, închizându-mi ochii, briza mângâindu-mi pielea.

– Ești OK? a întrebat Adam.

M-a atins ușor pe mână, dar s-a oprit și s-a retras.

– Sunt bine. Mulțumesc.

– Am ajuns, a spus el în timp ce întorcea mașina pe o alee.

Capitolul 80

Ne-a întâmpinat un semn îngrijit, pe care scria *Château La Pradoux,* împreună cu mirosul voluptuos de cimbru și de glicină.

Am mers încet pe aleea cu pietriș spre o poartă dublă din fier, în timp ce un cer rozaliu strălucea printre modelele ei răsucite, filigranate. În spatele lor, castelul se ridica dintre dealurile verzi, cocoțat pe o terasă cu gazon fin.

Adam a ieșit din mașină să-mi deschidă portiera. A ocolit mașina în timp ce eu mă jucam cu poșeta.

– Locul ăsta e concurența ta? am întrebat eu.

– Mai degrabă e inspirația mea. Deși aici nu sunt copii și au o stea Michelin. Oricât de buni ar fi burgerii lui Ben, cred că suntem destul de departe de asta.

– Atunci, de ce suntem aici?

– Am crezut că ar fi bine să vorbim despre chestii. Sunt, evident, multe de discutat și...

– Adam, hai să nu o facem. Nu mai vreau să vorbesc despre asta.

Umerii lui s-au relaxat.

– Bun, pentru că am mințit. Am vrut doar să luăm o cină minunată în ultima noastră seară. Și am auzit că fac o coadă de miel delicioasă.

Mi-a oferit brațul lui. L-am luat, zâmbind în sinea mea la gândul că arătam de parcă am fi ieșit fix din serialul *Downton Abbey.*

Un chelner l-a salutat pe Adam, spunându-i pe nume, și ne-a condus înăuntru. Fiecare element din arhitectura renascentistă fusese conservat cu lux și măiestrie. Am pășit pe o podea lustruită, prin holul somptuos cu vaze înalte din cristal în care tronau bujori cărnoși și crini înfloriți. Am fost conduși pe o scară din piatră, spre un restaurant care era luminat cu lumânări, liniștit, cu doar câțiva clienți. Când am ajuns la ușa care dădea spre terasă, Adam m-a luat de mână, împletindu-și degetele cu ale mele.

Am fost duși la o masă de la marginea terasei, cu vedere spre grădinile frumos aranjate, sinuoase, locul perfect pentru a privi soarele cufundându-se în spatele dealurilor.

– Trebuie să recunosc, Adam, cunoști cele mai bune locuri.

El a zâmbit discret în timp ce chelnerul s-a întors cu lista de vinuri. L-am privit pe Adam analizând-o, cu o privire intensă, apoi m-a surprins uitându-mă la el. Colțul gurii lui s-a ridicat, iar eu m-am uitat în altă parte.

Prețurile din meniu erau notabile prin absența lor, un semn sigur că erau din categoria „a doua ipotecă". Adam mi-a tradus și am fost fericită să-l las pe el să comande în timp ce lumina începea să se stingă într-o nuanță vișinie.

– Arăți absolut fermecător, a spus Adam, luându-mă prin surprindere. Scuze, trebuia să-ți spun.

Am luat o gură de vin, să-mi ascund căldura din obraji. Mi-am zis să-mi amintesc să-i mulțumesc mai târziu Natashei pentru că insistase să port rochia galbenă.

Mâncarea a fost sublimă și, deși n-am băut mult, mă simțeam îmbătată de noapte – de împrejurimi, de amintiri, să fiu acolo cu el. Apoi era sentimentul ciudat și minunat de siguranță; să știu cu certitudine că mă puteam baza pe bărbatul acela când venea vorba de William.

Și am și râs mult. De vecinul care locuia sub noi în Manchester, care obișnuia să-și usuce chiloții afară pe fereastra dormitorului. De faza când ne întorseserăm acasă după o noapte în oraș, iar el –

romantic – a încercat să mă care în sus pe scări, dar m-a dat cu capul de tavan și aproape că mi-a provocat o contuzie.

– Îți amintești de prima dată când ți-am spus că te iubesc? a întrebat el.

M-am crispat auzind întrebarea, nesigură că puteam suporta o conversație care îmi amintea că fuseserăm odată atât de mult mai mult decât puteam fi acum.

– A fost după petrecerea lui Patrick Goldsmith, a spus el, în timp ce răsucea un șervet pe sub masă.

– Mda, îmi amintesc.

– Ne-a prins ploaia pe drumul spre casă și a trebuit s-o luăm la fugă. Până când am ajuns, aveai rimel până pe bărbie, părul îți era lipit de față, iar nasul tău era albastru.

– Mă bucur că îți amintești cele mai mici detalii.

El a râs.

– Da, pentru că îmi aduc aminte că mă gândeam că ești splendidă. Și a trebuit s-o spun. Că te iubeam.

Eu m-am foit.

– Adam, nu trebuie să-mi amintești asta. O să fiu bine, să știi. O să mă descurc cu toate astea, i-am spus eu, pentru că, dacă o spuneam destul de des, poate că într-un final aveam s-o cred și eu.

– Știu. Nu despre asta vorbeam.

Am înghițit în sec.

– Despre ce vorbeai?

El a tras aer în piept și mi-a răspuns:

– Când am îngenuncheat aproape gol pe pat și te-am cerut în căsătorie...

– Erai complet *gol*, l-am corectat eu. Nu aproape gol. *Gol.*

– În fine. A fost o cerere în căsătorie de rahat. Știam, chiar în timp ce vorbeam, că meriți mai mult. Trebuia să-ți spun cum mă simțeam. Unde vreau să ajung este că faptul că o să ai într-o zi Huntington nu schimbă nimic.

Emoțiile s-au adunat în mine.

– Absolut nimic, a continuat el. Te-aş iubi şi dacă ai trăi şi o viaţă lungă şi sănătoasă, şi una mai scurtă şi mai dificilă. Tu vei fi aceeaşi femeie de care m-am îndrăgostit cu ani în urmă.

Am simţit cum mi se urcă sângele la cap în timp ce înţelegeam unde voia Adam să ajungă. Apoi, dintr-odată, el s-a lăsat într-un genunchi, iar tipul din spatele nostru aproape că s-a înecat cu fileul lui de chefal.

– Jess, vrei să fii soţia mea?

Nu puteam vorbi.

– Oh. Am uitat ceva, a continuat el, căutând în buzunar, apoi scoţându-şi mâna.

A început să se bată cu mâinile peste piept și buzunare, cuprins de o expresie de panică. Cuplul de la masa de alături era în extaz. Până și pianistul falsa, greșind gama.

– Dumnezeule, l-am pierdut! a mormăit el.

Apoi a făcut o pauză, de parcă şi-ar fi amintit ceva. A băgat mâna în buzunarul de la piept al cămașii. Îmi simțeam inima izbindu-mi-se de oasele pieptului.

– L-am pus aici ca să nu uit unde era.

– A funcționat.

Râdeam de el pentru că nu-mi găseam cuvintele. Cuvinte adevărate. Şi iată-l: un inel cu diamant, sclipitor în lumina lumânărilor. Era splendid. Am încercat să nu mă uit la el prea mult, pentru că știam că nu mă puteam lăsa purtată de val din cauza *inelului*... Dar, ca să fie clar, era incredibil. Nu vreau să zic mare sau ostentativ, ci doar frumos – din platină, cred, cu un singur diamant tăiat în formă de migdală.

Dar aici nu era vorba despre inel. Nu era vorba despre tremurul mâinii lui și strălucirea din ochii săi căprui-închis, ca o cerneală. Nici măcar nu era vorba despre faptul că voiam să spun „da". Era vorba despre ceva mai mare.

– Adam... nu putem face asta, am spus eu.

Amândoi eram foarte conştienţi de faptul că întregul restaurant se uita la noi.

– De ce nu te ridici?

El s-a uitat jenat în jur şi s-a aşezat din nou pe marginea scaunului său.

Părea îngrozit.

Mă uram pentru asta, dar ştiam că nu aveam de ales.

Capitolul 81

– Adam, nici nu realizezi ce-mi ceri.

El m-a așteptat să detaliez.

– Dacă ai vedea halul în care e mama mea zilele astea, n-ai mai putea sta aici... îngenunchea aici... cerându-mi să mă căsătoresc cu tine.

Mi-am simțit dinții strângându-mi-se tare, înainte să găsesc puterea să continui.

– Adam, ea nu poate vorbi ca lumea. Nu poate merge, nu poate mânca, nu se mai poate duce la toaletă. În cea mai mare parte a timpului, nici măcar nu mai poate să stea în fund – zilele astea stă mai mult în pat. Și săracul meu tată trebuie să privească asta fără să poată opri agravarea bolii. Incapabil să trăiască viața pe care oricare dintre ei și-a imaginat-o.

El s-a uitat în jos la șervet, învârtindu-l între degete înainte să răspundă.

– Jess, spune-mi asta: de ce crezi că tatăl tău încă mai e în zonă?

– Ce vrei să spui? De ce nu a părăsit-o pe mama, asta vrei să spui?

– Da. Pentru că unele relații n-ar putea depăși asta, nu-i așa?

Nu i-am răspuns. Nici măcar nu mă gândisem la asta vreodată; pur și simplu, presupusesem că tatăl meu va fi tot timpul acolo.

– Crezi că e din cauză că-i pare rău pentru ea?

Am tresărit auzind această idee.

– Sau pentru că simte că e datoria lui? Sau e de dragul *tău* – pentru că ai fi supărată dacă s-ar despărți?

Bărbia a început să-mi tremure, lacrimile adunându-mi-se în colțurile ochilor.

– Probabil că toate lucrurile astea.

– Prostii, Jess. El e acolo în fiecare zi, lângă ea, *pentru că o iubește.*

Am înghițit în liniște.

– S-ar putea să urască boala. S-ar putea să urască tot ce i-a făcut mamei tale. Dar o iubește pe mama ta. Pentru el, ea contează mai mult decât tot ce trebuie să îndure el. Și se întâmplă ca eu să simt același lucru pentru tine.

Mâinile îmi tremurau în timp ce am atins fața de masă.

– Jess, ascultă-mă. De când mi-ai spus, am petrecut fiecare minut liber citind despre asta, uitându-mă la videoclipuri cu oameni care o au, inclusiv cu cei care sunt în stadii foarte avansate. Am citit rapoartele, recomandările Asociației pentru boala Huntington, blogurile și forumurile. Știu *precis* ce le face oamenilor. Nu te-am cerut în căsătorie fără să știu.

A făcut o pauză înainte să continue.

– Și uite care-i chestia, Jess: îmi dau seama că lucrurile vor fi foarte, foarte dificile pentru tine. Pentru noi. Dar nu am ajuns încă acolo. S-ar putea să mai fie mult până atunci. Ești sănătoasă. Fix în momentul ăsta, când stai aici, în acest restaurant, cea mai frumoasă femeie pe care mi-am odihnit vreodată privirea, *tu nu ai boala Huntington.* Așa că trebuie să încetezi să-ți mai faci griji despre viitorul tău și *să trăiești.* Preferabil cu mine ca soț al tău.

Am dat din cap, împiedicând lacrimile în timp ce am reușit să-l privesc în ochi.

– Dar, Adam... cum ar putea cineva să vrea asta?

– Eu nu sunt oricine.

– Nu, știu, dar...

– Când te căsătorești, ar trebui să fie la bine și la rău. Majoritatea oamenilor nu trebuie să se gândească niciodată la partea asta de la început, dar eu am făcut-o. Mult. Și *mă bag.*

Șovăiam, neștiind ce să spun, până când un zâmbet mi s-a strecurat pe față și mi-am dat seama că nu trebuia să spun nimic.

– Ei, bine, acum că am stabilit asta – și că pianistul a început să cânte din nou – o să mai încerc o dată, a spus el.

Mi-a scăpat un hohot de râs și mi-am șters lacrimile.

El a luat inelul și l-a ridicat, acesta strălucind sub lumini.

– N-o să mă pui să stau din nou în genunchi, nu-i așa? Vreau să spun, o dată pe seară e acceptabil, dar de două ori pare cam disperat.

Am râs.

– Nu, nu face asta.

El a șovăit.

– Bine. N-am să te fac de râs. Dar am să te întreb din nou. Jess, vrei să fii soția mea?

Zâmbetul mi-a pierit de pe față și m-am uitat în ochii singurului bărbat pe care îl iubisem vreodată. Nu fuseserăm niciodată perfecți, dar eram făcuți unul pentru celălalt. Ne-a luat zece ani, un copil, o boală fatală și un roller coaster de emoții ca să ne dăm seama de asta.

Așa că nu exista decât un singur răspuns.

– Bine, Adam.

El s-a încruntat.

– Ăsta e un „da"?

– Da. Da, este un „da".

Pe fața lui a apărut un rânjet lacom.

– Dumnezeule, a fost mult de muncă, a spus el în timp ce a ocolit masa și a venit să mă îmbrățișeze, iar tipul cu fileul de chefal a izbucnit în aplauze furtunoase.

Capitolul 82

În noaptea aceea, am dormit brațele lui Adam, simțind ridicarea și căderea domoală a pieptului lui sub degetele mele. O lună înaltă licărea printre deschiderile obloanelor, aruncând umbre misterioase prin cameră.

Nu am putut dormi din cauza încântării, a acelui lucru neașteptat și minunat care se zbătea înăuntrul meu. Pentru prima dată după ani de zile, mă gândeam la viitor cu optimism și o siguranță aproape supranaturală că totul va fi bine, indiferent ce-mi rezerva viața.

În timp ce Adam mă trăgea mai aproape de el, pe buze mi s-a strecurat un zâmbet și, aproape inconștient, el s-a aplecat să mă sărute, apăsându-și gura peste a mea, cu ochii încă închiși.

– Ești treaz, am șoptit eu.

– Doar un pic. Cât e ceasul?

– Oh, nu știu... Șase dimineața sau cam așa ceva.

Mâna lui a călătorit în jos, pe spatele meu, iar eu m-am lipit de el, trecându-mi buzele peste partea aspră a bărbiei lui. Apoi telefonul meu a început să sune.

Mi-a luat o secundă până să-mi dau seama ce era și amândoi am înghețat în același timp. Am sărit de lângă Adam, jos din pat, până în cealaltă parte a camerei, unde îmi lăsasem telefonul, pe geantă, sub fereastră. Am bâjbâit, degetele mele nefuncționând pe cât de repede mi-aş fi dorit, până am apăsat într-un final butonul de răspuns.

– Tată? am spus eu imediat.

Când tatăl meu a vorbit, a fost foarte clar din tremurul vocii lui că era telefonul de care mă temeam de zece ani.

– Jess. Te sun în legătură cu mama ta.

Capitolul 83

Abia îmi mai amintesc agitaţia care m-a cuprins când m-am întors acasă. Tot ce ştiu e că am reuşit să prind un zbor mai târziu în acea zi, singură, lăsându-i pe William şi pe ceilalţi în Franţa, împreună cu maşina mea şi majoritatea bunurilor mele pământeşti.

Îmi aduc aminte că abia dacă m-am uitat întristată pe geam, deasupra norilor, gândindu-mă cât de liniştitor şi de albastru părea totul acolo, ştiind că în curând, în timp ce avionul se cufunda sub ei, voi fi aruncată din nou într-o lume care era mult mai întunecată.

Cinci zile mai târziu, „când, nu dacă“ despre care eu şi tata vorbiserăm pe parcursul ultimilor zece ani era iminent. Abia atunci mi-am dat seama cât de nepregătită eram pentru asta. Nu cred că exista ceva care să mă fi pregătit pentru momentul ăsta.

Mama murea o moarte mizerabilă, urâtă, una care părea imposibil de crezut că se întâmpla cu adevărat. Problemele de înghiţire, care se înrăutăţiseră în ultimele luni, făceau asta.

Doctorii credeau că inhalase nişte mâncare şi că asta îi cauzase pneumonia pe care corpul ei era prea slăbit să o învingă. De atunci, primea antibiotice, dar plămânii ei erau atât de distruşi, atât de obosiţi, încât nu aveau nicio şansă.

Nu că oamenii nu ar fi încercat să o ajute, pentru că făceau asta. Toată lumea se străduia cât putea. Dar nu ajuta. Imaginea de acum a mamei mele era una care avea să mă bântuie toată viaţa. Chiar şi când era sedată, nu părea niciodată liniştită. Părea torturată.

Tata și cu mine am făcut cu schimbul lângă patul ei, mângâindu-i mâinile, privind cum se mișca sub cămașa ei de noapte subțire, din bumbac, cu pielea atârnându-i pe oase.

Inima tatălui meu era zdrobită încetul cu încetul cu fiecare țipăt care scăpa de pe buzele ei, iar eu eram atât de copleșită de simpla oroare a acesteia, încât în unele zile aveam nevoie de toată forța ca să mă uit pe fereastră și să nu disprețuiesc fiecare persoană care își vedea de treaba ei. Am plâns atât de mult în ultimele zile, încât pielea de pe obrajii mei se asprise. Adam l-a dus pe William la Manchester cu mașina mea, la scurt timp după ce am plecat eu, și stătea cu el în casa noastră. Fiul meu spunea tot timpul că voia s-o vadă pe bunica, dar nu l-am lăsat. Am dat vina pe echipa medicală, spunând că ei nu-i dădeau voie. Chiar dacă îi promisesem sinceritate când eram în Franța, nu am fi realizat nimic dacă ar fi fost martor la asta: bunica lui fiind sufocată, încet-încet, de propriul ei corp.

– Ar trebui să te duci acasă și să dormi puțin, iubire, mi-a spus tata pentru a patra oară în acea zi.

Dar decizia de a pleca implica de fiecare dată un pariu. Voiam să fiu acolo când murea. Am crezut că se va întâmpla cu zile în urmă, când încă încerca să comunice, atât cât putea.

Mă pregătisem în repetate rânduri că *asta e,* convinsă că nimeni nu ar mai putea să lupte când corpul s-ar afla în starea aceea.

Totuși, încă era aici, agățându-se de viață. Parte din mine mă uram pentru că-mi doream să se termine, dar ea nu mai arăta ca mama mea, nu mai mirosea ca mama mea, nu mai suna ca ea.

– O să mă duc în curând, tată.

Dar nu m-am mișcat. În schimb, mi-am lăsat ochii să plutească prin cameră, la pervaz, la fotografiile pe care tata le adusese de la azil, mărunțișuri la care ea să se concentreze în zilele în care se putea concentra pe ceva.

Era și o fotografie din ziua nunții lor, o sâmbătă înmiresmată de septembrie despre care spuseseră amândoi că fusese probabil cea mai fierbinte zi din tot anul. La nouăsprezece ani, mama era o mireasă care părea prea tânără. Avea o rochie pe gât, cu dantelă, care-i mângâia lungimea brațelor, și purtase o pălărie – o chestie stilată, cu boruri late, cu un voal care îi cobora pe spate.

Mă amuza când eram copil; obișnuiam s-o probez și să dansez în fața oglinzii ei din dormitor, învârtind voalul în jurul meu ca o gimnastă. Bucuria mamei mele strălucea în fotografie, tata arătând dichisit, ca o pisică ajunsă la smântână, stând unul lângă celălalt, gata să-și înceapă aventura împreună.

Mai erau încă cinci sau șase fotografii înrămate, cu oameni, locuri și – în cazul bătrânului nostru câine, Lady – animale pe care le iubise. Cea care mi-a atras privirea era fotografia cu noi două împreună, la aniversarea mea de șapte ani, stând în spatele tortului pe care mi-l făcuse.

Oamenii spuneau mereu că semănăm, dar în fotografia aceea era evident. Aveam aceeași gură plină, culoarea palidă, ploaia de pistrui de pe nas. Singura mea speranță era că, atunci când va fi rândul meu, să am la fel de multă energie în mine pentru a lupta.

Cea mai recentă achiziție era cea pe care o printasem într-o cabină mică la supermarket când fusesem să cumpăr niște sandviciuri pentru mine și tata cu doar câteva zile în urmă. Era fotografia pe care o făcusem cu telefonul meu, cu Adam și William râzând lângă lac în ziua aceea. Nu știam nici măcar dacă o observase, dar speram că așa era. Aia și inelul de logodnă pe care li-l arătasem ei și tatei, în timp ce el îi strângea mâna, zâmbind pentru prima și singura dată de când mă întorsesem acasă.

Pentru unicul motiv de a-mi întinde picioarele, am decis să mă ridic și să aranjez perdeaua care era șifonată într-un colț, de când o desfăcuse asistenta în acea dimineață. M-am atins de mâna mamei când mă ridicam și mi-am dat seama că părea rece.

Inima a început să-mi bubuie și m-am panicat că se întâmplase deja. Apoi un sunet a scăpat din spatele gâtului ei.

– Jess, a șoptit tata, dar ochii lui nu erau la mine, ci erau fixați pe fața femeii pe care o iubise întreaga lui viață de adult.

El s-a agăţat de ea, în timp ce ea horcăia intermitent, respiraţia ei devenind tăcută, înainte să înceapă din nou. Am stat lipită de scaun până când sunetul plămânilor ei s-a schimbat.

Când viaţa a părăsit corpul mamei mele, s-a petrecut mai repede decât îmi imaginasem.

Expresia de pe faţa ei s-a înmuiat. Nu mai erau mişcări, nu mai erau spasme, sunete sau mormăielile obişnuite. Şi, între lacrimile noastre, şocul şi tristeţea copleşitoare, camera s-a umplut de ceva ce vine înainte de doliu.

Camera se umpluse de pace.

Capitolul 84

12 luni mai târziu, vara anului 2017

Adam a pornit motorul dubiței VW Camper și, când acesta s-a trezit la viață, eu și William am izbucnit în urale. Nu înțelesesem farmecul înainte, dar, cumpărând-o anul trecut și petrecându-și următoarele trei luni reparând-o în weekenduri cu William, Adam era complet fermecat. Nu îl mai văzusem niciodată atât de fericit ca atunci când se urcase în scaunul șoferului – ai fi zis că era un Lamborghini.

Pe exterior era verde-salvie cu alb, având un interior retro cu scaune din piele, dulapuri noi și perdele în carouri, legate cu panglici galbene. Am botezat-o Lisa, după mama lui Adam, și fotografia lui preferată cu ei doi, în fața propriei lor dubițe, în urmă cu atâția ani, era prinsă pe parasolarul din față.

Bineînțeles, problema atunci când conduceai ceva construit în 1962 era că mașina nu era foarte compatibilă cu terenul deluros, mai ales dacă sperai să călătorești cu o viteză mai mare decât majoritatea mașinilor obișnuite de tuns iarba. Asta însemna că excursia noastră, tocmai de la Manchester, prin Franța rurală ne-a luat mai mult decât ne imaginaserăm – și asta spunea ceva, având în vedere cât de pesimistă eram eu.

Totuși, într-un final, ne-am apropiat de destinația noastră, chiar dacă inima mea aproape se oprise de fiecare dată când trebuise să străbatem unele dintre acele drumuri periculoase de munte.

– Mamă, de ce pari așa agitată? a întrebat William.

– Oh, nu știu – poate avea legătură cu stânca de sub noi?

– Ăla e un *deal,* s-a strâmbat Adam, băgând dubița în viteza a doua.

– Dacă spui tu, am răspuns eu, clar ușurată când drumul s-a lățit și ne-am oprit într-un loc unde aranjaserăm să ne întâlnim cu Enzo, ghidul care ne dusese cu canoea vara trecută.

Când am ieșit din mașină și m-am uitat peste valea din fața mea, mi-am amintit de unica lecție uriașă pe care o învățasem în anul care trecuse.

Viitorul tuturor era nesigur.

Cei mai mulţi dintre noi nu ne gândeam la faptul că am putea fi călcaţi de un autobuz în următoarea zi. Ne târam prin viaţă, luând totul de-a gata.

Eu, pe de altă parte, nu luam nimic de-a gata. Nici măcar un singur lucru. Savuram fiecare pupic de la fiul meu, fiecare bucățică de ciocolată, fiecare frunză care cădea dintr-un copac toamna și fiecare hohot de râs cu prietenii mei.

Aveam o viață bună.

O viață minunată.

Nu mai treceam prin ea îngrozită de viitor, pentru că ar fi fost o risipă a timpului meu limitat. Îmi trăiam viața mea minunată, bogată, cu acel curaj pe care nu-l avusesem până de curând. Uneori, e nevoie de întuneric pentru a ne descoperi strălucirea.

Asta nu înseamnă că anul acela a fost ușor, deși săptămâna asta, cu apropierea iminentă a împlinirii unui an de la moartea mamei, sentimentul acela era probabil amplificat. Eram înapoi în Franța, în vacanță, iar asta ne-a ajutat pe toți, inclusiv pe tata, care a venit cu avionul să ni se alăture cu doar câteva zile în urmă. Totuși, durerea pierderii era permanent întipărită în inima lui frântă. Îi era cumplit de dor de ea. Tuturor ne era.

Îmi era dor de zâmbetul ei. Îmi era dor de înțelepciunea ei. Îmi era dor de torturile ei. Și îmi era dor de umorul ei ușor, cel care nu se estompase niciodată, indiferent ce îi oferise viața.

Nu era niciun dubiu că fuseseră douăsprezece luni dificile.

Și, uneori, impulsurile mele mă copleșesc. De fiecare dată când scăpam un pahar sau mă simțeam irascibilă sau uitam numele noului nostru vecin, valul familiar de panică revenea.

Am ajuns la concluzia că ar fi fost imposibil să trăiesc în orice alt fel, ținând cont de ceea ce văzusem și ceea ce știam. Totuși, refuzam să las frica să mă conducă. Dacă mama mă învățase un lucru, acela era să lupt până la capăt. Nu voi pierde timp cu tristețea.

A ajutat și faptul că am avut parte de niște lucruri frumoase. Am schimbat casa, pentru început. Odată ce vânzarea castelului a fost finalizată și Adam s-a întors de tot în Marea Britanie, a devenit clar că nu puteam să ne călcăm toți trei pe picioare într-o casă mică, mai ales când aveam un fiu care era aproape la fel de înalt ca mine și care părea să ocupe toată canapeaua de fiecare dată când se prăbușea pe ea.

Așa că am căutat ceva mai mare. Ca să fiu sinceră, fusese atât de amuzant să petrecem săptămâni întregi băgându-ne nasul în casele altor oameni, încât aproape că mi-a părut rău când am găsit ceva.

Acum, locuiam într-o casă din cărămidă roșie, cu patru dormitoare, în Didsbury. Ne-am mutat cu trei luni în urmă. Și-mi plăcea la nebunie. Îmi plăcea faptul că ferestrele înalte permiteau luminii să intre în fiecare cameră, scara mare și veche, care arăta ca și când ar fi fost acolo de la începutul vremurilor, și că fiecare curbă și nod al naturii era integrat în modelele de pe ușile grele din pin. Și William era în extaz pentru noul lui dormitor, care era un altar pentru „Meciul Zilei – o zonă colorată, complet lipsită de bun-gust", având fotografii cu mingi de fotbal și jucători pe fiecare suprafață disponibilă.

Mai era și nunta pe care o așteptam cu drag, tema căreia a fost, să spunem, sursa unor discuții. Eu mă gândisem la ceva discret, la un hotel sau un club la modă, cu doar câțiva prieteni. Adam se gândise la ceva comparabil cu festivitățile de deschidere ale Jocurilor Olimpice de la Rio.

Ne-am întâlnit undeva la mijloc și am plănuit o nuntă de Crăciun, cu vreo cincizeci de prieteni și rude; nu era prea mică, dar devenea o celebrare suficient de pompoasă, prin care arătam tuturor că ne regăsiserăm.

Era potrivit așa, pentru că nu se punea problema să cheltuim pentru o nuntă mai mult decât ne permiteam. Nu eram faliți, dar veniturile din vânzarea castelului erau în mare parte băgate în noua afacere a lui Adam. Se extindea ca dezvoltator imobiliar și găsise o casă frumoasă, dar care se degrada și care fusese folosită ultima dată ca azil. Nu era la fel de mare ca Château de Roussignol, dar avea toate problemele pe care le avusese și castelul când îl cumpărase – poate chiar mai multe. Nu era nimic care să-l stârnească mai tare pe viitorul meu soț decât un acoperiș găurit sau niște mucegai.

Planul lui era să o renoveze, să o transforme în apartamente elegante, apoi ori să le vândă, ori să le închirieze singur, înainte să se apuce de un nou proiect. Așa că n-am avut prea mult timp pentru vacanțe până acum, când am petrecut ultimele trei săptămâni explorând Franța, ajungând în final aici, în Dordogne. Am petrecut noaptea trecută la Château de Roussignol, ca oaspeți ai noilor proprietari.

Era minunat să fii înapoi și să experimentezi nostalgia tuturor priveliștilor și sunetelor anului trecut: flori cățărându-se pe pereți, privighetori și fluturi, aerul parfumat și briza caldă.

În timp ce mergeam pe același traseu de cascade pe care ne dusese Enzo anul trecut, mi-am amintit de cât de minunat era totul, flancat de iarba udă, cu mirosul dulce și colierul de ferigi de-a lungul marginii stâncoase.

Mi-am amintit, de asemenea, de cât de ridicol de înspăimântător fusese.

Nu că te-ai gândi la asta văzându-l pe William cum se arunca în vâltorile turcoaz și plutind pe spate în pârâul unduitor. La început, i-am urmat sârguincioasă, rostogolindu-mă în jos pe maluri după ei, scrâșnind în șoaptă de fiecare dată când îmi aluneca piciorul.

Totuşi, deşi aveam pielea ca de găină, nu mai simţeam frigul. Eram prea ocupată să mă stropesc cu fiul meu, să râd cu logodnicul meu, simţind apa îngheţată pe obraji, soarele arzând-o de îndată ce-mi atingea pielea.

– OK, ai avut dreptate, i-am spus lui Adam. E destul de bine.

El s-a uitat la mine.

– *Destul* de bine? E genial. Trebuie doar să te implici.

Eram pe punctul de a-i răspunde când William a venit bălăcindu-se spre mine, alergând prin apă atât de repede, încât aproape că a căzut în nas.

– Mamă! Urmează cea mare. Sari? *Haide.*

– Mama ta nu are absolut nimic de demonstrat, i-a spus Adam, apoi s-a întors spre mine. Chiar nu ai.

M-am dus pe marginea stâncii şi m-am uitat în jos, în timp ce apa se năpustea peste picioarele mele, adrenalina străbătându-mi corpul. Am strâns din dinţi şi am tras aer în piept.

– Am putea s-o facem împreună.

William şi-a strecurat mâna în a mea. Adam mi-a prins cealaltă mână, iar eu mi-am ridicat bărbia până când ochii mei s-au fixat pe cerul teribil de albastru.

Îl aveam pe William într-o parte. Îl aveam pe Adam în cealaltă. Tot ce trebuia să facem era să păşim. În timp ce ei au început numărătoarea inversă până în momentul în care vom plonja, lovind apa de dedesubt, cu degetele lor fierbinţi strângându-le pe ale mele, mi-am amintit de încă un lucru pe care îl învăţasem în anul care a trecut.

Când eşti înconjurat de dragoste, nu trebuie să-ţi fie teamă de nimic.

Sfârşit

Nota autoarei

În decembrie 2017, după decenii de cercetare, oamenii de știință au anunțat că au înregistrat un progres major în munca lor privind boala Huntington.

O testare pe subiecți umani a unui nou medicament „care scade gena huntingtin“ a redus, în siguranță și cu succes, proteina dăunătoare care cauzează HD. Echipa de cercetare de la Univeristy College London spune că există speranțe reale ca boala să fie încetinită sau prevenită complet.

La momentul scrierii acestei cărți, încă mai e nevoie de informații vitale pe termen lung. Următorul val de testări își va propune să arate dacă nivelurile scăzute de huntingtin vor schimba cursul bolii.

Pentru a afla mai multe despre boala Huntington sau cum puteți ajuta, vizitați Huntington Disease Association din Marea Britanie (www.hda.org.uk) sau Huntington Disease Society of America (www.hdsa.org).

biblioteca rao

FICȚIUNE

CLASICI

Diderot	Nepotul lui Rameau
Johann Wolfgang Goethe	Opere alese (vol. 15) ◆ Poezii (vol. 1)

CLASICI CONTEMPORANI

Anita Albus	Paradis și paradox
James Agee	Un deces în familie
William Blake	Cântece ale inocenței
Charles Bukowski	Cea mai frumoasă femeie din oraș și alte povestiri
Georges Bataille	Literatura și răul
Albert Camus	Carnete ◆ Teatru
Albert Camus & René Char	Corespondență 1946–1959
Miguel Delibes	Ereticul
William Faulkner	Cătunul ◆ Orașul ◆ Casa cu coloane ◆ Steaguri în țărână ◆ Sanctuar ◆ Sartoris ◆ Nuvele regăsite ◆ Neînfrânții ◆ Povestiri inedite ◆ Recviem pentru o călugăriță ◆ Iscoadă în țărână ◆ Hoțomanii ◆ O parabolă ◆ Pe patul de moarte
Michel Foucault	Cuvintele și lucrurile
Andre Gide	Amintiri de la curtea cu juri
Witold Gombrowicz	Ferdydurke ◆ Trans-Atlantic ◆ Pornografie ◆ Cosmos ◆ Bakakai ◆ Jurnal (vol. 1, vol. 2) ◆ Teatru
John O'Hara	BUtterfield 8 ◆ Întâlnire în Samarra
Hermann Hesse	Knulp. Demian ◆ Narcis și Gură-de-Aur ◆ Cele mai frumoase povestiri (2 vol.)
John Irving	Lumea văzută de Garp ◆ Până te voi găsi ◆ Văduvă pentru un an
James Joyce	Stephen Eroul
Ilf și Petrov	Vițelul de aur ◆ Douăsprezece scaune
Franz Kafka	Corespondență (vol. I) ◆ Corespondență (vol. II) ◆ Corespondență (vol. III)
Claudio Magris	La voia întâmplării◆ Călătorie nesfârșită
André Malraux	Cuceritorii. Calea regală ◆ Speranța ◆ Muzeul imaginar ◆ Carnet din URSS 1934
Thomas Mann	Alteță regală ◆ Povestiri ◆ Lotte la Weimar ◆ Casa Buddenbrook
Gabriel García Márquez	Vijelia ◆ Ceas rău ◆ Ochi de câine albastru ◆ N-am venit să țin un discurs
Marcel Proust	Eseuri ◆ Carnete
Antoine de Saint-Exupéry	Scrisori către o necunoscută
Ernesto Sabato	Eseuri (vol. 1) ◆ Eseuri (vol. 2)
William Saroyan	Comedia umană ◆ Nebunie în familie ◆ Aventurile lui Wesley Jackson
Claude Simon	Drumul Flandrei ◆ Georgicele
John Steinbeck	Pășunile Raiului ◆ Cartierul Tortilla ◆ Nopți fără lună ◆ Perla ◆ Jurnal rusesc ◆ Joia dulce ◆ Călătorii cu Charley
Stefan Zweig	Suflete zbuciumate ◆ Amoc. Obsedatul

AUTORI ROMÂNI CONTEMPORANI

Vartan Arachelian	Noaptea bastarzilor ◆ Numele și umbra
Răzvan Ioan Boanchiș	Departe de Eritreea
Augustin Buzura	Absenții ◆ Recviem pentru nebuni și bestii ◆ Refugii ◆ Nici vii, nici morți ◆ Drumul cenușii
Eugen Ovidiu Chirovici	Suflete la preț redus ◆ La Broasca Leșinată ◆ Labyrinth.com ◆ A doua moarte ◆ Voodoo ◆ Pulbere neagră ◆ Hoodoo Creek

◆ Cine a ucis-o pe Nora Jones ◆ Misterele istoriei ◆ O amintire de la Paris ◆ Puterea ◆ Sanitarium

Vanessa D. Mariș . . . . Imagini de Fado
Ștefan Mitroi . . . . Biblia pentru furnici ◆ Guantanamo
Dafin Mureșan . . . . Sosia
Adrian Onciu . . . . Afacerea Alzira ◆ Cercul Kagan ◆ Templul negru
Dumitru Popescu . . . . Cândva, după izgonirea din Paradis... ◆ Artemis și uzurparea sentimentului
Dinu Săraru . . . . Trilogia țărănească (3 vol.) ◆ Ciocoii noi cu bodyguard ◆ Clipa
Aurelian Silvestru . . . . Cel rătăcit
Alex Mihai Stoenescu . . . . Patimile Sfântului Tommaso d'Aquino

THRILLER, AVENTURI, ACȚIUNE

Mitch Albom . . . . Măsura timpului
Pierr Assouline . . . . Portretul
David Baldacci . . . . Jocul orelor ◆ Colecționarii ◆ Clubul Camel ◆ Un simplu geniu ◆ Rece ca piatra
Josh Bazell . . . . Târgul cu moartea
Bernard Beckett . . . . Geneza
Steve Berry . . . . Tezaurul împăratului ◆ Afacerea Columb
Mark Benecke . . . . Pe urmele crimelor
Ian Caldwell & Dustin Thomason . . . . . . Misterul manuscrisului
Mireille Calmel . . . . Cântul vrăjitoarelor (3 vol.)
Carol Cassela . . . . Oxigen
John le Carré . . . . Prietenie absolută ◆ Cel mai vânat om din lume ◆ Genul nostru de trădător
Richard Clarke . . . . Poarta scorpionului
Susanna Clarke . . . . Doamnele din Grace Adieu ◆ Cartea lucrurilor pierdute
John Connolly . . . . Răzbunătorii
Michael Connelly . . . . Avocatul din limuzină ◆ Verdictul
Robin Cook . . . . Șocul
Michael Cox . . . . Sensul nopții
Clive Cussler . . . . Șarpele ◆ Aurul albastru ◆ Urmărirea ◆ Gheața de foc ◆ Comoara Marelui Han ◆ Moarte în Arctica
Richard Dübell . . . . Biblia diavolului
Louise Erdrich . . . . Toba pictată
Joseph Finder . . . . Paranoia ◆ Omul companiei
Colin Forbes . . . . Conspirația ◆ Valul ucigaș
Karin Fossum . . . . Nu privi înapoi!
Ulla Fröhling . . . . Ființa din oglindă
Adele Geras . . . . Taina pictorului
David Gibbins . . . . Aurul cruciaților
Lawrence Goldstone . . . . Anatomia minciunii
Olivia Goldsmith . . . . Prețul libertății ◆ Viața după Billy
Javier Gonzales . . . . A cincea coroană
Will Landay . . . . În apărarea lui Jacob
Scott Lynch . . . . Minciunile lui Locke Lamora ◆ Pirații mărilor roșii
Kathleen McGowan . . . . Cartea iubirii ◆ Prințul poet
Benjamin Mee . . . . Avem un Zoo
John Grisham . . . . Campionul din Arkansas ◆ Mediatorul ◆ Fotbal și pizza ◆ Ford County ◆ Theodore Boone: puștiul avocat ◆ Litigiul ◆ Mărturisirea ◆ Șantajul ◆ Theodore Boone: răpirea ◆ Theodore Boone: acuzatul ◆ Theodore Boone: amenințarea ◆ Calico Joe ◆ Șirul de platani
Xiaolu Guo . . . . Mic dicționar pentru îndrăgostiți
Richard Hains . . . . Cameleonul de pe Wall Street
A. S. A. Harrison . . . . Soția tăcută
Michael Harvey . . . . Crima în Chicago
Jack Higgins . . . . Atac la președinte ◆ Răzbunarea

Vittoria Haziel . . . . Patimile după Leonardo
Howard Johnson . . . . Chestiunea Finkler
Cristian Jacq . . . . Fugarul (vol. 1) / Divina Adoratoare (vol. 2) (seria Răzbunarea zeilor)
Jane Johnson . . . . Al zecelea dar
Karen Mack, Jennifer Kaufman . . . . Amanta lui Freud
Dean Koontz . . . . Chipul ◆ În puterea nopții ◆ Trăiește noaptea ◆ Invazia ◆ Odd Thomas ◆ Odd pentru vecie ◆ Fratele Odd ◆ Noaptea lui Odd ◆ Cursa
Manuel De Lope . . . . Perlele călătoare
Brad Meltzer . . . . Cartea sorții ◆ Milionarii ◆ Jocul zero ◆ Cercul asasinilor
Nelson DeMille . . . . Căderea nopții ◆ Întoarcerea la Coasta de Aur ◆ Coasta de aur
David Park . . . . Comisarul adevărului
Patrick Rothfuss . . . . Numele vântului ◆ Teama înțeleptului
Brian Ruckley . . . . Nașterea iernii
Clara Sanchez . . . . Misterul numelui tău
John Saul . . . . Clubul Manhattan ◆ Vocile ◆ Coșmarul ◆ Vocile răului
Wilbur Smith . . . . În pericol
Jose Carlos Somoza . . . . Cheia Adâncului
Olen Steinhauer . . . . Turistul
Anne Sward . . . . Cu sufletul la gură
Scarlett Thomas . . . . Sfârșitul domnului Y
Brad Thor . . . . Lista neagră
J.R.R. Tolkien . . . . Cele două turnuri ◆ Întoarcerea Regelui ◆ Hobbitul ◆ Silmarillion ◆ Copiii lui Hurin ◆ Legenda lui Sigurd și a lui Gudrun
Nicola Upson . . . . Un expert în crimă
Simon Urban . . . . Planul D
Ignacio Garcia Valino . . . . Iubite Cain
Philipp Vandenberg . . . . Al optulea păcat
Timur Vermes . . . . Ia uite cine s-a întors
Michael White . . . . Secretul Medici
Mark Winegardner . . . . Întoarcerea nașului ◆ Răzbunarea nașului
David Wroblewski . . . . Povestea lui Edgar Sawtelle
Javier Yanez . . . . Stăpânul savanelor

ROMAN ISTORIC
Francisco Asensit . . . . Sângele ◆ Secretul de la Castel Sant' Angelo
Paula Cifuentes . . . . Vremea bastarzilor
Catherine Delores . . . . Iubire și sânge
Ildefonso Falcones . . . . Mâna Fatimei ◆ Regina desculță
Antonio Garrido . . . . Cititorul de cadavre
Javier Gonzales . . . . Insula sfârșitului timpului
Juan Tafur . . . . Pătimirile Mariei Magdalena
Leon Leyson . . . . Un băiat pe lista lui Schindler
Su Tong . . . . Eu sunt împăratul Chinei

RAO CONTEMPORAN
Chimamanda Ngozi Adichie . . . . Jumătate de soare galben ◆ Hibiscus purpuriu
Aravind Adiga . . . . Tigrul Alb
Carlos Franz . . . . Deșertul ◆ Locul în care a fost Paradisul
Jonas Karlsson . . . . Camera
Nikita Lalwani . . . . Harul
Siegfried Lenz . . . . Un moment de reculegere
Manuel de Lopez . . . . Frumoasa din ceață
Javier Marias . . . . Inimă atât de albă
Colum McCann . . . . Goana nebună a lumii
Patrick Modiano . . . . Dora Bruder
Azar Nafisi . . . . Citind *Lolita* în Teheran